RIVIERA

FIFTY SHADES OF GREY

E L JAMES

フィフティ・シェイズ・オブ・グレイ

（上）

ＥＬジェイムズ
池田真紀子訳

早川書房

HAYAKAWA
PUBLISHING CORPORATION

フィフティ・シェイズ・オブ・グレイ

〔上〕

FIFTY SHADES OF GREY
by
E L James
Copyright © 2011 by
Fifty Shades Ltd
Translated by
Makiko Ikeda
First published 2012 in Japan by
Hayakawa Publishing, Inc.
This book is published in Japan by
arrangement with
Intercontinental Literary Agency Ltd
through Japan Uni Agency, Inc., Tokyo.

The author published an earlier serialized version of this story online with different characters as *Master of the Universe* under the pseudonym Snowqueen's Icedragon.

装幀　ハヤカワ・デザイン
表紙写真　©Papuga2006/Dreamstime. com

私の世界の支配者《ザ・マスター・オブ・マイ・ユニバース》

――ナイアルに

謝辞

私を支えつづけてくれた人たちの名前を挙げて深い感謝を捧げたい。

夫のナイアル――妻のこだわりに辛抱強くつきあい、家事をこなしたうえに、最初の編集作業まで引き受けてくれて、ありがとう。

ボスのリサ――この一年の私の暴走を辛抱強く見守っていてくれて、ありがとう。

ＣＣＬ――面と向かっては言わないけど、でも、ありがとう。

初期からの読者のみんな――友情と、いまも変わらぬ声援に、ありがとう。

ＳＲ――スタート時点から有益なアドバイスを山ほどくれたこと、手本を見せてくれたことに、ありがとう。

スー・マローン――いつも私を整理整頓してくれて、ありがとう。

アマンダはじめ、ＴＷＣＳのみんな――いいライバルでいてくれて、ありがとう。

1

いらいらしながら鏡のなかの自分をにらみつけた。この髪！　どうしてそう強情なわけ？　それにケイト。肝心なときに寝こんで、わたしに難題を押しつけたりして。本当なら、わたしはいまごろ来週の卒業試験の勉強をしていたはず。なのに現実には、こうしてヘアブラシ片手に、反抗的な髪をなんとか服従させようと悪戦苦闘している。今夜から寝る前にちゃんと髪を乾かすこと。寝る前にちゃんと髪を乾かすこと……呪文みたいにそう繰り返しながら、最後にもう一度だけ、ブラシでねじ伏せてやろうと髪に勝負を挑《いど》んだ。ついに根負けして、鏡に向かってあきれた表情を作ったあと、こっちを見つめている若い女にじっと目を凝らした。青白い肌、濃い褐色《ブルネット》の髪、この顔には不釣り合いに大きな青い瞳。もう、しょうがないな。駄々っ子みたいな髪はポニーテールにまとめて、おとなしくしてもらおう。それならどうにか人前に出ても恥ずかしくない格好になる。

学生新聞の編集長を務めているケイト——ルームメイトのキャサリン・キャヴァナーは、よりによって今日、ひどい風邪をひいた。超巨大企業の、名前も聞いたことのない創業者にインタビユーする約束があったのに、高熱を出した。というわけで、わたしが代役を引き受けなきゃいけなくなった。これから試験まで、毎日猛勉強をしなくちゃ間に合わないし、レポートの締切だって迫っている。しかも今日は、午後からアルバイトの予定も入っていた。なのに、なのに——突然、シアトルのダウンタウンまで片道二百五十キロの道のりをひとりで車を運転していき、〈グレイ・エンタープライズ・ホールディングス〉の謎めいたCEOにインタビューするはめになった。非凡な起業家にして、うちの大学の高額寄付者のひとりでもあるCEOの時間は、とんでもなく貴重——わたしの時間なんて比べものにならないくらい。その貴重な時間を割《さ》いてもらえる絶好のチャンスが到来した。それをゲットしただけでもすごいことなんだから、とケイトは自画自賛する。ふーん。他人の課外活動に巻きこまれるわたしの身にもなってよ。

ケイトはリビングルームのソファで体を丸めている。

「アナ、ほんとごめんね。今日のインタビューを取りつけるのに九か月もかかったの。いまからアポを取り直したら、きっと半年くらい先になっちゃう。そのころにはあたしたち、とっくに卒業してるでしょ。編集長として、こんなチャンスを逃すのは一生の不覚よ。だから、お願い」いかにも喉が痛そうなかすれ声でケイトは懇願《こんがん》した。ちょっと待って、どうしたらそんな芸当ができるわけ？　赤みがかった金髪はすっきり整って、緑色の目はきらきらと輝いている。熱のせいで目の縁《ふち》は真っ赤だし、洟《はな》だってずるずるしているのに、それでも小悪魔っぽい美少女に見えるって、いったいどういうことよ？　そう考えたら急に、〝風邪ひいちゃって気の毒なケイト〟とは思いたくなくなった。

「心配しないで、りっぱに代役を果たしてくるから。だからほら、もうベッドに戻って。風邪薬とか解熱剤とか、飲んどく？」

「じゃあ、風邪薬をお願い。そうだ、これ持ってって。インタビューの質問リストとICレコーダー。操作はここの録音ボタンを押すだけ。ちょこちょこメモを取っておいてくれれば、あとで録音を聴きながら自分で書き起こすから」

「ねえ、相手の人のこと、何も知らないんだけど」じわじわと胸を占領しはじめたパニックを押し返そうとしてみたけれど、無駄な抵抗だった。

「このリストのとおりに質問していけば大丈夫。それより急いで。シアトルは遠いのよ。遅刻したらたいへん」

「じゃあ、もう行くね。ベッドでいい子にしてること。スープを作っておいたから、あとで温め直して」わたしは優しいまなざしをケイトに向けた――〝ケイトだからよ。ほかの人だったら、ここまではしてあげない〟。

「わかった。ここで応援してるから。ほんとにありがとう、アナ。命の恩人ね。いつものことだけど」

　バックパックに荷物をまとめ、ケイトに軽く微笑んでみせてから、玄関を出て車に向かった。自分が信じられない。いくらケイトの頼みだからって、こんな大仕事を引き受けるなんて。とはいえ、ケイトにかかったら、どんな頼みであろうと、誰だってつい引き受けてしまいそう。ケイトは将来、間違いなく無敵のジャーナリストになる。思ったことをずばずば言う度胸があって、タフで、説得上手で、議論に強くて、美人で――そして、わたしの大事な大事な親友。

ワシントン州バンクーバーを車で出発し、州間高速五号線をポートランド方面に走りだす。道路はがらがらだった。まだ朝早いし、遅くとも午後二時までにシアトルに着ければいい。幸い、ケイトがスポーツタイプのメルセデスベンツCLKを貸してくれていた。わたしのおんぼろフォルクスワーゲン・ビートル、〝ワンダ〟で行ったら、きっと間に合わない。CLKの運転は楽しかった。アクセルペダルを思いきり踏みこむだけで、ぐいぐい距離を稼いでくれる。

目指すはミスター・グレイが経営するグローバル企業の本社だ。二十階建ての巨大なオフィスビルは、湾曲したガラスと鋼鉄《スティール》でできていた。装飾を排した実利主義の塊《かたまり》、建築家のロマンを具現化した建物。正面エントランスのガラスの扉には、〈グレイ・ハウス〉という鋼鉄の文字が控えめに並んでいる。わたしは二時十五分前に着いた。遅刻せずにすんだことに胸をなで下ろしながら、ガラスと鋼鉄と白砂岩でできた広大な——そしていかにも威圧感たっぷりの——ロビーに入っていった。

白砂岩のどっしりした受付カウンターの奥から、一分《いちぶ》の隙《すき》もない身なりをしたブロンド美人がにこやかに微笑《ほほえ》みかけてきた。見たこともないくらいシャープなデザインのチャコールグレーのジャケットと白いブラウスに身を包んでいる。どこもかしこも完璧だ。

「アナスタシア・スティールです。キャサリン・キャヴァナーの代理でうかがいました。ミスター・グレイとお約束があります」

「少々お待ちください、ミス・スティール」ブロンド美人は、気後《きおく》れしてもじもじしているわたしを見やってかすかに眉を吊り上げた。やっぱり、こんな紺色のジャケットじゃなく、ケイトのかっちりしたブレザーをどれか借りてくれればよかった。わたしなりに気合いを入れたつもりだったんだけど。たった一枚だけのスカート、手持ちのなかではいちばんおしゃれな茶色のニーレングスのブーツ、青いセーター。わたしの基準では、〝きちんとした服装〟のレベルを余裕でクリアしている。わたしはおくれ毛を耳の後ろに押し戻し、畏縮《いしゅく》してなんかしていないふうを装った。
「はい、ミス・キャヴァナーのお名前はたしかにいただいております。こちらにサインをお願いできますか、ミス・スティール。右手のいちばん奥のエレベーターで二十階へどうぞ」ブロンド美人は柔和に微笑んだ。内心では絶対に笑っているくせに。わたしは言われたところにサインした。

　引き替えに、〈来客〉というスタンプがくっきりと捺《お》された入館証を渡された。苦笑するしかない。ここの住人ではないことは、いちいち入館証を確かめるまでもなく、ひとめでわかるでしょ。場違いもいいとこなんだから。でも、いまさらどうしようもない。心のなかでため息をつき、ブロンド美人にお礼を言って、エレベーターホールに向かった。ホールの入口には、仕立てのよさそうな黒いスーツ姿の警備員がふたり、直立していた。わたしよりよっぽどきちんとしてる。

　エレベーターはロケットみたいにわたしを二十階に打ち上げた。静かに扉が開くと、また巨大なロビーがある。やっぱりガラスと鋼鉄と白砂岩でできていた。そしてやっぱり白砂岩のカウンターがあって、やっぱり若いブロンド美人が控えていた。わたしに気づいて、白と黒の完璧な服装をしたブロンド美人が立ち上がる。
「ミス・スティール。そちらにかけてお待ちいただけますか」そう言って白い革張りの椅子が並んだ待合エリアのほうを手で指し示す。

　椅子が並んだ奥に、ガラスの壁に囲まれた大きな会議室があった。そこに会議室と同じくらい大きなダークウッドのテーブルが鎮座していて、おそろいの椅子が二十脚くらい、そのまわりを囲んでいる。片側の壁は全面ガラス張りで、その向こうにシアトルの街が広がっていた。手前にそびえる高層ビル群はもちろん、遠くピュージェット湾まで見晴らせた。息を呑むほど美しい眺めに、思わず足を止めて見とれた。きれい。

椅子に腰を下ろし、ケイトから渡された質問リストを取り出すと、クリスチャン・グレイという人の略歴さえ教えてくれなかったケイトを呪いながら、リストに目を通した。いまからインタビューしようという相手のことを何ひとつ知らない。年齢さえ知らないなんて。もしかしたら九十歳かもしれないし、三十歳なのかもしれない。ろくに予備知識を与えられていないことに頭に来た。忘れていた緊張がぶり返して、じっとしていられなくなった。一対一の面接やインタビューはもともと苦手なのに。部屋の後ろのほうで目立たないようにしていられるグループディスカッションのほうがずっと気が楽。ううん、それより、大学のがらんとした図書館の椅子にこぢんまりと座ってイギリスの古典文学を読んでいるのがいちばんいい。ガラスと石でできた、天に突き刺さりそうな巨大オフィスビルの一室で、緊張に身悶《みもだ》えしながら待つなんて最悪だ。

自分にあきれて目をぎょろっと回した。しっかりしなさいよ、アナ・スティール。このビルのシンプルでモダンな雰囲気からすると、グレイはきっと四十代くらい？　贅肉《ぜいにく》のまるでない引き締まった体と小麦色の肌を想像した。髪はほかの社員と同じブロンドに決まっている。

そのとき、右手の大きなドアが開いて、エレガントで隙のない装《よそお》いをしたブロンド美人がまたひとり増殖した。いったい何なのよ、ここは？　完璧なブロンド美人が次から次へと出てきて、まるで『ステップフォードの妻たち』みたい。ひとつ深呼吸をしたあと、わたしは立ち上がった。

「ミス・スティール？」最新のブロンド美人が言った。

「はい」カエルみたいなしわがれ声。咳《せき》払いをして、言い直した。「はい」。いいじゃない。さっきよりは自信ありげに聞こえる。

「グレイがまもなくお会いいたします。ジャケットをお預かりいたしましょうか」

「あ、はい。お願いします」わたしはぎこちなくジャケットを脱いだ。

「お飲み物のご要望は頂戴《ちょうだい》しておりますか」

「あ——いえ」うわ、どうしよう、ブロンド美人1号をまずい立場に追いやっちゃった？

ブロンド美人2号は眉をひそめ、デスクの向こうの1号をねめつけた。

「紅茶、コーヒー、お水のご用意がございますが」2号が向き直る。

「お水をお願いします」わたしは蚊の鳴くような声で答えた。

「オリヴィア、ミス・スティールにお水をお持ちして」叱《しか》りつけるような声だった。オリヴィアは跳ねるように立ち上がると、小走りでロビーの反対側のドアに飛びこんだ。

「たいへん失礼いたしました、ミス・スティール。オリヴィアは最近入ったばかりの実習生でございまして。どうぞおかけください。あと五分ほどお待ちいただけますか」

オリヴィアが氷入りの水を持って戻ってきた。

「どうぞ、ミス・スティール」

「ありがとうございます」

ブロンド美人2号は、砂岩の床にヒールの音を甲高く響かせながら、大きなカウンターのほうに悠然と歩いていった。椅子に座る。ふたりはそのまま仕事を再開した。

ミスター・グレイは、〝金髪であること〟を採用条件に明記しているのかもしれない。それは法律違反だったりしないのとぼんやり考えているところに、オフィスのドアが開いて、短いドレッドヘアをした長身のアフリカ系アメリカ人のすてきな男性が現われた。この人もいかにも品のいい身なりをしている。わたしの服選びが完全に間違っていたことはもう確定だ。

男性は振り返ると、戸口からオフィスのなかに声をかけた。「今週こそゴルフだぞ、グレイ」返事は聞き取れなかった。男性は向きを変え、わたしに気づいて軽く微笑んだ。黒っぽい瞳をした目尻に皺《しわ》ができた。ブロンド美人1号がまたしても跳ねるように立ち上がると、エレベーターのボタンを押した。1号の得意技は、跳ねるように立ち上がることみたい。やった、わたしよりも緊張している人がいる！

「ではごきげんよう、お嬢さん方」男性はそう言いおいてエレベーターのなかに消えた。

「グレイがお目にかかります、ミス・スティール。どうぞお入りください」ブロンド美人2号が言った。

わたしは立ち上がった。油断すると、膝がかくっと折れちゃいそう。落ち着いて、アナ。バックパックを持ち、水の入ったグラスはその場に置いたまま、少しだけ開いたドアのほうに歩きだした。

「ノックは不要です。そのままお入りください」2号が励ますような笑みを作った。

ドアを押し開けると同時に、わたしは自分の足につまずき、そのままオフィスに向けてヘッドスライディングしていた。

信じられない――この反抗的な足！　肝心なときに持ち主を裏切るなんて許せない。オフィスの入口でぶざまに四つん這《ば》いになったわたしを、誰かの優しい手が抱え起こした。ううう、気まずすぎる。不器用な自分を呪い殺したくなった。勇気をかき集めて目を上げた。え？　え？　うそよね？　想像していたよりはるかに若々しい顔がこちらをのぞきこんでいた。

「ミス・キャヴァナー」わたしがちゃんと立ち上がるのを待って、ほっそりと長い指をした手が差し出された。「クリスチャン・グレイです。お怪我《けが》はありませんか。とりあえずこちらにかけてください」

ものすごく若い。きれいな顔——美しいといってもいいくらい。背が高かった。質のよさそうな灰色のスーツに白いシャツ、黒いネクタイ。くしゃくしゃした濃い赤銅《しゃくどう》色の髪。目力《めぢから》のある明るい灰色の瞳が、いたずらっぽくきらめきながらわたしを見つめている。わたしは口もきけないまま、その瞳を見つめ返した。

「いえ。あの——」情けない声しか出なかった。この人が三十歳を超えているなんてことは絶対にありえない。衝撃にくらくらしたまま、わたしも手を差し出して握手に応じた。指先が触れ合った瞬間、甘美《かんび》な震えが電気ショックのように全身を駆け抜けた。あわてて手を引っこめた。ひとりであたふたしている自分が恥ずかしい。いまのはきっと、ただの静電気だ。わたしは猛烈な勢いで——心臓の鼓動に負けない速度で目をしばたたかせた。

「ミス・キャヴァナーが体調を崩したので、代理としてうかがいました。ご迷惑でなければいいんですけど」

「お名前は？」好意的なトーンだった。もしかしたら、おもしろがっているだけかもしれない。落ち着き払った表情からは、どちらとも判断がつかなかった。どことなく愉快そうに見えなくもない。でも、礼儀正しさが前に立ちふさがって、それを押し隠している。

「アナスタシア・スティールです。ケイト……あっと、キャサリン……じゃなくて……ミス・キャヴァナーと同じワシントン州立大学バンクーバー校で英文学を専攻しています」

「なるほど」そっけない口調。亡霊のような笑みが顔の上を漂ったように見えたけれど、わたしの気のせいかもしれない。「まずはどうぞおかけください」クリスチャン・グレイは、ところどころボタン留めがされた白い革張りのL字型のソファのほうに腕を広げた。

このオフィスは、たったひとりで使うには広すぎる。床から天井まで届く窓の手前には、六人くらいなら余裕で食事ができそうに巨大なダークウッドのモダンなデザインのデスクが据《す》えつけてあった。ソファの前のコーヒーテーブルも同じ素材だった。そのふたつを除けば、部屋は白で統一されていた。天井も、床も、壁も、真っ白だ。ただ、入口の脇の壁に、小ぶりな絵がモザイクのように飾られていた。全部で三十六枚。それが正方形に並んでいる。どの絵も鮮烈な印象を発していた。日常のなかにある忘れられがちな物体が、写真と見まがう精緻《せいち》さで描かれている。そうやって一緒に並べて飾ると、ため息が出るほど美しい。

「地元の画家――トラウトンの作品です」わたしの視線に気づいたグレイが言った。

「すてきですね。平凡なものを非凡なものに昇華させてる」わたしは小声で応じた。クリスチャン・グレイと絵画の両方に気を取られて、世間話どころではない。

「まったく同感です、ミス・スティール」グレイが答えた。低くて静かな声だった。わたしの頰がなぜかかっと熱くなった。

その絵を除《のぞ》けば、どこまでも冷たくて整然とした飾り気のないオフィスだった。主《あるじ》の人柄を反映しているんだろうか。その主、アドーニスばりの美青年は、わたしの向かいに並んだ白い革張りの椅子の一脚に優雅に腰を下ろした。わたしはひとつ首を振り、迷子になりかけた思考を連れ戻したあと、ケイトに渡された質問リストをバックパックから取り出した。次にICレコーダーを出して目の前のコーヒーテーブルにセットしようとした。でも、ふう、わたしったらなんて不器用なんだろう、二度もテーブルに落としてしまった。ミスター・グレイは無言で辛抱強く待っている。ううん、辛抱強く待ってくれているのならまだまし。ますます気恥ずかしくなってうろたえた。勇気を奮い起こして顔を上げると、彼はわたしをじっと見つめていた。片手をゆったりと膝に置いている。もう一方は顎《あご》を包むようにしながら、長い人差し指の先で唇をそっとなぞっていた。苦笑を嚙《か》み殺しているのかも。

「すみません」わたしはもごもごと弁解した。「こういうことに慣れてなくて」

「どうぞごゆっくり、ミス・スティール」

「お話を録音してもかまいませんか」

「それだけ苦労してようやくレコーダーをセットしたあとで――私の意向を確かめるわけですか」

わたしは頰を赤らめた。からかわれてる？　そうならいい。なんと答えたらいいかわからず、ただ目をしばたたかせた。

哀れをもよおしたのか、彼は優しくこう言った。「録音してもかまいませんよ」

「ケイトから、いえ、ミス・キャヴァナーから、このインタビューの趣旨《しゅし》は聞いてらっしゃいますか」

「学生新聞の卒業特集号に掲載するとうかがいました。今年度の卒業式で学位を授与する予定になっていますから、そのからみでしょう」

え、そうなの？　知らなかった。一瞬、その新情報に思考を占領された。わたしとほとんど変わらない年齢の人から――そうね、たぶん五、六歳は上だろうし、まぶしいくらいの成功者ではあるけれど――卒業証書を渡されるなんて。わたしは額《ひたい》に皺を寄せ、あらぬ方角に走りだしがちな思考の手綱《たづな》を引いて、目の前の課題に集中しようとした。

「聞いていらっしゃるならよかった」口のなかに溜まった緊張の唾《つば》をごくりと飲みこんだ。「いくつか質問があります、ミスター・グレイ」そう言って、落ちてきた髪を耳の後ろに押しやった。

「ええ、きっと質問がおありだろうと思っていました」彼がまじめくさった顔で言った。内心でわたしを笑っている。そう気づいて、頬はもっと熱くなった。少しでも背が高く、少しでも威厳があるように見せたくて、背筋を伸ばして肩をぐいと張った。レコーダーの録音ボタンを押し、プロらしい表情を作る。

「あなたは若くして巨大な企業帝国を築き上げました。成功の秘訣はなんだと思われますか」リストから目を上げた。彼は悲しげな笑みを浮かべている。同時に、どこか失望しているようにも見えた。

「ビジネスの成否を決めるのは人材です、ミス・スティール。私は人を見る目があるほうだと自負しています。人間の心理を知り抜いている。どうすれば本来の実力を発揮させることができるか、何が本来の能力を殺してしまうか、何が刺激を与えるか、何がやる気を起こさせるか。そういったことを知り尽くしているんですよ。私は優秀な人材だけを厳選して採用し、充分な報酬を支払う」そこでいったん言葉を切って、灰色の瞳でわたしを見つめた。「どんな分野であれ、成功を収めるには、その分野のすみずみまで精通していなくてはならないというのが私の信念です。表も裏も知り尽くしていなくてはいけない。どんなに些細《ささい》なことも見逃してはいけません。私はそのための努力を怠《おこた》らない。そのために全力を尽くしている。私の意思決定は、すべて論理と事実に基づいています。私には、有望なアイデアや人材を直感的に見分け、それを育てていく力が備わっています。すべては有能な人材を確保できるかどうかで決定づけられるんですよ」

「運に恵まれただけのことかも」これはケイトのリストにはなかった。でも――この人、ちょっと傲慢《ごうまん》すぎない？　彼の目が一瞬、驚いたように見開かれた。

「私は運や偶然といったものには頼りません、ミス・スティール。努力すればするほど運がついてくるらしいという現実にはうすうす気づきはじめたところではありますが。しかし、結局のところ、どれだけ優秀な人材を集められるか、彼らの能力をどこまで引き出せるかによって、すべてが決まります。タイヤ製造大手のファイアストーンの創業者ハーベイ・ファイアストーンは、こう言っています。〝リーダーに与えられるもっとも重要な仕事は、人を育て、成長させることだ〟」

「支配魔《コントロール・フリーク》なんですね」考える間もなくそう言ってしまっていた。

「そう、私はあらゆるものについて支配力を行使する人間です、ミス・スティール」唇は微笑んでいるけれど、目は笑っていない。わたしは彼を見つめた。彼はその視線を真正面から、無表情に受け止めた。わたしの心拍数はふたたび急上昇し、頬がいっそう熱を持った。

　この人といると、これほど気持ちがうわずってしまうのはなぜなんだろう。外見があまりにも美しいから？　ああやって熱のこもった目でわたしを見つめるから？　人差し指で下唇をなぞるあのしぐさのせい？　ああ、お願いだから、そうやって唇をなぞるのをやめて。

「加えて、他者を圧倒する力は、自分はこの世のすべてを支配するために生まれてきたのだとひそかに空想することから与えられるものでもあります」彼が低い声で続けた。

「ご自分には他者を屈服させる力が備わってると思ってらっしゃるわけですね」要するにそういうことでしょ、コントロール・フリークさん？

「私は国内だけでも四万人の従業員を抱えています、ミス・スティール。責任感を持たずにはいられない。それを〝力〟と言い換えることもできるでしょう。テレコミュニケーション業界にはもう飽きた、会社は解散してしまおう——私が気まぐれにそう決めたとしたら、そのひと月後には、おそらく二万人が住宅ローンの支払いに困ることになります」

わたしはぽかんと口を開けて彼を見つめた。この人の辞書には〝謙虚〟という言葉は載ってないの？

「でも、さすがに取締役会の意向に逆らうわけにはいかないのでは？」反感をひた隠しにしながら、わたしは尋ねた。

「これは私の会社ですから、ミス・スティール。取締役会の顔色をうかがう必要はまったくありません」そう言って片方の眉を吊り上げた。

わたしは頬を赤らめた。事前に最低限のリサーチをしていれば、そのくらいのことは当然知っているはずだろう。それにしても、癪《しゃく》に障るほど傲慢な人。わたしは戦略を変更した。

「仕事以外では、どういったことにご興味をお持ちですか」

「いろいろありますとお答えするにとどめましょうか、ミス・スティール」かすかな笑みが唇をかすめた。「趣味は多方面にわたると言うだけに」そう言いながら彼はわたしを見つめた。理由もなくどぎまぎした。体が熱くなる。彼の瞳は何やら不埒《ふらち》な考えをたたえてきらめいていた。

「でも、いまうかがったように熱心に仕事をされてたら、たまには息ぬきも必要になりませんか」

「息ぬき？」彼が微笑むと、真っ白で乱れのない歯並びがのぞいた。

わたしは息もできなくなった。この人はどこまで美しいんだろう。こんな完璧な人が実在するなんて、この世はどこか間違っている。

「〝息ぬき〟のためには――ヨットに乗ったり、飛行機を操縦したり、さまざまな形で体を動かしたりします」彼は椅子の上で姿勢を変えた。「私は桁《けた》はずれに裕福な男です、ミス・スティール。金のかかる趣味、時間を忘れて没頭できる趣味がいろいろとあるんですよ」

わたしはケイトのリストをすばやく盗み見た。話題を変えたい一心だった。

「主に製造業に投資してらっしゃいますね。具体的には、どういった理由から？」わたしは訊いた。どうして彼といるだけで、こんなに落ち着かない気持ちになるの？

「ものを作るのが好きだからです。ものの仕組みを知るのが好きなんですよ。どのようなメカニズムで動くのか、どういう手順で組み立てるのか、どうやって分解するのか。もとから船舶《せんぱく》は好きですしね。うまく説明できませんが」

「いまのお答えは、論理と事実ではなく、感情に基づいたものに聞こえます」

彼の唇が軽く弧《こ》を描いた。値踏みするような目がこちらに注がれている。「そうかもしれません。ただ、私には感情がない、心がないと評する人も少なくない」

「そんなふうに言われるのはどうしてですか」

「彼らが私をよく理解しているからでしょう」彼は皮肉な笑みを浮かべた。

「お友達はあなたをわかりやすい人間だと考えていると思われますか」そう尋ねるなり、取り消したくなった。そんな質問はケイトのリストには載っていない。

「私は私生活を大切にする人間です、ミス・スティール。プライバシーを守るための手間は惜しみません。インタビューを受けることもめったにない」まだ先がありそうなのに、なぜかそこで言いよどんだ。

「なのに、どうして今回は受けてくださったんですか」

「ワシントン州立大学に寄付をしているからです。それに、何をしてもミス・キャヴァナーを追い払えなかったからかな。彼女はうちの広報にすさまじい電話攻勢をかけた。そういった種類のしつこさは、尊敬に値《あたい》します」

ケイトのそのしつこさなら身をもって知っている。本当ならいまごろ家で試験勉強をしているはずのわたしが、こうしてクリスチャン・グレイの刺し貫《つらぬ》くような視線を浴びてお尻をもぞもぞさせているのは、ケイトの執念の結果だもの。

「農業分野の技術開発にも投資していらっしゃいますね。これはなぜですか」

「腹が減っても、金は食べられませんからね、ミス・スティール。そして地球上には、必要最低限の食糧を手に入れることができない人が大勢いる」

「人間愛にあふれたお言葉ですね。それに情熱を注いでらっしゃるわけですか？　世界を食糧難から救うことに？」

彼は曖昧《あいまい》に肩をすくめた。「なかなか旨《うま》みのあるビジネスですから」そうつぶやくように言う。なんだか矛盾《むじゅん》しているように聞こえる。まるで筋が通らない。恵まれない人々に食糧を届ける？　道徳の観点からは理想的な行為だ。でも、そこにどんな経済的利益があるというの？　わたしは彼の態度に混乱したまま、リストに目を落として次の質問を確認した。

「人生哲学をお持ちですか。もしあれば、どんなものか教えてください」

「哲学というほどのものはありませんね。行動指針程度なら持っていますが。カーネギーの言葉です。〝自《みずか》らの精神を完全に掌中《しゅちゅう》に収めることができる〟。私は人並はずれた能力と明確な目的意識を備えた人間のものすべて掌中に収める術《すべ》を身につければ、それ以外に手にする資格のあるものです。つねに支配する立場にありたいと考えている――自分を、自分の周囲のすべてを支配していたいと考えています」

「つまり、身のまわりのあらゆるものを自分のものにしたいということですね」コントロール・フリーク確定。

「その資格のある人間になりたいと願っているというのが正確なところでしょう。しかし、まあ、簡単に言ってしまえば、すべてを自分のものにしたいということになるのかもしれない」

「自分は最終消費者である――食物連鎖の頂点にいるとおっしゃってるように聞こえます」

「ええ、そのとおりですから」彼の唇が笑みを作る。ただし、今度も目は笑っていなかった。どう考えても、世界の食糧難を解決したいという自己申告とは矛盾している。なぜか途中から別のことに話がすり替わっているような気がしてならない。この人はいったいなんの話をしているのだろうといぶかりながら、わたしはごくりと喉を鳴らした。室温が上がっている。気のせい？とにかくこのインタビューをさっさと終わらせたい。このくらいの材料があれば、とりあえず記事は書けるはず。わたしは次の質問を確かめた。

「養子として育てられたそうですね。その事実は人格形成にどの程度の影響を及ぼしたと思われますか」ずいぶんと立ち入った質問だ。どうか気を悪くしていませんようにと祈りながら、彼を見つめた。彼が眉間《みけん》に皺を寄せた。

「それは自分では知りようがありませんね」

わたしは好奇心をそそられた。「何歳のときに引き取られたんですか」

「それは本人に訊《き》くまでもなく手に入れられる情報ではありませんか、ミス・スティール」棘《とげ》の生えたような口調だった。

しまった。たしかにそうだ。この人にインタビューすることになるとわかっていたら、その程度の基礎データは事前に調べておくだろう。わたしは急いで質問を変えた。「仕事のために家庭を築くことをあきらめていらっしゃるようにお見受けします」

「いまのは質問の体《てい》をなしていない」そっけない声。

「すみません」身の細る思いがした。悪さをしているところを見つかった子供の気持ち。わたしは言い直した。「仕事のために新しい家庭を築くことをあきらめていらっしゃいますか」

「家族はすでにいます。兄と妹がひとりずつ、それに愛情にあふれた両親がいる。家族をそれ以上増やすことに興味はありません」

「あなたはゲイですか、ミスター・グレイ」

彼が息を呑む気配がした。わたしは身をすくめた。何やってるの！　書いてあることをそのまま読み上げるなんて。その前に自分なりのフィルターを通すとかなんとかできないわけ？　とはいえ、預かってきた質問をただ読み上げているだけだと馬鹿正直に打ち明けるわけにもいかない。ケイトめ。デリカシーってものはないの？

「いいえ、アナスタシア。私はゲイではありません」彼は両方の眉を吊り上げて答えた。目は冷たい光を放っている。決して快くは思っていない。

「ごめんなさい。その……ここに書いてあったものですから」ファーストネームを呼ばれたのは初めてだ。脈拍が急上昇し、頬がますます熱く火照《ほて》った。落ちてきた髪をぎこちない手つきで耳の後ろに押し戻す。

彼が首をかしげた。「いままでのは、あなたご自身の質問ではないということですか」

今度は顔から血の気が引いた。「その……はい、違います。ケイトが――ミス・キャヴァナーが――用意した質問です」

「おふたりとも学生新聞の記者なんでしょう？」

まずい。わたしは学生新聞とはまるきり無関係なのに。あくまでもケイトの課外活動であって、わたしは関係ない。頬が燃えるように熱くなった。「いいえ。ケイトはわたしのルームメイトです」

彼は考えこむような表情で顎をなでながら、灰色の瞳でわたしをじっと観察していた。「このインタビューにはあなたから志願したんですか」死んだように静かな声だった。

ちょっと待って。どっちがどっちをインタビューしてるのよ？　視線をぎりぎりとねじこまれて、ついに本当のことを白状せずにはいられなくなった。

「志願したというより、強引に徴兵されたというか。ケイトが体調を崩してしまって」わたしの声は弱々しく、弁解がましかった。

「なるほど、それでいろんなことに説明がつきますね」

そのとき、ノックの音が響いて、ブロンド美人2号が入ってきた。「ミスター・グレイ、お邪魔して申し訳ありません。次の来客の予定が二分後に迫っておりますので」

「まだしばらくかかりそうだ、アンドレア。申し訳ないが、次の予定はキャンセルしてもらえないか」

アンドレアはすぐには出ていこうとせず、驚いたようにぽかんと口を開けて彼を見つめていた。反応に困っている。すると彼がゆっくりとアンドレアのほうに顔を向け、〝おい、何をしている？〟というように眉を吊り上げた。アンドレアの顔がたちまち鮮《あざ》やかなピンク色に染まった。よかった。わたしひとりじゃないみたい。

「かしこまりました、ミスター・グレイ」アンドレアは口のなかでもごもごつぶやいて出ていった。

彼は眉をひそめて見送ったあと、わたしに向き直った。「なんのお話でしたか、ミス・スティール？」

なんだ、あっけなく〝ミス・スティール〟に逆戻りか。「あの、お忙しいようでしたら、そろそろ失礼します」

「あなたのことを知りたい。私のことはさんざん訊きましたね。それでおあいこというものでしょう」彼の目は好奇心に燃えていた。

え、どういうこと？　いったい何が目当てなの？　彼はアームレストに肘《ひじ》を置き、唇の前で指先を合わせた。その唇は……ああ、あの唇をどうしても見つめてしまわずにはいられない。わたしはまたごくりと喉を鳴らした。

「知っていただくほどのことはありません」

「大学卒業後のプランは？」

わたしは肩をすくめた。思いがけない質問だった。ケイトとシアトルに引っ越して、就職先を探す。その先のことはまだ考えたことがない。

「とくに何も、ミスター・グレイ。卒業試験をクリアするのが先ですし」いまごろは試験勉強をしているはずだったのに。このだだっ広くて贅沢《ぜいたく》なくせに殺風景なオフィスに座って、人の心を見透かすみたいなその視線にさらされてる予定じゃなかったのに。

「この会社にはひじょうに優《すぐ》れた実習生《インターンシップ》制度があります」彼が静かに言った。

わたしは驚いて眉を吊り上げた。まさか、この会社で働かないかと誘ってるの？「ありがとうございます。覚えておきます」まごつきながら小声で答えた。「でも、わたしはこの会社には向かないような気がします」うわあ。またしても思ったままを口に出しちゃった。

「それはどうして？」彼は興味をそそられたように首をかしげた。唇に笑みの気配がかすかに漂っていた。

「見ればわかりません？」不器用だし、ファッションセンスはゼロだし、第一、わたしはブロンド美人じゃない。

「いいえ、わかりませんね」彼はじっとこちらを見つめている。愉快そうな表情はきれいさっぱり消えていた。

お腹の奥底で、いままでそこにあることさえ知らなかった筋肉がふいに身をよじらせた。わたしは彼のからみつくような視線から目を引きはがし、きつく組んだ自分の両手を見るともなく見つめた。いったいどうしちゃったの？　とにかく、ここにいちゃだめ。いますぐ帰ろう。身を乗り出してレコーダーを回収した。

「社内をご案内しましょうか」彼が訊く。

「いいえ、お忙しいでしょうし、これから長距離ドライブが待ってますから」

「バンクーバーまで車で帰るおつもりですか」驚いたらしい。心配そうにも聞こえた。窓の外にちらりと目をやる。雨が降りだしていた。「運転には気をつけて」厳《いか》めしい命令口調だった。どうして帰り道の心配なんてするの？　「忘れ物はありませんね」彼はそう付け加えた。

「はい」わたしはレコーダーをバックパックに入れた。

彼は思うところありげに目を細めてわたしの様子を見守っていた。

「お時間を割いてくださってありがとうございました、ミスター・グレイ」

「どういたしまして」あいかわらず折り目正しい口調で言う。

わたしが立ち上がると、彼も立ち上がって手を差し出した。

「では、またお会いしましょう、ミス・スティール」挑むような口調だった。ちがう、脅《おど》すような、かもしれない。

わたしは額に皺を寄せた。いったいいつまた会うというの？　ふたたび握手を交わした。驚いたことに、あの電流みたいな奇妙な感覚がこのときもまた体を駆け抜けた。きっと緊張のせいだ。

「失礼します、ミスター・グレイ」わたしは軽く頭を下げた。

彼はアスリートのようなしなやかさで優雅にドアに近づき、やけに大きく開けた。「きちんと歩いて出られるようにと思いましてね、ミス・スティール」小さな笑み。さっきのあの優雅とは無縁の登場のしかたをからかっているのだろう。頬が火を噴きそうになった。

「お気遣《きづか》いありがとうございます、ミスター・グレイ」わたしはそっけなく答えた。彼の笑みが広がった。楽しんでいただけたようで光栄です——わたしは心のなかで彼をにらみつけ、ロビーに出た。意外にも、彼も一緒に出てきた。アンドレアとオリヴィアがそろって顔を上げ、どちらも負けずに驚いた顔がふたつ並んだ。

「コートをお預かりしていましたか」クリスチャン・グレイが尋ねた。

「はい、ジャケットを」

オリヴィアが跳ねるように立ち上がってジャケットを持ってきた。受け取る前に、グレイがジャケットをさらってわたしの前に広げた。わたしは滑稽《こっけい》なくらいぎこちなく袖《そで》を通した。グレイの両手が一瞬、肩に置かれた。その手が触れた瞬間、わたしは息を呑んだ。その反応に気づかれたかどうか、グレイの表情からは読み取れない。ほっそりと長い人差し指がエレベーターのボタンを押す。ふたりで並んで待った——わたしは落ち着きなく、彼は涼しい顔をして。扉が開くなり、エレベーターに駆けこんだ。一刻も早くここから逃げたかった。これ以上、一秒だってここにはいられない。エレベーターのなかで向きを変えると、彼は片手を壁に置いてエレベーターの枠にもたれ、わたしをじっと見つめていた。彼の美しさと言ったら。ああ、だめ、頭がくらくらする。

「アナスタシア」彼がさよならの代わりに言った。

「クリスチャン」わたしは応じた。まるで天の助けのように、そこで扉がすっと閉じた。

2

心臓が破裂しそうだった。エレベーターが一階に着くなり、扉が開ききるのも待たずに飛び出した。また足がもつれかけたけれど、今回は幸いにも、塵《ちり》ひとつ落ちていない砂岩の床にぶざまに投げ出されずにすんだ。そのままエントランスの巨大な扉に飛びつき、一秒後にはすべてから解放されて、何もかも浄化してくれるような、湿り気を帯びたシアトルの優しい空気に包まれていた。顔を空に向ける。頬を叩く雨粒がひんやりとして心地いい。目を閉じ、毒を追い出そうとするみたいにひとつ深々と息をついて、絶滅の危機に瀕《ひん》している平静を救おうとした。

こんなふうに激しく心を揺り動かされるなんて初めて。クリスチャン・グレイのどこがほかの人と違うというの？　外見？　礼儀正しさ？　財産？　力？　この不可解な反応を自分でも理解できない。安堵《あんど》の息を吐き出した。いまのはいったいなんだったの？　ビルの鋼鉄の柱にもたれると、頭を冷やして考えを整理するという難題に果敢《かかん》に挑もうとした。首を振りながらまた考える。いまのはいったいなんだったの？　鼓動はいつものリズムを取り戻そうとしていた。ふだんどおり息ができるようになるのを待って、わたしは車に向かった。

シアトルが背後に遠ざかるにつれ、さっきのインタビューを頭のなかで再生して、自分のばかさ加減にあらためて恥じ入った。わたしはありもしないものに勝手に過剰反応した。そうとしか考えられない。たしかに、彼はものすごく魅力的で、自信にあふれていて、命令につい従わずにはいられないような威厳があって、何事にも動じない人だ。ただ、裏を返せば、傲慢とも言えるし、礼儀作法はパーフェクトでも、独裁的で冷たい。本当にそうなのかはともかく、短時間だけ話した印象ではそうだった。背筋を震えが駆け抜けた。あの人はたしかに傲慢かもしれないけれど、それは当然のことなのかも。まだ若いのに、あれだけの成功を手にしたんだから。どうやら頭の回転の鈍《にぶ》い人間には我慢できないみたい。とはいえ、相手をする義理はないわけだ。彼の経歴をまるきり教えてくれなかったケイトに、またしても腹が立った。

州間高速五号線に向けてゆっくりと車を走らせているあいだも、わたしの思考はふらふらとさまよいつづけた。成功にあれだけ執着する動機は何？　まるで見当がつかない。彼の回答のなかには謎々《なぞなぞ》めいたものもあった——何か別の意味を隠しているみたいな答え。それに、そうだ、ケイトが用意した質問ときたら——もう！　養子の件もそうだし、〝あなたはゲイですか〟だなんて！　思わず身震いが出た。あんな質問をそのまま読み上げた自分も信じられない。大地よ、ひと思いにわたしを呑みこんで。この先ずっと、あのことを思い出すたびにいまと同じようにこの世から消えてしまいたくなるんだろう。恨《うら》んでやるからね、キャサリン・キャヴァナー！

スピードメーターを確かめた。いつもならもっと飛ばしているところだ。運転がちょっと控えめになっているのは、こちらを刺し貫くように見つめていたあの灰色の瞳と、〝運転には気をつけて〟と警告した厳めしい声のせい？　わたしは首を振った――クリスチャン・グレイという人は、なぜか、倍くらいの年齢の人が言いそうなことばかり言う。

もう忘れなさいってば、アナ――そう自分を叱りつけた。貴重な経験ではあったけれど、いつまでもくよくよ考えるようなことじゃない。そう思うことにした。きれいさっぱり忘れてしまえばいい。あの人にはもう二度と会うことはないんだから。そう気づいたとたん、心がふいに軽くなった。カーステレオのスイッチを入れてボリュームを上げ、低音のきいたインディーズロックを聴きながら、アクセルペダルをぐいと踏みこんだ。州間高速五号線に乗る。そうよ、あの人を気にすることなんてない。出したいだけスピードを出せばいい。

わたしとケイトは、ワシントン州立大学のバンクーバー・キャンパス近くのメゾネット式の部屋で共同生活をしている。わたしはラッキーだ。そこはケイトの両親が娘の大学進学を機に購入したアパートメントで、わたしは無料《ただ》同然の家賃で住まわせてもらっていた。ここでケイトと同居して四年になる。部屋の前に車を停めた。ケイトがインタビューの様子を一から十まで知りたがるのはわかりきっていた。何もかも全部聞き出すまで、絶対にあきらめないだろう。ただし、わたしにはＩＣレコーダーという強力な味方がついている。レコーダーに録音されている以上のことを説明しないですむことを祈った。

「アナ！　お帰り」ケイトはリビングルームで本に囲まれていた。試験勉強に励んでいたらしい。かわいらしいウサギ柄のピンク色のフランネル地のパジャマを着たままだ。そのパジャマは、彼氏と別れた直後や具合が悪いとき専用のとっておきだけれど、ただ単に気が滅入っている日に登場することもある。ケイトは立ち上がってぎゅっとわたしを抱きしめた。

「心配してた。こんなに遅くなると思わなかったから」

「インタビューが長引いたわりには早く帰ってきたつもりだけど」わたしはＩＣレコーダーを持ち上げてみせた。

「ありがとう、アナ。代わりに行ってくれて。恩に着る。で、どうだった？　彼、どんな人なの？」

ほらほら、始まった。キャサリン・キャヴァナー式尋問。

すぐには答えられない。だって、何を言えばいい？

「終わってほっとした。あの人に二度と会わなくてすむのもうれしいかも。すごく威圧的な人だったから」わたしは肩をすくめた。「思いこみの激しいタイプ。うっとうしいくらい。それに若い。ものすごく若かった」

ケイトは無邪気な目でわたしを見つめている。

わたしは渋い表情を作った。「そうやって知らん顔してもだめだからね。せめて略歴くらい教えといてくれてもよかったでしょ？　最低限のリサーチもしてきてないのかって思われて、気まずかったんだから」

ケイトは手で口を覆《おお》った。「ごめん、アナ。うっかりしてた」

わたしは怒った顔で続けた。「礼儀正しくて、堅苦しくて、ちょっと古風な感じの人。ほんとは見た目の倍くらいの年齢《とし》なんじゃないのって疑いたくなるくらい。二十代とは思えない言葉遣いをするし。ところで、あの人、何歳なの？」

「二十七歳。ほんとにごめん、アナ。そうよね、略歴くらいちゃんと説明しておくべきだった。でも、あのときは完全にパニックになっちゃってたから。レコーダー、貸して。これからすぐ書き起こすことにする」

「ずいぶん顔色がよくなったね。スープは食べた？」わたしは話題を変えようとして言った。

「食べた。いつもどおりおいしかったよ。おかげでずいぶん元気が出た」ケイトの笑顔には感謝の気持ちがあふれていた。


わたしは腕時計を確かめた。「あっと、急がなくちゃ。いまから行けばアルバイトに間に合いそう」

「アナ、大丈夫？　疲れちゃうんじゃない？」

「平気。じゃ、またあとでね」


大学に入って以来ずっと〈クレイトン〉でアルバイトをしている。クレイトンは、大手チェーンに属さない個人経営の店としては、ポートランド周辺で最大級のホームセンターだ。四年も働いていれば、さすがに商品知識はそれなりに身についたけれど、皮肉なことに、わたしは日曜大工にはまるで不向きだ。ＤＩＹは完全に父におまかせ。

予定どおりシフトに入れてほっとした。これでクリスチャン・グレイ以外のことに集中できる。店は忙しい。夏を前に、世間は家の改装に余念がなかった。ミセス・クレイトンも、わたしの顔を見てほっとしたようだ。

「アナ！　今日は来られないだろうって半分あきらめてたところだった」

「思ってたより用事が早くすんだの。何時間かは手伝えそう」

「よかった、心強いわ」

さっそく品出《しなだ》しを頼まれた。まもなくわたしは仕事に没頭していた。


アルバイトを終えてアパートメントに帰ると、ケイトがヘッドフォンをつけてノートパソコンに向かっていた。鼻はまだピンク色のままだけれど、ふだんから学生新聞には本気で取り組んでいるケイトは、いまも真剣な顔で猛然とタイプしている。わたしはといえば、文字どおり精根《せいこん》尽き果てていた。長距離ドライブで体力を使い、インタビューで神経をすり減らし、クレイトンの店ではめちゃくちゃ働いた。ソファにどさりと腰を下ろし、仕上げなくてはならないレポートのこと、今日できなかった分の試験勉強のことを考えた——そう、あの人とひとつ部屋に閉じこめられていたおかげでしそこねた勉強。

「おかげでいい記事が書けそう、アナ。さすがね。でも、社内見学ツアーに誘ってもらったのに断るなんて、信じられない。彼、あなたをすぐには帰したくなかったみたいじゃない？」ケイトはいぶかしげな目を一瞬だけこちらに向けた。

わたしは頬を赤らめた。なぜか鼓動まで速くなった。彼が社内を案内しようと誘った動機はそれじゃない。配下にあるものすべてを完全に支配していることを見せつけたかっただけに決まってる。無意識のうちに下唇を噛んでいた。ケイトに気づかれていないことを祈った。ケイトは録音を書き起こすことに集中している。

「たしかに堅苦しい雰囲気の人ね。メモは取った？」

「あ……ごめん、取ってない」

「気にしないで。この録音だけでも充分、記事は書けるから。写真がないのが残念。すっごいイケメンだったでしょ？」

「そうね」無関心を装った。どうにかケイトの目をごまかせたと思う。

「〝そうね〟じゃないわよ、アナ。いくらあなたでも、なんとも思わなかったとは言わせないから」ケイトは眉を吊り上げた。完璧な弧がふたつ並ぶ。

まずい！　頬が熱くなった。すかさずケイトをおだてて気をそらすことにした。それはどんな場面でも効果のある戦術だった。「ケイトがインタビューしてたら、もっとおもしろい話を引き出せたんじゃないかと思うけど」

「どうかな。だって――彼、アナを雇いたいって言ったも同然じゃない？　寸前に代役を押しつけられたわりにはたいした腕前」ケイトは意味ありげにわたしを見つめた。わたしはあわててキッチンに逃げこんだ。

「で、ほんとのところはどうなの？　彼のこと、どう思った？」

まったく、どこまで詮索《せんさく》好きなのよ。意地でも聞き出さなくちゃ気がすまない？　適当な答えをでっち上げよう――急げ、急げ。

「そうね、仕事命で、支配欲ばかり強烈で、自信過剰。近づきがたいけど、カリスマ性がある。どこがどう魅力的なのかはよくわからない」そう正直に付け加えた。これでケイトが納得して引き下がってくれればいいけど。

「ねえ、男の人に魅力を感じたってこと？　それって初めてじゃない？」ケイトが笑う。

顔を見られたくなくて、わたしはサンドイッチの材料をカウンターにそろえる作業を始めた。

「ねえ、あなたはゲイですかって質問はなんだったの？　ちなみに、あの質問がいちばん気まずかった。訊いたわたしも恥ずかしかったけど、向こうもそんなこと訊かれてむっとしたみたい」

そのときのことを思い出して顔をしかめた。

「新聞の社交欄に載ってる写真を見ても、女の人と写ってるのは一枚もないのよ。だから」

「ほんとに気まずかったんだからね。ううん、最初から最後までずっと気まずかったわよ。これきり二度と会わないですむと思うと、それだけでうれしい」

「アナ。そこまで言うほどのこと？　これを聴くかぎり、彼はかなりあなたのこと気に入ってるみたいだけど」

気に入った？　わたしを？　ケイトったら、何を言い出すの？

「サンドイッチ、食べる？」

「うん、お願い」


その晩はそれきりクリスチャン・グレイは話題にのぼらなかった。ほっとした。サンドイッチで夕飯をすませたあと、ケイトとダイニングテーブルをはさんで座った。ケイトはインタビュー記事を書き、わたしはトマス・ハーディの『ダーバヴィル家のテス』のレポートを書いた。主人公のテスは、生まれる世紀、時代、場所をどうしようもないほど間違ってしまった悲劇のヒロインだ。レポートがようやく仕上がったときにはもう真夜中になっていて、ケイトはとっくにベッドに入っていた。わたしは足を引きずるようにして自分の部屋に引き上げた。くたくた。それでも、月曜にしてはたくさんのことをやり遂げた自分が誇らしい。

白いスチールフレームのベッドの上で体を丸め、母の手製のキルトにくるまった。目を閉じた次の瞬間にはもう熟睡していて、暗い場所と、何もない冷たい白い床と、灰色の瞳の夢を見た。

その週は試験勉強とクレイトンでのアルバイトに明け暮れた。ケイトも次期編集長に引き継ぐ前の最後の学生新聞の編集と試験勉強を同時進行させて、忙しそうにしていた。ケイトの風邪は水曜にはだいぶよくなり、わたしもちっちゃなウサギだらけのピンクのフランネル地のパジャマを見つづける責め苦から解放されていた。ジョージア州に住んでいる母に電話をかけた。様子を尋ねるついでに、卒業試験がんばってと励ましてもらいたかった。母はどうやら手作りキャンドルの販売を始めたらしい。新しいビジネスを起《た》ち上げるために生きているみたいな人なのだ。いつだって退屈していて、絶えず暇つぶしを探している。ただし、母の関心の持続スパンは、金魚と同等だ。一週間もたてばもう、次の何かに興味が移っている。母はわたしを心配していた。わたしは、母が最新のビジネスを起ち上げるに当たって家を抵当に入れたりしてませんようにと心配している。親元を離れたわたしの代わりに、母の現夫のボブ——夫としてはそこそこ新しいけれど、年齢という意味ではわりとポンコツな人——がちゃんと目を光らせていてくれるだろうと期待してはいる。母の夫ナンバー3よりはずっと地に足の着いた人らしかった。

「最近はどうなの、アナ？」

わたしは返事をためらった。ちょっと間が空いた隙に母の全注意がわたしに向いたのがわかった。「元気だけど」

「アナ？　誰か気になる人を見つけたとか？」

ちょっと待って……どうして？　どうしてわかるの？　母がわくわくしているのが伝わってくる。

「よしてよ、ママ。もし見つけたら、ママにいちばんに伝えるし」

「アナ、家にばかりこもってないで、どんどん外に出なさい。心配だわ」

「大丈夫だってば。それより、ボブは元気？」使い古された手であっても、話題を変えるのはどんなときも最良の戦略だ。

同じ夜のうちに、継父のレイにも電話した。レイは母の夫ナンバー2で、わたしはレイのことを父親だと思っているし、いま名乗っている姓もレイのものだった。会話は短かった。会話というより、わたしがなだめすかすようにしてあれこれ質問し、レイはそれに答えて言葉少なにぼそぼそつぶやくだけだ。レイはおしゃべり好きではない。それでも、まだ無事に生きていて、テレビのサッカー中継を欠かさず観ていることは確認できた（中継がないときは、ボウリングやフライフィッシングに出かけたり、家具を作ったりしている）。レイはベテラン大工だ。わたしがこて板と手引きのこぎりを区別できるのは、そのおかげだった。レイのことは、とりあえず心配ない。

金曜の夜、ケイトとわたしがどこへ出かけようか相談していると――ふたりとも、試験勉強やアルバイトや学生新聞からいったん解放されたかった——玄関のチャイムが鳴った。ドアを開けると、親友のホセが立っていた。シャンパンのボトルを抱えている。

「ホセ！　久しぶり！」わたしはホセを軽く抱きしめた。「入って、入って」

ワシントン州立大学に来て初めてできた知り合いがホセだった。そのときのわたしに負けないくらい、途方に暮れて寂しげに見えた。わたしたちはすぐに意気投合し、それ以来ずっと親しい友達づきあいを続けている。ユーモアのツボが似ているというのもあるけれど、レイとホセのお父さん（ホセ・シニア）が陸軍時代に同じ部隊に所属していたという思いがけない共通点もあった。わたしたちを介して、父親同士も親友になっている。

ホセの専攻は工学で、家族のなかで大学まで進んだのはホセが最初らしい。ずば抜けた頭脳の持ち主だけれど、ホセが何より熱心なのは写真だった。彼は優れた写真を見分ける目を持っている。

「いいニュースがあるんだ」ホセが微笑んだ。黒い瞳がきらきらした光を放っていた。

「待って、当てさせて。退学処分まで、一週間の猶予をもらえた」わたしはそう言ってからかった。ホセもふざけてわたしをにらみつけた。

「来月、ポートランド・プレース画廊で個展を開くことになったんだよ」

「ほんとに？　おめでとう！」うれしくなって、わたしはまたホセを抱きしめた。

ケイトも顔をほころばせた。「ブラボー、ホセ！　さっそく学生新聞に載せなくちゃ。でも、金曜の夜、締切間際に記事の差し替えか——やってくれるわね」ケイトはそう言ってわざとらしく恨《うら》めしげな顔を作った。

「一緒に乾杯しよう。オープニングにぜひ来てくれよ」ホセはそう言ってわたしを見つめた。頬が熱くなった。「もちろん、ふたりで」ホセはそう付け加え、ほんの少しばつが悪そうにケイトを見やった。

　ホセは気のおけない友達だ。でも、心の奥底ではもう知っていた。ホセはわたしに友達以上の感情を抱いている。ハンサムで、話も合うけれど、わたしの探している人は彼じゃない。どちらかといえば、弟みたいな存在。ケイトからはよく、わたしには〝異性を求める遺伝子〟が欠けているんじゃないのとからかわれる。でも、本当のところは、まだそういう人に……わたしの胸をときめかせる運命の人にめぐり逢っていないだけのこと。世間でよく言う、膝から力が抜けるとか、心臓が口から飛び出しそうになるとか、お腹のなかをちょうちょの群れが舞うとか、そういった瞬間を心のどこかで待ち焦《こ》がれてはいるのだけれど。

　わたしはどこかおかしいのかなと心配になることもある。本のなかのヒーローたちとロマンチックな時間を過ごしすぎたせいで、理想や期待ばかり高くなってしまっているとか。でも、実際、わたしにはまだ〝その瞬間〟は一度も訪れていなかった。

　つい最近、訪れたんじゃない？――頭の奥のほうから、控えめにそうささやく声が聞こえた。潜在意識――〝本当のわたし〟の声。やめて！　わたしはその声を即座に追い払った。そのことは考えるのもいやなんだから。あの悪夢のインタビューのあとでは、考えたくない。〝あなたはゲイですか、ミスター・グレイ？〟。ううう、思い出しただけで身がすくむ。あの日以来、毎晩のように彼の夢を見ているのは事実だけれど。でもそれは、あの出来事を記憶から消去するための定型処理にすぎない。

ホセがシャンパンの栓を抜こうとしていた。ジーンズとTシャツというシンプルな格好でいると、背の高さや肩幅の広さ、筋肉のたくましさが際立って、よく陽に焼けた肌、黒っぽい髪、燃えるような黒い瞳がいっそう映《は》えて見えた。すごくキュートだってことは認めないわけにはいかない。でも、ホセもそろそろ気づいているはず。わたしと彼の関係が友達以上の何かに発展することはない。ぽんと大きな音を立ててコルク栓が抜けた。ホセが顔を上げて微笑んだ。

土曜日のクレイトンの店の忙しさときたら、悪夢だ。自宅のお色直しを思案中のＤＩＹ好きがポートランド一帯から引きも切らずに詰めかける。店のオーナーのクレイトン夫妻、わたしとバイト仲間のジョンとパトリックは、顧客の攻勢に押しつぶされかけた。それでもお昼ごろには一時停戦になって、ミセス・クレイトンは、発注作業のついでに、いまのうちにレジの陰でベーグルでもお腹に入れておいたらと言ってくれた。わたしは在庫切れ商品や発注済みの商品の品番をカタログで確認する作業に専念した。注文控えとコンピューター上のカタログを交互に見て、品番に誤りがないことを確かめていく。やがて、何気なく顔を上げると……自信に満ちた灰色の瞳と目が合った。クリスチャン・グレイ。カウンターの向こう側に立って、わたしをじっと見つめている。

心臓が止まった。

「ミス・スティール。これはこれは、うれしい驚きだ」わずかも揺らがない、刺し貫くような視線。

きゃあああ！　ちょっと待って、こんなところで何してるの？　それに、そのアウトドアっぽい格好は何？　彼の髪はいい感じにくしゃっと乱れていて、クリーム色の厚手のセーターとジーンズ、ウォーキングブーツという出で立《いでた》ちだった。たぶん、わたしは文字どおり口をあんぐり開けていたと思う。脳味噌と声も、手に手を取って脱走してしまっていた。

「ミスター・グレイ」蚊の鳴くような声でわたしは言った。それでせいいっぱい。彼の唇はごくかすかな笑みを作り、目は愉快そうにきらめいている。まるで自分にしかわからないジョークをおもしろがってでもいるみたいに。

「この近くに来ていましてね」事情を説明するように言う。「いくつか買い足しておきたいものを思い出して。ところで、またお会いできて光栄ですよ、ミス・スティール」温かくてハスキーな声はまるで……とろけたダークチョコレート味のキャラメルみたい。

わたしは錯乱しかけた心に活《かつ》を入れようと、ぶんとひとつ大きく首を振った。心臓は破裂せんばかりの勢いで打ちまくっている。彼に見つめられているだけでなぜか頬が熱くなって火を噴きかけた。思いがけず実物が現われたせいで、完全に動転している。ああ——彼は記憶にあるよりずっとずっと美しかった。ハンサムなんて言葉では足りない。男性の美の化身だ。息を呑むばかりに麗《うるわ》しい。その美の権化《ごんげ》がいま、目の前に立っている。クレイトン・ハードウェア・ストアに降臨した。信じられない。何秒かたったころ、わたしの認識機能がようやく再起動し、肉体のほかの部品に接続し直された。

「アナ。アナと呼んでくださってけっこうです」消え入りそうな声で言う。「何をお探しでしょうか、ミスター・グレイ？」

彼が微笑む。今度もまた、何か巨大な秘密を隠しているみたいな笑みだった。その笑みを見ているだけで、なぜかおろおろしてしまう。ひとつ深呼吸をして、〝この店で何年も働いてるベテラン〟らしい表情を強引に顔に貼りつけた。大丈夫だから、アナ、あなたならかならず乗りきれる。

「何点かほしいものがあります。手はじめに、ケーブルタイ」彼が声を落として言った。その表情は冷たくも見え、楽しげにも見えた。

結束バンド《ケーブルタイ》？

「長さが何種類かあります。売場までご案内しましょうか」わたしは弱々しい震え声で言った。しっかり、アナ・スティール！

クリスチャン・グレイの美しい額にうっすらと皺ができた。「ええ、お願いします。ついていきますよ、ミス・スティール」

わたしは何気ないふりを装ってカウンターの外に出た。でも実際には、足もとに全神経を集中していた。また自分の足につまずいて転んだりしたくない。脚はゼリーみたいにふにゃふにゃだった。持ってるなかでいちばんいいジーンズを穿《は》いてきていてよかった。

「電化製品の売場にあります。八番通路です」わたしの声は少しばかり朗《ほが》らかすぎた。彼の表情を盗み見る。たちまち後悔した。ふう、なんてきれいなの。

「お先にどうぞ」彼は指の長い、メンテナンスの行き届いた手を広げてわたしを先に歩かせた。

自分の心臓で窒息しそうになりながら——口から脱走しようと試みているのか、喉もとまでせり上がっていた——電化製品の売場に向かった。ねえ、どうしてこの人がポートランドに来てるわけ？　なんだってこの店にいるわけ？　脳のなかの、ふだんはほとんど能力を発揮する機会を与えられていないちっぽけな領域――わたしの予想では、延髄《えんずい》の付け根あたり、潜在意識と隣り合うように存在している部位――から、ふいに声が聞こえた。あなたに会いにきたに決まってるでしょ？　ちょっとちょっと、何言ってるの！　その思いつきを瞬時に払いのけた。この美しくて、社会的影響力もある知的な人が、わたしなんかに会いたがるわけがない。絶対に、絶対にありえない。その考えを蹴飛ばすようにして頭から追い出した。

「ポートランドにはお仕事でいらしたんですか」わたしは訊いた。素《す》っ頓狂《とんきょう》な声だった。まるでドアに指をはさまれて思わずあげた悲鳴みたい。ねえ、アナ、ちょっと落ち着きなさいってば。

「ワシントン州立大学の農学部に用がありましてね。ほら、農学部はバンクーバーにあるでしょう。輪作や土壌学の研究プロジェクトに資金提供しているんですよ」そっけない答えが返ってきた。

ほらね？　あなたに会いにきたわけじゃなかったでしょ――せせら笑うような潜在意識の声が聞こえた。よく響く、得意げな、しかもつんけんした声。自分の能天気な思いこみが恥ずかしくなって、わたしは赤面した。

「〝食糧難から世界を救え〟計画の一端として？」わたしはからかうように訊いた。

「まあ、そんなところです」彼はあっさり認めた。唇が小さな笑みを作った。

彼は陳列された多種多様なケーブルタイをながめている。ケーブルタイなんて、何に使うんだろう。この人はＤＩＹ好きにはとても見えない。彼の手が、ずらり並んだケーブルタイのパッケージの上をさまよった。なぜかその手を見ていられなくなって、目をそらした。やがて彼は腰をかがめてひとつを取った。

「これがよさそうだ」例の謎めいた笑みとともに言う。

「ほかにご入り用のものは？」

「マスキングテープかな」

マスキングテープ？

「自宅の改装ですか」考える前にそう訊いてしまっていた。でもこの人なら、内装会社に依頼するか、会社の従業員に手伝わせるかしそうなものだ。

「いいえ、改装に使うものではありませんよ」彼は早口に答えてにやりとした。わたしを笑っているんじゃないかというい やな予感がする。

わたしってそんなにおかしい？　そうやって笑われるような顔してる？

「こちらへどうぞ」わたしは小さな声で言った。気まずい。気まずすぎる。「マスキングテープは内装用品売場です」

「この店には長いんですか」彼が低い声で訊く。わたしを見つめている。まっすぐに。

顔が真っ赤になった。この人と話していると、どうしてこう赤面してばかりいるんだろう。これじゃまるで中学生だ。いつものことだけれど、世慣れてなくて、どこにいてもなんとなく浮いていて。ほら、しゃんと背筋を伸ばしなさい、アナ・スティール！

「はい、四年になります」そう答えたとき、ちょうど目的の売場に着いた。彼以外のことに意識を向けたくて、わたしは棚の下のほうに手を伸ばし、この店で扱っている二種類の幅のマスキングテープをひとつずつ取った。

「そっちにしよう」クリスチャン・グレイは幅の広いほうを指さして静かに言った。ほんの一瞬、互いの指先がかすめた。裸の電線に触ってしまったときみたいな衝撃がまたしても体を貫く。わたしははっとした。電流に似た衝撃が、お腹の奥底——未開の暗黒の地まで到達したから。パニックにとらわれて、わたしは完全に行方不明になった心の安定を懸命に探し回った。

「ほかには何か？」低くかすれた声で尋ねた。彼がわずかに目を見開く。

「ロープも買っておこうかな」彼の声も同じように低くかすれていた。

「こちらです」わたしは限界まで顔を伏せた。またもや赤面しているのを見られたくない。そのままロープの売場に歩いた。「どんなロープをお探しですか。いろいろあります。合成繊維のもの、天然繊維のもの……麻紐《ひも》……ケーブルコード……」彼の表情に気づいて、わたしは口をつぐんだ。彼の瞳が暗い光を放っている。うわ……なんなの、その目は何？

「天然繊維のロープを五メートルいただこうか」

壁に固定された物差しを使って、震える指ですばやく五メートル分測った。そのあいだもずっと、わたしに注がれている彼の視線を意識せずにはいられなかった。でも、彼と目を合わせるなんて絶対に無理。ああ、もう、恥ずかしいったらない。ジーンズの後ろのポケットからスタンレーのナイフを取り出し、ロープを切って、丁寧に輪に巻いたあと、引き結びを作った。指を一本も切り落とさずにやり遂《と》げたのは、ほんと奇跡的。

「昔、ガールスカウトだったとか？」彼が訊く。彫刻のように整った肉感的な唇がからかうような笑みを作る。だめ、あの唇を見ちゃだめだったら！

「団体行動はあまり好きじゃないんです、ミスター・グレイ」

彼は片方の眉を吊り上げた。「では、何がお好きなのかな、アナスタシア？」静かな声だった。

あの謎めいた笑みがまた唇に浮かぶ。

わたしは彼を見つめた。答えることさえできない。足の下、地中のどこかで、地殻構造プレートがぐらぐら揺れている。お願い、落ち着いて、アナ――耐えかねた潜在意識がひざまずいて懇願した。

「本です」わたしは小声で答えた。ただ、胸のうちでは、潜在意識がこう叫んでいた。あなたよ！　わたしが好きなのはあなた！　わたしはハエを叩くみたいにしてその声を黙らせた。心の片隅でそんな大それたことを考えている自分が恨めしい。

「本？　たとえばどんな？」彼が軽く首をかしげた。どうしてそんなに知りたがるの？

「どんなと訊かれても。ごくふつうの本です。古典。おもにイギリス文学」

彼はほっそりと長い人差し指と親指で顎をなぞりながら、わたしの答えをじっくりと考えている。もしかしたら、退屈を隠そうとしているだけかもしれない。

「ほかにご入り用のものは？」話をそらしたかった。あの指、美しい顎をなでるあのしぐさ。どうしても見とれてしまう。

「どうかな。あなたならほかに何を薦《すす》めますか」

何を薦めるかって？　何に使おうとしているのかも知らないのに？「日曜大工をなさる方に、ですか？」

彼はうなずいた。瞳は茶目っ気たっぷりにきらめいている。また頬が熱くなった。視線が下にさまよって、彼の細身のジーンズの上で止まった。

「作業着」わたしは答えた。言葉はもう、いっさいのフィルターを通らずに勝手に口から出ていく仕組みになっていた。

彼は片方の眉を吊り上げた。またしてもおもしろがっている。

「服が汚れてしまうから」わたしは彼のジーンズのほうに曖昧に手を振った。

「汚したくなければ、脱ぐという手もありますね」彼がにやりとした。

「う……」またしても頬が熱くなるのがわかる。いまごろわたしの顔はもう、『共産党宣言』にだって勝負を挑めそうなくらい真っ赤になってるはず。それ以上何もしゃべらないこと、アナ。もうひとことだってしゃべっちゃだめ。

「じゃあ、作業着をいただこうか。服が汚れたら一大事ですから」彼が皮肉めいた調子で言った。

わたしはジーンズを穿いていない彼のイメージを頭から追い出そうとした。

「ほかには?」わたしは青い作業着を差し出しながら、ネズミみたいな声で尋ねた。

彼はわたしの質問を無視した。「記事の執筆は順調に進んでいますか」

よかった、ようやく楽に答えられることを訊いてくれた——意味深な言葉や、人を煙《けむ》に巻くような言い回しから離れて、わたしでもふつうに答えられる質問。救命ボートにしがみつくみたいにその質問を両手で握りしめると、正直に答えた。

「記事を書いてるのはわたしじゃなくて、キャサリンです。ミス・キャヴァナー。わたしのルームメイト。いい記事が書けそうだって喜んでました。学生新聞の編集長をしてて、自分でインタビューできなかったのがすごく悔《くや》しかったみたいですけど」久しぶりに水面に顔を出して息継ぎしたような気分だ。ようやくふつうの会話らしい会話になろうとしている。「あとは、オリジナルの写真があればもっとよかったのにって言ってます」

「どんな写真がお望みなんでしょうね」

おっと。その反応は予想外だった。わたしは首を振った。わからない。

「偶然にもこうして近くに来ているわけだし、明日ならなんとか時間を作れるかな……」

「え、写真撮影に応じてくださるんですか」さっきと同じ素っ頓狂な声が出た。もしこの話をうまくまとめられたら、ケイトは歓喜に酔いしれることだろう。また明日、彼に会えるかもしれないってことでもあるわね――脳の奥底の暗黒の領地がわたしをそそのかそうとするみたいにそうささやいた。わたしはその願望を振り払った――滑稽でばかげた願望……。

「ケイトが喜びます。カメラマンをうまく見つけられれば、ですけど」うれしさのあまり、わたしは大きな笑みを浮かべてみせた。はっと息を呑んだかのように彼は唇をわずかに開き、目をしばたたかせた。何分の一秒か、どこか途方に暮れたような表情が彼の顔に浮かんだ。地軸の傾きが微妙に変化し、地殻構造プレートがすべり落ちて新しい場所に落ち着いた。

ううう、たまらない――クリスチャン・グレイの困った顔。

「明日の件、決まったら連絡をいただけませんか」彼は尻ポケットから財布を取り出した。「名刺をお渡ししておきます。ここにある携帯電話の番号に、明日の十時までに連絡をください」

「わかりました」わたしは彼を見上げて微笑んだ。ケイトのうれしそうな顔が目に浮かぶ。

「アナ!」

そのとき通路の向こう端にふいにポールが現われた。ポールはミスター・クレイトンのいちばん下の弟だ。プリンストン大学から帰ってくるという話は聞いていたけれど、今日、顔を合わせることになるとは思っていなかった。

「あ、すみません。ちょっと失礼します、ミスター・グレイ」わたしは向きを変えた。グレイは眉間に皺を寄せていた。

ポールは親友のひとりだ。お金と権力を使いきれないほど持ち、しかも規格外に美しく、そのうえコントロール・フリークのグレイと過ごすどうにも落ち着かないひとときから一瞬でも解放されてふつうの人とふつうの話ができるのは、うれしい息ぬきだ。驚いたことに、ポールはわたしをやたらにきつく抱きしめた。

「アナ、久しぶりだ、会えてうれしいよ！」ポールがひと息に言った。

「お帰り、ポール。元気にしてた？　お兄さんのお誕生日に合わせて帰ってきたの？」

「そうだよ。元気そうだね、アナ。すごく元気そうだ」ポールは一歩下がり、わたしをしげしげとながめてうれしそうに微笑んだ。それからわたしの肩に置きっぱなしにしていた両手を離すと、まるで所有権を主張するみたいに、今度は腕をわたしの肩に回した。居心地が悪くなって、そわそわと足を踏み替えた。久しぶりにポールに会えたのはうれしい。でも、いつものことではあるけれど、ポールはちょっぴりなれなれしすぎる。

顔を上げてグレイのほうを見やると、まるでタカみたいな鋭い視線をこちらにじっと注いでいた。目をなかば閉じ、何やら思案しているような顔で唇をきつく引き結んでいる。妙になれなれしいフレンドリーな客から、まったくの別人――冷たくて他人行儀な見知らぬ人に変わっていた。

「ポール、いまお客さんの相手をしてるところなの。紹介させて」グレイの顔には明らかな敵意が浮かんでいた。わたしはポールを引きずるようにしてグレイのそばに戻った。ふたりは互いに品定めするような目で相手をじろじろながめた。室温が北極圏なみまで一気に低下した。

「えっと、ポール、こちらはクリスチャン・グレイ。ミスター・グレイ、こちらはポール・クレイトン、この店のオーナーの弟さんです」わけのわからない理由から、もっと詳しい説明を付け加えなくては許されないような気がした。「ポールとは、この店でアルバイトするようになったころから知り合いなんですけど、会う機会はあまりなくて。今日はたまたまプリンストンから帰ってきてるんです。大学では経営管理学を勉強してて」意味のないことをだらだらだらだら……もう、やめなさいってば！

「よろしく、ミスター・クレイトン」グレイが手を差し出す。表情からは何も読み取れない。

「こちらこそ、ミスター・グレイ」ポールは握手に応じた。それから――「え、待って。まさかあのクリスチャン・グレイ？　グレイ・エンタープライズ・ホールディングスの？」あんなに不機嫌そうだったのに、ほんの一ナノ秒のあいだに、恐れかしこまったような表情に変わっていた。

グレイがお義理の笑顔を作る。目はまるで笑っていない。

「すげえ――何かお手伝いしましょうか」

「アナスタシアが相手をしてくれていますから、ミスター・クレイトン。とてもよく気のつく方で助かっていますよ」顔は無表情だけれど、彼の言葉は……何かまったく別のことを指しているように聞こえた。でも、いったい何？

「ならよかった」ポールが言った。「じゃ、またあとで、アナ」

「じゃあね」わたしは倉庫に向かうポールを見送ったあと、尋ねた。「ほかには、ミスター・グレイ？」

「いま選んだ分だけでけっこう」そっけなくて冷ややかな声だった。どういうこと？……わたし、何か気に障《さわ》るようなことしました？　ひとつ深呼吸をして、レジに戻った。言ってみなさいよ、いったい何が不満なの？

ロープ、作業着、マスキングテープ、ケーブルタイの会計をした。「全部で四十三ドルです」グレイを見上げた。そして後悔した。彼はわたしの一挙一動を食い入るように目で追っている。わたしはうろたえた。

「袋に入れますか」差し出されたクレジットカードを受け取りながら、尋ねた。

「お願いします、アナスタシア」彼は舌で愛撫するようにわたしの名前を付け加えた。心臓がまたもや暴走を始めた。息まで苦しかった。わたしは大急ぎで商品をビニールの手提げ袋に入れた。

「写真撮影の件、決まったら電話をください」彼の態度はビジネスモードに戻っていた。わたしはクレジットカードを返してうなずいた。またしても声が行方不明になっていた。

「けっこう。では、また明日――かどうかはまだわかりませんが」彼は出口に歩きだしかけて、ふと立ち止まった。「そうだ――アナスタシア、ミス・キャヴァナーがインタビューに来られなかったのは、いま思えば幸運でしたよ」そう言って微笑んだあと、ビニール袋をひょいと肩にかけ、新たな目的を見つけたとでもいうような足取りで店を出ていった――煮えたぎる大量の女性ホルモンの容《い》れ物になったわたしを、レジにひとりぽつんと残して。わたしは彼が出ていったあとのドアをしばらくぼうっと見つめていたあと、長いことかかってようやく地球に帰還した。

ふう――素直に認めよう。あの人が好き。その気持ちから逃げ隠れするのはもう無理。こんな想いは生まれて初めて。彼は魅力的な人だ。たまらなく魅力的。でも、この想いが報われることはない。それはよくわかっている。ほろ苦い未練のため息が出た。今日、彼がこの店に来たのは、単なる偶然に決まってる。それでも、遠くから見とれるくらいはかまわないわよね。それなら傷つくこともない。うまい具合にカメラマンを見つけられれば、明日、好きなだけ見とれることができるわけだし。わたしは期待に唇を噛みしめた。気がつくと、空想にふける思春期の女の子みたいににやにやしていた。いけない、さっそくケイトに電話して、撮影の手配を相談しなくちゃ。

3

ケイトは天にも昇る喜びようだった。

「でも、クレイトンの店に何しにきたの？」ケイトの旺盛《おうせい》すぎる好奇心が電話越しに染み出してくる。わたしは倉庫の奥の奥にこもり、携帯電話を耳に当てて、何気ない口調を装おうと努めていた。

「たまたま近くに来てたらしいけど」

「それってずいぶんな偶然よね、アナ。ね、自分に会いにきたんだとは思わない？」

その夢のような可能性に思いを馳《は》せたとたん、心臓が恍惚《こうこつ》として気を失いかけた。でも、歓喜は長くは続かなかった。彼は仕事で来ただけ。どんなに退屈だろうと、がっかりであろうと、それが現実だ。

「うちの大学の農学部に用があったって言ってた。研究資金を提供してるとか」

「ああ、その話なら知ってる。二百五十万ドル寄付したのよ」

二百五十万ドル！「そんなこと、よく知ってるね」

「あのね、アナ。あたしはジャーナリストなの。それに彼のプロフィールだって書いたのよ。そのくらい知ってて当然でしょ」

「失礼しました。そうよね、未来の敏腕《びんわん》記者さん。で、写真はどうする、撮らせてもらう？」

「当然でしょ。問題はカメラマンを誰にするか、どこで撮影するかね」

「場所は本人に決めてもらってもいいかも。このへんのホテルに泊まってるそうだから」

「え、連絡がつくってこと？」

「携帯の番号を教えてもらった」

息を呑む気配。「ワシントン州の誰よりリッチで、誰よりプライバシーを守られてて、誰より謎めいた独身男が、携帯の番号を教えたってこと？」

「え……そうね、そういうことになるかな」

「アナ！　彼、あなたのこと好きなのよ！　百パーセント間違いない」ケイトは力強く断言した。

「やめてよ、ケイト。親切にしてくれてるだけのこと」そう言い終える前に、それは違うと思い直していた。クリスチャン・グレイが他人にただ親切にするはずがない。礼儀正しくはするだろうけれど。頭の奥のほうから小さなささやき声が聞こえた――ケイトの言うとおりだったりして。頭皮に鳥肌が立った。ひょっとしたら、そう、ひょっとしたら、彼はわたしのことが好きなのかも。それに、ケイトがインタビューに来られなくなってよかったみたいなことも言っていた。彼に好かれている可能性をそっと胸に抱きしめ、左右に体を揺らしてひとりひっそりと狂喜乱舞した。まもなくケイトの声がわたしを現実に引き戻した。

「カメラマンの手配が間に合うかどうか、微妙ね。いつものリーヴァイには頼めない。この週末はアイダホフォールズに帰省するって言ってたから。アメリカでいまいちばん注目されてる起業家のポートレートを撮るチャンスを逃したってあとで知ったら、悔しがるだろうな」

「じゃあ……ホセは？」

「そうだ、その手があったじゃない！　ね、頼んでみて。アナから頼まれて、ホセが断るわけないから。グレイにも電話して、撮影場所の希望を訊いておいて」ケイトは相手がホセだと、いつだって腹が立つほど上から目線になる。

「ケイトから電話したほうがいいんじゃない？」

「誰に？　ホセ？」ケイトが鼻を鳴らす。

「違う。グレイ」

「アナ、彼と関係を築いてるのはあなたでしょ」

「関係？」わたしは叫ぶように訊き返した。声が何オクターブか跳ね上がっていた。「とりあえず知り合いだってだけ」

「少なくとも、実際に会ってるわけじゃないの」辛辣《しんらつ》な声。「それに、向こうはあなたのことをもっと知りたがってるみたい。アナ、つべこべ言わずに電話して」ケイトは噛みつくようにそう言うなり、ぶちりと電話を切った。ときどき顔をのぞかせる威張《いば》り屋のケイト。わたしは携帯電話に向かって舌を出してみせた。

　ホセの留守電にメッセージを残していると、ポールが倉庫に入ってきた。サンドペーパーを探している。

「表がちょっと忙しくなってきたよ、アナ」責めるような調子ではなかった。

「あ、ほんと？　ごめんなさい」わたしは小声で言って売場に戻ろうとした。

「クリスチャン・グレイとはどうして知り合ったの？」ポールとしては、さりげなく訊いたつもりらしい。

「大学の学生新聞のインタビューで。ケイトが当日になって風邪ひいちゃって、ピンチヒッターで行かされたの」わたしは肩をすくめ、さりげないふうを装ったが、大根役者ぶりではポールに負けていなかった。

「クリスチャン・グレイがここに来るなんて。うそみたいだよな」ポールは信じられないというふうに笑った。それから、衝撃を忘れようとするみたいに首を振った。「ところで、今夜、飲みにいくか何かしないか？」

ポールは、帰省するたびにわたしをデートに誘う。そして毎回、わたしは断る。一種の儀式みたいなもの。ボスの弟とデートするのは賢いこととは思えないし、ポールはいかにもアメリカ男子らしい健康的なハンサムではあるけれど、どんなに想像をたくましくしてみても、いわゆるヒーロータイプではない。じゃあ、クリスチャン・グレイはどうなの？——潜在意識がわたしにそう尋ねた。潜在意識に眉が生えているなら、きっといまごろ思いきり吊り上げているだろう。わたしはこのときもまたハエ叩きの要領で黙らせた。

「お兄さんの誕生日でしょ。家族で食事とか、お祝いしないの？」

「誕生祝いは明日だ」

「また別の機会に誘って、ポール。今夜は勉強しないと。来週、卒業試験なの」

「アナ。近いうちにかならずイエスって言わせてみせるからな」ポールがにやりと笑った。わたしは逃げるように倉庫を出た。


「おれは風景専門なんだよ、アナ。人物は撮らない」ホセがうめくように言う。

「ホセ。お願い」わたしは懇願した。携帯電話を耳に当ててリビングルームをうろうろ歩きながら、少しずつ暗くなっていく窓の外の風景を見つめた。

「その電話、ちょっと貸して」ケイトがわたしの手から電話をむしり取り、赤みがかった金色のシルクみたいなさらさらの髪を肩越しに払いのけた。

「よく聞くのよ、ホセ・ロドリゲス。うちの新聞に今度の個展の記事を載せてもらいたかったら、明日、撮影につきあいなさい。いい？」ケイトはその気になれば、すばらしく強引になれる。

「そうよ、そうこなくちゃ。場所と開始時刻はあとでアナから連絡してもらう。じゃ、明日ね」そう言ってわたしの電話を勝手に切った。

「これでよし、と。残るは場所と時間。さ、ほら、彼に電話して」そう言って電話をわたしに押しつける。わたしの胃が身をよじらせた。「グレイに電話！　ぐずぐずしない！」

わたしはケイトにしかめ面《つら》をしてみせたあと、お尻のポケットからグレイの名刺を取り出した。深呼吸して気を落ち着かせ、震える指でボタンを押す。

ふたつめの呼び出し音で彼が出た。歯切れがよく、穏やかだけれどそっけない声だった。「グレイです」

「あ……ミスター・グレイ？　アナスタシア・スティールです」知らない人の声みたい。緊張のせいだ。短い間があった。わたしの心はぷるぷる震えている。

「ミス・スティール。電話をいただけるとは、うれしいな」彼の声はさっきとは違って聞こえた。驚いているんだろう。それに、とても……温かな声だった。甘いと言ってもいいくらい。わたしの呼吸が急停止した。頬が熱くなる。ふいにケイトの視線を強烈に意識した。口をぽかんと開けてわたしを見つめているのがわかる。キッチンに駆けこんでその視線から逃《のが》れた。

「あの――インタビュー記事に添える写真をぜひ撮らせていただきたいと思って」息をして、アナ。息をして。肺が大あわてで空気を吸いこんだ。「もしお時間があれば、明日にでも。場所はどこならご都合がいいですか」

彼の顔がスフィンクスみたいな笑みを作る音が電話越しに聞こえたような気がした。

「ポートランドの〈ヒースマン・ホテル〉に滞在しています。明日の午前九時半ではいかがでしょう？」

「わかりました。では、ホテルにうかがいます」わたしはかすれた声で早口に言った。投票権を持ち、ワシントン州内で合法にお酒を飲めるおとなの女というより、幼稚園児みたい。

「いまから楽しみにしています、ミス・スティール」

彼の目があのいたずらっぽい光を放つのが目に見える。ほんの短い返事なのに、どうしてそんなに気を持たせるような言いかたができるわけ？　わたしは電話を切った。ケイトもキッチンに来ていた。これぞ驚愕《きょうがく》の手本といった表情でわたしを見つめている。

「アナスタシア・ローズ・スティール。あなた、彼のこと好きなのね！　誰かと話しただけで、そんなふうに……そんなに挙動不審《きょどうふしん》になってるところ、初めて見たもの。真っ赤になっちゃって」

「よしてよ、ケイト。顔が赤くなるくらい、べつにいつものことじゃない？　わたしにとっては持病みたいなもの。妙な想像しないで」わたしはぴしゃりと言った。ケイトは驚いたように目をぱちぱちさせた——わたしが癇癪《かんしゃく》を起こすことはめったにない。その顔を見て、ちっちゃな良心の呵責《かしゃく》を覚えた。「彼と話すと……ほら、彼は威圧的な人だから。それだけよ」

「ヒースマン・ホテルか。そりゃそうよね」ケイトがつぶやいた。「支配人に電話して、撮影用の部屋を確保してもらおう」

「わたしは晩ごはんの支度でもする。あとは寝るまで勉強しなくちゃ」ケイトに対するいらだちを隠しきれないまま、戸棚を開けて食事の支度を始めた。

その夜はよく眠れなかった。何度も寝返りを打ちながら、煙ったような灰色の瞳や作業着、長い脚、長い指、未開の暗黒の地の夢を見た。夜のあいだに二度、目が覚めた。心臓がばくばくやかましかった。ねえ、そんな調子じゃ、明日は寝不足のひどい顔で行くはめになるわよ——わたしは自分を叱りつけ、枕にパンチを食らわせたあと、どうにか落ち着いて眠ろうとした。

ヒースマン・ホテルはポートランドの中心街にある。荘厳《そうごん》で豪華なブラウンストーン造りの建物は、一九二〇年代末の大恐慌前に滑りこみセーフで完成した。ホセとトラヴィスはわたしが運転するビートルで、ケイトは自分のメルセデスでホテルに向かった。ビートル一台に全員は乗りきれなかったからだ。トラヴィスはホセの友達で、雑用係と照明係を兼ねて来てもらっていた。ケイトが支配人と交渉した結果、記事にクレジットを入れるのを条件に、午前中いっぱい、ホテルのひと部屋を無料で使わせてもらえる約束になっている。フロントで、クリスチャン・グレイCEOの写真撮影に来たと話すと、いきなりスイートルームにアップグレードされた。ただし、レギュラーサイズのスイートだけど。いちばん広いスイートルームにはミスター・グレイが宿泊しているから。マーケティング担当の地獄耳の役員がさっそくスイートに駆けつけた。びっくりするくらい若い男性で、なぜかひどくそわそわしている。乗りこんできたはいいけれど、ケイトの美貌と人を使い慣れた態度を前に、たじたじになっていた。完全にケイトの言いなりだった。

部屋はエレガントでシックな雰囲気で、贅沢《ぜいたく》な家具が並んでいる。

もう九時だ。あと三十分で準備を整えなくてはならない。ケイトはフル回転でしゃべりつづけている。

「ホセ、背景はあの壁がいいと思うの。どう？」そう訊いたくせに、ホセの返事は待たない。「トラヴィス、そこの椅子を全部どけてもらえる？　アナ、ルームサービスに軽食を頼んで。グレイにここの部屋番号を伝えるのも忘れないでね」

はい、女王様、かしこまりました。やれやれ、ケイトの人使いの荒さときたら。わたしはうんざりしつつも命令に従った。

三十分後、クリスチャン・グレイがスイートルームに現われた。

ひゅう！　白いシャツの胸もとは広めに開けてある。灰色のフランネルのパンツを腰ばきにして穿いていた。くしゅっとした髪は、シャワーを浴びたばかりなのか、まだ濡れている。彼を見ているだけで、口のなかが砂漠みたいにからからになった。なんてセクシーなの。グレイは三十代なかばの男性を従えていた。クルーカットに無精髭《ぶしょうひげ》を生やし、ダークスーツをびしりと着こなしたその男性は、無言で部屋の隅っこに控えた。薄茶色の目で無表情にわたしたちをながめている。

「ミス・スティール。またお会いできましたね」グレイが手を差し出した。わたしはやたらに目をしばたたかせながら握手に応じた。ああ……この人、ほんとにきれい……手と手が触れた瞬間、またあの甘い衝撃が駆け抜けた。わたしの全身にぱっとライトが灯《とも》ったような気がした。顔が赤くなる。息遣いも乱れていた。その音はきっと、彼の耳にも聞こえただろう。

「ミスター・グレイ、こちらがキャサリン・キャヴァナーです」わたしはケイトを紹介した。ケイトが進み出て、彼の目を真正面から見据えた。

「ああ、てこでも動かないミス・キャヴァナーですね。初めまして」グレイは小さく微笑んだ。心の底からおもしろがっているらしい。「風邪はすっかりよくなったようだ。アナスタシアから、先週は体調を崩していたとお聞きしました」

「ええ、いまはもう元気です。ご心配をおかけしました、ミスター・グレイ」ケイトは眉ひとつ動かすことなく彼の手を力強く握った。そうだった。ケイトはワシントン州でいちばんいい私立高を卒業してるんだった。裕福な家庭で育ったケイトは、どんな場でも堂々としていて、自分の立ち位置を心得ている。相手が誰であろうと、なめた態度は許さない。わたしはひれ伏すような気持ちでその姿を見守った。

「今日はお時間を割いてくださってありがとうございます」ケイトは折り目正しくプロらしい笑

みを浮かべた。

「いや、私も楽しみにして来ました」グレイはそう言って、わたしをじっと見つめた。またもや赤面してしまう。いやだ、もう。

「こちらはカメラマンのホセ・ロドリゲスです」わたしはホセに微笑みかけた。

ホセも親しげに微笑んでから、冷ややかな目をグレイに向けた。「どうぞよろしく、ミスター・グレイ」ホセは軽く会釈《えしゃく》した。

「よろしく、ミスター・ロドリゲス」ホセを観察するグレイの表情も、さっきまでとは別人みたいだった。「さて、どこに立てばいいかな」グレイがホセに尋ねた。どことなく高圧的な口調だった。

ケイトにはホセに仕切らせるつもりはないらしい。「ミスター・グレイ――そちらの椅子にかけていただけますか。ライトのケーブルに気をつけてください。座ったポーズを何枚か撮影したあと、立ったところを撮らせていただければ」ケイトは壁の前に置いた椅子にグレイを案内した。

トラヴィスがライトのスイッチを入れ、グレイがまぶしそうに目を細めたのに気づいて、小声ですみませんと謝った。ホセが撮影しているあいだ、トラヴィスとわたしは少し離れたところで見守った。ホセは、あっちを向いて、次はこっちへ、腕はこんなふうにと指示しながら、まずは手持ちで何枚か撮影した。それからカメラを三脚に固定して、さらに何枚か撮った。グレイは辛抱強く、慣れた風情《ふぜい》でポーズを取っている。そんな調子で二十分ほどが過ぎた。わたしの願いはかなえられた。そう遠くないところから心ゆくまで彼に見とれることができた。二度、わたしたちの視線がからみ合った。曇り空のような瞳をまともに見ていられなくて、わたしはすぐに目をそらした。

「座ったポーズはこのくらいで」ケイトがまた割りこんだ。「次は立っていただけますか、ミスター・グレイ?」

グレイが立ち上がり、トラヴィスがそそくさと椅子をどけた。ホセのニコンのカメラがふたたび小気味よいシャッター音を立てはじめた。

「これくらいあれば充分だと思う」五分後、ホセが宣言した。

「いいわ」ケイトが言った。「本当にありがとうございました、ミスター・グレイ」ケイトが握手を交わす。ホセも続いた。

「記事を楽しみにしていますよ、ミス・キャヴァナー」グレイはそう言うと、ドアの近くに控えていたわたしのほうを向いた。「ちょっとご一緒できないかな、ミス・スティール」

「あ、はい」びっくりした。わたしは不安げにケイトを見やった。ケイトが肩をすくめてみせる。その後ろでホセが苦い顔をしていた。

「では」グレイはほかの三人に言ってドアを開け、一歩脇によけてわたしを先に通した。

ちょっと待って……これってどういうこと? いったいなんなの? わたしはホテルの廊下に出たところで立ち止まり、身の置きどころに困ってもじもじしていた。グレイと、スーツできりりと決めたミスター・クルーカットがすぐに部屋から現われた。

「用があったら呼ぶよ、テイラー」グレイがミスター・クルーカットに小声で言った。テイラーが廊下をゆっくり歩いて遠ざかると、グレイは燃えるような灰色の視線をわたしに向けた。どうしよう……わたし、何かしちゃった?

「コーヒーでもご一緒しませんか」

心臓が口から飛び出しかけた。え、デートに誘ってるの？　クリスチャン・グレイがわたしをデートに誘ってる！　コーヒーを飲まないかと言っている。単にまだ目が覚めてないんじゃないかって思われてるだけかもね――潜在意識がまたもや嘲笑《ちょうしょう》モードで歌うように言った。わたしは咳払いをして、気持ちを落ち着けようとした。

「みんなを送っていかないと」そわそわと手をもみしだきながら、いかにも申し訳なさそうに言った。

「テイラー」グレイが唐突に声を張りあげ、わたしは驚いて飛び上がった。廊下のかなり遠くまで行っていたテイラーがくるりと向きを変え、また戻ってきた。

「三人とも自宅は大学の近くですね？」グレイが穏やかな声で訊く。わたしは黙ってうなずいた。驚いて声も出なかった。

「テイラーに送らせます。私専属のドライバーなんですよ。大型の四駆で来ていますから、機材も積んでいけるでしょう」

「お呼びでしょうか、ミスター・グレイ？」近づいてきたテイラーがあいかわらず無表情に尋ねた。

「カメラマンと助手、ミス・キャヴァナーの三人を自宅まで送ってさしあげてくれ」

「かしこまりました」テイラーが答える。

「よし、と。これでコーヒーにつきあっていただけますね？」グレイはすでに決まったことのようにわたしに微笑みかけた。

わたしは顔をしかめた。「えっと——ミスター・グレイ、その——そこまでは……彼に送っていただかなくても大丈夫です」わたしはテイラーにちらりと視線を向けた。テイラーはやはり表情ひとつ変えない。「ちょっと待っていていただければ、ケイトと車を交換しますから」

グレイが笑顔を作る。まばゆく、偽《いつわ》りのない、自然な、白い歯がきらりと輝く、うっとりするような笑顔。なんて美しいの……彼がわたしのためにスイートルームのドアを開けた。わたしは急ぎ足で彼の前を通りすぎて室内に戻ると、ケイトを探した。ケイトはホセと何やら熱の入った議論を交わしていた。

「アナ、彼、やっぱりあなたのこと好きなのよ」ケイトはわたしの顔を見るなり、いきなりそう言った。ホセはおもしろくなさそうな顔でわたしをねめつけた。「ただ、あの人は信用できない」ケイトがそう付け加える。わたしは片手を持ち上げ、それでケイトが黙ってくれることを祈った。と、奇跡が起きて、ケイトが口を閉じた。

「ケイト、ワンダを貸したら、代わりにメルセデスを貸してくれる？」

「どうして？」

「コーヒー飲まないかって誘われちゃった。クリスチャン・グレイに」

ケイトがぽかんと口を開けた。ひゅう、言葉も出ないほど驚いているケイト！　めったに拝《おが》めるものじゃない。まもなくケイトはわたしの腕をつかむと、リビングルームから奥のベッドルームに引っ張っていった。

「アナ。あの人、なんか怪《あや》しくない？」ケイトは警告するように言った。「すっごいイケメンなのは認める。でも、なんか危なそうな感じがするの。とくにあなたみたいな子には」

「わたしみたいなってどういう意味よ?」わたしは気分を害して訊き返した。

「あなたみたいな世間知らずって意味に決まってるでしょ、アナ。わかってるくせに」ケイトは少しいらついたように言った。

頰が赤くなった。「ケイト、コーヒーを飲むだけよ。今週から卒業試験でしょ、勉強だってしなくちゃ。ちょっとつきあったらすぐ帰るから」

ケイトは唇をすぼめた。わたしの頼みを聞き入れるかどうか迷っているようだった。やがてポケットから車のキーを取り出して渡してくれた。わたしはビートルのキーを渡した。

「じゃ、またあとで。あんまり遅かったら捜索隊を出すからね」

「ありがとう」わたしはケイトをハグした。

部屋を出ると、クリスチャン・グレイは壁にもたれて待っていた。光沢紙を贅沢に使った高級誌の男性モデルみたい。

「コーヒー、ご一緒します」わたしは言った。顔が真っ赤になっているのがわかる。

彼は満足げに微笑んだ。

「お先にどうぞ、ミス・スティール」壁から体を起こし、手をまっすぐに伸ばす。わたしは廊下を歩きだした。膝は震え、お腹のなかはちょうちょの群れで超満員だった。心臓は喉もとまで這いのぼってやかましい不規則な音を立てている。いまからクリスチャン・グレイとコーヒーを飲む……だけどわたし、コーヒーは飲めないのよね。

広々とした廊下をエレベーターホールまで歩いた。彼に何を言えばいい? ふいに不安に駆られて心が麻痺《まひ》したみたいになった。どんな話をすればいい? わたしと彼にいったいどんな共通点があるというの？　そんなことをぼんやり考えていると、彼の穏やかで温かな声が聞こえて、はっと我に返った。

「ミス・キャサリン・キャヴァナーとは長いお友達なんですか」

よかった、一発めの質問は楽勝だった。

「大学に入ったときから。いちばんの親友です」

「なるほど」どっちつかずの返事だった。この人は何を考えているのだろう。

エレベーターホールに着き、彼がボタンを押す。エレベーターの到着を知らせるチャイムがすぐに鳴った。扉が開くと、なかに若いカップルがいて、それはもう情熱的に抱き合っていた。わたしたちに気づいて驚いたようにぱっと離れる。ばつが悪そうに互いの顔を見つめるばかりで、意地でもわたしたちのほうを見ようとしない。グレイとわたしはエレベーターに乗りこんだ。

真顔でいるのは不可能に近かった。わたしは床を見つめた。頬がピンク色に染まっていくのがわかる。上目遣いにグレイの表情をうかがうと、唇がかすかに笑みを浮かべているようにも見えた。若いカップルは黙りこくっている。気まずい沈黙のなか、わたしたち四人はのろのろと一階への旅を続けた。せめてＢＧＭでもかかっていれば、これほど居心地が悪くはなかったのに。

扉が開いた。いきなりグレイに手をつかまれて、わたしは卒倒しかけた。彼の細く冷たい指がわたしの手をしっかり握っている。いつものあの電流が体を駆け抜け、そうでなくても速かった鼓動がさらに加速した。彼に手を引かれてエレベーターを降りようとしたとき、背後のカップルがこみあげる笑いを必死に押し殺している気配が伝わってきた。彼もにやりとした。

「エレベーターという場所は、人を狂わす力を持っているらしい」グレイがつぶやく。

活気にあふれた広いロビーを横切り、ホテルの正面エントランスに向かった。グレイは回転ドアを避けて、ふつうのドアを開けた。回転ドアを通ると、わたしの手を離さなくてはならないから？

五月の日曜のさわやかな空気がわたしたちを歓迎した。太陽はまばゆく、通りは空《す》いていた。グレイは左を向き、次の角までゆっくりと歩いた。横断歩道の手前で止まって、信号が青になるのを待つ。彼はまだわたしの手を握っていた。わたしは街を歩いている──クリスチャン・グレイと手をつないで！　男の人と手をつなぐなんて初めて。足が地につかない。全身が高揚感に浮き立っていた。どんなにこらえようとしても、ばかっぽいにやにや笑いが顔に浮かんでしまう。落ち着いてちょうだい、アナ──潜在意識が訴えてくる。信号が青に変わって、わたしたちはまた歩きだした。

四ブロック先の〈ポートランド・コーヒー・ハウス〉に入った。グレイは手を離し、ドアを押さえてわたしを先に通してくれた。

「先に席を取っておいていただけませんか。私は飲み物を注文しますから。何がご希望ですか」彼はあいかわらず丁重な言葉遣いでそう尋ねた。

「わたしは……えっと──イングリッシュ・ブレックファスト・ティーにします。ティーバッグは、お湯に入れないままで」

彼が眉を吊り上げた。「コーヒーではなく？」

「コーヒーはあまり好きじゃないんです」

彼が微笑む。「わかりました。紅茶ですね。お湯とティーバッグを別々で。シュガー？」

一瞬、わたしはびっくりして口がきけなくなった——愛しいひと《シュガー》と呼ばれたのだと勘違いして。でもありがたいことに、潜在意識が口をとがらせながら割りこんだ。ばかね、何考えてるの。砂糖のことでしょ。

「お砂糖はいりません」わたしは目を伏せて、きつく組んだ自分の両手を見つめた。

「食事は？」

「いえ、けっこうです」首を振った。彼は注文カウンターに向かった。

待ち列の最後尾に並ぶグレイを上目遣いに盗み見た。彼のことなら一日じゅうだって見ていられそうだ……背が高くて、肩幅が広くて、引き締まった体つきをしていて、それに、それに、腰ばき気味に穿いたあのパンツ……うう、たまらない。彼は一度か二度、細くてきれいな指で髪をかき上げた。髪はもう乾いてはいるけれど、やっぱりくしゃっと乱れたままだ。ああ……あの髪をこの手でかき上げてみたい。その考えはどこからともなくふいに湧いてきた。顔から火が出るかと思った。唇を嚙み、また自分の手を見つめた。迷走を始めた思考がどこへ行き着いてしまうのか、自分でも心配になる。

「真剣な顔をして、何を考えているんですか」ふいにグレイの声がして、わたしはぎくりとした。

頰がさらに真っ赤になるのがわかった。あなたの髪をかき上げてみたいって考えてただけ、すごく柔らかな手触りなのかなとか。わたしは黙って首を振った。彼は運んできたトレーをバーチ材の合板でできた小さな円《まる》いテーブルに置いた。カップとソーサー、小ぶりなティーポット、それにティーバッグがぽつんとのった小皿をわたしの前に並べる。ティーバッグのラベルにはこうあった——〈トワイニング　イングリッシュ・ブレックファスト〉。わたしのお気に入りのブランドだ。グレイのコーヒーに浮かんだミルクには、きれいな葉の模様が描かれていた。あんなの、どうやって描くのかな。わたしはぼんやり考えた。グレイはブルーベリーマフィンも買ってきていた。トレーを脇に置き、向かいの椅子に腰を下ろすと、長い脚を組んだ。いかにもくつろいだ姿勢。自分の体の扱いは完全に心得ているといった様子で、うらやましい。わたしときたら、不器用で、自分の手足さえうまくコントロールできない。つんのめって顔から地面に突っこんだりしないでA地点からB地点まで無事に移動できたら、それだけでやったねって感じ。

「何を考えていたんです？」彼がまた訊いた。

「これ、いつものお気に入りのブランドです」わたしは小さくかすれた声で言った。信じられない。ポートランドのコーヒーショップでクリスチャン・グレイと向かい合って座っているなんて。彼が眉をひそめた。わたしが何か隠していると察している。わたしはティーバッグをポットに入れ、すぐにスプーンを使って引き上げた。使用済みのティーバッグを小皿に戻すと、グレイが首をかしげていぶかしげにわたしを見つめた。

「砂糖もミルクも入れない薄い紅茶が好きなので」わたしはそう説明した。

「なるほど。彼はボーイフレンドですか」

え？　え？……何？

「誰のこと――？」

「カメラマンですよ。ホセ・ロドリゲス」

わたしは声を立てて笑った。息が詰まりそうになりながらも、不思議に思わずにはいられなかった――わたしたちのどこを見たら、恋人同士って疑えるのよ。

「違います。ホセは仲のいい友達です。それだけ。どうしてボーイフレンドだと思ったんですか」

「あなたが彼に笑いかける表情、彼があなたに笑いかける表情」グレイはまっすぐにわたしの目をのぞきこんでいる。どぎまぎした。目をそらしたいのに、そらせない。まるで魔法をかけられたみたい。

「ボーイフレンドというより、きょうだいみたいな存在なんです」わたしはぼそぼそと答えた。

その答えに満足したのか、グレイはうなずき、ブルーベリーマフィンに視線を落とした。長い指が手際よく紙をはがしていく。わたしはほれぼれと見入った。

「少し召し上がりますか」彼が訊く。あのどこかおもしろがっているような謎めいた笑みが復活していた。

「けっこうです」わたしは眉を寄せてまた自分の手を見つめた。

「昨日、店で偶然会った彼は？　あの彼もボーイフレンドではないんですか」

「違います。ポールはただの友達です。昨日もそう言いました」もう、いちいち説明するのがばかみたい。「どうしてそんなこと訊くんですか」

「異性の前ではひどく緊張しているようにお見受けしたので」

何それ、よけいなお世話よ。いいこと、グレイ、わたしが緊張するのは、あなたといるときだけだから。

「あなたは威圧的だと思います」また顔が真っ赤になった。また目を伏せて自分の両手を見つめる。それでも心のなかでは、よく言ったと自分の背中をぽんぽんと叩いていた。グレイがはっと息を呑む気配がした。

「たしかに、私は威圧的な人間です」彼はそう言ってうなずく。「とても率直な方ですね。お願いだから、そうやって下を向かないでください。あなたの顔を見ていたいんです」

え？　わたしは一瞬だけ彼を見上げた。彼は励ますような、でもどこか皮肉めいた笑みを浮かべた。

「顔が見えれば、何を考えているのか、少しくらいは見当がつくかもしれない」彼が言う。「あなたは謎めいた人ですね、ミス・スティール」

はい？　謎めいてる？　わたしが？

「わたしには謎めいたところなんてありません」

「本心を決して表に出さない人のようだ」

え、そう?……自分では、ちっとも隠せてるようには思えないんだけど……。わたしは困惑した。本心を隠すのがうまい？　わたしが？　ありえない。

「もちろん、赤面しているときは別ですが。しじゅう顔を赤くしていますね。何に赤面しているのかを知りたいな」小さくちぎったマフィンを口に放りこみ、ゆっくりと顎を動かしはじめた。そのあいだもずっとわたしを見つめている。まるでその視線がスイッチになったみたいに、わたしは赤面した。ああ、もう！

「いつもそうやって観察結果を本人に伝えるんですか」

「いや、そんなつもりはありませんでした。気を悪くなさいましたか」彼は驚いたように言った。

「いいえ」わたしは正直に答えた。

「よかった」

「でも、あなたはすごく高圧的です」

彼はいっそう驚いたように眉を吊り上げ、しかもわたしの見間違いでなければ、かすかに頬を赤らめた。

「相手が私の言うなりになることに慣れているものですから、アナスタシア」彼は小さな声で言った。「あらゆる場面で」

「そうでしょうね。ファーストネームで呼んでくださいといまだに言わないのはなぜ？」自分の大胆さに驚いた。どうしていきなりこんなシリアスな会話になったの？　まさかこんなことになるとは思っていなかった。彼にこれほど強い反感を抱くなんて、信じられない。これ以上近づくな――彼にそう警告されているみたいに感じていた。

「ファーストネームを使うのは、家族と、ごく限られた親しい友人だけです。私はそのほうがいい」

ふうん。こうなってもまだ〝クリスチャンと呼んでください〟とは言わないわけね。思ったとおりの支配魔《コントロール・フリーク》だ。ほかに説明のしようがない。わたしは心の片隅でこう考えていた――やっぱりケイトがインタビューしたほうがよかったんじゃない。コントロール・フリーク同士、きっと仲よくやっていたはず。それに、そうだ、ケイトは、彼のオフィスにいた女性たちと同じようにブロンドだし。ううん、厳密にはちょっと赤みが入ったブロンドだけど。ケイトは美人だものね――わたしの潜在意識がささやく。クリスチャンとケイト。その組み合わせは想像したくない。わたしは紅茶をひと口飲み、グレイはマフィンをまたひとかけら食べた。

「あなたはひとりっ子ですか」彼が訊いた。

おっと……またしても話題が唐突に変わった。

「そうです」

「ご両親のことを話してください」

どうしてそんなこと聞きたがるの？　退屈な話よ？

「母は新しい旦那さんのボブと一緒にジョージア州に住んでます。養父はワシントン州モンテサーノに」

「実のお父さんは？」

「赤ん坊のころに死にました」

「それはお気の毒に」彼はつぶやくように言った。ほんの一瞬、動揺したような表情が彼の顔をよぎった。

「実父のことは覚えてませんから」

「お父さんが亡くなって、お母さんは再婚したわけですね」

わたしは鼻で笑った。「まあ、そうです」

彼が眉をひそめる。「ご自分のことはあまり話したくないらしい」辛辣な調子だった。何か考えこむような顔で顎を撫《な》でている。

「お互いさまでしょう？」

「あなたはすでに一度、私にインタビューしていますよ。いくつか、かなり立ち入った質問をされた記憶がありますが」彼はそう言ってにやりとした。

うわ。あの〝ゲイ質問〟のことをちくりと言っている。またもや身が縮む思いがした。あのことを思い出すたびにこの世から消えてしまいたくなる。何年もかけて集中セラピーを受けなくては、このトラウマは消えそうにない。わたしは母について、訊かれていないことまで話しはじめた――あの記憶をブロックしてくれるなら、どんなものでもいいからすがりたい。

「すてきな母親に恵まれたと思ってます。母は生まれながらの恋愛体質みたい。いまの旦那さんで四人めなんです」

クリスチャンは驚いたように眉を吊り上げた。

「あまり会えなくて、ちょっとさみしく思ってます」わたしは続けた。「母はまだいいです。ボブがいてくれるから。わたしとしては、ボブが母に目を光らせてくれることを祈るだけ。母は思いつきでいろんなビジネスを起ち上げるんですけど、いつかどれかがこけたりしても、ボブが尻ぬぐいしてくれるといいなとか」わたしは遠い目をして微笑んだ。母とはもうずいぶん会っていない。クリスチャンは、ときどきコーヒーを口に運びながら、じっとわたしを見つめている。ああ、あの唇を見ちゃだめ。くらくらしちゃう。

「モンテサーノにいるというお父さんとはいまもつきあいが？」

「もちろん。あの父に育てられたんですから。父と呼べるのはレイだけです」

「どんな方なんですか」

「レイのこと？　どういうって……無口な人です」

「それだけ？」グレイは意外そうに訊いた。

わたしは肩をすくめた。この人はいったい何を期待しているのだろう。生まれてからいままでのことを何から何まで聞きたいの？

「義理の娘に負けないくらい無口なお父さんということですね」グレイが先を促《うなが》すように言った。

わたしはうんざりしてぐるりと目を回したくなったけれど、さすがに失礼かと思ってやめておいた。

「サッカーファンなんです。とくにヨーロッパのプロリーグ。あとはボウリングやフライフィッシングが好きです。家具を造るのも。大工をしてて。元は陸軍の軍人でした」わたしはため息をついた。

「一緒に暮らしていたんですね」

「ええ。わたしが十五歳のとき、母は夫ナンバー3と知り合いました。わたしはレイの家にそのまま残りました」

グレイはよくわからないというように眉間に皺を寄せた。「お母さんと一緒に暮らすのはいやだったんですか」

そこまではさすがにあなたの知ったことじゃないと思うけど？

「夫ナンバー3はテキサスに住んでて、わたしが暮らしてた家はモンテサーノにあって。それに……母は新婚だったから」わたしは口を閉ざした。母は夫ナンバー3のことは決して口にしない。グレイは何が目的でこんなことを知りたがるんだろう。よけいなお世話もいいとこじゃない？そうだ、こっちも同じ手を使ってやろう。

「あなたのご両親のことを話してください」わたしは言った。

彼は肩をすくめた。「父は弁護士、母は小児科医。シアトルに住んでいます」

へえ……リッチな家庭で育ったわけだ。社会的成功をおさめたカップルが三人の子供を養子に迎え、そのうちのひとりは美の権化のような男性に成長し、ビジネスの世界に斬《き》りこんでいったかと思うと、あっという間に征服を果たした。その原動力になったものはなんなの？　両親にしてみれば、自慢の息子だろう。

「お兄さんや妹さんは何をしてらっしゃるんですか」

「エリオットは建設関係。妹はパリにいて、フレンチの有名シェフの店で修行中です」彼の瞳がいらだたしげに曇った。家族や自分の話はしたくないらしい。

「パリはすてきなところだそうですね」わたしはつぶやいた。どうして家族の話はしたくないんだろう。血がつながっていないから？

「美しい街ですよ。いらしたことは？」もどかしそうな表情は消えていた。

「アメリカ本土から一度も出たことがないんです」というわけで、またつまらない世間話に逆戻り。この人はいったい何を隠しているの？

「行ってみたいですか」

「パリに？」わたしは叫んだ。びっくりした。パリに行ってみたくない人なんているわけないじゃない。「もちろん行ってみたいですよ」わたしは認めた。「でも、いちばん行ってみたいのは、イギリスです」

彼は首をかしげ、人差し指で下唇をなぞった……ああ、たまらない。

「どうしてイギリスなんですか」

わたしは何度かせわしなく目をしばたたかせた。ほらほら、うっとり見とれてる場合じゃないって、アナ・スティール。

「シェイクスピアやジェーン・オースティン、ブロンテ姉妹、トマス・ハーディを生んだ国だから。その作家たちにすばらしい作品を書くインスピレーションを与えた場所を実際に見てみたいんです」文豪たちの名前を出した瞬間、試験のことを思い出した。腕時計を確かめる。「そろそろ失礼します。勉強があるので」

「卒業試験ですか」

「そうです。火曜から」

「ミス・キャヴァナーの車はどこに？」

「ホテルの駐車場です」

「送っていきましょう」

「紅茶をごちそうさまでした、ミスター・グレイ」

彼の顔は、またしてもあの〝私はびっくりするくらい大きな秘密を隠しているんですよ〟な笑みを浮かべた。

「どういたしまして、アナスタシア。こちらこそありがとう。さあ、行きましょう」命令するようにそう言って手を差し出す。わたしはとまどいつつその手を取った。わたしたちは手をつないでコーヒーショップを出た。

ホテルに向かってゆっくりと歩いた——決して気まずくない沈黙を楽しみながら。少なくとも彼のほうは、いつもどおり穏やかで落ち着いた様子でいた。わたしはといえば、朝のコーヒーをはさんだひとときをどう解釈すべきか懸命に考えをまとめていた。まるで就職面接でも受けたみたいな気分。でも、いったいなんの面接？

「いつもジーンズですか」彼が唐突に訊いた。

「はい、だいたいそうです」

彼がうなずく。わたしたちはホテルからひとつめの交差点まで戻っていた。わたしの心は混乱の渦《うず》に巻きこまれていた——いまの質問はいったい何？　一緒にいられる時間が残り少なくなったことも痛烈に意識していた。これでおしまいなのだ。これまでだ。わたしは〝朝のコーヒー試験〟に落ちた。もしかしたら、彼にはもう誰かいるのかも。

「恋人はいらっしゃるんですか」気づくと、わたしも唐突に訊いてしまっていた。ちょっと、信じられない——いまの、わたしの声？

彼の唇が軽く弧を描いて小さな笑みを作った。目はわたしをじっと見下ろしている。

「いいえ、アナスタシア。恋愛に興味はありません」静かな声だった。

えっと……それ、どういう意味？　ゲイじゃないのよね。あ、待って、ほんとはゲイなのかも！　インタビューではうそをついたのかもしれない。彼の返事にはまだ先があって、いまの謎の言葉を解《と》き明かす説明が続くんだろうと思った。ところが——彼はそれきり何も言わずにいる。帰らなくちゃ。頭のなかを整理整頓しなくちゃ。この人から離れなくちゃ。わたしは歩きだした……とたんにつまずいて、顔から車道に突っこみかけた。

「アナ、危ない！」グレイの叫び声が聞こえたかと思うと、つないでいた手をものすごい力で引っ張られ、彼の胸に抱き寄せられていた。同時に、わたしの背中をかすめるようにして自転車が猛スピードで通りすぎ、一方通行の通りを逆走していった。

一瞬の出来事だった。転びかけたと思った次の瞬間、わたしは彼の腕のなかにいて、苦しいほどきつく抱き寄せられていた。清潔でさわやかな彼の香りが鼻腔《びこう》を満たす。洗濯したての麻と、高価そうなボディソープの香りがした。頭の芯《しん》をとろかすような香り。わたしは胸いっぱいに吸いこんだ。

「大丈夫でしたか」耳もとで彼がささやく。彼は片腕でわたしをしっかりと胸に抱き、もう一方の指先で、無事を確かめるように、わたしの顔を優しくなぞっていた。親指が下唇をかすめたとき、彼の呼吸のリズムが乱れた。わたしの目をじっとのぞきこんでいる。わたしは心配そうでいて熱を帯びた彼の瞳を、一瞬だけ――もしかしたら永遠に近いくらい長い時間――見つめた。でも、わたしの目は最後にはあの美しい唇に吸い寄せられていた。二十一年間生きてきて初めて、キスされたいと思った。彼の唇がわたしの唇に触れる瞬間を待ち焦がれた。

4

お願い、キスして！　そう視線で訴えた。でも、体は動かない。これまで感じたことのない不思議な欲求にがんじがらめにされている。わたしは完全に彼に魅入られていた。クリスチャン・グレイの唇に見とれていた。彼もわたしをじっと見下ろしている。まぶたはなかば閉じ、瞳は暗い色味を帯びていた。彼の息遣いはふだんよりも速くなっている。わたしは呼吸さえできずにいた。わたしはあなたの腕のなかにいるのよ、お願いだからいますぐキスしてよ。まもなく、彼が目を閉じた。深呼吸をしたあと、無言の哀願に答えるように小さく首を振った。次にまぶたを開いたとき、彼の瞳には新たな意志、鋼《はがね》のように堅い決意が浮かんでいた。

「アナスタシア。私に近づいてはいけない。きみにふさわしい男ではないんだ」彼が声を殺して言った。え？　どういうこと？　いったい何を言ってるの？　彼がわたしにふさわしい相手かどうかは、わたしが決めることじゃない？　眉をしかめた。彼はわたしを拒んでいる——頭がくらくらした。

「息をしなさい、アナスタシア。息をして。いいか、いまからきみをまっすぐ立たせて、手を離すよ」静かな声だった。それからわたしの体をそっと押しやった。

アドレナリンが体じゅうにあふれかえっていた。自転車とのニアミスのせいで。クリスチャンとの大接近のせいで。全身の神経が沸き立っていた。でも、力が入らない。行かないで！——クリスチャンがわたしを置いて離れていこうとしているのを感じて、心がそう叫んだ。彼はわたしの両肩に手を置いて反応を注意深く観察している。わたしの頭が考えられたのは、キスしてほしかったのに、それをはしたないくらい露骨《ろこつ》に伝えたのに、彼はキスしてくれなかったということだけだった。この人はわたしを求めていない。わたしをまったく求めていない。わたしは朝のコーヒー試験にみごとに落第したみたい。

「もう大丈夫です」ようやく声が出せるようになって、わたしは言った。「ありがとう」みじめな気持ちでいっぱいだった。もう彼のそばにいたくない。

「ありがとう？　何に？」彼が眉間に皺を寄せた。両手はまだわたしの肩に置いたままだ。

「助けてくれたことにです」わたしは小声で言った。

「あの考えなしは一方通行を逆走していた。私が一緒で本当に幸いだった。あなたがどうなっていたかと思うと、寒気がします。ホテルのロビーで少し休みますか」彼はわたしの肩を離した。

わたしは彼の前にただ突っ立っていた。ほんとばかみたい。ぶんと首を振って、頭をはっきりさせた。とにかく帰りたい。わたしが漠然《ばくぜん》と抱いていた願望は残らず打ち砕かれてしまった。この人はわたしを求めていない。まったく、何を考えてたわけ？　自分を叱りつけた。クリスチャン・グレイに何を期待されてるつもりでいたのよ？　潜在意識がわたしをあざけっている。わたしは両腕で胸を抱くようにして道路に向き直った。信号がもう青に変わっているのを見てほっとした。すぐ後ろを歩いてくるグレイの存在を痛烈に意識しながら、急ぎ足で横断歩道を渡った。ホテルのエントランス前で彼のほうを振り返る。でも、目を合わせることはできなかった。

「紅茶をごちそうさまでした。それから、写真撮影に応じてくださってありがとうございました」

「アナスタシア……私は……」彼は何か言いかけて口ごもった。彼の声に苦悩を聞き取って、わたしは思わず彼の顔を見上げた。彼が髪をかき上げる。灰色の瞳は暗く沈んでいた。二種類の感情に引き裂かれかけているように見える。表情は苦しげだった。いつもの隙のない冷静さは、蒸発したかのようにきれいに消えていた。

「何、クリスチャン？」彼がそれ以上何も言おうとしないのを見て、わたしはいらだった調子で訊いた。とにかく帰りたい一心だった。傷ついていまにも壊れそうなプライドを大事に家に連れて帰り、慰《なぐさ》めて癒やしてやらなくちゃ。

「試験……健闘を祈っていますよ」彼がぼそりとつぶやくように言った。

はあ？　あんな顔して悩みまくったあげくに出てきたのは、それ？　それがはなむけの言葉ってわけ？　試験をがんばれって、それだけ？

「ありがとう」わたしは応じた。皮肉な調子を隠しきれなかった。「さよなら、ミスター・グレイ」それだけ言ってくるりと向きを変えた。転ばずにすんだことに自分でもちょっと驚きながら、でも彼のほうは二度と振り返らずに、地下駐車場の入口に向かって歩道を歩きだした。

味気ない蛍光灯が並ぶ暗くて冷たいコンクリートの駐車場に下りると、壁にもたれて両手で顔を覆った。何を考えていたのだろう。泣きたくなんかないのに、自然に涙があふれてきた。どうして泣くのよ？　地面にしゃがみこんだ。泣いてなんかいる愚かさに腹が立った。膝を胸に抱き寄せて背中を丸めた。できるだけ小さくなりたかった。小さくなれば、このばかげた悲しみもそれだけ小さくなってくれるかも。額を膝に押し当て、なぜ泣くのか自分でもわからないまま、涙が勝手に流れるにまかせた。わたしは初めから持ってさえいなかったものを失って泣いている。ばかみたい。最初から存在しなかったもの——踏みにじられた願望、踏みにじられた夢、ただの期待で終わった期待——を失ったことを悲しむなんて。

これまで、拒絶される側になったことがない。もちろん……バスケットボールやバレーボールのチーム分けでは、いつも最後まで選ばれないひとりだったけど。走りながら何か別のこと、たとえばボールを弾《はず》ませたり投げたりするのは苦手。どんなスポーツの試合でも、わたしはチームのお荷物でしかない。

でも恋愛では、いつも断る側だった。昔から自分に自信がなかった。肌が青白すぎる、痩《や》せすぎている、おしゃれに無関心すぎる、不器用すぎる……欠点のリストはどこまでも続く。だから、たとえ好意を持ってくれる人がいても、わたしのほうから拒絶してきた。化学のクラスで一緒だった男の子はわたしのことを好きだったらしいけど、わたしの恋心に火をつけた人はまだ誰もいない。クリスチャン・〝いやなやつ〟・グレイが初めてだ。ポール・クレイトンやホセ・ロドリゲスのような人たちにもっと優しく接するべきなんだろうけど、あのふたりには、こんなふうに真っ暗な場所にひとりうずくまって涙を止められなくなった経験なんてきっとないはず。いまのわたしに必要なのは、気がすむまで泣くことなのかもしれない。

そこまで！　もうやめなさい！　潜在意識が叫んでいる。潜在意識に腕と足があるなら、しかつめらしく腕組みをし、片方の足に体重をかけ、もう一方の爪先でいらだたしげに床を叩いているところだろう。車に乗って、家に帰って、試験勉強をしなさい。彼のことは忘れるの……ほら、早く！　自分を哀れんで悲しみに浸ってる場合じゃないでしょう！

深呼吸をして気持ちを落ち着かせると、立ち上がった。しっかりしなさい、アナ・スティール。頬の涙をぬぐいながら、ケイトの車に戻った。あの人のことはこれきり忘れよう。今回のことはいい勉強だったと思うことにして、試験勉強に集中しよう。

家に帰ると、ケイトはダイニングテーブルに置いたノートパソコンの前に座っていた。〝お帰り〟の笑みが、わたしの顔を見たとたんにすっと消えた。

「アナ、どうしたの、何があったの？」

やめて……いまだけはキャサリン・キャヴァナー式尋問は勘弁して。わたしは〝あきらめることね、キャヴァナー〟ふうに首を振ってみせた。でも、ケイトには通用しなかった。

「泣いてたんでしょ」見れば誰にでもわかることをわざわざ言うことにかけて、ケイトの右に出る者はいない。「あいつにいったい何されたの？」ケイトはうなるように言った。顔は――うわわ、おっかない。

「何もされてないから、ケイト」まあ、実を言えば、何もされなかったことが問題なわけだけど。そう考えたら、顔がひとりでに苦笑を浮かべた。

「だったらどうして泣いてたの？　泣いたことなんかないのに」ケイトはさっきまでよりは優しい声で言った。立ち上がってきたケイトの緑色の目から心配があふれ出しそうになっていた。わたしに両腕を回して抱きしめる。ふう、何か言わないかぎり、永遠に解放してもらえそうにない。

「自転車に轢《ひ》かれそうになっただけ」それ以上のことは何も話せない。でも、ケイトの注意をとりあえずそらすには――彼からそらすには、充分だった。

「ほんとなの、アナ？　大丈夫？　怪我はない？」わたしをそっと押しやって、医者みたいにざっと目でチェックする。

「大丈夫。クリスチャンが気づいて助けてくれたし」わたしは小声で答えた。「でも、ちょっと怖かったから」

「そりゃそうでしょうよ。で、コーヒーはどうだった？　コーヒーはきらいなんでしょ」

「紅茶を頼んだ。まあ、ふつうってとこ？　とくに何事もなかったし。どうして誘われたのか不思議なくらい」

「あなたのことが好きなのよ、アナ」ケイトはわたしを離して言った。

「もう飽きたんじゃないかと思う。わたしは二度と会わないつもり」よしよし。我ながらさりげなく言ってのけた。

「あら、どうして？」

失敗した。かえって好奇心を刺激してしまったみたい。顔を見られないようキッチンに向かった。

「だって……あの人とは釣り合わないもの、ケイト」わたしはできるだけ感情を込めずにそう言った。

「どういう意味？」

「わからない？」わたしはキッチンの入口で勢いよく振り返った。

「あたしにはわからない」ケイトが言う。「たしかに、アナよりお金持ちよね。だけどそれを言ったら、アメリカの大部分の人よりお金持ちじゃないの！」

「ケイト、あの人はね――」わたしは肩をすくめた。

「アナ！　まったく、何度同じことを言わせるのよ？　あなたはとびっきりの美人なのに」ケイトがわたしをさえぎって言った。まずい。放っておくといつもの大演説が始まってしまう。

「ケイト、やめて。勉強しないと」わたしはそう言って黙らせた。ケイトが顔をしかめる。

「そうだ、記事、読んでみる？　もう仕上がったの。ホセの写真の腕、なかなかのものね」

クリスチャン・〝きみは不合格〟・グレイの美しさを、写真を見てあらためて確認しろって？

「読ませて」わたしの顔が魔法みたいに笑みを作った。何気ないそぶりでノートパソコンに近づき、彼と対面した。彼がモノクロ写真のなかから見上げている。合格の判を捺すには何かが足りないわたしを見上げている。

わたしは記事を読んでいるふりをした。そのあいだずっと、揺らがない灰色の瞳を見つめていた。わたし向きの男性ではない理由を知る手がかりを写真のなかに探した。彼は自分はわたしにふさわしい男ではないと言った。そのときふいに、まぶしいくらいくっきりと、現実が浮かび上がって見えた。彼は神々《こうごう》しいほど美しい。わたしとは天と地ほども違う。属している世界がまるきり違っている。太陽に近づきすぎて墜死したイカロスの姿が目に浮かぶ。彼の言葉の意味がわかった。たしかに、彼はわたしにふさわしい人ではない。あれはそういう意味だった。わたしを傷つけないように、あんな言いかたをしただけのこと――もちろん、まったく傷つかずにすんだわけではないけれど。そう考えれば、あきらめられる。理解できる。

「よく書けてると思う」わたしはどうにかそれだけ言った。「じゃ、勉強してるから」いまは彼のことを考えるのはやめようと自分に誓い、ノートを開いて、試験勉強を始めた。


ベッドにもぐりこみ、眠ろうとしたところで初めて、その朝の奇妙ななりゆきについて考えを巡らせた。〝恋愛に興味はありません〟という彼の言葉を頭のなかで何度も繰り返す。自分に腹が立った。もっと前に――彼の胸に抱き寄せられ、全身の全細胞を総動員して〝キスして〟と念じる前に、その言葉の意味をちゃんと考えるべきだった。そして、あのときになって初めてはっきり通告された。彼にはわたしを恋人にする気はない。ベッドの上で横向きになって、ぼんやりと考えた――彼はセックスレスなのかも。わたしは目を閉じ、眠りに落ちかけながら、さらに考えた。または――そうだ、彼は運命の人を待ちつづけているのかもしれない。ただし、その運命の人は、どうやらあなたじゃなさそうね——眠たげな潜在意識は辛辣にそう言い捨てたあと、夢の国へと漂っていった。

その晩、わたしは灰色の目とミルクに描かれた葉の模様や、蛍光灯の青ざめた光にぼんやりと照らされた薄暗い場所を走り回っている夢を見た。何かに向かって走っていたのか、何かから逃げていたのか……それはわからない。

ペンを置いた。できた。卒業試験が終わった。チェシャ猫みたいなにやにや笑いが顔全体に広がっていくのがわかる。笑ったのは、この一週間でたぶん初めて。今日は金曜日。今夜はお祝いだ。思いきりはめをはずしてやるんだから！　そうだ、酔っ払ってみるのもいいかも。酔うまで飲んだことはまだ一度もなかった。同じ教室で試験を受けているケイトのほうを見やった。試験終了時刻まであと五分。ケイトは猛烈な勢いでペンを走らせていた。いよいよ終わる。わたしの学生時代は幕を閉じようとしている。不安と孤独感でいっぱいの学生のひとりとして教室に座ることはもう二度とない。うれしくて、頭のなかで優雅に側転を繰り返した。わたしがそうやって優雅に側転できるのは、頭のなかでだけ。ケイトが書くのをやめてペンを置いた。わたしのほうを見る。やっぱりチェシャ猫笑いを浮かべていた。

ケイトのメルセデスで部屋に帰った。ふたりとも試験の出来については絶対に触れようとしなかった。ケイトは今夜バーに何を着ていくかのほうを心配していたし、わたしはバッグのなかで行方不明になった鍵束を探すのに忙しかった。

「アナ、あなた宛に荷物が届いてるみたい」ケイトはアパートメントの玄関前の階段から茶色い小包を拾い上げた。なんだろう。ここ最近、アマゾンで買い物した記憶はない。ケイトは小包をわたしに預け、入れ違いに鍵を受け取って玄関を開けた。宛名はミス・アナスタシア・スティールとなっている。差出人の住所も名前もない。母かレイが何か送ってきたんだろう。

「うちの親からかも」

「開けてみてよ！」ケイトはそう言うと、〝やった、試験が終わったぞ〟用のシャンパンを取りにキッチンに行った。

包みを開けると、本が三冊入っていた。本の半分の大きさの革張りの箱に、古びてはいるけれど美品の、布装の本が三冊。見た目は三冊ともそっくりだった。白い無地のカードが添えられている。カードの片面に、黒インクで書かれた几帳面《きちょうめん》な筆記体の文字が並んでいた。


男ってものはあぶないって、なぜお母さんは言ってくれなかったの？

お嬢さん連中は、こんな手管《てくだ》のことを書いてある小説を読んで、身の守り方を心得ているけれど……


『テス』からの引用だ。その偶然に驚いた。ついさっき終わった卒業試験で、三時間かけてトマス・ハーディの作品群について論じたばかりだから。もしかしたら偶然ではないのかも……もしかしたらこれは、周到に計算されたことなのかもしれない。わたしは本をよくよく観察した。『ダーバヴィル家のテス』の三巻セット。一冊の表紙を開いてみた。奥付《おくづけ》には、古風な書体でこうあった――

ロンドン――ジャック・R・オスグッド、マクルヴェイン&Co、一八九一年

うそ――初版本！　目の玉が飛び出るほど高価なものに違いない。それで贈り主の見当がついた。ケイトが肩越しに本をのぞきこんでいる。カードを取った。

「これ、初版本」わたしはかすれた声で言った。

「え」ケイトは信じられないというように目を見開いた。「じゃ――グレイ？」

わたしはうなずいた。「ほかに考えられない」

「このカード、どういう意味？」

「わからない。警告かな――実を言うと、自分には近づくなって前にも警告された。どうしてなのかは見当もつかない。わたしがしつこく追いかけまわしてるわけでもなんでもないのに」

「彼のことは話したくないのはわかってる。だけど、アナ、彼のほうは本気であなたのことが好きみたい。警告なんかよこすくせに、やっぱり好きなのよ」

この一週間、クリスチャン・グレイのことは考えないようにしてきた。ただ……灰色の瞳が毎晩のように夢に出てくるのは事実だし、わたしを抱き寄せる彼の腕の感触やあの甘やかな香りを記憶から完全に消去するまでにはまだまだ時間がかかりそう。それにしても、なぜこんなものを送ってきたの？　わたしにふさわしい男ではないと自分が言ったのに。

「ああ、あった――ニューヨークで『テス』の初版本が売りに出てる。一万四千ドルだって。だけど、いまそこにある本のほうが全然コンディションがいい。ってことは、もっとずっと高いっ

てことね」ケイトは大親友のグーグルに助言を求めていた。

「この引用――アレック・ダーバヴィルにひどい仕打ちをされたあと、テスが母親に言うせりふ」

「知ってる」ケイトが考えこむような顔で言う。「彼は何が言いたいの？」

「わからない。それに、どうだっていい。こんなもの、受け取れないし。『テス』のどこから取ってきたのか、すぐにはわからなそうなマイナーな引用をくっつけて送り返そうかな」

「エンジェル・クレアが〝失せろ〟っていう場面とか、どう？」ケイトが真顔で提案する。

「それ、いいかも」わたしは肩を震わせて笑った。ケイトってやっぱり最高。友達思いで、しかも頼もしい。本を包み直してダイニングテーブルに置いた。ケイトがシャンパンのグラスを差し出す。

「試験終了とシアトルでの新生活に」ケイトが楽しげに微笑む。

「試験終了とシアトルでの新生活と、オールＡの成績に」

わたしたちはグラスを軽く打ち合わせて乾杯した。

バーはやかましくて、店じゅうが浮き足立っている。卒業試験を終えてはめをはずしに繰り出した学生で超満員だ。ホセも来ていた。ホセは卒業までまだ一年残しているけれど、今夜は一緒に浮かれ騒ぎたい気分らしい。マルガリータをピッチャーで注文して、手に入れたばかりの自由を謳歌《おうか》するわたしたちの気分を盛り上げてくれていた。わたしは五杯めを飲み干すと同時に、シャンパンにプラスしてカクテルを五杯も飲むのはあまりいい思いつきではなかったみたいとふいに悟った。

「で、今後の予定は、アナ？」ホセが周囲の騒音に負けじと声を張りあげる。

「ケイトと一緒にシアトルに引っ越す。ケイトはね、シアトルにアパートメントを買ってもらったの」

「すっげえ《ディオス・ミオ》。さすが金持ちはやることが違うね。でも、個展は見にきてくれるだろう？」

「当然でしょ、ホセ。何があったってかならず行くわよ」わたしはそう言って微笑んだ。

ホセがわたしの腰に腕を回して抱き寄せた。「うれしいよ、アナ。きみが来てくれるだけで幸せだ」わたしの耳もとでそうささやく。「マルガリータのお代わりは？」

「ホセ・ルイス・ロドリゲス。ひょっとして、わたしを酔わせようとか企んでない？　迷惑なことに、その企《たくら》みは成功しつつあるみたいだけど」わたしはくすくす笑った。「そろそろビールに切り替えたほうがよさそう。みんなで飲めるように、ピッチャーでもらってくる」

「お酒！　まだまだお酒が足りないわよ、アナ！」ケイトが怒鳴った。

ケイトの胃袋は雄牛なみに頑丈だ。腕はリーヴァイの肩にからみついている。リーヴァイは英文学部の同級生で、学生新聞のカメラマンも務めている。来てすぐは、同級生たちの酔っ払った姿をせっせと写真に撮っていた。だけどいまは、ケイトを見つめるのに夢中らしい。ケイトはあいかわらず頭がくらくらするほどきれいだった。ものすごく面積が小さなキャミソール、脚に密着するジーンズ、それにハイヒール。アップにした髪から巻き毛が幾筋か落ちて、顔のまわりを柔らかく縁取っている。わたしは定番のコンバースのスニーカーにTシャツで来ていた。ただし、ジーンズは、わたしの脚をいちばんすらりと見せてくれるとっておきの一本を穿いている。わたしはホセの腕をほどいて立ち上がった。

おっと。世界がぐらりと盛大に傾いた。

わたしは椅子の背をつかんで体を支えた。次からはテキーラベースのカクテルには手を出さないこと。

バーカウンターに行こうとして、せっかく立ったついでだからトイレに行っておこうと思いついた。頭いいじゃない、アナ。ふらつく足で人のあいだをすり抜けた。当然のことながら、トイレの前には行列ができていた。それでも、とりあえず廊下は静かで涼しかった。わたしは退屈しのぎに携帯電話を取り出した。さて……最後に電話したのは誰だった？　ホセ？　発信履歴の二番めに、見覚えのない電話番号があった。ああ、そうか。きっとグレイのだ。わたしはくすくす笑った。いま何時なのかわからないから、もしかしたら寝ているところを起こしてしまうかもしれない。でもあの本を送ってきたわけや、謎のメッセージの意味くらいは聞き出せるはず。自分には近づくなと言っておいて、わたしにちょっかいを出してくるって、どうなのよ？　酔っ払いならではのにやけた笑いを嚙み殺して、わたしは〝発信〟ボタンを押した。呼び出し音が二度聞こえたあと、グレイが電話に出た。

「アナスタシア？」わたしから電話が来て驚いているらしい。正直言って、わたしも自分が彼に電話していることに驚いていた。そのとき、アルコール漬けになった脳味噌が小さな疑問点を指摘した――なんでわたしからだとわかるの？

「どうして本なんか送ってくるのよ？」わたしはろれつの怪しい調子で訊いた。

「アナスタシア、大丈夫ですか。話しかたがいつもと違う」心配そうな声だ。

「おかしいのはわたしじゃない。そっちでしょ」ひゅう。お酒の勢いを借りて言ってやった！

「アナスタシア、酒を飲んでるんですね」

「飲んでるとしたら、何？」

「ただ……訊いただけですよ。いまどこに？」

「バー」

「どこの？」いらだった声。

「ポートランドのバー」

「どうやって家に帰るつもりでいるんです？」

「なんとかする」そんな話がしたくて電話したわけじゃない。

「どのバーにいる？」

「なんで本なんか送ってきたの、クリスチャン？」

「アナスタシア、そこはどこだ？　きちんと答えなさい」彼の口調は……むかつくほど横柄《おうへい》だった。いつものコントロール・フリークぶりを遺憾《いかん》なく発揮している。ジョッパーズを穿いて、古式ゆかしきメガホンと鞭《むち》を手にした映画監督。その姿を想像したら、思わず噴き出してしまった。

「あなたってば、ほんとにどうしようもなく……傲慢ね」

「アナ、おい、いまどこなのか教えてくれ」

あらいやだ、あの品行方正なクリスチャン・グレイが他人《ひと》に向かって〝おい〟ですって。わたしはまたくすくす笑った。「だから、ここはポートランドよ……シアトルからは遠く遠く離れたポートランド」

「ポートランドのどこかと訊いている」

「じゃあね、おやすみ、クリスチャン」

「アナ！」

わたしは電話を切った。ふーんだ！　でも、そうだ、本のことを聞きそこねた。わたしは眉をひそめた。任務未完了。かなり酔っ払っているらしい。列が進むのに合わせて動くたびに、頭がぐらぐら揺れた。でもまあ、今夜の課題は初めて酔っ払ってみることだった。その任務は成功した。酔っ払うというのはどういうことか、これでよくわかった。二度は試したくない経験かも。列がまた進んで、わたしの順番が回ってきた。トイレのドアの裏に貼られた、安全なセックスを奨励するポスターをぼんやりながめた。あれ、ちょっと待って。わたし、たったいまクリスチャン・グレイに電話しなかった？　うそ、信じられない。ちょうどそのとき電話が鳴りだして、わたしは便座の上で飛び上がった。情けない悲鳴まで漏《も》れた。

「はい？」わたしは泣きそうな声で電話に出た。この事態は予想していなかった。

「迎えにいく」そうひとこと聞こえて、電話はぶちりと切れた。あんなに穏やかかつ威圧的な声を出せるのは、この世にひとりしかいない。クリスチャン・グレイだ。

どうしよう、どうしよう。ジーンズを引っ張り上げた。心臓がばくばくしている。迎えにくる？　あ、まずい……吐きそうだ……いやだ……あ、よかった、おさまった。え？　ちょっと待って、よく考えて。そうか、彼はわたしを困らせているだけなんだ。だって、わたしは居場所を教えていない。この店にいるなんてわからないはずだ。それにシアトルから来るなら何時間もかかる。彼が来るころには、わたしたちはとっくに帰っているはず。手を洗い、鏡をのぞいた。顔が真っ赤だ。しかも目の焦点が微妙に合っていない。もう……憎《にっく》きテキーラめ。

カウンターで延々待たされたあと、ようやくビールのピッチャーを受け取ると、わたしはテーブルに戻った。

「ずいぶん遅かったじゃない」ケイトに叱られた。「どこまで行ってたわけ?」

「トイレに行列ができてて」

ホセとリーヴァイは、地元の野球チームのことで何やら言い合いの最中だった。ホセが罵倒《ばとう》攻撃を中断して全員分のグラスにビールを注いだ。わたしはひと口だけ慎重に飲んだ。

「ケイト、ちょっと外に出て冷たい風に当たってくる」

「ほんとにお酒弱いのね、アナ」

「五分で戻るから」

また人のあいだを縫って歩く。吐き気がぶり返していた。頭がぐるぐるして、気持ち悪い。足もとも頼りなかった。自分の足をふだん以上に信用できない。

駐車場に出て夜の冷たい空気を吸いこんだとたん、どれだけ酔っているか、はっきりと自覚した。視界も妙だった。再放送で見たアニメ『トムとジェリー』の一場面みたいに、目に映《うつ》るものが全部二重になっている。どうしてこんなになるまで飲んじゃったの。

「アナ」いつのまにかホセも出てきていた。「大丈夫?」

「ちょっと飲みすぎちゃった」わたしは弱々しく微笑んだ。

「おれもだ」黒い瞳がわたしをまっすぐに見つめている。「支えててやろうか」そう言って近づいてくると、わたしに腕を回した。

「ホセ、平気だから。ひとりで立ってられる」わたしは力なくホセを押しやった。

「アナ、いいじゃないか」ホセはささやくように言うと、今度は両腕で抱き寄せた。

「なんのつもり、ホセ？」

「好きだ。わかってるくせに、アナ。いいだろう？」片手をわたしの腰に当てて引き寄せ、もう一方でわたしの顎を持ち上げた。ちょっと、やめて……キスするつもり？

「やめて、ホセ。やめて——いや」わたしは彼を押しのけようとした。でも、まるで筋肉の壁を押しているみたいで、びくともしない。彼の手がわたしの髪のなかにもぐりこみ、頭を動かせないように支えた。

「いいじゃないか、アナ、愛しいひと《カリーニョ》」唇と唇がいまにも触れそうになっている。ホセの息遣いは柔らかで、甘ったるい匂いをさせていた。マルガリータとビールの匂い。わたしの顎にキスをする。そこから唇のすぐ横までキスでたどっていった。わたしはパニックと酔いと無力感に襲われた。息もできなくなっていた。

「ホセ、やめて」わたしは懇願した。こんなのいや。あなたは友達以上の存在じゃない。それに、わたし、いまにも吐きそうなの。

「その女性はやめてと言っているようだが」そのとき、暗がりから穏やかな声がした。うっそ！クリスチャン・グレイだ。クリスチャンがいる。どうして、どうやって？　ホセがわたしをぱっと離した。

「ミスター・グレイ」硬直した声でホセが言った。わたしはおそるおそるクリスチャンを見上げた。彼は顔をしかめてホセをにらみつけていた。激怒している。あ、やばい——胃袋が波打つような感覚が来た。わたしは腰をかがめた。体がもうアルコールに我慢ならなくなったらしい。わたしは地面に向けて派手に嘔吐した。

「うわ──汚ねえな《ディオス・ミオ》、アナ！」ホセは顔をしかめ、後ろに飛びのいた。クリスチャンはすっと手を伸ばし、わたしの髪をつかんでゲロの通り道から避難させると、優しくわたしの腕をつかんで駐車場の隅に引いていった。地面から何十センチか高くなった花壇がある。ありがたいことに、さっきいたところよりも暗い。

「また吐くなら、ここで。そばについているから」彼は片腕でわたしの肩を抱いていた。もう一方の手はわたしの髪を即席のポニーテールにして顔の前からよけている。わたしはぎこちなく彼を押しのけようとした。でも、またしても嘔吐してしまった……それも一度だけではすまなかった。ううう、最悪。いつまで続くのよ、これ？　胃が空《から》っぽになって、もう吐くものはないはずなのに、それでも何度も空嘔吐《からえず》きが出た。もう絶対にお酒なんか飲むものかと自分に誓った。言葉にできないほど苦しい。永遠と思える苦しみが続いたあと、ようやく吐き気がおさまった。

わたしは花壇の煉瓦《れんが》の縁に両手でつかまっていた。そのまま土の上に突っ伏してしまわないようにするだけでせいいっぱい。吐くという行為は、ものすごく体力を消耗するらしいと身に染みてわかった。クリスチャンがわたしから手を離し、ハンカチを差し出した。洗濯したてのハンカチ、それもイニシャル入りのハンカチを持って歩いているのはグレイくらいのものだろう。〈C・T・G〉。いまどきまだこんなものを売ってる店があるなんて。口もとを拭いながら、真ん中のイニシャルの〝T〟は何の略だろうとぼんやり考えた。彼の顔を見られない。恥ずかしくて、自分がいやでいやで、たまらない。花壇で咲き乱れているアザレアに呑みこまれて消えちゃいたい。ここではないどこかへ行ってしまいたい。

ホセはまだバーの入口に立ってこちらをうかがっていた。わたしは低くうめいて両手で顔を覆った。二十一年の人生で、これより最悪な経験はしたことがないと思う。まだふらふらしている頭のなかで、ほかに何かあったっけと記憶をたどってみた。思いついたのは、クリスチャンに拒絶されたことくらい。でも恥ずかしさを色合いで示したら、今夜のほうが何段階も濃いだろう。勇気を出して彼の顔を見上げた。彼はこちらを見下ろしていた。落ち着き払った表情からは、内心は読み取れない。今度は振り返ってホセを見た。ホセはホセで気まずそうにしている。そしてわたしと同じように、クリスチャンに恐れをなしているように見えた。わたしはホセをにらみつけた。親友だったはずの彼に投げつけてやりたいとっておきの言葉がいくつか頭に浮かんだ。でも、クリスチャン・グレイCEOの前で口に出すのはどうかと思った。え、アナ、いまさら何言ってるの？　クリスチャン・グレイCEOはたったいま、あなたが地面に這《は》いつくばって花の上に盛大にゲロをぶちまける一部始終をかぶりつきで見てたのよ。淑女にはほど遠いことをいまさら隠そうとしても無駄じゃない？

「えっと……先になかに戻ってる」ホセがぼそぼそと言った。わたしもクリスチャンも答えなかった。ホセは逃げるように建物に入っていった。わたしはクリスチャンとふたりきりで駐車場に残された。どうしよう。何を言えばいい？　そうだ、まずはいきなり電話したことを謝ろう。

「ごめんなさい」ハンカチを見つめたまま、わたしは消え入るような声で言った。わたしの指はせっせとハンカチを握りしめていた。すごく柔らかくて手触りがいい。

「何について謝っているつもりかな、アナスタシア？」

うわ。徹底的に辱《はずかし》めるまで、許さないつもりみたい。

「おもに電話のこと。それに吐いちゃったことも。挙げたらきりがない」つぶやくように答えた。頬が赤くなるのがわかる。ああ、いっそこの場でわたしを殺して。

「誰でも一度は通る道だ。まあ、きみほどドラマチックに経験する人はそう多くないだろうが」辛辣な声だった。「自分の限界をわきまえるべきだよ、アナスタシア。いや、限界に挑むこと自体には決して反対しないが、それにしてもこれはやりすぎだろう。きみはいつもこんなふうなのか?」

過量のアルコールと怒りで満員御礼の頭が、ぶうんと低い音を立てはじめた。ちょっと、他人のことに首を突っこみすぎじゃない? だいたい、来てくれなんて言った覚えはないんだけど? 彼の口調はまるで、いたずらをした子供を叱る中年男みたいだった。たとえ毎晩こうやって酔っ払ってるとしたってわたしの勝手だし、あなたには関係ないでしょ——心のどこかでそう言い返したがっている。とはいえ、そこまでの勇気はない。だって、ゲロを吐いている姿を見られたばかりだもの。それにしても、彼はどうしてまだ帰らないんだろう。

「いつもじゃない」わたしは後悔を匂わせながら答えた。「酔っ払ったのは今日が初めて。いまはもう二度とお酒に飲まれたくないと思ってる」

彼はどうしてここにいるの? 頭がふらついた。鋭く察知した彼が、わたしをつかまえて軽々と抱き上げた。まるでおねむの子供を運ぶみたいだった。

「来なさい。家まで送ろう」彼が言った。

「帰るなら、ケイトに伝えなくちゃ」ああ……わたしはまた彼の腕のなかにいる。

「兄から伝えてもらえばすむ」

「え?」

「兄のエリオットがいま、ミス・キャヴァナーと一緒にいる」

「え?」話が見えない。

「きみから電話があったとき、兄も一緒にいた」

「シアトルで?」混乱に拍車がかかった。

「いや、ヒースマン・ホテルに泊まっている」

あれからずっと? なんで?

「どうしてこの店にいるってわかったの?」

「携帯電話の電波を追跡した」

へえ、そう。でも、そんなことできるの? そもそも違法じゃないの? ストーカー――いまも脳のなかにぽっかり浮かんでいるテキーラの雲の向こう側から、潜在意識がささやいた。でも、そのストーカーがこの人だとしたら、かまわないような気もする。

「店に置きっぱなしのジャケットやバッグは?」

「えっと……両方とも置いてきた。クリスチャン、お願い、ケイトと話したいの。心配させちゃう」

彼は唇をきつく結んだ。それから深いため息をついた。「どうしてもと言うならしかたがない」

わたしを地面に下ろし、手を引いてバーに入っていく。わたしはふらふらしていたし、まだ酔いが残っていた。しかも気まずくて、疲れきっていて、この世から消えてしまいたかったけれど、なぜだろう、天にも昇れそうな勢いの高揚感にも後押しされていた。彼がわたしの手を握っている。てんでんばらばらな感情をいっぺんに心に押しこまれたみたいだ。一つひとつ分離して理解しようとしたら、一週間くらいはかかるだろう。

バーはやかましくて込み合っていた。音楽がかかっていて、大勢がダンスフロアに出ている。ケイトはさっきまでのテーブルにはおらず、ホセも消えていた。リーヴァイひとりが途方に暮れたみたいな顔でぽつんと座っていた。

「ケイトは?」周囲の騒音に負けないよう、リーヴァイの耳もとで叫んだ。音楽の強烈なベースラインに合わせて、頭ががんがん鳴っていた。

「踊ってる」リーヴァイが怒鳴り返す。どうやら怒っているらしい。クリスチャンを疑わしげな目でじろじろ見ている。わたしは黒いジャケットを着た。小ぶりなバッグを取ってストラップを肩にかけ、バッグが腰のあたりにおさまるようにした。準備よし。あとはケイトを探すだけ。

クリスチャンの腕に軽く触れて注意を引き、背伸びをして彼の耳もとで言った。「ケイトはどこかで踊ってるみたい」彼の髪が鼻先をくすぐった。清潔でさわやかな香りがした。できれば存在を否定したいあのなじみのない禁断の感覚が、疲れきった体のなかを暴れ狂いながら駆け抜けていく。頬が熱くなる。どこか奥の奥のほうにある筋肉が陶然《とうぜん》と身をくねらせた。

クリスチャンはうんざりしたようにぎょろりと目を回すと、またわたしの手を引いて、今度はバーカウンターに向かった。バーテンダーがすぐに注文に応じた。ミスター・〝コントロール・フリーク〟・グレイは、どこに行っても待つ必要はない。この人はいつもこんなふうに楽に世の中を渡ってるわけ？　何を注文しているのかは聞き取れなかった。まもなく氷を浮かべた水の入った大きなグラスを渡された。

「飲んで」彼が命令口調で声を張りあげる。

可動式のライトが音楽に合わせてうねりながら回転して、内装や客を奇妙な色の光と影で染めている。緑、青、白、それに地獄の炎のような赤。クリスチャンの視線が痛いほど突き刺さった。わたしはおそるおそる水を飲んだ。

「全部」彼がまた怒鳴った。

まったく、この人はどうしてこう命令したがりなんだろう。彼は乱れた髪を片手でかき上げた。いらいらして怒っているように見える。いったい何が気に入らないの。まあ、泥酔したばかな女の子から深夜に電話が来て、自分が救援に駆けつけなくてはいけないと思いこんだからというのはあるのかも。しかも駆けつけてみたら、愛情表現過多の男友達の腕のなかから救い出すはめになったわけだし。さらにそのあと、足もとに派手にゲロを吐かれた。もう、アナったら……そんな恥ずかしい記憶、一生消えないものと覚悟したほうがいいわ――わたしの潜在意識は、半月形の眼鏡越しにわたしをにらみつけて舌打ちをしていた。またふらついた。彼がわたしの肩に手を置いて支えた。言われたとおり、グラスの水を全部飲み干した。胃がむかむかした。彼がグラスをわたしの手から取ってカウンターに返す。にじんだ視界に彼の全身が映っていた。ゆったりとした白い麻のシャツ、タイトなジーンズ、コンバースの黒いスニーカー、黒っぽいピンストライプのジャケット。シャツの胸もとのボタンははずされていて、隙間から胸毛がのぞいていた。朦《もう》朧《ろう》とした目には、それはもうセクシーに映った。

また彼がわたしの手をつかむ。ちょっと待って――ダンスフロアに引っ張っていこうとしている。いやだってば。ダンスは大の苦手なのに。いやがっているのを察したんだろう、彼は愉快そうに皮肉な笑みを浮かべ、その顔を色のついた光が照らしだした。彼がわたしの手をぐいと引く。わたしはまたしても彼の腕のなかにいた。彼がわたしをしっかり抱いたまま動きはじめた。すごい、ダンスが上手なのね。信じられないことに、わたしも彼と一緒にステップを踏んでいた。こうして無事についていけているのは、たぶん、酔っているおかげ。彼はわたしをきつく胸に抱き寄せている。彼の体がわたしの体にぴたりと寄り添って……もししっかり支えられていなければ、いまごろ歓喜のあまり失神して、彼の足もとに伸びているはずだ。頭の奥で、母がことあるごとに繰り返すアドバイスが聞こえていた――ダンスがうまい男は信用しちゃだめ。

彼のリードで、わたしたちは踊っている人たちのあいだをすり抜けてダンスフロアの反対側に移動した。気づくと、ケイトと、クリスチャンのお兄さんのエリオットがすぐ隣にいた。重低音のきいた音楽が大音量で鳴っている――わたしの頭の外でも、内側でも。うわ。ケイトがエリオットにモーションをかけている。あの踊りまくりようは間違いない。あんなふうに踊るのは、相手がよほどお気に召したときだけ、本気で気に入ったときだけだ。ということは――明日の朝食のテーブルは三人で囲むことに決定。まったく、ケイトってば！

クリスチャンがエリオットのほうに身を乗り出し、耳もとで何か怒鳴った。内容は聞き取れない。エリオットは背が高く、たくましい肩をしている。金色の巻き毛で、茶目っ気たっぷりにきらめく明るい色の目をしていた。エリオットは微笑み、ケイトを抱き寄せた。ケイトのほうも幸せそうに抱き寄せられている……ケイトったら！　酩酊《めいてい》状態のわたしにとってもかなりの衝撃だった。だって、いま知り合ったばかりの人なのに。それなのに、ケイトは、エリオットが何か言うと、即座にうなずき、わたしに笑いかけて手を振った。クリスチャンがわたしを連れ、早足でダンスフロアを離れた。

ケイトとはひとことも話せないままだった。大丈夫なの？　あのふたりの今夜の予定は聞かなくてもわかる。安全なセックスについて講釈しなくちゃ！　わたしは心の片隅で祈った――トイレのドアの内側に貼ってあるポスターをケイトも見ますように。そんな考えが、酔っ払ってぼんやりした感覚を蹴散らしながら、脳味噌のなかを駆け抜けていった。ここは暑くて、やかましくて、カラフルで――明るすぎる。頭がまたふらふらしはじめた。まずい……床が近づいてきて、わたしの顔とこんにちはしかけている。または、そんな錯覚があった。クリスチャン・グレイの腕のなかで気を失う前の最後の記憶は、彼がわめいた悪態だった。

「ファック！」

5

とても静かだった。柔らかな光に包まれている。ベッドは寝心地抜群で温かい。う……ん。まぶたを持ち上げた。穏やかで安らぎにあふれた目覚め。見慣れない部屋に視線を巡らせる。ん？　ここはどこ？　頭の上のヘッドボードは巨大な太陽の形をしていた。見覚えがあるような気がしなくもない。部屋は広々としていて、茶と金とベージュで統一された高級感あふれる家具が並んでいた。やっぱり見覚えがある。どこだっけ？　酔いの抜けきらない脳味噌が、ごく最近の視覚的記憶のファイルをあさっている。え……ええ⁉　ヒースマン・ホテル？　もしかして、ヒースマンのスイートルーム？　ケイトと一緒に、これとそっくりな部屋に入った記憶がよみがえる。だけど、この部屋のほうが広い。ということは……げっ！　クリスチャン・グレイのスイートルームだ。どうして？　わたしはどうしてここにいるの？

昨日の夜の記憶の断片がおずおずと戻ってきて、心の周囲をこそつきはじめた。ゆうべは酔っ払った――うわ、そうだ、ばかみたいに酔っ払ったんだ。電話した――うわ、そうだ、電話したんだった。吐いた――うわ、そうだ、吐いたんだった。ホセ、それにクリスチャン。うわ。うわ。そこまで思い出したところで、わたしは内心で飛び上がった。ここに来た部分をまったく覚えていない。自分の服を確かめる。Tシャツ、OK。ブラとパンティ、OK。ソックス、なし。ジーンズ、なし。きゃあああ。

ベッドサイドテーブルを見る。オレンジジュースと薬が二錠。鎮痛剤だ。さすがコントロール・フリーク。抜かりはない。わたしは起き上がって薬を飲んだ。あんなに酔っ払ったのに、意外にも頭痛はそれほどひどくなかった。オレンジジュースはうっとりするほどおいしい。喉を潤《うるお》し、気分を澄み渡らせる果汁。

そのとき、ドアにノックの音が響いた。心臓が喉もとまで跳ね上がった。声はまたもや敵前逃亡した。わたしの返事を待たずにドアが開き、彼がゆったりとした足取りで入ってきた。

ううう。ジム帰りらしい。灰色のスウェットパンツを、いつもどおり腰ばきにして穿いている。

灰色の袖なしのTシャツは汗で湿って色が濃くなっていた。髪も同じだ。クリスチャン・グレイの汗。そう考えただけで甘い震えが背筋を駆け上がった。深呼吸をして目を閉じる。二歳児並みの思考回路――目をつむって、ここにいないふり。

「おはよう、アナスタシア。気分はどうだ？」

「思ったよりひどくない」わたしはもごもごと答えた。

上目遣いに彼を盗み見た。彼は大きな買い物袋を椅子に置き、首にかけていたタオルの両端を握った。暗い影を帯びた灰色の目で、わたしをじっと見つめている。いつものことだけれど、何を考えているのかさっぱりわからない。何を考えているのか、どう思っているのか、この人は決して他人に悟らせない。

「わたし、どうしてここに？」申し訳なさそうに小さな声で訊いた。

彼はベッドの端に腰を下ろした。手を伸ばせば触れられるほど、香りが感じ取れるほど、すぐそこに彼がいる。ああ……汗とボディソープ、それにクリスチャン。極上のカクテルだった。マルガリータなんて勝負にもならない。いまのわたしは、経験に即してそう断言できる。

「失神したきみを大事な革張りの車に乗せてはるばるバンクーバーまで送っていくのは気が進まなかった。そこで、しかたなくここに連れてきた」淡々とした声だった。

「あなたがベッドに寝かせてくれたの？」

「そうだ」彼は無表情に答えた。

「また吐いちゃったりした？」わたしの声はさらに小さくなっていた。

「いや」

「服を脱がせたのもあなた？」いまにも消えてしまいそうな声。

「そうだ」顔を真っ赤にしたわたしを見て、彼はけげんそうに眉を吊り上げた。

「あの、わたしたち――？」声がかすれた。最後まで言えない。不安と恥ずかしさで、口のなかが乾ききっていた。わたしは自分の両手を見つめた。

「アナスタシア。きみは気を失っていた。私には反応のない体に性的魅力を感じる趣味はない。きちんと感じられて、きちんと反応する女性がいい」辛辣な口調だった。

「本当にごめんなさい」

彼の唇が小さく弧を描いて皮肉な笑みを作った。「心乱される一夜だった。すぐには忘れられそうにない」

わたしだって忘れたくても忘れられない――ああ、もう、彼はまたわたしを笑っている。いやなやつ。わたしは迎えにきてなんて言っていない。なのに、いつのまにか自分がこのエピソードの悪役だという気にさせられている。

「居場所を突き止めてなんて誰も頼んでない。ねえ、ジェームズ・ボンドが持ってるみたいな小道具でも使ったの？　いちばん高く買ってくれる人に売りつけるつもりで発明した技術とか？」

わたしは噛みつくように言い返した。

彼は驚いたようにわたしを見つめた。ついでに、わたしの勘違いでなければ、少しだけ傷ついているように見えた。

「第一に、携帯電話の電波を追跡するテクノロジーは、インターネットを使えば簡単に手に入る。第二に、私の会社はいかなる種類の監視装置の開発にも投資していないし、製造もしていない。

第三に、私が行っていなかったら、きみは今朝、あのカメラマンのベッドで目を覚ますことになっていただろう。それに私の記憶に誤りがなければ、きみはカメラマン氏の自己本位な求愛をさほど喜んではいなかった」棘のある口調だった。

〝自己本位な求愛〟だって！　クリスチャンを見上げた。彼は不機嫌そうにわたしをにらみつけている。わたしは唇を嚙んでこらえようとした。でも、笑いを押し殺すのは無理だった。「ねえ、中世ヨーロッパの時代劇か何かから抜け出してきたの？　いまの言いかた、正義の騎士のせりふみたい」

彼の機嫌の変化が目に見えるようだった。目から険《けわ》しさがふっと消え、表情がやわらいだ。唇にはかすかに笑みさえ浮かんでいる。

「アナスタシア。私はそうは思わないな。暗黒の騎士ならまだ理解できるが」茶化すような笑みを浮かべて首を振る。「昨夜は何か食べたのか」責めるような声だった。わたしは首を振った。今度はどんな重大な罪を犯してしまったのだろう。彼は顎を食いしばった。それでも、表情からは何も読み取れなかった。

「きちんと食事をしなくてはいけないよ。空《す》きっ腹にいきなり飲むから、あんなに悪酔いするんだ。酒を飲む前の基本ルールだろう」そう言って髪をかき上げた。いらだっている証拠だ。

「お小言《こごと》はまだまだ続くの？」

「これは小言だと思うのか」

「ええ」

「小言程度ですんで運がいいと思うことだ」

「どういう意味？」

「きみが私のものなら、昨夜のような騒ぎを起こせば、尻が腫《は》れて一週間はまともに椅子にも座れないだろうからだ。食事をせず、酒を飲みすぎ、危険に身をさらした」彼は目を閉じた。一瞬、その顔に恐怖が刻まれ、体が震えた。次に目を開くと、わたしをにらみすえた。「きみがどうなっていたか、想像さえしたくない」

わたしは彼をにらみ返した。なんなの、この人？　彼には関係ないことじゃない？　わたしが彼のものだったら……？　おあいにくさま、わたしはあなたのものじゃありません。とはいえ、心のどこか隅っこのほうに、そうなりたいという気持ちが存在しているみたい。横暴な彼の言い分に対する怒りをかき分けるようにして、その気持ちが表に出てこようとしていた。自分の潜在意識のはしゃぎっぷりに思わず赤面した――〝彼のものになる〟というキーワードを聞きつけたとたん、真っ赤なフラダンスのスカートを穿いて恍惚とした表情で踊りはじめていた。

「べつに何事もなかったはず。ケイトと一緒だったし」

「あのカメラマンは？」彼が鋭く訊き返す。

そうだった……お子ちゃまのホセ。近いうちにきちんと話をしなくちゃ。

「ホセはちょっと調子に乗っただけよ」わたしは肩をすくめた。

「次に調子に乗ることがあったら、誰かが規律を叩きこんでやるべきだろうな」

「規律、規律ってうるさいのね」わたしはまた噛みついた。

「アナスタシア。このくらいはまだ序の口だ」彼は険しい表情で目を細めたあと、ふいにいたずらっぽく笑った。不意打ちもいいところだ。いまのいままで、わたしは混乱して怒っていたのに、次の瞬間には、彼の美しい笑顔と向かい合っている。うわ……わたしはほれぼれと見つめた。次はいつこんな笑顔を見られるかわからない。あんまりうっとりしすぎて、なんの話をしていたのかさえすっかり忘れてしまった。

「シャワーを浴びてくる。きみが先に浴びたければ、順番を譲るが」彼は微笑んだまま首をかしげた。鼓動が速くなった。わたしの延髄は、呼吸せよというシナプスを送り出す任務を放棄していた。彼のいっそう大きく微笑みながら、ふと手を伸ばして親指でわたしの頬をなぞり、次に下唇をなぞった。

「息をしなさい、アナスタシア」そう小声で言って立ち上がる。「十五分後に朝食が届く。さぞ腹が減っているだろう」彼はそう言いながらバスルームに入った。ドアが閉まった。

わたしはずっと止めていた息を吐き出した。ああ、あの人はどうして腹立たしいほど魅力的なんだろう。バスルームに走っていって一緒にシャワーを浴びたいくらい。こんな気持ちは初めてだった。ホルモンが体じゅうを駆けめぐっている。彼の親指が触れたところがちりちりと熱を持っていた。頬。それに唇。痛いほど強烈な何かに……ざわめくような感覚にとらわれて、わたしは身悶えしていた。この感覚は何？　あ……性欲？　きっと性欲だ。これが性欲という感覚なのね。

羽毛がたっぷり詰まった枕にもたれかかった。〝きみが私のものなら〟。うーん――どうしたら彼のものになれる？　わたしの全身の血を沸き立たせた人は彼が初めてだ。ただ、彼は面倒くさい人でもある。気むずかしくて、ややこしくて、ひとを混乱させてばかりいる。わたしを拒絶したかと思うと、次の瞬間には一万四千ドルの本を送ってきて、さらに次の瞬間には、ストーカーみたいに追い回す。でも、わたしは彼のスイートルームで一夜を過ごし、なぜかこうして安心しきっている。守られているようで不思議と心強い。彼は危険に巻きこまれていると勘違いして、わたしを救うためだけにわざわざ来てくれた。暗黒の騎士などではなく、まばゆく輝く鎧《よろい》をまとった白馬の騎士、伝説の英雄。たとえば円卓の騎士たち、ガーウェイン卿やランスロット卿。

ベッドから這い出し、血眼《ちまなこ》になってジーンズを探した。まもなくバスルームから彼が出てきた。シャワーの水滴が肌の上できらきら輝いている。ひげは剃《そ》っておらず、タオルを一枚、腰に巻きつけただけの格好だった。一方のわたしは――両脚を無防備にさらして、ぶざまに這いまわっている。彼はわたしがベッドから出ているのを見て驚いた顔をした。

「ジーンズを探しているなら、ランドリーサービスに預けてある」陰気な目でわたしを見る。「吐物まみれだったからね」

「あ」頬が火を噴きそうになった。どうしてこう、いつもいつもどぎまぎさせられてばかりなの。

「テイラーに新しいジーンズと靴を買ってこさせた。その椅子の上の袋に入っている」

清潔な服。まさかそんな特別サービスが用意されているとは思わなかった。

「じゃ……シャワーを浴びてきます」わたしは言った。「ありがとう」ほかに何が言える？ 袋を拾い上げて、バスルームに逃げこんだ。半裸のクリスチャン・グレイの近くにいると、むらむらしてくる。ミケランジェロのダビデ像が素っ裸でいても、どうとも思わないのに。

バスルームには熱気と蒸気が残っていた。服を脱いで、そそくさとシャワーブースに入った。一刻も早くお湯ですべてを洗い流してしまいたい。熱い奔流にたちまち呑みこまれた。顔を上に向ける。お湯が頬や額を叩く感覚が心地よかった。わたしはクリスチャンを求めている。激しく求めている。それが単純な現実だった。これまで生きてきて初めて、男性と寝たいと思っている。彼の手に、唇に、触れられたい。

きちんと感じられる女がいい——彼はそう言っていた。とすると、セックスはしない主義というわけではなさそうね。ただ、ポールやホセと違って、これまでのところわたしを口説《くど》こうというそぶりは見せていない。どういうこと？　わたしを求めていないということなの？　先週のあのときも、キスしようとしなかった。わたしを生理的に受けつけないってこと？　かと思えば、わたしはこうして彼の部屋にいる。連れてきたのは彼。何がしたいのか、さっぱりわからない。いったい何を考えてるの。ひと晩じゅう、彼のベッドにいたのに、彼は指一本あなたに触れてないのよ、アナ。ちょっと考えればわかることでしょ？　潜在意識は憎らしい顔に冷笑を浮かべてつんと上を向いた。わたしは聞こえないふりをした。

熱いお湯が気持ちいい。ふう……このまま一生浴びていたいくらい。彼の部屋のバスルームにこのままずっといたっていい。わたしはボディソープを手に取った。彼の香りがした。最高にセクシーな香りだ。彼といるつもりで、全身にたっぷりと伸ばした。この天国みたいな香りのボディソープを、彼の手がわたしの全身に広げている。乳房に、お腹に、脚のあいだに。あの細い指をした手で。ああ。またしても鼓動が速くなった。んん……たまらない。

「朝食が届いた」ノックの音がして、彼の声が聞こえた。わたしは飛び上がった。

「あ、はい、すぐ行きます」エロチックな妄想から容赦なく引き戻された。

シャワーブースから出てタオルを二枚取った。髪をひとつにまとめ、タオルの片方を使って、往年の銀幕のスター、カルメン・ミランダ風に巻いた。それから、過敏になった肌を愛撫するようなタオルの心地よい感触に気づかないふりをしながら、大急ぎで体をぬぐった。

袋をのぞき、ジーンズを取り出す。テイラーはジーンズと新しいコンバースのスニーカーだけでなく、水色のシャツとソックス、それに下着までそろえてくれていた。なんて気がきくの。清潔なブラとパンティ――ううん、そんなありきたりで色気のない呼びかたをしては失礼な気がする。ヨーロッパの高級ブランドのエレガントなランジェリーだ。淡い水色のレースと繊細な飾りでできている。すごい。しかも、サイズはぴったり合っていた。でも、もちろん、合わないわけがない。クルーカットのいかつい男性がどこかのランジェリーショップに入って、わたしのためにこれを選んでいる姿を想像しただけで、頬が熱くなった。テイラーの契約書には、ほかにどんな職務が含まれているのだろう。

手早く服を着た。下着以外の服も完璧にサイズが合っている。タオルでごしごし髪をこすって水気を取り、どうにか言うことを聞かせようと奮闘した。でも、髪のほうにはわたしに協力しようという気はないらしい。ヘアゴムで拘束してしまうしかなさそうだけれど、ヘアゴムが手もとになかった。バッグには入っているはずなのに、バッグの行方はわからない。ひとつ深呼吸をした。いざ、ミスター・ナニカンガエテルカチットモワカラナイと対面だ。

ベッドルームは無人だった。わたしは胸をなで下ろした。急いでバッグを探した。この部屋にはない。またひとつ深呼吸をしてから、スイートのリビングルームに入っていった。豪華で贅沢なリビングエリアがある。ふかふかのソファにいかにも柔らかそうなクッション、光沢紙の表紙がついた大型本がたくさん積まれたスタイリッシュなコーヒーテーブル。書斎エリアには、最新モデルのiMacが置いてある。壁には巨大なプラズマテレビ。クリスチャンは部屋の奥のダイニングテーブルで新聞を読んでいた。部屋はテニスコートかと思うような広さだった。もちろん、わたしはテニスなんてしないけど、ケイトの試合を何度か見たことがある。そうだった。ケイトが心配してる！

「ケイト！」わたしは絞め殺されかけているみたいな声で言った。クリスチャンが顔を上げてこちらを凝視している。

「きみがここにいて、まだ無事に生きていることは知っているはずだ。エリオットにメールで知らせておいたから」クリスチャンの口調はどことなく愉快そうだった。

あ。昨日の晩、白熱したダンスを踊っていたケイトの姿を思い出した。得意のセクシーな動きを連発していた。クリスチャンのお兄さんをたらしこもうと狙っていたのは間違いない。わたしがここにいると聞いたらどう思うだろう。わたしは一度も外泊したことがない。ケイトはいまもエリオットと一緒にいる。ケイトが誰かと夜を明かすのは三度めだ。過去二回は、二回とも悲しい結末を迎えて、わたしはあの醜悪なピンク色のパジャマを一週間、見つづけるという不運に巻きこまれた。きっとケイトは、わたしも一夜かぎりのアバンチュールを楽しんだと思っている。

クリスチャンは勝ち誇ったような目でわたしを見つめていた。白い麻のシャツの胸もとと袖口のボタンははずしてあった。

「座って」命令口調で言い、テーブルを囲む椅子のひとつを指さした。わたしは部屋を横切り、言われたとおり彼の向かいの席に座った。テーブルには並びきらないくらいたっぷりの朝食が用意されていた。

「きみの好みがわからなかったから、朝食のメニューにあるものをひととおり注文した」そう言って唇の片端を持ち上げ、申し訳なさそうな笑みを作った。

「ずいぶんな散財ぶりですこと」わたしはぼそりとそう応じた。猛烈にお腹が空いているのは事実だけれど、どうして全部頼むという極端に走るわけ？　理解不能。

「まあ、そうかもしれないな」クリスチャンはいくぶん後ろめたそうに言った。

わたしはパンケーキとメープルシロップ、スクランブルエッグ、ベーコンを選んだ。クリスチャンは笑みを嚙み殺しながら、卵白のオムレツをまた口に運びはじめた。料理はどれもおいしかった。

「紅茶は？」彼が訊く。

「いただきます」

お湯の入った小ぶりなティーポットと、トワイニングのイングリッシュ・ブレックファストのティーバッグが載ったソーサーが差し出される。びっくりした。わたしの好みを覚えていた。

「髪が濡れたままだ」責めるような口調だった。

「ヘアドライヤーが見つからなかったから」気まずい。それに、本当は探す努力さえ省略していた。

クリスチャンは唇を引き結んだだけで、何も言わない。

「服、ありがとう」

「どういたしまして、アナスタシア。その色は似合うね」

わたしは頰を赤らめ、自分の手を見つめた。

「きみは褒《ほ》め言葉を素直に喜ぶことを学ぶべきだよ」彼は叱りつけるように言った。

「服の代金をお返ししなくちゃ」

クリスチャンがわたしをにらみつける。軽く気分を害したらしい。わたしは急いで付け加えた。

「本ももらったし。もちろん、あれは受け取れません。でも、この服は……この代金は返させてください」わたしはおずおずと彼に微笑みかけた。

「アナスタシア。本当に、私にはなんでもない金額なんだよ」

「そういう問題じゃなくて。だって、買ってもらう理由がないでしょ？」

「私には買う金がある。それが理由だ」彼の目がいたずらっぽく光を放った。

「お金があるからって、あなたが支払う理由にはなりません」わたしは静かに答えた。彼は片方の眉を吊り上げた。あいかわらず目をきらめかせている。その顔を見て、いま話題になっているのはまったく別のことなのではないかという気がした。ただ、それがなんなのかわからない。そう考えたところで思い出した……

「あの本を送ってきたのはどうしてなの、クリスチャン？」わたしは穏やかな声で尋ねた。すると彼はフォークを置いて、わたしをまっすぐに見つめた。その鋭い視線には、何か計り知れない感情が隠されているように思えた。なんなの？――わたしの口のなかがからからになった。

「きみが危うく自転車にぶつかられそうになったとき――私に抱き寄せられたきみがこちらを見上げて、〝キスして、キスして、クリスチャン〟と無言で訴えたとき」――彼はそこでいったん言葉を切って肩をすくめた――「きみに謝罪と警告をしなくてはならないと考えた」片手で髪をかき上げる。「アナスタシア、私は女性に花束を贈るような種類の男ではない……ロマンチックな恋愛にはまるで興味がないんだ。私の嗜好《しこう》は一般的な種類のものとは違っている。だから、私には近づかないことだ」そう言うと、まるで敗北を認めるみたいに目を閉じた。「ただ、きみには特別な何かを感じる。近づかずにいることができない。おそらくそのことはきみもすでに察しているだろうが」

瞬時に食欲が吹き飛んだ。聞いた？　彼はわたしに近づかずにいられないって言ったわ！「だったら、近づいてくれればいいのに」わたしは小さくつぶやいた。

彼が息を呑み、目を大きく見開いた。「きみは自分が何を言っているのかわかっていない」

「そう思うなら、教えて」

沈黙のなか、わたしたちの視線は正面衝突した。どちらも料理は放ったらかしだった。

「じゃあ、あなたはセックスレスの人というわけじゃないのね」わたしは言った。

彼の瞳が楽しげにきらめいた。

「そう、アナスタシア、私は禁欲主義者ではない」その答えがわたしの意識に浸透するのを待つみたいに、彼は口をつぐんだ。

頬が熱くなった。脳と口のあいだにあるフィルターはまた故障しているらしい。いまみたいな質問を声に出した自分が信じられない。

「これから数日の予定は？」彼が静かに尋ねた。

「今日はアルバイト。お昼から。あ、いま何時ですか」ふいにあわてた。

「十時を回ったところだ。時間は充分にある。明日は？」彼はテーブルに肘をつき、細く長い指をした手に顎を載せていた。

「ケイトと荷造りを始めることになってます。今度の週末にシアトルに引っ越すから。今週はずっとクレイトンのアルバイトです」

「引っ越し先はもう決まっているのかな」

「はい」

「住所は？」

「番地は覚えてません。パイクプレース・マーケット地区」

「私の家からすぐだな」彼は微笑んだ。「シアトルではどんな仕事を？」

あれこれ質問する目的はなんなの。クリスチャン・グレイ式尋問は、キャサリン・キャヴァナー式尋問に負けないくらいうっとうしい。

「何社かのインターンシップに応募してるところで、いまは連絡待ちです」

「私の会社にも応募したね？　そのように提案したと思うが」

赤面した……応募してるわけないでしょ。「いえ……してません」

「私の会社のどこが気に入らない？」

「あなたの会社《カンパニー》、それともあなたとの会話《カンパニー》？」わたしは意地悪く笑った。

「私を笑っているのか、ミス・スティール？」彼は軽く首をかしげた。おもしろがっているように見えなくもないけれど、確信は持てない。わたしはますます赤面して、食べかけの朝食の皿を見つめた。いまみたいな口調で何か言われると、彼の視線から逃げ出したくなる。

「その唇を嚙みたい」彼が低い声で唐突に言った。

わたしは息を吞んだ。自分が下唇を嚙んでいることをまったく意識していなかった。思わず口をぽかんと開けた。これまで誰かに言われたことのなかで、いまのは間違いなくいちばんセクシーな言葉だった。鼓動が一気に加速する。呼吸のスピードも上がっているはず。ああ、体の芯が震えている。彼に触れられたわけでもないのに。わたしは椅子の上でそわそわしながら、彼の暗い色をした目を見返した。

「だったら噛めばいいのに。どうしてそうしないの？」わたしは声をひそめ、挑むように言った。

「きみに触れるつもりはないからだ、アナスタシア――書面で同意を得るまでは」唇が笑みらしきものを作った。

は？

「それ、どういう意味？」

「文字どおりの意味だよ」彼はわたしを見てため息をつき、首を振った。おもしろがっている反面、いらだってもいる。「とにかく見てもらうまで話になりそうにないな、アナスタシア。今日のアルバイトは何時まで？」

「八時ごろまでです」

「今日の夜か、土曜の夜にシアトルに行こうか。私の家で食事をしよう。そのときに実物を見せて説明する。今日でも土曜でも、きみの都合に合わせるよ」

「どうしていま教えてくれないの？」

「いまは朝食やきみとの会話を楽しみたいからだ。事実を知れば、おそらくきみは私の顔を二度と見たくないと考えるだろう」

事実って、いったい何？　地球のどこかの国で児童売春の斡旋《あっせん》でもしてるとか？　実は地下犯罪組織の一員だとか？　それなら超リッチな理由にも説明がつく。ほかには――宗教に傾倒してるとか？　インポテンツだとか？　それはない、か。だって、それならいまここで証明してみせられるはずだ。いろんな可能性を考えているうちに、顔が真っ赤になっていた。考えていても答えは出ない。遅かれ早かれクリスチャン・グレイという謎を解きたいのは確かだ。秘密が明らかになった結果、あまりのおぞましさにそれ以上は知りたくなるとしたら、それはそれで悩みから解放されて気が楽になるわけだし。ねえ、自分をごまかすのはやめなさいよ――潜在意識がわめいていた――よほどのことじゃないかぎり、彼から逃げようなんて思わないくせに。

「じゃあ、今夜」

彼が片方の眉を吊り上げた。「イヴと同じで、知恵の木の実はすぐにでも食べたいらしい」そう言ってにやりとする。

「わたしを笑ってるんですか、ミスター・グレイ？」わたしは甘ったるい声で訊き返した。ふん、尊大なやつ。

彼は目を細めてわたしをにらみつけたあと、ブラックベリーのボタンをひとつ押して電話をかけた。

「テイラー。チャーリー・タンゴの手配を頼む」

チャーリー・タンゴ！　いったい誰よ、それ？

「ポートランドを、そうだな、二十時三十分に出発……いや、エスカーラで待機だ……朝まで」

朝まで！

「そうだ。明日の朝、必要があれば頼む。ポートランドからシアトルまでは自分で操縦する」

操縦？

「二十二時三十分からエスカーラにパイロットを待機させてくれ」電話をテーブルに置く。〝頼んだよ〟も〝ありがとう〟もなし。

「いつもこの世の全員があなたの命令に従うの？」

「そう、だいたいは従うな。クビになりたくなければ」真顔で言う。

「あなたに雇われてない人は？」

「私がその気になればどんな相手でも説得できるんだよ、アナスタシア。さあ、朝食を食べなさい。家まで送っていこう。今夜は八時にクレイトンに迎えにいく。そのあとシアトルに飛ぶ」

わたしは超高速で目をしばたたかせた。「飛ぶ？」

「そうだ。ヘリを用意させた」

わたしはぽかんと口を開けて彼を見つめた。クリスチャン・〝とってもミステリアス〟・グレイと二度めのデート。一度めはコーヒー、二度めはヘリ遊覧。すっごい。

「ヘリコプターでシアトルに行くの？」

「そうだ」

「どうして？」

彼は皮肉っぽい笑みを作った。「私にはその金があるから。それが理由だ。さあ、早く食べなさい」

食べている場合ではない。今夜、クリスチャン・グレイとヘリコプターでシアトルに行くのよ！　しかも彼は、わたしの唇を噛みたいって言った……うわ、考えただけでぞくぞくする。

「食べなさい」さっきより強い口調だった。「アナスタシア。食べ物を無駄にするのはきらいなんだ……食べなさい」

「こんなに食べきれない」わたしはテーブルの料理を見回した。

「その皿に取った分だけでいい。昨日、まともに食事をしていたら、きみはいまごろここにはいなかったろう。きみがいまここにいなければ、これほど早く手の内を明かそうと考えなかった」

彼は唇をきつく結んだ。何か怒っているらしい。

わたしは顔をしかめ、冷えてしまった料理を口に運んだ。興奮しすぎて食べ物が喉を通らないのに、クリスチャン。わからない？　潜在意識がそう説明した。でも、臆病《おくびょう》なわたしには、それを声に出して伝える勇気はなかった。あんなに不機嫌そうにされていたらなおさら。まるで子供みたい。そう考えたら、ちょっとおかしくなった。

「何がそんなにおかしい？」彼が訊く。私は目を伏せて料理を見つめたまま首を振った。本人にはとても言えない。パンケーキの最後のひと切れを飲みこんだところで、上目遣いに彼の様子をうかがった。彼は何やらいわくありげな顔でじっとわたしを見つめていた。

「いい子だ。さて、家に送っていこうか。ただし、その髪を乾かしてからだ。風邪などひいてもらいたくはないからね」彼の言葉には何か暗黙の約束のようなものが隠されていた。いったいどういうつもりで言っているの？　わたしはテーブルから立ち上がった。一瞬、立ってもいいかと許可を求めなくてはいけないような気がしたけれど、ばかみたいと思い直した。そんなことをしたら、危険な先例になってしまいそう。ベッドルームに戻りかけたところで、ふと思い出した。

「ゆうべはどこで寝たの？」わたしは振り返り、まだダイニングテーブルの椅子に座ったままの彼を見つめた。リビングルームには毛布やシーツは見当たらない――もしかしたらもう片づけたのかもしれないけれど。

「ベッドで寝た」彼はあっさり答えた。目はまた無表情に戻っていた。

「そう」

「私にとってても目新しい経験だったよ」彼が微笑む。

「一緒のベッドで寝たのに……セックスはしなかったことが？」ああ――言っちゃった――〝セックス〟。顔は、もちろん真っ赤になっていた。

「違う」彼は首を振り、何か不愉快なことを思い出したみたいに顔をしかめた。「他人と同じベッドで寝たことが、だ」それから新聞を取って続きを読みはじめた。

いまのはいったいどういう意味だろう。誰とも寝たことがないってこと？　まさか、童貞？　いや、さすがにそれはないわよね。その場に突っ立ったまま、信じがたい思いで彼を見つめた。これほどわけのわからない人は初めてだ。そのとき、わたしはクリスチャン・グレイと一緒に寝たのだという事実がようやく意識に染み通った。そして心のなかで自分を蹴飛ばした。彼が眠っている姿を見るチャンスだったのに、酔っ払って寝てたなんて、もったいない。彼の無防備な姿。想像さえつかない。でもまあ、どうやら今夜、すべてが明かされるらしいからいいか。

ベッドルームに戻り、あちこちの抽斗《ひきだし》を開けてドライヤーを探した。手櫛《てぐし》でできるかぎりきちんと髪をセットした。それからバスルームに向かった。歯を磨きたい。クリスチャンの歯ブラシを見つめる。彼を口に含むようなもの？　ひゅう。肩越しにこっそり戸口を確認したあと、ブラシ部分に触ってみた。湿っている。使用済み。さっと歯ブラシを取ると、歯磨きをチューブからしぼり出して、ふだんの倍速で歯を磨いた。ものすごくみだらなことをしている気分。ぞくぞくした。

昨日のTシャツとブラとパンティを集め、テイラーが持ってきた買い物袋に詰めると、リビングルームに戻ってバッグとジャケットを探した。やった、バッグにヘアゴムがあった。髪を結ぶわたしをクリスチャンがじっと見ていた。表情からは何を考えているのかわからない。椅子に座って彼の支度《したく》ができるのを待っているあいだも、彼の視線を感じた。彼はブラックベリーで誰かと話している。

「ふたつよこせって？……費用はどのくらいだ？……そうか、で、どんな安全対策はどうなってる？……スエズ経由で運ぶのか？……ベン・スーダンは安全なのか？……ダルフールにはいつ到着するって？……わかった。やろう。状況をまめに報告してくれ」電話を切った。

「支度はいいか？」

わたしはうなずいた。いまの電話のやりとりはなんだったのだろう。彼は紺色のピンストライプのジャケットを着て車のキーを取り、出口に向かった。

「お先にどうぞ、ミス・スティール」ドアを開ける。そのしぐさは、何気ないふうでも優美だった。

わたしはほんの一瞬だけよけいに立ち止まり、彼の美しさに見とれた。ゆうべ、この人と同じベッドで寝たんだと思った。テキーラなんか飲んで吐きまくったというのに、それでもこの人はまだこうしてここにいる。しかも、シアトルに連れていきたいって言っている。どうしてわたしなの？　そこがわからない。彼の言葉を思い返しながら部屋を出た――〝きみには特別な何かを感じる〟。その言葉、そのままお返しするわ、ミスター・グレイ。わたしはかならず彼の秘密を暴《あば》く決意を固めていた。

　無言で廊下を歩いてエレベーターホールに向かった。待っているあいだ、上目遣いに彼のほうをうかがった。彼も目だけをこちらに向けてわたしの様子をうかがっていた。わたしは微笑んだ。彼の唇がひくついた。

　エレベーターが来て、わたしたちは乗りこんだ。ほかに誰もいない。なぜだろう――閉鎖された空間で接近したせいか、ふたりのあいだの空気がふいに変質して、期待が静電気のように皮膚をざわめかせた。わたしの呼吸のリズムが変わり、鼓動は速くなった。彼がわずかに顔の向きを変えてわたしを見た。瞳は、これまで見たことがないくらい濃い灰色をしていた。わたしは唇を噛んだ。

「くそ、同意なんかくそくらえだ」彼は低くうなるように言うと、わたしに飛びかかるようにしてエレベーターの壁に押しつけた。次の瞬間には、わたしの両手は万力のような彼の両手にがっちりとつかまれ、頭上に持ち上げられていた。壁と彼の腰とのあいだにはさまれて、身動きができない。どうしよう。彼は空いたほうの手でわたしの髪をつかんでぐいと引き、顔を上に向かせた。唇に唇が押しつけられた。痛いくらいの勢いだった。わたしはうめき声を漏らし、唇を軽く開いて彼の舌を受け入れた。彼の舌は遠慮なく侵入してくると、巧《たく》みにわたしの口のなかを探索した。こんなキスは初めてだ。わたしはおずおずと舌を伸ばして彼の舌に触れ、スローでエロチックなダンスに応じた。探り合い、感じ合うダンス。ぶつかり合い、からみ合うダンス。彼の手がわたしの顎をしっかりと持ち上げる。どうすることもできない。両手と顎をつかまれ、腰で体ごと壁に釘づけにされている。下腹部に彼の勃起《ぼっき》したものが押しつけられていた。ああ……彼がいる。わたしも彼が欲しい。ここで……いまここで、エレベーターのなかで。

わたしを欲しがっている。クリスチャン・グレイが、ギリシャ神のような人が、わたしを求めて
「きみは……たまらなく……美しい」彼がきれぎれに言った。

エレベーターが停まった。彼が瞬時に体を離す。わたしは宙ぶらりんのまま取り残された。ビジネススーツの男性が三人、わたしたちの顔を交互に見たあと、にやにやしながら乗ってきた。わたしの心拍数は天井を突き破りそうなくらい上昇していた。まるで上り坂で競走でもしたみたい。腰をかがめ、膝に手を当てて息を整えたい……でも、それではあまりに露骨すぎる。

わたしは彼の表情をうかがった。『シアトル・タイムズ』紙のクロスワードパズルを解いていたところです、みたいなクールで穏やかそのものの顔をしていた。ちょっと、不公平じゃない？たったいまキスをしていた相手がすぐ隣にいるのに、彼のほうは何も感じていないってこと？そのとき、彼が顔を前に向けたままこちらをちらりと見下ろしたあと、静かに息を吐き出した。なんだ。何も感じていないわけではなかったらしい。わたしのなかで、ちっちゃなちっちゃな女神がそっと腰を振って勝利のサンバを踊った。ビジネススーツの三人は二階で降りていった。わたしたちはもうひとつ下の階まで行く。

「歯を磨いたんだな」彼がわたしをじっと見つめていた。

「あなたの歯ブラシを借りてね」

彼の唇が小さく弧を描いて笑みらしきものを作った。「やれやれ、アナスタシア・スティール。きみはまったく困った人だな」

一階に着いて扉が開く。彼はわたしの手を取ってエレベーターを降りた。

「エレベーターという場所は、人を狂わす力を持っているらしい」彼はひとりごとのようにそうつぶやくと、急ぎ足でロビーを横切った。わたしにできるのは、遅れないように必死でついていくことだけだった。考える力は、ヒースマン・ホテルの三番エレベーターの床や壁に飛び散ったまま置き去りにされていた。

6

クリスチャンは黒いアウディのSUVの助手席側のドアを開けた。わたしは半分よじ登るみたいにして乗りこんだ。巨大な車だ。ついさっきエレベーターのなかで発生した情熱の爆発事件について、彼はひとことも触れずにいる。わたしから何か言ったほうがいいの？　話し合うべき？それとも何事もなかったふりを貫くべき？　現実にあったことだなんて信じられない。わたしにとって初めての〝禁止事項なし〟のキス。時間がたつにつれて、その一件はわたしのなかで伝説に変わっていった。アーサー王伝説や幻のアトランティス大陸と同じカテゴリーに分類されようとしている。実際には起きていないこと、初めから存在していなかったもの。わたしの想像の産物なのかもしれない。そう思った。でも――唇に触れてみる。キスの名残《なごり》で腫れていた。ああ、本当に起きたことなのだ。わたしは昨日までのわたしとは違う。そしてこの人を本気で求めている。彼もわたしを欲しがっている。

彼の様子をちらりと確かめた。礼儀正しくてどことなくよそよそしい、ふだんどおりのクリスチャンに戻っていた。

もう、ややこしいんだから。

クリスチャンはエンジンをかけ、駐車スペースからバックで車を出した。カーステレオのスイッチを入れる。ふたりの女性シンガーの声が車内に満ちあふれた。このうえなく美しい、聴く人に魔法をかけるような歌声。すごい……わたしの心は混乱のきわみにある。そのせいもあるのか、よけいにその美しさに魂を揺さぶられた。甘いわななきが背筋を駆け上がる。車はサウスウェストパーク・アヴェニューを走りだした。クリスチャンは慣れた様子でゆったりと運転している。

「これ、なんて曲？」

「『花の二重奏』。ドリーブ作曲のオペラ『ラクメ』のなかの一曲だ。気に入ったかい？」

「クリスチャン、これってものすごくきれいな歌」

「だろう？」彼はこちらを向いて微笑んだ。その一瞬は、年齢なりに見えた——若くて、屈託《くったく》がなくて、心臓が止まりそうなくらい美しい青年。もしかしたら、彼を開く鍵はこれなのかも。音楽。わたしを誘惑し、背筋をぞくぞくさせる天使の歌声に、しばし聴き入った。

「もう一度、頭から聴いていい？」

「もちろん」クリスチャンがボタンを押す。わたしはまた音楽の愛撫に身をゆだねた。その歌声は、優しく、ゆっくりと、甘く、そして的確に、わたしの聴覚を責め、もてあそんだ。

「クラシックが好きなの？」彼の嗜好の一端を知ることができるのではと期待して、わたしは尋ねた。

「私の好みは多岐《たき》にわたっているんだ、アナスタシア。トマス・タリスからキングス・オブ・レオンまで。そのときどきの気分によって変わる。きみは？」

「わたしも似たような感じ。ただ、トマス・タリスって名前はいま初めて聞いたけど」

彼はこちらに顔を向けてわたしをちょっと見つめたあと、また道路に目を戻した。

「いつか聴かせてあげよう。十六世紀のイギリスの作曲家だ。チューダー朝に仕えていた。おもに教会音楽を作っている」クリスチャンは軽く微笑んだ。「そう聞くと、難解そうだろう？　しかし、聴けばやはりほれぼれすると思うよ」

彼はまたボタンを押した。キングス・オブ・レオンのロックが流れはじめた。あ……これなら知ってる。『セックス・オン・ファイア』だ。いまのわたしたちに、これ以上ないくらいぴったりの選曲。と、そのとき、携帯電話が鳴りだして、カーステレオの音量が自動的に低くなった。クリスチャンがハンドルのボタンを押す。

「グレイだ」ぶっきらぼうな声。

「ミスター・グレイ。ウェルチです。ご依頼の情報が入りました」雑音まじりの声がスピーカーから聞こえた。

「よし。メールで送ってくれ。ほかには？」

「それだけです、サー」

彼がボタンを押す。通話は切れ、音楽が復活した。〝さよなら〟も〝ありがとう〟もなし。彼の会社のインターンシップに応募しようかと本気で考えたりしなくてよかった。想像しただけで寒気がする。この人は、従業員に対してあまりにも横柄《おうへい》で冷たい。また電話が鳴って、音楽が聴こえなくなる。

「グレイだ」

「いまNDAをメールしました、ミスター・グレイ」女性の声だ。

「よし。ほかに用はないよ、アンドレア」

「失礼します、ミスター・グレイ」

クリスチャンはハンドルのボタンを押して電話を切った。音楽が一瞬かかったものの、また電話が鳴る。ねえ、毎日こんな調子なの？ ひっきりなしに電話がかかってくるの？

「グレイです」

「よう、クリスチャン。ものにしたか？」

「おはよう、エリオット。念のため言っておくが、スピーカーフォンモードになっている。さらに言えば、車に同乗者がいる」クリスチャンはため息をついた。

「誰だ？」

クリスチャンはうんざりしたように目を回した。「アナスタシア・スティール」

「やあ、アナ！」

ちょっと、いきなり〝アナ〟呼ばわり？

「おはよう、エリオット」

「きみの噂《うわさ》はたっぷり聞いたよ」エリオットのかすれ気味の声が言った。クリスチャンは眉間に皺を寄せている。

「ケイトの言うことは話半分以下で聞いておいて」

エリオットが笑う。

「そろそろアナスタシアをそこで下ろす」クリスチャンがわたしの省略なしの名前を強調して言った。「ついでに拾おうか？」

「頼む」

「すぐだ。待っていてくれ」クリスチャンは電話を切った。音楽が戻る。

「ねえ、〝アナスタシア〟にこだわるのはどうして？」

「それがきみの名前だからだ」

「わたしは〝アナ〟のほうが好きなんだけど」

「ふん、そうか」

アパートメントはもうすぐそこだ。あっというまのドライブだった。

「アナスタシア」彼が何か考えこみながら言った。わたしは彼をにらみつけた。でも、あっさり無視された。「エレベーターでのことだが――二度とあのようなことは起きない。事前にプランニングした場合は例外として」

車が停まった。いまさらだけれど、気がついた――彼はわたしの住所を尋ねなかった。なのに、こうしてちゃんと着いた。ああ、でも、そうだった、本が送られてきたっけ。この人が住所くらい知らないわけがない。携帯電話の電波を追跡して居場所を突き止め、ヘリまで所有している腕ききのストーカーが、そんな基本情報を把握していないわけがない。

どうして二度とキスしないとわざわざ宣言するの？　わたしはふくれ面をして考えた。理解不能だ。この人はいっそラストネームを変えるべきね。グレイじゃなく、〝イミフメイ〟とかなんとか。彼は車を降り、長い脚で優雅に歩いて助手席側に回ると、ドアを開けた。どこまでも紳士的。ただし、ごくたまに、おもにエレベーターのなかなどで、紳士らしくない行動を起こす場合もある。わたしは彼の唇の感触を思い出して赤面した。彼にまったく触れられなかったこともふと思い出した。あのいたずらっ子みたいに乱れた髪をかき上げてみたかった。でも、手を動かす自由を奪われていた。いまごろになって、欲求不満がふくれあがった。

「エレベーターでのこと――わたしはうれしかったのに」車から降りながら、わたしはつぶやいた。息を呑む気配がかすかに聞こえたような気がしたけれど、聞かなかったことにして、玄関前の階段をのぼった。

ケイトとエリオットはダイニングテーブルについていた。一万四千ドルの本はどこかに消えていた。よかった。あの本には別の予定を用意してある。ケイトは究極にケイトらしくないゆるんだ薄ら笑いを浮かべていて、どことなく乱れた感じが妙な色気を醸《かも》し出していた。クリスチャンがわたしに続いてリビングルームに入ってきた。ケイトは〝ひと晩じゅういいコトしてたの〟ふうのばかっぽい笑みを顔に貼りつけたまま、目だけは思いきり疑わしげに彼をじろじろながめた。

「お帰り、アナ」ケイトが飛んできてわたしをハグした。それからわたしをそっと押しやり、全身をながめ回したあと、顔をしかめてクリスチャンのほうを向いた。

「おはよう、クリスチャン」ケイトはどことなく冷たい声で言った。

「おはよう、ミス・キャヴァナー」クリスチャンがいつもの堅苦しい声で応じる。

「クリスチャン。彼女の名前はケイトだ」エリオットが不満げに言う。

「ケイト」クリスチャンはそう言い直して他人行儀に軽くうなずいてみせたあと、エリオットをねめつけた。エリオットはにこやかに立ち上がると、わたしを抱きしめた。

「やあ、アナ」エリオットが微笑む。青い瞳はまぶしいほど明るくきらめいていて、わたしはたちまち彼に好感を抱いた。クリスチャンとは正反対だ。まあ、兄弟とはいえ、ふたりとも養子で血がつながっていないのだから、おかしな話ではない。

「おはよう、エリオット」わたしも笑みを返した。気づくとまた唇を噛んでいた。

「エリオット、行こう」クリスチャンが穏やかに言った。

「わかった」エリオットはケイトを抱き寄せると、名残惜しそうに長いキスをした。

勘弁してよ……どこかよそでやってもらえない？　目のやり場に困って自分の足を見つめた。クリスチャンを盗み見ると、彼はわたしをじっと観察していた。わたしは挑むように目を細めた。どうしてあなたはエリオットみたいにキスしてくれないの？　エリオットはまだ情熱的なキスを続けている。ついには芝居がかったしぐさでケイトを抱き上げた。ケイトの背が大きくのけぞって、髪の先が床に触れた。

「またな《レーターズ》、ベイビー」エリオットが微笑む。

ケイトはとろけている。とろけるケイトは、前にも見たことがあった。〃輝くよう〃とか〃従順な〃といった言葉が心をよぎっていく。従順なケイト、か。エリオットの腕前はかなりのものと見た。クリスチャンはあきれ顔で天井を見上げたあと、わたしに視線を向けた。何を考えているのか、表情からは読み取れない。ただ、ちょっとおもしろがっているようではあった。わたしのほうに手を伸ばし、いつのまにかポニーテールからはぐれていた髪の束を耳の後ろに押しやった。彼に触れられたとたん、息が止まった。無意識のうちに彼の手に頭を押しつけるようにしていた。クリスチャンの目の表情がやわらぎ、親指でわたしの唇をそっとなぞる。全身の血が沸き立った。でも、次の瞬間、彼の手は消えていた。

「またな、ベイビー」彼がささやく。その浮ついたフレーズはあまりにクリスチャンとはかけ離れていて、噴き出さずにはいられなかった。彼はわざと軽薄にふるまっているんだとわかってはいても、その親しみのこもった態度に、体の奥にある何かが反応した。

「じゃあ、今夜八時に」クリスチャンは向きを変え、玄関を開けてポーチに出た。エリオットがそのあとに続いて車まで行ったところで振り返り、ケイトに投げキスをした。嫉妬なんかしたくないのに、つい焼きもちを焼いてしまった。

「で、したの?」ふたりが乗った車が走り去るなり、ケイトは好奇心をぎらつかせながらいきなり訊いた。

「してない」わたしはわざと棘のある声で答え、それ以上何も訊かれずにすむことを祈った。わたしたちは室内に戻った。「そっちはしたみたいね」ねたましい気持ちを隠しきれなかった。ケイトはこれと思った男性はかならず手に入れる。たまらなく魅力的で、きれいで、セクシーで、話し上手で、積極的で……わたしにはないものをすべて持っている。でも、返事代わりにうっとりした表情で微笑まれたら、つられてわたしまでにやけてしまった。

「今夜また会うのよ」ケイトは手を叩きながら飛び跳ねた。まるで子供だ。うれしくて、幸せで、じっとしていられない。その気持ちが伝染して、わたしの心まで浮き立った。浮かれたケイト……この先が楽しみだ。

「今日の夜、クリスチャンと一緒にシアトルに行くの」

「シアトル？」

「そう」

「じゃ、そのときに——？」

「そうなるといいけど」

「あの人のこと、好きなんだ」

「そうかも」

「しちゃってもいいくらい好き？」

「たぶん」

ケイトは眉を吊り上げた。「驚き。アナ・スティールがついに男に惚れたなんて。しかも相手はクリスチャン・グレイ——ホットでセクシーな億万長者」

「そうよ、惚れた相手はお金」わたしはうっとりと微笑んでみせた。ふたりとも噴き出した。

「それ、新しいブラウス？」ケイトが訊く。そこでわたしは、前の晩のあまりセクシーではない一部始終を説明した。

「キスくらいはしたんでしょ？」ケイトがコーヒーを淹《い》れながら訊く。

わたしは頬を赤らめた。「一度」

「一度だけ？」ケイトがあきれた声で訊き返した。

わたしはうなずいた。かなり恥ずかしい。「過剰なくらい自制心が強い人みたい」

ケイトが眉をひそめる。「それって異様じゃない？」

「異様なんて程度じゃすまない気がする」

「だったら、今夜のために完璧に準備しなくちゃ。あなたをかならず押し倒さずにいられなくなるように」ケイトが決然と宣言した。

まずい……時間を食いそうな予感がした。それにきっと屈辱と苦痛もおまけでついてくるだろう。

「あと一時間でアルバイトなんだけど」

「だったら一時間で仕上げるまでよ。さ、来なさい」ケイトはわたしの手をつかむと、自分のベッドルームに引っ張っていった。

クレイトンの店では、大忙しだったわりに時間が過ぎるのが遅かった。サマーシーズンとあって売れ行きがよく、閉店後に商品を棚に補充し終えるのに二時間もかかった。機械的な作業だったおかげで考える時間はたっぷりあった。それまでは、ほかのことを考える暇もないほど忙しかった。

ケイトの精力的で、はっきり言わせてもらえば押しつけがましい指図を受けて、わたしの脚と腋《わき》のムダ毛はきれいに剃られ、眉は形を整えられ、全身がぴかぴかに磨き上げられた。わたしにとってはかなり不快な経験だった。でもケイトが自信たっぷりに主張するところを信じれば、今《いま》時《どき》の男の人にはこれでふつうらしい。彼はほかにどんなことを要求するだろう？　今夜行くのは、わたしが希望してのことなのだとケイトを納得させなくちゃならなかった。理由はよくわからないけれど、ケイトはクリスチャンを信用していない。あの堅苦しくて他人行儀な態度のせい？　シアトルにここがと指さすことはできないけど、何かヘンだと思うのとケイトは言う。そこで、着いたら携帯メールで無事を知らせると約束した。ヘリコプターのことは黙っておいた。ヘリで行くなんて話したら、ケイトはパニックになってわめきだすだろう。

ホセのことも頭が痛かった。携帯電話にメッセージが三件、着信履歴が七件残っていた。家にも二度かけてきていた。ケイトはわたしの居場所をのらりくらりはぐらかしたらしい。わたしをかばっていることはホセも察しているだろう。ふだんのケイトは絶対に曖昧なことは言わないから。わたしはホセをもうしばらくやきもきさせておくことにした。まだホセに腹を立てていた。

クリスチャンは同意書がどうとかと言っていた。ただの冗談なのか、本当に何かの書類にサインしなくちゃいけないのか、わからない。考えてもわからないことを考えるのは疲れる。しかも、不安だらけのうえに、興奮や緊張を抑えきれずにいた。ついに今夜！　この日を二十一年待ってきた。覚悟はちゃんとできてる？　内なる女神が、ちっちゃな爪先でいらいらと床を叩きながらこちらをにらみつけていた。女神はもう何年も前から準備万端で、クリスチャン・グレイとならどうなってもいいと勝手に覚悟を決めている。でもわたしは、彼がわたしのどこに魅力を感じているのか理解できずにいた。この臆病なアナ・スティールに、どんな魅力があるというのか、さっぱりわからない。

クリスチャンは、言うまでもなく、時間に正確だった。クレイトンの店を出ると、もうアウディが待っていた。後ろのドアが開いてクリスチャンが降り、わたしのために反対側のドアを開けて、優しく微笑んだ。

「こんばんは、ミス・スティール」

「こんばんは、ミスター・グレイ」わたしは礼儀正しくうなずいて、アウディの後部座席に乗りこんだ。運転席にはテイラーがいた。

「こんばんは、テイラー」わたしは声をかけた。

「こんばんは、ミス・スティール」テイラーは礼儀正しくビジネスライクに応じた。

クリスチャンが反対側の座席に乗りこみ、わたしの手をつかんでそっと握った。その感触はわたしの全身に響き渡った。

「アルバイトはどうだった？」彼が訊く。

「長かった」そう答えたわたしの声はかすれ、低すぎ、欲望が蜜のように滴《したた》っていた。

「私も一日を長く感じたよ」

「今日は何したの？」そう尋ねるのがやっとだった。

「エリオットとハイキングに出かけた」親指でわたしの指の関節をそっとなでている。心臓はときめき、息遣いは速くなっていた。この人にはどうしてこんなことができるの？ 体のほんの小さな一部分に触れられているだけなのに、ホルモンが全身を超高速で駆けめぐっている。

ヘリポートまでのドライブは短くて、あっというまに着いていた。噂のヘリコプターはどこにあるんだろう。そこは市内でも建物が密集した界隈《かいわい》だった。さすがのわたしでも、ヘリの離着陸にはある程度のスペースが必要なことくらいは知っている。テイラーが車を停めて降り、わたしの側のドアを開けてくれた。クリスチャンがすぐに隣に寄り添って、またわたしの手を取った。

「覚悟はいいか？」彼が訊く。わたしはうなずいた。〝どんなことにも覚悟ができてるわ〟と答えたいところだったけれど、緊張しすぎ、興奮しすぎていて、うまく言葉にならなかった。

「じゃ、テイラー」クリスチャンはそっけなくうなずくと、わたしの手を引いて建物に入り、まっすぐにエレベーターホールに向かった。エレベーター！　今朝のキスの記憶がよみがえって、心にまつわりついたまま離れなくなった。一日じゅうそのことばかり考えていた。クレイトンの店のレジにいても、ぼんやり白昼夢にふけっていた。ミスター・クレイトンに大きな声で呼ばれてようやく地球に帰ってきたことも二度あった。〝上の空だった〟と言ったら、〈今年いちばんの過小申告で賞〉をもらえそう。うわ。彼も同じことを考えているらしい。クリスチャンがわたしをちらりと見下ろす。唇にかすかな笑みが浮かんでいた。

「たった三階上がるだけだ」彼は乾いた声で言った。でも、目は楽しげに躍《おど》っている。やっぱりテレパシーの能力があるんだ、この人には。ぶるぶる、気味が悪い。

わたしは無表情を装ってエレベーターに乗りこんだ。扉が閉まる。ほら来た。わたしと彼のあいだで小さな電気火花がぱちぱちと音を立てはじめた。わたしの手を握っている彼の手に力がこもる。目を閉じて無視しようとしたけれど、無理だった。身動きができなくなる。五秒後、ビルの屋上階でエレベーターの扉が開いた。すぐそこに問題の代物が待っていた。真っ白なヘリコプター。脇腹に〈グレイ・エンタープライズ・ホールディングス〉という青い社名とロゴが並んでいた。ちょっと待ってよ、会社のヘリを私用に使って平気なの？

彼はわたしの手を引いて小さなオフィスに向かった。カウンターに年配の男性が座っていた。

「こちらが今夜のフライトプランです、ミスター・グレイ。外観点検はすませておきました。準備完了です。いつでも離陸できますよ」

「ありがとう、ジョー」クリスチャンは温かな笑みとともに礼を言った。

珍しい。クリスチャンから丁重に扱われる人。もしかしたら、会社の従業員じゃないのかも。

わたしは尊敬のまなざしを男性に向けた。

「行こう」クリスチャンが言い、わたしたちはヘリコプターのほうに歩きだした。近づいてみると、思っていたよりずっと大きかった。ふたり乗りの、車で言えばロードスターみたいなものを想像していた。ところが実際には、七人は乗れそうな大きな機体だった。クリスチャンがドアを開け、いちばん前のシートのひとつを指さした。

「座って――そのへんのものにむやみに手を触れないように」彼は命令口調で言い、わたしのあとから乗りこんだ。

ばたんと音を立ててドアが閉まる。ヘリポートがフラッドライトで照らされていてよかった。ライトがなければ、小さなコクピットは真っ暗でほとんど何も見えなかっただろう。指示されたシートに座ると、クリスチャンがかたわらにしゃがんでシートベルトを締めてくれた。四点式で、全部のベルトを真ん中のバックルひとつで留めるようになっている。クリスチャンが肩のストラップをぎゅっと締め、わたしはほとんどまったく動けなくなった。彼はすぐそばにいて、手もとのことに完全に集中している。ちょっと身を乗り出すことさえできれば、鼻先を彼の髪にうずめてしまえるのに。清潔な香りが漂ってきた。さわやかで、うっとりさせるような香り。でもわたしはシートにがっちり縛りつけられていて、身動きが取れない。彼が顔を上げて微笑む。いつものように、自分だけにわかるジョークを楽しんでいるみたいな笑顔だ。瞳は熱を発散していた。ああ、こんなに近くにいるのに、もどかしい。彼が肩のストラップを軽く引いて締まり具合を確かめているあいだ、わたしは息を止めていた。

「これなら安心だ。もう逃げられない」彼がささやき声で言った。「息をしなさい、アナスタシア」そう静かに付け加えた。それからわたしの顔に手を伸ばし、長い指の先で頬をゆっくりとなぞったあと、親指と人差し指で顎をそっと持ち上げ、こちらに身を乗り出して、軽くキスをした。頭がくらくらした。彼の唇に思いがけず触れられて、胃袋がきゅっと身をすくめた。

「このシートベルトはなかなか気に入っている」彼が小声で言った。

え？

彼は隣のシートに座ってベルトを締めると、膨大な数のメーターやライトやスイッチの点検を始めた。メーターを確かめたり、スイッチを入れたり、ボタンを押したり。あちこちのメーターについた小さなランプが灯っていき、やがて計器パネル全体がぼんやりと明るくなった。

「それを着けて」彼がわたしの目の前のヘッドセットを指さす。わたしはヘッドセットを着けた。頭上でローターが回りはじめた。ほかの音をみんなかき消すくらいの大きな音。彼も自分のヘッドセットを着け、またあちこちのスイッチを入れた。

「ただの飛行前点検だよ」クリスチャンの声がヘッドセットから聞こえた。

わたしは彼のほうを向いてにっこりした。「操縦のしかた、知ってるの？」

彼がこちらを向いて微笑む。

「四年前にライセンスを取った。私といれば危険はない」そう言って意地の悪い笑みを作った。

「少なくとも、ヘリで飛んでいるあいだは」そう付け加えてウィンクした。

ウィンク……クリスチャンがウィンクした！

「さて、準備はいいかな」

わたしは目を丸くしたままうなずいた。

「よし。ＰＤＸタワー、こちらチャーリー・タンゴ・ゴルフ－ゴルフ－エコー・ホテル、離陸準備完了。確認願います。どうぞ」

「チャーリー・タンゴ――離陸を許可します。今後しばらくはＰＤＸの指示に従ってください。高度一万四千フィートまで上昇し、方位〇一〇度へ向かってください。どうぞ」

「了解、タワー。チャーリー・タンゴ、離陸します。通信終わり。さあ、行くぞ」最後のひとことはわたしに向けてのものだ。ヘリはそろりと地面を離れたかと思うと、すべるように夜空に舞い上がった。

ポートランドの街並みが背後に流れていく。ヘリは上昇を続け、国の空域に入った。でも、わたしの胃袋は頑としてオレゴン州内に居座っていた。うわあ、すごい！　まばゆい光の塊がどんどん小さくなって、はるか下のほうでかわいらしくきらめく点々になった。まるで金魚鉢のなかから外を見ているみたい。高度が上がると、ほとんど何も見えなくなった。漆黒《しっこく》の闇が広がっているだけだ。行く手を照らす月光さえない。何も見えなくて、どうして方角がわかるの。

「不気味だろう？」クリスチャンの声がヘッドセットから聞こえた。

「正しい方角に進んでるって、どうしてわかるの？」

「これだよ」彼は長い人差し指で計器のひとつを指した。電子コンパスだ。「このヘリはユーロコプターＥＣ１３５といってね、同クラスではもっとも高い安全性を誇る機だ。夜間飛行用の計器も備えている」彼はこちらに顔を向けて口もとをゆるめた。「私の自宅があるビルの屋上にヘリポートがある。目的地はそこだ」

当然よね。彼の自宅があるビルの屋上にはヘリポートだって備わっているに決まっている。わたしとは住む世界がまるきり違うんだから。計器パネルが放つ光が彼の顔を柔らかく照らしていた。彼は操縦に集中している。目の前のいろいろな計器にせわしなく視線を配っていた。わたしは気づかれないようこっそりと彼に見とれた。横顔も美しい。まっすぐ伸びた鼻、力強い顎――ああ、あの顎を舌の先でなぞってみたい。今朝は髭を剃っていないらしい。よけいにそそられた。うーん……あの無精髭が舌を、指を、頬をくすぐる感触はどんなだろう。

「日が暮れてから飛ぶのは、手探りも同然だ。計器を信頼するしかない」彼の声が聞こえて、わたしのエロチックな妄想はぶちりと途切れた。

「どのくらいで着くの？」わたしはあわてて訊いた。セックスのことなんか考えてないってば。ほんとほんと。全然考えてない。

「一時間かからずにすみそうだ――追い風だから」

シアトルまで一時間足らず……早い。なるほど、それなら誰だってヘリで行くわよね。

そして、新たな人生の扉がついに開く瞬間まで、あと一時間足らず。お腹の奥底の筋肉がそろって身をよじらせた。胃袋のなかではちょうちょが大量発生している。大群がさかんに飛び回っていた。ああ、いったい何がわたしを待っているのだろう。

「酔ったりしていないか、アナスタシア？」

「大丈夫」わたしの返事は短く、そっけなく、緊張の網目から強引に押し出された。

彼の唇がかすかに持ち上がったように見えた。とはいえ、こう暗くては断言はできない。クリスチャンがまた別のスイッチを入れた。

「ＰＤＸタワー、こちらチャーリー・タンゴ。高度一万四千フィートを飛行中。どうぞ」管制とのやりとりが続いた。専門用語だらけでわたしにはよくわからない。ポートランドの管制空域を出て、シアトル国際空港の管制空域に入ろうとしているらしいことだけは、どうにかわかった。

「了解、シータック・タワー。次の指示を待ちます。通信終わり」

「ほら、あそこ」彼がはるかかなたに見えている小さな小さな光の点を指さした。「シアトルだよ」

「ねえ、こうやって女を感激させるのが常套手段《じょうとう》ってこと？〝ぼくのヘリで夜空を案内するよ〟とか言って？」わたしは冗談ではなく本気でそう尋ねた。

「いや、女性をヘリに乗せたことは一度もないよ、アナスタシア。これも私の〝初めて〟のひとつだ」彼の声は静かで真剣だった。

ふうん、意外な答えだった。これも〝初めて〟のひとつ？ ああ、もうひとつは〝他人とは寝ない〟とかいう件かも。

「つまり、感激しているというわけか」

「畏敬の念に打たれてるって感じ、クリスチャン」

彼が微笑んだ。

「〝畏敬〟？」その一瞬、彼の態度はまた年齢なりのものに変わっていた。

わたしはうなずいた。「だってあなたは……なんでもこなしちゃうから」

「これはこれは、お褒めにあずかって実に光栄ですよ、ミス・スティール」彼は形式ばった口調で言った。喜んでいるらしいけれど、定かではない。

それからしばらくは暗闇のなかを無言で飛びつづけた。明るく輝くシアトルの点が少しずつ大きくなっていく。

「シータック・タワーよりチャーリー・タンゴへ。エスカーラへのフライトプランを承認しました。そのまま進行して次の指示を待ってください。どうぞ」

「こちらチャーリー・タンゴ。了解しました、シータック。次の指示を待ちます。通信終わり」

「楽しいのね」わたしはつぶやいた。

「何が？」彼がちらりとこちらを見る。計器のぼんやりとした光に浮かび上がった顔は、不思議そうな表情を浮かべている。

「飛ぶのが」わたしは答えた。

「ヘリの操縦には支配力と集中力が必要だ。私が心から楽しまないはずがないだろう？　とはいっても、何より好きなのはソアリングだ」

「ソアリング？」

「そう。グライダーと言うほうがわかりやすいかな。グライダーとヘリコプター——どちらでも飛ぶ」

「ふうん」〝金のかかる趣味〟。インタビューのとき、そう言っていたことを思い出した。わたしの好きなことは読書、それにときどき映画も観る。やっぱり住む世界がまるきり違う。

「チャーリー・タンゴ、聞こえますか、どうぞ」管制官の声がわたしの夢想に割りこんだ。クリスチャンが自信に満ちた冷静な声で応答した。

　シアトルが近づいてきている。ちょうど市の境界線を越えるあたりだ。うわぁ！　すごいながめ。空から見下ろすシアトルの夜景……

「きれいだろう?」クリスチャンが言った。

わたしは大きくうなずいた。幻想的だった。現実のものとは思えない。巨大な撮影セットにいるみたい。たとえばホセが大好きな映画『ブレードランナー』のセットとか。ホセに無理やりキスされそうになった記憶がいまも心につきまとっていた。電話をかけ直さなかったのはちょっぴりひどかったかもしれないという気持ちも芽生えかけている。でも、明日まで放っておくくらいでちょうどいいか……たぶん。

「まもなく着陸だ」クリスチャンが言った。ふいに耳の奥で血管が脈打ちはじめた。鼓動が一気に加速し、血中にアドレナリンが放出される。彼はまた管制と話をしていた。わたしはもう聞いていなかった。いまにも気が遠くなりそうだ。わたしの運命は、彼の手にゆだねられている。

ヘリはビルのあいだを飛んでいた。少し先に、ヘリポートのある高層ビルが見えている。真っ白な屋上に〈Ｅｓｃａｌａ〉と書かれていた。その文字がどんどん近づいてくる。どんどん大きくなっていく……わたしの不安も負けないくらい大きくふくらんでいた。ああ、彼をがっかりさせたりせずにすみますように。きっと物足りないと思われてしまう。ケイトの言うことをおとなしく聞いて、ワンピースをどれか借りてくればよかったかも。でも、この黒いジーンズはお気に入りだし、優しいミントグリーンのシャツとケイトの黒いジャケットを着てきていた。いちおうちゃんとして見えるはず。シートの端をぎゅっと握りしめた。力いっぱい。自信を持って。自信を持って。わたしは心のなかで呪文のようにそう繰り返した。高層ビルが真下に近づいた。

ヘリは速度を落とし、やがて空中の一点で静止した。それから、屋上のヘリポートに向けて静かに降下した。わたしの心臓は口から飛び出しかけていた。緊張と期待が入り交じっているせいなのか、無事に到着して安心したせいなのか、わからない。もしかしたら、彼を失望させることになったらという不安のせいかもしれない。クリスチャンがエンジンを切り、ローターの回転が少しずつゆっくりになった。やがて静寂が訪れ、聞こえるのはわたしの乱れた息遣いだけになった。クリスチャンがヘッドセットをはずし、手を伸ばしてわたしのヘッドセットも取った。

「着いたよ」優しい声だった。

張りつめた表情を浮かべた彼の顔は、半分は影のなかに、半分は誘導ランプの白い光のなかにある。暗黒の騎士と白馬の騎士。クリスチャンにはぴったりのメタファーだ。緊張しているように見える。顎を食いしばり、険しい目をしていた。シートベルトをはずし、こちらに手を伸ばしてわたしのもはずした。彼の顔がすぐ目の前にある。

「気が進まないことはする必要がない。それはわかっているね?」真剣な口調だった。鬼気《きき》迫ると言っても大げさじゃない。目は熱っぽい表情をたたえている。

わたしは驚いた。「したくないことを無理にしたことなんて、これまで一度もないから、クリスチャン」そう答えたものの、自分の耳にさえ自信なさげに聞こえた。いまこの瞬間のわたしは、すぐ隣にいるこの人に頼まれたら、どんなことでもするだろう。それでも、それなりの説得力は発揮したらしい。それ以上、彼は何も言わなかった。

クリスチャンは一瞬、探るような目でわたしの顔を見つめたあと、コクピットはせまいのに、背の高い体を優雅にやりくりしてヘリのなかを移動し、ドアを開けて、飛び降りた。すぐ外で待っていて、不器用に降りるわたしを手を取って支えた。ビルの屋上は風が強かった。しかも、最低でも地上三十階の高さにあるなんの囲いもない平面に立っているのだと考えると、ちょっと怖くなった。クリスチャンがわたしの腰に腕を回し、しっかりと抱き寄せてくれた。

「こっちだ」風の音に負けない大きな声で彼が叫び、わたしをなかば抱え上げるようにしてエレベーターの前に行くと、キーパッドに暗証番号を打ちこんだ。エレベーターの扉が開く。なかは暖かかった。内側は全面が鏡張りになっている。どの壁を見ても無限にクリスチャンが映っていた。何よりすてきなのは、その無限のクリスチャンが無限にわたしを抱いていること。クリスチャンがまた暗証番号を入力する。扉が閉まり、エレベーターが下降を始めた。

まもなく、わたしたちは白一色の玄関ホールに立っていた。真ん中に円《まる》いダークウッドのテーブルがあって、そこに目を疑うくらい大きな、白い花ばかりを集めたフラワーアレンジメントが飾られていた。壁という壁が絵画で埋め尽くされている。クリスチャンが両開きのドアを開けた。白のテーマは広い廊下にも続いていて、突き当たりのドアの奥には宮殿のような空間が開けていた。二階分の吹き抜けになったその部屋がメインのリビングルームらしい。〝巨大〟という言葉では小さすぎる。奥の壁はガラス張りで、その向こうのバルコニーからはシアトルの街が一望できた。

右側には、おとなでも十人くらいは余裕で座れそうな大きなU字型のソファ。その正面には、ステンレスでできた――プラチナだって言われても驚かない――すっきりしたデザインの最新式の暖炉があって、炎が静かに揺らめいていた。入ってすぐの左手はキッチンだ。ダークウッドのアイランドと六人掛けの朝食用カウンターを除けば、やはり白で統一されていた。

キッチンのそば、ガラスの壁の前にダイニングテーブルがあり、椅子が十六脚並んでいた。そして広大なリビングルームの片隅に艶《つや》やかな黒いグランドピアノが置いてある。やめて。クリスチャンのことだ、きっとピアノまで弾《ひ》けるに決まってる。壁にはいろんな形や大きさをした美術品が飾られていた。人の住む場所というより、画廊みたいだ。

「ジャケットを預かろうか」クリスチャンが言った。わたしは首を振った。ヘリポートで冷えきった体はまだ温まっていない。

「飲み物は?」彼が訊く。わたしは驚いて目をしばたたかせた。ゆうべの醜態《しゅうたい》を見たのに? 冗談のつもり? 一瞬、マルガリータをお願いと、こちらも冗談で答えようかと思った。でもわたしの神経はそこまで太くなかった。

「私は白ワインを飲む。一緒にどうかな?」

「ありがとう、いただきます」わたしは答えた。

このだだっ広い部屋にいると、自分がとんでもなく場違いな存在に思えてくる。ガラスの壁に近づいてみると、下半分の一階分が蛇腹《じゃばら》式に開いてバルコニーに出られるようになっていた。バルコニーの先では、シアトルの街の明かりが生き物のようにきらめいている。キッチンに戻ると――部屋を横切るだけで何秒もかかる――クリスチャンが白ワインのボトルを開けていた。ジャケットは脱いでいた。

「プイィ・フュメでいいかな」

「ワインのことはまったくわからないの。どれを選んでもらってもおいしくいただけると思う」わたしの声は小さくて弱気に聞こえた。心臓ばかりがやかましい。逃げ出したかった。この人はリッチすぎる。ビル・ゲイツ級のとんでもないお金持ちだ。わたしはいったいここで何をしているの。よくわかってるくせに――潜在意識がわたしを嘲笑《あざわら》った。そう、わかっている。わたしはクリスチャン・グレイのベッドにもぐりこみたくて、ここにいる。

「どうぞ」彼がワインのグラスを差し出す。グラスまでリッチだった。重量感のあるモダンなクリスタルのグラス。ひと口飲む。軽くてすっきりして、おいしかった。

「ずいぶん無口だね。赤面もしない。率直に言って、そんなに青ざめたきみを見るのは初めてだと思うな、アナスタシア」彼が言った。「ところで、腹は減っているか？」

わたしは首を振った。最後の質問に対する答えとしてではなく。「すごく大きな家だから」

「大きい？」

「大きい」

「まあ、大きいかな」クリスチャンはうなずいた。目を楽しげにきらめかせている。わたしはまたワインをひと口飲んだ。

「弾けるの？」わたしはピアノのほうに顎をしゃくった。

「ああ」

「上手？」

「ああ」

「そうよね、何しても上手だもの。あなたに上手にできないことって、何かあるの？」

「ある……いくつかあるよ」彼はそう答えてグラスを傾けた。一瞬たりともわたしから目を離そうとせずにいる。向きを変えて広大な部屋を見回しているあいだも、彼の視線がずっと注がれているのがわかった。この空間に〝部屋〟という言葉はふさわしくない。これは部屋というより

――何かの宣言だ。

「座ろうか」

わたしはうなずいた。彼に手を引かれて、オフホワイトのソファに腰を下ろした。そこでふと気づいた。まるで悪名高きアレック・ダーバヴィルの新居をながめるテス・ダービーフィールドみたい。そう考えたら、つい口もとがゆるんだ。

「何がそんなにおかしい？」彼が隣に腰を下ろし、体をこちらに向けた。ソファの背もたれに肘を預け、右手に顎をのせる。

「わざわざ『テス』を選んだのはどうして？」わたしは尋ねた。クリスチャンは一瞬、無言のままわたしを見つめていた。質問が意外だったのだろう。

「トマス・ハーディが好きだと聞いていたからね」

「それだけ？」そう訊き返したわたしの声は、自分の耳にもがっかりしているように聞こえた。

彼が唇を引き結ぶ。「ぴったりだと思えたからだ。私はエンジェル・クレアのように、きみにありえないほど高い理想を押しつけることもできるし、アレック・ダーバヴィルのように、徹底的に堕落《だらく》させることもできる」瞳が暗く冷たい光を放った。

「もしも究極の選択を迫られたら、堕落するほうを選ぶ」わたしは彼を見つめて小さな声で言った。潜在意識が畏敬のまなざしをわたしに向けていた。

クリスチャンが息を呑む気配がした。「アナスタシア、頼むからそうやって唇を噛むのをやめてくれないか。気が散ってしかたがない。きみは自分が何を言っているかわかっていないね」

「わかってないから、こうしてここにいるとも言えるかも」

彼が眉間に皺を寄せた。「そうだった。ちょっと失礼するよ」彼は奥の大きなドアを抜けてどこかへ消えた。二分ほどして、書類を持って戻ってきた。

「秘密保持契約書だ」肩をすくめ、珍しくいくらか気まずそうな顔をしてみせた。「弁護士がうるさくてね」そう言って書類を差し出す。わたしはわけがわからずにいた。「第二の選択肢――堕落を選ぶなら、これにサインしてもらう必要がある」

「サインしなかったら?」

「その場合は、エンジェル・クレアになるな。高い理想を押しつけるほうの。あの本は要するにそういう話だろう」

「この契約書にはどんな意味があるの?」

「私ときみのあいだに今後起きることについて、いっさい口外しないという意味を持つ。誰にも、どんな小さなことでも、話してはいけない」

わたしは信じがたい思いで彼を見つめた。なんなの、それ? 悪い予感がする。ものすごくいやな予感がする。でも、誰にも話してはいけないと言われると、逆にどうしても知りたくなる。

「わかった。サインする」

彼がペンを差し出す。「内容に目を通さなくていいのか」

「いい」

彼が眉をひそめる。「アナスタシア。いいか、どんな書類でも、サインする前にかならず目を通さなくてはいけない」叱りつけるような口調だ。

「クリスチャン。あなたにはわかってないみたいだけど、どのみちわたしたちのことは誰にも話すつもりはないの。ケイトにもね。だから、契約書にサインしてもしなくても、結果は同じじってこと。でも、あなたにとって――事前に相談したらしい弁護士さんにとってはどうしても必要なものだっていうなら、かまわない。サインする」

彼はわたしをじっと見つめていた。やがて重々しくうなずいた。「実に理にかなった指摘だ、ミス・スティール」

二通の両方の点線部分に気前よくサインをして、一通を彼に返した。控えの一通は折りたたんでバッグに入れた。それからワインをごくりとあおった。口では偉そうなことを言っても、内心はびくびくだった。

「サインしたってことは、今夜、わたしたち、愛を交わすってこと、クリスチャン？」え。いまの、わたしの声？　クリスチャンの口が驚いたように軽く開いた。でも、すぐに立ち直った。

「いや、アナスタシア。それは違う。第一に、私は愛を交わしたりはしない。私がするのは〝ファック〟だ……しかもかなり激しいファック。第二に、サインが必要な契約書はまだまだある。第三に、きみは自分がどのような行為の当事者になろうとしているのか、まだわかっていない。いまならまだ逃げることもできる。おいで。プレイルームを見せよう」

わたしはあんぐりと口を開けた。激しいファック！　ううう、それってすごい……すごい強烈じゃない？　でも、どうして遊戯室《プレイルーム》なんか見せるわけ？　わけがわからない。

「Ｘｂｏｘか何かで遊ぶの？」わたしは訊いた。

彼は大きな声で笑った。「いや、アナスタシア、Ｘｂｏｘで遊ぶのでも、プレイステーションで遊ぶのでもないよ。おいで」立ち上がって手を差し出す。わたしは手を引かれるまま廊下を歩いた。さっき入ってきた両開きのドアの右側にまた別のドアがあり、そこを開けると階段だった。

階段を上りきって右に折れる。彼がポケットから鍵を取り出し、新たなドアの錠をはずして、ひとつ深呼吸をした。

「帰りたくなったら言ってくれ。いつでも帰れるよう、ヘリはすぐ飛べるようにしてある。または、今夜は泊まって、明日の朝帰るのでもかまわない。どちらを選ぶかはきみしだいだ」

「早くドアを開けてなかを見せて、クリスチャン」

彼はドアを開き、一歩脇によけた。わたしはもう一度だけ彼を見つめた。この奥に何があるのか、やっぱりどうしても知りたい。わたしもひとつ深呼吸をして、部屋に足を踏み入れた。

十六世紀にタイムトラベルしちゃったかと思った——過酷な異端審問が行なわれていた時代に。

ちょっと——なんなの、これ？

7

意識が最初に知覚したものは、匂いだった。革、木、かすかに柑橘《かんきつ》系の芳香のついた家具用ポリッシュ剤。いい香りだ。部屋はほのかで柔らかな明かりに包まれている。照明器具そのものはどこにも見えないけれど、天井の縁飾りの奥から、淡い光がふわりと広がっていた。壁と天井は深くて暗いワイン色で、広々とした部屋は全体として子宮を連想させた。年代物の床板はよく磨かれていた。ドアの真正面の壁に、やはり磨き抜かれたマホガニーの板がX字型に交差して打ちつけられている。四隅に手足を拘束するベルトがついていた。天井から鉄格子が吊り下げられている。大きさは少なくとも二・五メートル角くらい。その鉄格子から、さまざまなロープや鎖、ぎらぎら光る手錠などがぶら下がっていた。ドアのそばには、手の込んだ彫刻が施《ほどこ》された底光りのするポールが二本。階段の手すりの縦棒に似ているけれど、もっと長くて、カーテンロッドのように壁と水平に取りつけてある。そのポールから、驚くほどさまざまな種類のパドルや鞭や乗馬鞭がぶら下がっていた。毛羽で覆われた奇妙な形の器具も見えた。

同じドアのそばに、重厚なマホガニーのチェストがある。何段かある抽斗は、どれも薄かった。埃《ほこり》だらけの古びた博物館にありそうな、標本をしまっておく抽斗を連想した。あそこにはいったい何が入っているの？　知らずにすませたほうが幸せ？　奥の隅にくすんだ赤の革張りのベンチが置かれ、その脇の壁には艶やかな木製のラックが取りつけてあった。ビリヤードのキューを立てておくラックに似ていると思ったけれど、よく見ると、並んでいるのは長さや太さが異なる杖《つえ》だった。反対の隅には長さ二メートル弱くらいのテーブル。これも磨き抜かれた木製で、脚に緻《ち》密《みっ》な彫刻がされていた。テーブルとおそろいのスツールがふたつ、下に並んでいる。

でも、この部屋の主役はなんといってもベッドだ。キングサイズよりさらに大きくて、精緻な彫刻の入ったロココ調の天蓋《てんがい》つきベッド。見た感じでは十九世紀終わりごろのものみたい。この天蓋の下でも、鎖や手錠が光を放っていた。寝具の類《たぐい》はいっさいない。マットレスの上にじかに赤い革を敷き、片側に赤いサテン地のクッションを積んであるだけだった。

ベッドの足の側から三十センチほど離れた場所、部屋のちょうど真ん中に当たる位置に、深紅の大きなソファがベッドのほうに向けて置いてある。奇妙な配置だ……ベッドに向けてソファを置くなんて。そう考えたとき、思わず笑ってしまった。よりによって、この部屋にあるなかでいちばん平凡なもの——ソファを奇妙に思うわけ？　顔を上に向けて天井を観察した。不規則な間隔をおいて、無数の金属の環《カラビナ》が打ってある。何に使うんだろう。不思議なことに、木製の調度や暗い色をした壁、淡いライティング、深紅の革が、この部屋をどこか快適そうでロマンチックに見せていた。もちろん、〝快適でロマンチック〟とは正反対の場所であることはなんとなくわかる。これはたぶん、クリスチャンにとっての〝快適でロマンチック〟なのだ。

わたしは振り返った。思ったとおり、彼はわたしを一心に観察していた。表情からはなんの感情も読み取れない。わたしは部屋の奥へと進んだ。彼もすぐ後ろからついてきた。わたしは毛羽に覆われた器具に興味をひかれた。おそるおそる手を触れてみた。毛羽に見えたのは、スウェードだった。小ぶりな九尾鞭《ナインテール》といった感じだけれど、革紐は九本よりたくさんあって、それぞれの先端に、小さなプラスチックのビーズがついている。

「それはフロッガーだ」クリスチャンの静かで穏やかな声が聞こえた。

フロッガー……か。たぶん、わたしはショック状態にあるんだろう。潜在意識はどこかへ引っ越してしまったか、茫然《ぼうぜん》として声も出せずにいるか、ばったり倒れて息絶えたかしちゃったみたい。心は完全に麻痺している。目に映るものを観察したり理解したりはできても、この部屋について感じていることを言葉にする能力は、衝撃のあまり、失われていた。恋人候補と考えていた相手が、本格的なサディストまたはマゾヒストらしいと知った場合、どんな反応を示すのが正常なの？　恐怖……そう……わたしがいまいちばん強く感じているのはそれらしい。それだ。それが正解。でも、なぜか彼のことを怖いとは思っていない。彼がわたしを苦しめるとは思えなかった。少なくとも、わたしの同意なしでは。数えきれないほどの疑問がわたしの心を雲のように覆い尽くしていった。どうして？　どうやって？　いつ？　どのくらいの頻度《ひんど》で？　誰と？　わたしはベッドに歩み寄り、美しい彫刻が施された柱に両手をすべらせた。柱はとても頑丈《がんじょう》に作られている。彫刻の出来映えはみごととしか言いようがなかった。

「何か言ってくれないか」クリスチャンの声は優しく聞こえた。でも、実質は命令だった。

「あなたは誰かにする側？　それともされる側？」

彼の唇が笑みを作った。おもしろがっているのか、安堵したのか。

「誰かに？」二、三度まばたきをした。どう答えるべきか考えているらしい。「私を求めてくる女たちに、私がする」

いまひとつ呑みこめない。「進んで志願する人が大勢いるなら、わたしはどうしてここにいるの？」

「きみとしたいからだ。心からしたいと思っている」

「そう」ごくりと喉が鳴った。でも、どうして？

部屋の奥の隅に行き、腰までの高さのベンチをそっと叩いて、表面の革に指をすべらせた。彼は女性を痛めつけるのが好きらしい。そう考えると暗い気持ちになった。

「サディストってこと？」

「私は支配者《ドミナント》だ」彼の瞳は焼けつくような灰色をしていた。視線が熱を持っている。

「何それ。どういう意味？」わたしはかすれた声で訊いた。

「自らの意思で私に身をゆだねてもらいたいということだよ。あらゆる場面において」

わたしは眉間に皺を寄せて、いま彼が言ったことを理解しようとした。「身をゆだねる動機は？」

「私を喜ばせるため」彼は首をかしげ、低い声で言った。口もとにかすかな笑みが浮かんでいる。彼を喜ばせる！　彼、わたしから喜びを与えられたいって言ってる！　わたしはたぶん、口をぽかんと開けていたと思う。クリスチャン・グレイを喜ばせる！　このとき初めて気づいた。そうだ、わたしが望んでいるのはまさにそれよ。わたしは彼を喜ばせたいと願っている。それは新しい発見だった。

「簡単に言えば、私はきみに自分を喜ばせてもらいたいと思っている」彼がささやくように言った。その声は催眠術のようだった。

「どうやって？」口のなかがからから。ワインのお代わりがほしい。整理しよう。〝喜ばせる〟部分は理解できる。でも、このロマンチックな寝室を装ったエリザベス朝様式の拷問《ごうもん》部屋は、理解を越えている。そもそも〝どうやって？〟の答えを本当に知りたいかどうかさえわからない。

「ルールがある。きみにはそれに従ってもらいたい。ルールはきみを守るためのものであり、私の喜びのためでもある。ルールに従って私を満足させてくれれば、褒美《ほうび》を与える。従わなければ、罰を与える。そうやってきみはルールに従うことを覚えていく」彼のささやくような声。

わたしはその言葉を聞きながら、杖の並んだラックに目をやった。「で、これはどう関係するの？」部屋全体を曖昧に指す。

「動機のひとつとでも言おうか。褒美でもあり、同時に罰でもある」

「つまり、あなたはわたしを好き放題に痛めつけることから快感を得るってこと？」

「好き放題にさせてもらうためにはまず、きみの信頼や敬意を勝ちとらなくてはならない。きみが服従すれば、私は大きな喜びを得る。幸福と言ってもいいかもしれない。きみが言いなりになればなるほど、私の喜びは大きくなる。そういう単純な方程式だ」

「わかった。で、わたしには何が手に入るの？」

彼は肩をすくめ、どこか申し訳なさそうな顔をしてあっさりと言った。「私だ」

ひゅう。クリスチャンはわたしを見つめたまま片手で髪をかき上げた。

「きみが何かを手放す必要は一つもないよ、アナスタシア」彼はいらだったように続けた。「階《し》下《た》に戻ろう。そのほうが落ち着いて話ができる。きみとこの部屋にいると、気が散ってしかたがない」彼は手を差し出した。いまとなっては素直にその手を取ることはできない。

彼は危険な匂いがする――ケイトはそう言っていた。ケイトの嗅覚《きゅうかく》は確かだった。彼のどこを見てそう直感したんだろう。この人は体に悪い。なぜって、わたしはきっとイエスと答えるから。その一方で、心のどこかで、断りたいとも思っていた。この部屋から、この部屋が予告しているすべてから、悲鳴をあげて逃げ出したい。とてもわたしの手には負えそうにない。

「きみを傷つけたりはしないよ、アナスタシア」

彼は本当のことを言っている。それは確信できた。わたしは彼の手を取った。彼に手を引かれて、部屋を出た。

「きみが同意してくれると仮定して、先に見せておきたいものがある」彼はまっすぐ階段を下りる代わりに、プレイルームの前の廊下を右に歩きだした。いくつかのドアの前を通りすぎて、突き当たりのドアを開ける。ダブルサイズの大きなベッドが見えた。このベッドルームも白で統一されている。家具も、壁も、寝具も、何もかも真っ白だ。殺風景で生活感のない空間。ただ、一面ガラス張りの壁の向こうに、シアトルの幻想的な夜景が広がっていた。

「ここがきみの部屋になる。内装は好きに手を加えてもらってかまわない。何を持ちこんでもいい」

「わたしの部屋？　一緒に住まなくちゃだめなの？」不安を隠しきれないまま、わたしは訊いた。

「ずっとというわけではない。たとえば、そうだな、金曜の夜から日曜とか。それに関しても話し合いが必要だな。きみが同意してくれるなら」彼はためらいがちな声で静かに付け加えた。

「わたしはこの部屋で寝るってこと？」

「そうだ」

「あなたと一緒じゃなく、ひとりで？」

「そうだ。今朝言ったろう、私は他人と一緒には寝ない。きみが飲みすぎて失神した場合は例外だが」責めるような口調だった。

わたしは唇を引き結んだ。ふたつをどうしても一致させることができない。飲みすぎたわたしの救援に駆けつけ、アザレアの茂みにゲロをぶちまけているあいだ優しく付き添っていてくれた、親切で思いやりにあふれたクリスチャンと、専用の部屋に鞭や鎖を常備しているモンスターじみたクリスチャン。

「あなたはどこで寝るの？」

「私の寝室は下の階にある。おいで、腹が減ったろう」

「どうしてかしらね、食欲が完全に失せちゃったみたいなの」わたしは苦々しげに言った。

「きちんと食事をとらなくてはいけないよ、アナスタシア」彼は子供を叱るような口調で言うと、わたしの手を引いて階段を下りた。

ありえないくらい広大なリビングルームに戻ったところで、体が震えるほどの恐怖にとらわれた。わたしは崖の縁に立っている。飛び降りるかどうか、決めなくてはならない。

「私はきみを闇の道に引き入れようとしている。そのことはきちんと理解しているよ、アナスタシア。だからこそ、よく考えたうえで返事をしてもらいたい。訊いておきたいこともあるだろう」彼は手を離してキッチンに入っていった。

訊いておきたいことはある。けれど、たくさんありすぎて、どこから手をつけていいかわからない。

「秘密保持契約書にはサインしてもらったから、なんでも訊いてくれてかまわないし、私もきちんと答えるよ」

わたしは朝食用カウンターの前に立ち、食事の用意を始めた彼を目で追った。冷蔵庫を開け、チーズの盛り合わせとマスカットと赤ブドウの大きな房がのった皿を取り出し、アイランドに置いたあと、フランスパンをスライスする作業にかかった。

「座って」彼は朝食用カウンターのスツールのひとつを指さした。わたしは命令に従った。同意する気なら、いまのうちに慣れておいたほうがいい。いま思えば、彼は初めて会ったときから高圧的だった。

「契約書があるって言ってたわよね」

「言った」

「どんな契約書？」

「秘密保持契約書のほかに、私ときみがどんなことをするか、どんなことはしないかを定めた契約書がある。私はきみの限界を事前に知っておかなくてはならないし、きみは私の限界を知っておかなくてはならない。すべては合意のうえに成り立つことなんだ、アナスタシア」

「もしわたしがそんな契約は結びたくないと言ったら？」

「かまわない」彼は注意深い口調で答えた。

「その場合は、わたしたちにはもうなんの関係もなくなるということ？」

「そうだ」

「どうして？」

「私はほかの種類の関係にはいっさい興味がないからだ」

「どうして？」

彼は肩をすくめた。「そういう人間だから」

「どうしてそういう人になったの？」

「人がその人であることにはどういう理由があるか。答えるのはなかなか難しい問題だね。チーズが好きな人と嫌いな人がいるのはなぜだ？ ところで、チーズは好きか？ ミセス・ジョーンズ——私が頼んでいる家政婦の女性が、夕食にこれを用意してくれているんだが」彼は大きな白い皿を何枚か戸棚から下ろすと、一枚をわたしの前に置いた。

こんなときにチーズの話……ああ、もう。

「わたしが守らなくちゃならないルールというのは？」

「書面にしてある。食事をすませたら、ひとつずつ説明しよう」

食べ物。いまは食べ物のことなんか考えたくもない。

「お腹空いてないの。ほんとに」わたしは小さな声で言った。

「食べなさい」彼はそっけなく言った。支配者《ドミナント》クリスチャン。なるほどね。「ワインのお代わりは？」

「お願い」

わたしのグラスにお代わりを注いだあと、彼は隣に腰を下ろした。わたしは続けざまにワインをあおった。

「好きなものを取って食べてくれ、アナスタシア」

わたしはぶどうを何粒か取った。これくらいなら食べられる。クリスチャンが気に入らないというふうに目を細めた。

「ずっと前からこうなの？」わたしは尋ねた。

「ああ」

「相手は簡単に見つかるもの？」

彼は片方の眉を吊り上げた。「見つかる。あっけないほど簡単に」皮肉めいた口調。

「なら、どうしてわたしなの？　本気で不思議なんだけど」

「アナスタシア、前にも言ったろう。きみには何か特別なものを感じる。近づかずにはいられない」彼は皮肉な笑みを浮かべた。「炎に引き寄せられる蛾《が》の気分だな」それから陰鬱《いんうつ》な声で続けた。「きみが欲しくてたまらない。とくにいま。きみがそうやって下唇を噛んでいるのを見ると、たまらなくなる」深く息を吸いこみ、ごくりと唾を飲み干した。

わたしの胃袋が宙返りをした――彼はわたしを欲しがっている……欲しがりかたはふつうとは言いがたいけれど、この美しくて風変わりで、ちょっと倒錯《とうさく》の気のある人は、わたしを求めている。

「いまあなたが言った炎と蛾の比喩は逆だと思う」小さな声で言った。わたしが蛾で、彼は炎だ。そしてわたしは炎に近づきすぎて焼け死ぬのだ。わかりきっている。

「食べなさい！」

「いやよ。まだなんの契約書にもサインしてない。いまのところは自由意思を行使させてもらうから。あなたさえよければ、だけど」

彼の目の表情がやわらぎ、唇は笑みを作った。「お好きなように、ミス・スティール」

「これまでに何人？」唐突にそう訊いてしまっていた。でも、好奇心を抑えきれなかった。

「十五人」

十五……想像していたほど多くない。「ひとりとつきあう期間は長いの？」

「そうだね、何人かとはかなり長かった」

「怪我させたことはある？」

「ある」

え、やだ。「ひどい怪我？」

「いや」

「わたしを傷つけたりする？」

「どういう意味で？」

「肉体的に」

「必要が生じればお仕置きをする。かなり痛いだろうと思う」

軽いめまいを感じた。ワインをまたひと口飲んだ。アルコール——わたしに勇気を与えてくれる魔法の薬。「あなたがお仕置きされたこともあるの？」

「ある」

へえ……それは驚きだ。予想外の答えをさらに追及したかったけれど、彼が先に口を開いてわたしの思考の流れを変えた。

「この続きは書斎で話し合おうか。見せたいものがある」

頭の切り替えができない。わたしはばかみたいに、この人のベッドで至福の愛の一夜を過ごすつもりでここに来た。ところが実際には、こうして風変わりな契約について議論している。

彼の案内で書斎に向かった。広々とした部屋で、ここにもバルコニーに面した、床から天井まで届く窓があった。彼はデスクの端にお尻をのせ、目の前の革張りの椅子に座るよう身ぶりで伝えると、書類を差し出した。

「これがルールだ。修正は可能だよ。これも契約の一部になる。契約書はあとで渡そう。とりあえずはこのルールに目を通してくれ。それから話し合おう」

ルール

服従

従属者《サブミッシブ》は、支配者《ドミナント》から与えられた指示に、躊躇《ちゅうちょ》したり迷ったりせず、即座に従うこと。別に定めるハードリミット（補遺2参照）を除き、ドミナントが適切と判断したうえで快楽のために行なう性的行為に応じること。その際は、積極的に、またためらわずに受け入れること。

睡眠

サブミッシブは、ドミナントと行動を共にしない日は最低7時間の睡眠をとること。

食事

サブミッシブは、心身の健康を維持するため、あらかじめ定める食品（補遺4参照）を規則正しく摂取すること。フルーツ以外の間食はしないこと。

衣服

契約期間中、サブミッシブはドミナントが許可した服のみを着用すること。購入費はドミナントが負担し、サブミッシブはその予算を使って衣服を購入する。ドミナントが希望すれば、衣服購入に同行することができる。契約期間中、ドミナントから要請があれば、ドミナントと行動をともにする場面、またドミナントが適切と判断した場面で、サブミッシブはドミナントが指定した衣服を着用すること。

エクササイズ

ドミナントは週４回、１時間ずつのパーソナルトレーニングの費用を負担する。トレーニングのスケジュールは、サブミッシブとパーソナルトレーナーの話し合いで決定する。パーソナルトレーナーはサブミッシブの進捗《しんちょく》をドミナントに適宜《てきぎ》報告すること。

衛生／美容

サブミッシブは、つねに清潔を保ち、シェーバー／ワックスを使用した無駄毛処理を怠らないこと。ドミナントが指定するタイミングでドミナントが指定する美容室に行き、ドミナントが適切と判断した施術を受けること。

安全

サブミッシブは、過量の飲酒、喫煙、医薬品を除く薬物の摂取、不必要な危険行為を避けること。

行動

サブミッシブは、ドミナント以外の人物と性的関係を持たないこと。常識的な行動を心がけ、自身のふるまいのすべてがドミナントに影響を及ぼすことを意識すること。ドミナント

不在時に犯した悪事、不正行為、不作法の責任はサブミッシブにある。

右に掲げるルールに違反した場合、即座に懲罰が与えられる。懲罰の種類はドミナントが決定する。

何これ。

「ハードリミットって？」わたしは尋ねた。

「簡単に言えば、きみがしないこと、私がしないこと。その内容を契約書に具体的に記す必要がある」

「服を買うお金を出してもらうのはちょっと。なんとなくいや」わたしはそわそわと姿勢を変えた。〝商売女〟という言葉が頭のなかをやかましく駆け回っていた。

「きみには金を惜しみたくない。服くらい買わせてくれ。パーティや何かに同行してもらうこともあるかもしれない。そういったときにきちんとした格好をしていてほしいという理由もある。就職口が見つかったとしても、私が望む種類の服は買えない」

「あなたと一緒じゃないときは着なくていいのね？」

「ああ、かまわない」

「わかった」制服と思えばすむ。「週四日もエクササイズするのはいや」

「アナスタシア、柔軟性と筋力とスタミナを備えておいてもらいたい。そのためには、エクササイズが必要だ」

「でも、週四回は多すぎ。三回じゃだめ？」

「四回だ」

「これって交渉なんだったわよね」

彼は唇をきつく結んでわたしをじっと見た。「いいだろう、ミス・スティール。またしても理にかなった指摘だ。週三回、一時間ずつに加えて、もう一回は三十分。それでどうだ？」

「週三回、合計三時間。ここに来れば、あなたにさんざんエクササイズさせられそうな気がするし」

彼は片側の口角だけを持ち上げて微笑んだ。目は安堵したように輝いている。「そのとおりだ。わかった。週三回で手を打とう。私の会社でインターンとして働くのはどうしてもいやか？　きみには交渉の才能があると見た」

「断る。気が進まない」わたしはルールに目を落とした。ワックス！　ワックスでどこを脱毛するわけ？　もしかして……全部？　冗談でしょ。

「次はリミットだ。まず、私の分から」彼は次の書類を差し出した。

ハードリミット
・火を使う行為はしない
・放尿、脱糞、および排泄物を使う行為はしない
・針、刃物、ピアス、血を使う行為はしない
・婦人科用医療器具を使う行為はしない

・子供や動物を使う行為はしない
・皮膚に永久に消えない痕《あと》を残す行為はしない
・呼吸を抑制する行為はしない
・電流（交流、直流の両方を含む）、火、火炎状のものを体にじかに接触させる行為はしない

ええええ……これっていちいち書面にするようなことなの？　まあ、そうなのかも。どの項目も常識的だし、それに率直なところ、絶対にしませんと約束しておいてもらいたいことばかり。まともな神経の持ち主なら、ここにリストアップされているような行為には関わりたくないに決まってる。それでも……やっぱり少し不安になってきた。

「追加しておきたいことは？」彼が優しく尋ねる。

え？　見当もつかない。完全にお手上げだ。彼はわたしをじっと見つめて額に皺を寄せた。

「ここに書いてある以外に、やりたくない行為はないか？」

「わからない」

「わからない？　それはどういう意味だ？」

わたしは椅子の上でもぞもぞと体を動かし、唇を噛んだ。

「こういうこと、したことないから」

「これまでの経験を思い返して、二度としたくないと思った行為は思い浮かばないか？」

ものすごく久しぶりに――と、わたしには思えた――顔が赤くなった。

「どんな小さなことでも話してくれ、アナスタシア。互いに正直にならなければ、この関係は成立しないんだ」

まだもぞもぞしながら、膝の上で握りしめるようにして組んだ自分の両手を見つめた。

「話してみなさい」彼が迫る。

「その、実を言うと……セックスの経験がないの。だから、わからない」消え入りそうな声。上目遣いに彼の表情を探った。彼は驚愕の表情をしたまま凍りついていた。顔が青い——完全に血の気が引いている。

「一度も？」彼の声もかすれていた。わたしはうなずいた。

「まさか、バージンということか？」彼が念を押す。わたしはまたうなずき、そしてまた赤面した。彼がまぶたを閉じる。頭のなかで十まで数えて気を落ち着かせようとしているみたいに。やがて目を開くと、怒りに満ちた目でわたしをにらみすえた。

そしてうめくように言った。「どうしてそれを先に言わない？」

8

クリスチャンは書斎を歩き回りながら、何度も髪をかき上げている。片手ではなく、両手で——いつもの倍、いらだっているということだろう。鉄壁の平常心に、珍しく小さなひびが入ったらしい。

「いったいどうしていままで黙っていた？」叱りつけるように言う。

「一度も話題にならなかったから。新しい知り合いができるたびに、初体験をもうすませたかどうか打ち明ける習慣もないし。そもそもわたしたち、お互いのことをよく知ってるとは言えないわよね」わたしは自分の両手を見つめたまま言った。後ろめたい気がするのはなぜ？　彼はどうして怒ってるの？　わたしは彼の顔を盗み見た。

「そうかな、きみのほうは私に関してすでにかなりの知識を得たと言えそうだがね」彼は噛みつくようにそう言うと、唇をきつく結んだ。「経験が浅いことは察していたが、バージンとは！」口にしたくもない汚い言葉みたいに、〝バージン〟を吐き捨てた。「アナ、きみにあの部屋を見せたのは……」彼はうめいた。「ふう、信じられない。キスくらいは経験があるんだろうな。私とした以外にも」

「あるに決まってるでしょ」いかにも憤慨《ふんがい》したように言い返した。ただし……二回くらい？

「魅力的な若者に抱き上げられてベッドに運ばれたことは一度もないというのか？　理解できない。きみは二十一歳だろう。じきに二十二になる。しかもこれほど美しいのに」そう言ってまた髪をかき上げる。

〝美しい〟だって。うれしくて頬が熱くなった。クリスチャン・グレイはわたしを美しいと思っている。わたしは握りしめた両手にさらに力を込め、それをじっと凝視して、にやけた笑みを噛み殺そうとした。ふふん、彼は目が悪いだけのことだったりして——潜在意識がよれよれと頭を持ち上げてそう言った。ちょっとちょっと、いままでどこに行ってたのよ。必要なときにはいないのはどういうわけ？

「なのに――経験したことさえないのに、私が何をしたいかについて真剣に話し合っていたというわけか」彼の額には深々と皺が刻まれていた。「よく二十一年もセックスを避けてこられたものだな。いったいどうしたらそんな芸当ができる？　ぜひ教えてもらいたい」

わたしは肩をすくめた。「この人ならって思える相手との出会いがなくて……」ねえ、わかる？　そう思えたのはあなたが最初なのよ。で、ようやく見つけたと思ったら、ちょっとおかしな嗜好を持った人だった。「どうしてそんなに怒ってるの？」わたしはかぼそい声で訊いた。

「きみに怒っているのではない。自分に腹を立てているんだよ。確かめもせずに話を進めていた自分に……」彼はため息をついた。刺すような視線をわたしにねじこんだあと、首を振った。

「どうだ、帰りたくなったか」そう尋ねた声は優しかった。

「ううん。あなたが帰れっていうなら帰るけど」わたしは答えた。あれ、困った……わたしはどうやら帰りたくないらしい。

「帰れなどと言うわけがないだろう。きみといる時間を楽しんでいるんだ」そう言いながら顔をしかめ、それから腕時計をちらりと確かめた。「もうこんな時間か」わたしに視線を戻す。「ほら、また唇を噛んでいるぞ」彼の声はかすれていた。思うところありそうな目でわたしの顔を見つめている。

「あ、ごめんなさい」

「謝ることはない。ただ単に、私もその唇を噛んでみたいというだけのことだから。思いきり噛んでみたい」

息が止まりかけた……どうしてそんなことを平然と言えるの？　わたしが平然としていられなくなるとわかっているくせに。

「おいで」彼が言った。

「え？」

「いますぐ問題を解決しよう」

「どういうこと？　問題って何？」

「きみだよ。アナ、いまからきみと愛を交わす」

「あ」足の下で床が崩壊した。〝解決すべき問題〟とはわたしのことらしい。わたしは息をするのさえ忘れていた。

「むろん、きみが望むなら、だが。ここであまり調子に乗るのもどうかと思うからね」

「愛を交わしたりはしないんじゃなかったの、クリスチャン？　〝激しくファックする〟だけだと思ってたけど？」わたしはごくりと喉を鳴らした。ふいに口のなかがからからに乾いていた。

彼が不敵な笑いを浮かべた。その効果は、はるばるそこまで到達した。

「たまには例外もいい。あるいは、ふたつを組み合わせるのもいいだろう。だが、ともかくきみとセックスがしたい。頼む、一緒にベッドに来てくれ。ぜひともこの関係を成立させたい。しかしそのためには、自分がいったいどんなことに首を突っこもうとしているのか、きみがぼんやりとでも理解していることが大前提になる。今夜からさっそくトレーニングを開始しよう――まずは基礎の基礎からだ。ただし、ロマンス派に宗旨替《しゅうしが》えしたという勘違いはしないでくれ。これはあくまでも目的のための手段だ。といっても、いやいやするのではなく、したいからするわけだがね。きみも同じように思ってくれていればいいが」彼の視線は熱を持っていた。

頰が燃えるように熱くなった。ああ……願いはかなうものなのね！

「だけど、さっきのルール一覧にあったこと、まだ何ひとつしてない」わたしの声はかすれ、おずおずとしていた。

「ルールはとりあえず忘れよう。今夜は細かいことは気にしない。きみが欲しい。きみが私のオフィスに頭から飛びこんできた瞬間から欲しくてたまらなかった。きみも同じ気持ちでいるのはわかっている。そうでなければ、いま、そんなに落ち着いた顔でお仕置きやハードリミットについて交渉しているはずがない。お願いだ、アナ。今夜は一緒に過ごしてくれ」彼はそう言って手を差し出した。目は燃えるような輝きをたたえていた。わたしはどきどきしながら彼の手を取った。彼が手を引いて立ち上がらせる。彼の動きはすばやかった。次の瞬間には、わたしは彼の腕のなかにいて、彼の全身を体じゅうで感じていた。彼はわたしのうなじを指先でなぞり、ポニーテールに結った髪を手首に巻きつけると、下に向けてそっと引っ張った。わたしは自然と顔を上げ、彼を見つめることになった。彼もわたしをじっと見下ろしている。

「きみは勇敢な女性だ」彼が甘くささやいた。「尊敬に値する」

彼の言葉は、着火剤のようだった。体じゅうの血が炎に変わって燃え上がった。彼がかがみこんで唇に優しいキスをし、下唇を軽く吸った。

「この唇を嚙みたい」キスをしながらそうささやいた。それから、歯ではさんで軽く引っ張った。わたしの口からうめき声を漏れた。彼が微笑む。

「お願いだ、アナ。きみとセックスがしたい」

「いいわ」わたしはささやくように答えた。今夜はそのためにここに来たのだから。彼は勝ち誇ったような笑みを浮かべ、わたしを抱いていた腕をゆるめると、代わりに手を取って歩きだした。

彼のベッドルームはものすごく広かった。天井まで届く窓の向こうでは、シアトルの高層ビル群がまばゆい光を放っていた。壁は白く、調度類は淡いブルーでそろえられている。巨大なベッドは超モダンなデザインで、流木に似た灰色のざらりとした素材でできていた。四柱式だけれど、天蓋はついていない。ベッドのすぐ上の壁に、海を描いたみごとな絵が飾ってある。

わたしは木の葉のように震えていた。ついにそのときが来た。これだけの歳月を待ちつづけて、ようやくする日が来た。しかも相手は、誰あろう、クリスチャン・グレイ。呼吸が速い。彼から目を離すことができずにいる。彼は腕時計をはずし、ベッドとおそろいのチェストの上に置いた。次にジャケットを脱いで椅子の背にかけた。ジャケットの下は、白い麻のシャツとジーンズだった。心臓が止まりそうなくらい美しかった。暗い赤銅色の髪はセクシーに乱れていて、シャツの裾は出してある。灰色の瞳は生き生きと輝いていた。コンバースのスニーカーを脱ぎ、片足ずつ靴下を脱いだ。クリスチャン・グレイの足……うう……素足のどこがこうもセクシーなのだろう。

彼が振り返ってわたしをじっと見た。表情は優しかった。

「ピルは服用していないだろうね」

え？　いきなり何？

「そうだろうと思った」彼はチェストのいちばん上の抽斗を開けて、コンドームのパッケージを取り出した。それから真剣な目でわたしを見つめた。

「〝つねに備えよ〟」小声で言う。「ブラインドは閉めたほうが安心か？」

「どっちでも」わたしは弱々しい声で答えた。「自分のベッドで他人を眠らせるのはいやなんじゃなかったの？」

「誰がここで眠ると言った？」

「あ」たしかに。

彼はゆっくりと近づいてくる。自信にあふれたセクシーな物腰、炎のように熱くきらめく瞳。わたしの心臓が早鐘《はやがね》のように鳴りだした。全身の血管が脈打っている。欲望が高まり、熱を持って、お腹に集まってきた。彼が目の前に来て、わたしの目を見下ろす。ああ、なんて……なんて刺激的なの。

「ジャケットを脱ごうか」彼が低い声で言い、わたしのジャケットの襟《えり》をつかんでそっと肩のほうへすべらせた。それから、脱がせたジャケットを椅子に置いた。

「私がどれだけ強くきみを求めているか、想像できるかい、アナ・スティール？」彼がそうささやくように訊いた。息ができなくなった。彼から目をそらせない。彼の手が頬に触れた。そのまま輪郭《りんかく》に沿って顎までなぞる。

「これから私がどんなことをしようとしているか、想像できるかい？」彼はそう付け加え、わたしの顎を指先で優しく愛撫した。

わたしの体の奥深く、もっとも暗いところにひそんでいる筋肉が張りつめ、これまで感じたことのない官能的な痛みが広がった。その痛みは、耐えがたいほど甘美で刺激的で、思わずまぶたを閉じたくなった。でも、動けない。彼の目に、彼の熱い視線に、催眠術をかけられたみたいだった。彼がかがんでキスをした。その唇は容赦なく、強引で、でも急ぐことなく、わたしの唇にぴたりと寄り添った。彼はわたしの顔の輪郭に、顎に、唇の端に、羽毛が触れるような軽いキスをしながら、わたしのシャツのボタンをはずしはじめた。ゆっくりとシャツを脱がせて床に落とす。それから一歩下がってわたしをながめた。わたしは水色のレースでできた、完璧にぴったり合ったあのブラを着けていた。これを着けていてよかった。

「ああ、アナ」ため息のような声で彼が言った。「きみの肌はなんて美しいんだ。透けるように白くて、傷ひとつない。すみずみまでキスしたい」

わたしは頬を染めた。ふう……愛を交わすことはできないなんて言ってたけど、そんなのうそ。この人は、自分さえ望めば、なんだってできる。彼は髪を結っていたヘアゴムを取り、肩に流れ落ちようとした髪を手で受け止めた。

「ブルネットの髪。好みにぴったりだ」彼は両手をわたしの髪にうずめ、わたしの頭を両側からはさむようにして押さえた。彼のキスは抵抗を許さなかった。彼の舌と唇が、わたしの舌と唇を探している。わたしはうめき声を漏らした。舌がおずおずと彼の舌を迎えた。彼の腕がわたしをしっかりと抱き寄せる。片手をわたしの髪のなかに残して、もう一方は背筋を下へとたどりはじめた。背中から腰へ。彼の手がわたしの腰を優しく引き寄せる。腰と腰がぴたりと張りついた。彼が勃起しているのが感じ取れた。その部分がそっと押しつけられる。

唇を合わせたまま、わたしはまたうめき声を漏らした。体じゅうで暴れ回っている感覚を――それとも暴れているのはホルモン?――もう抑えつけておくことができない。彼が欲しい。いますぐ欲しい。彼の上腕をつかむ。引き締まった筋肉を掌《てのひら》に感じた。驚くほどたくましい。まるで筋肉の塊。わたしはためらいがちに手を持ち上げて彼の顔に触れ、髪に指をからませた。柔らかいのに、暴れん坊の髪。そっと引っ張った。彼の唇からうめき声が聞こえた。彼が優しくわたしをベッドのほうに導く。わたしの膝の裏にベッドの縁が触れた。そのまま押し倒されるかと思ったけれど、彼はわたしからいったん離れると、ふいに床に膝をついた。わたしのお尻を両手でつかんでおいて、舌の先でわたしのおへそのまわりをなぞった。それから唇で肌を軽くついばむようにしながらお腹を横切って腰骨にたどりつくと、今度は反対の腰骨まで戻った。

「ああ……」わたしは声を漏らした。

わたしの前に膝をついた彼、肌の上を這う彼の唇。予想もしていなかった光景、刺激的な光景だった。彼の髪に両手をうずめ、そっと引っ張りながら、大きく激しくなっていく自分の息遣いをなだめようとした。彼がありえないほど長いまつげの下からわたしを見上げている。瞳は焼けつくように濃い灰色をしていた。彼の両手が前に来て、わたしのジーンズのボタンをはずし、ジッパーをゆっくりと下ろした。わたしの目にじっと視線を注いだまま、彼の両手がジーンズの下にもぐりこみ、肌をなでるようにしてお尻側にまわった。そのままじりじりとももの裏へと伝っていきながら、ジーンズを下ろす。わたしは目をそらすことができずにいた。彼が手を止めて唇を舐《な》めた。そのあいだも、からませた視線をほどこうとしなかった。次の刹那《せつな》、彼はふとかがみこんで、わたしの下腹部の峰を鼻先でなぞった。ああ……彼を感じた……あそこで。

「いい香りだ」彼が小声で言って目を閉じた。その顔には混じりけのない歓喜が浮かんでいる。その表情を見た瞬間、背筋に震えが走った。彼がベッドに手を伸ばして毛布をはぎ、わたしをそっと押し倒した。

床に膝をついたまま、彼はわたしの足を取ってコンバースの紐をほどき、スニーカーとソックスを脱がせた。わたしはマットレスに肘をついて上半身を起こし、その様子をじっと見つめていた。呼吸が速い……彼が欲しい。彼は踵《かかと》を掌で包むようにしてわたしの足を持ち上げると、親指の爪で足の甲をなぞった。わたしは息を呑んだ。彼はわたしの目を見つめたまま、今度は舌の先で足の甲をなぞった。次は歯で。ああ。わたしはうめき声をあげた……どうしてあそこが感じるの？　あえぎながらベッドに倒れこんだ。彼の低い笑い声が聞こえた。

「アナ、次は何をしようか」彼がささやく。もう一方のスニーカーとソックスも脱がせたあと、立ち上がってジーンズも脱がせた。わたしはブラとパンティだけの姿で彼のベッドに横たわっている。そのわたしを、彼がじっと見下ろしている。

「きみは実に美しい、アナスタシア・スティール。いますぐにでもきみのなかに入りたい」

ああ。だめ……彼の言葉、彼の誘惑には抗《あらが》えない。わたしは息さえまともにできなくなっていた。

「自分ではどうやるのか見せてくれ」

え？　わたしは眉をひそめた。

「純情ぶっていないで、アナ、見せてくれ」彼がささやく。

わたしは首を振った。「そういうことはしないの」声がかすれた。他人の声みたい。欲望が滴っている。

「ひとりのときはどうやっていくんだ？　見たい」

また首を振った。

「したことがない」わたしは小さな声で答えた。彼が驚いたように眉を吊り上げた。灰色の瞳に暗い影が差す。それから信じられないといったように首を振った。

「そうか。それについては今後の課題としよう」彼の声は低く、挑むようだった。甘く官能的な脅し。彼は自分のジーンズのボタンをはずした。わたしの目を見つめたまま、ゆっくりとジーンズを下ろす。それからわたしの足首をつかむと、ベッドにのぼりながらすばやく脚を開かせた。そのままわたしを見下ろしている。わたしは欲望を抑えきれずに身をよじらせた。

「動くな」彼はそうささやいて身をかがめ、わたしのももの内側に唇を押し当てると、そのまま少しずつ這い上ってきて、パンティの薄いレース生地に――わたしにキスをした。

ああ……だめ、じっとしていられない。動かずになんていられない。わたしは彼の下で身悶えした。

「きみを動けないようにする方法を少しずつ試していかなくてはいけないな、ベイビー」彼の唇はお腹までのぼってきていた。ふいにおへそに舌が忍びこんだ。キスの道筋はさらに北へと向かい、わたしの上半身をのぼってくる。肌が燃えるようだった。全身が火照っている。熱い。同時に冷たい。わたしはシーツを握りしめた。彼がわたしに寄り添うように横たわった。彼の手がお尻からウェストへとすべり、最後に胸にたどりついた。彼がわたしを見つめている。表情からは何も読み取れない。掌がわたしの乳房を柔らかく包みこんだ。

「私の手にぴったりの大きさだ、アナスタシア」彼はそうささやくと、人差し指をブラのカップにかけてそっと下へ引っ張り、乳房を露《あら》わにした。アンダーワイヤとカップの生地が乳房を押し上げている。ふだん以上に盛り上がった乳房の先で、彼の視線にさらされた乳首が硬くとがった。自分のブラに緊縛されたわたし。

「いいながめだ」彼が満足げに言い、わたしの乳首はますます硬くなった。

彼はそこにそっと息を吹きかけ、もう一方の手で反対の乳房を包んだ。親指でゆっくりと転がされた乳首がそそり立つ。快感があそこまで届いて、わたしはうめき声を漏らした。すっかり濡れているのがわかる。ああ、お願い――わたしは心のなかで懇願し、シーツをいっそう強く握りしめた。彼の唇がむきだしになったほうの乳首をくわえた。そして優しく引っ張られた瞬間、全身が痙攣《けいれん》を起こしかけた。

「これだけでいけるかやってみようか」彼はそう言い、乳首をゆっくりと責めつづけた。熟練した指と唇の優しい攻撃にさらされた両の乳首から、苦痛にも似た甘い感覚が広がって、全身の神経の一本一本に火をつけていった。わたしの体はあまりの快感に耐えかねて、悦《よろこ》びの歌を歌っている。それでも彼はやめようとしない。

「あ……だめ」わたしは懇願し、背をのけぞらせた。口を大きく開けてあえぐ。両脚がこわばった。ああ、わたしにいったい何が起きてるの？

「我慢するな、ベイビー」彼がささやく。彼の歯が乳首をそっと嚙む。親指と人差し指は反対の乳首を強く引っ張っている。次の瞬間、わたしは彼の手のなかで崩壊した。全身が激しく痙攣したかと思うと、無数の破片に砕け散った。彼の唇がわたしの口を覆い、深く差し入れられた舌がわたしの悲鳴を吸い取った。

ああ――どうかしてしまうかと思うほどの快感。みんなが騒ぎ立てるわけがようやくわかった。彼が満足げな笑みを浮かべて見下ろしていた。わたしの顔にはたぶん、感謝と畏敬の表情だけが浮かんでいる。

「きみはとてもいきやすい体質らしいな」彼が言う。「コントロールする方法を少しずつ身につけたほうがいい。その方法を教えるのはさぞかし楽しいだろう」またキスをする。

オーガズムの波は引きはじめていた。でも、わたしの呼吸はまだ乱れている。彼の手がわたしのウェストへと下り、さらに脚のあいだに下って、そこを愛おしげに包みこんだ……ああ。彼の指が繊細なレースの下にすべりこみ、わたしの周囲――あそこの周囲を、円を描くようにゆっくりとなぞりはじめた。彼が一瞬目を閉じる。息遣いが乱れた。

「うれしいよ、こんなに濡れていて。いますぐきみが欲しい」彼が指を挿入した。何度も、何度も出し入れする。わたしは思わず声をあげていた。掌がクリトリスをかすめる。また声をあげた。指はさらに強く、さらに深く押しこまれた。わたしはあえいだ。

まもなく彼がふいに起き上がると、わたしのパンティをむしり取り、床に放り出した。彼がボクサーブリーフを下ろしたとたん、勃起したものが跳ねるように飛び出した。すごい……彼はベッドサイドテーブルに手を伸ばし、アルミホイルの小袋を取った。それからわたしの脚のあいだに割って入り、脚をさらに大きく広げさせた。マットレスに膝をついて、堂々たるペニスにコンドームをかぶせた。あれが？……ほんとに？　ねえ、ほんとに入るの？

「心配ない」彼はわたしの目をのぞきこんで言った。「きみも広がるから」彼はわたしに覆いかぶさり、頭の両脇に手をついた。真上からわたしの目をまっすぐ見つめている。顎には力がこもり、目は燃えるようだった。このとき初めて、彼がまだシャツを着たままだということに気づいた。

「本当にいいんだね？」彼が優しく訊く。

「いいの。お願い」わたしは懇願した。

「膝を胸に引き寄せるようにして」彼が静かに命令した。わたしは即座に従った。「いまからきみをファックするよ、ミス・スティール」そう宣言しながら、屹立《きつりつ》したものの先端をわたしのとば口に押し当てた。「激しく」そうささやくと同時に、一気に奥まで突き立てた。

「ああああああ」わたしは叫んだ。彼がわたしの処女を貫いた瞬間、なんとも言いようのない強い圧迫感を体の奥深くに感じた。彼が動きを止め、わたしをじっと見下ろしている。その目は征服感に恍惚としているようだった。

彼の唇がわずかに開く。息遣いが荒くなっている。うめき声が漏れた。

「きつく締めつけてきている。大丈夫か？どうだ、痛くないか？」

わたしは目を見開き、大丈夫とうなずいて、彼の前腕を両手で握りしめた。あそこははち切れんばかりに押し広げられている。彼はしばらく動きを止めたまま、押し入ってきた彼の強烈な存在感にわたしが慣れるのを待っている。

「いいか、動くよ、ベイビー」しばらくして彼は言った。その声は何かに耐えかねているように張りつめていた。

ああ――

彼がゆっくりと、このうえなくゆっくりと退《ひ》いてゆく。また目を閉じてうめく。次の瞬間、ふたたびわたしを貫いた。このときもまた、わたしは叫んだ。彼が動きを止める。

「もっと欲しいか？」彼がかすれた声で訊く。

「もっと」

彼がもう一度わたしを突く。そしてまた動きを止めた。

わたしはうめいた。体は彼を受け容れようとしていた……ああ、もっともっと欲しい。

「もっとか？」彼が訊く。

「もっと」哀願する。

彼が動く。今度は止まることなく動きつづけた。姿勢を変えて、マットレスに肘をつく。彼の体重がのしかかって、わたしをしっかりと押さえつけていた。初め、彼の動きはゆっくりとしていた。優しく前後を繰り返していた。未知の感覚に慣れるにつれ、いつしかわたしも彼に合わせておずおずと動きはじめていた。彼が速度を上げる。わたしはあえぐ。彼はさらに速度を上げていった。容赦のない激しいリズム。わたしもそれに合わせ、彼を迎え入れるように腰を突き出した。彼の両手がわたしの頭をつかみ、唇をむさぼった。歯がまたわたしの下唇をそっと噛む。彼がわたしを貫く角度が微妙に変わった。下腹の奥のほうでなじみのない感覚がふくらんでいくのがわかる。さっきと同じだ。彼は突き上げつづけ、わたしの体がこわばった。全身がわななき、弓なりにのけぞる。汗がうっすらと皮膚を覆っていた。ああ……こんなものだったなんて……こんなに気持ちのいいものだとは想像もしていなかった。まともに考えることさえできない……いま存在するのはこの快感だけ……彼だけ。わたしだけ。ああ、もうだめ……全身が張りつめた。

「いまだ、いけ、アナ」彼が乱れた息の合間にささやいた。その言葉を合図に、わたしはふくらみきったものを解放した。彼の周囲で爆発した。クライマックスを迎えると同時に、彼の下で破裂して、百万の破片になった。次の瞬間、彼もいった。わたしの名を呼びながら最後に一度、激しく突き上げたあと、動きを止めて、解き放った。

まだ息が弾んでいる。呼吸を、心臓をなだめようとした。頭のなかは暴動のさなかのように混乱している。ああ……すごかった。目を開いた。彼は目を閉じ、額をわたしの額に押し当てていた。彼の息遣いも乱れている。やがてクリスチャンのまぶたが小刻みに震えながら開いて、わたしを見つめた。瞳は暗い色をしている。でも、そこに浮かんだ表情は穏やかだった。彼はまだわたしのなかにいる。静かに身をかがめ、わたしの額に軽くキスをしたあと、彼はゆっくりとわたしのなかから去っていった。

「あっ」その未知の感覚に、わたしは思わず顔をしかめた。

「痛かったか?」クリスチャンは傍《かたわ》らに横たわり、片肘をついて掌で顎を支えた。空いたほうの手で、ほつれたわたしの髪を耳の後ろに押しやる。思わず微笑まずには、それも大きな笑顔を作らずにはいられなかった。

「痛かったかって、痛めつけた張本人のあなたが心配すること?」

「たしかに、矛盾した質問かもしれないな」彼は片方の口の端だけを持ち上げた。「しかし、まじめな話、痛くなかったか?」彼の目は真剣そのものだった。わたしの本心を探っている。うそをつくなと脅しているようでもあった。

わたしは彼の隣で思いきり体を伸ばした。手足に力が入らない。骨はゼリーにでもなったみたいだ。それでも、リラックスしていた。心も体も深く安らいでいた。また微笑む。そうやって微笑むのをやめられなかった。みんながあれこれ言うわけがついにわかった。二度のオーガズム……縫い目がはち切れるような感覚。洗濯機で脱水されているみたいな。すごい。自分の体にそんな能力が備わっていたなんて。あれほどきつく張りつめたあと、あれほど激しく、あれほど甘く解き放つことができるなんて。その快感は、とうてい言葉にはできそうにない。

「また唇を噛んでいるぞ。それに、質問にまだ答えていない」彼は怖い顔をした。

わたしはいたずらっぽい笑みを浮かべて彼を見上げた。神々しいほど美しかった。乱れた髪、熱を帯びて細められた灰色の目、真剣で険しい表情。

「またしたいくらい」わたしはささやいた。一瞬、安堵が彼の顔をよぎったように見えた。でも、シャッターが下りるようにその表情は隠れ、彼は目を細めてわたしを見つめた。

「ほう、またしたいと言ったな、ミス・スティール」彼は皮肉めいた口調で言った。かがみこんで、わたしの唇の端に優しいキスをする。「この私に要求するとは生意気だ。うつぶせになれ」

驚いて目をしばたたかせたものの、すぐに従ってうつぶせになった。彼はブラのホックをはずし、掌を背中にすべらせた。

「ああ、見たこともないような美しい肌だ」彼がささやく。姿勢を変え、片方の脚をわたしの脚のあいだに割りこませる。わたしの背中に横たわる格好になった。シャツのボタンが背中に食いこむのがわかった。彼がわたしの髪を脇に寄せ、むきだしになった肩にキスをした。

「どうしてシャツを着たままなの？」わたしは訊いた。彼が動きを止めた。一拍おいて、シャツを脱ぎ、またわたしの背中に覆いかぶさった。彼の温かな肌がぴたりと寄り添うのがわかる。うう……ん。うっとりしてしまう。ごく薄い胸毛がわたしの背中をくすぐっている。

「もう一度ファックされたいか」彼が耳もとでささやく。そしてわたしの耳からうなじにかけて、唇を這わせた――羽毛が触れるように軽く。

彼の手が腰に触れ、お尻を越え、ももを伝い、膝の裏側にたどりつくと、わたしの膝を押し上げた。息が止まりそうになった――いったい何をしてるの？　彼はまた姿勢を変え、わたしの脚のあいだに膝を割りこませて、胸をわたしの背中に押し当てた。手は今度は膝の裏からももへと上ってきた。お尻をゆっくりとなでたあと、その手はわたしの脚のあいだにすべりこんだ。

「後ろから犯すよ、アナスタシア」彼の低い声が聞こえた。もう一方の手がわたしのうなじの髪をつかんで押さえつけた。頭を動かせなくなった。彼の体重に束縛されて、どうすることもできない。

「きみは私のものだ」彼がささやく。「私だけのものだ。それを忘れるな」

彼の声にわたしは恍惚となった。彼の言葉に有頂天になり、酔いしれた。彼のものが硬さを取り戻していくのをももの裏で感じた。

長い指がクリトリスに触れ、ゆっくりと円を描《えが》きはじめた。彼の唇がわたしの顎の輪郭をそっとなぞり、息が頬に優しく吹きかかる。

「いい香りだ。たまらない」彼が耳の後ろに鼻をすりつけた。指は円を描きつづけている。何度も、果てしなく。無意識のうちにわたしの腰も、彼の手に合わせるように円を描いて動きはじめていた。苦痛と紙一重の快感が、アドレナリンのように血流に乗って全身を駆けめぐっている。

「動くな」彼が命令するようにささやいた。穏やかでありながら、わたしを組み伏せるような声だった。彼の親指がそろそろと入ってきて、なかをかきまわすように動きながらヴァギナの前側の壁を愛撫した。わたしは陶然となった。全身のエネルギーが、わたしの内側のその小さな面積に集中している。唇からうめき声が漏れた。

「気持ちがいいか」彼が耳もとでささやく。歯でわたしの耳をそっと嚙んでいる。親指がゆっっくりと出入りを始めた。出ては入り、入っては出る……ほかの指はやはりクリトリスの周囲で円を描きつづけている。

わたしは目を閉じた。呼吸を落ち着かせようとした。彼の指がわたしのなかに解き放っているカオスのような感覚、わたしの体を焼き尽くそうとしている炎を鎮《しず》めようとした。またうめき声が漏れた。

「たっぷり濡れている。たちまちのうちにここまで濡れるとはな。よほど感じやすいらしい。ああ、アナスタシア」

脚を突っ張りたい。でも、動けない。「すばらしい。とてもいいよ」彼がささやく。

彼はわたしをしっかりと押さえつけ、休むことなく、ゆっくりと、拷問のようなリズムを繰り返している。強烈な快感だった。わたしはまたうめいた。するとふいに彼が動いた。

「口を開けて」そう命じる声が聞こえた次の瞬間、彼の親指が口に押しこまれた。わたしは驚いて目を開き、せわしくまばたきをした。

「自分の味を確かめるんだ」耳もとで彼の声がする。「この指をしゃぶれ、ベイビー」親指が舌に押しつけられた。わたしは彼の親指を口に含み、思いきりしゃぶった。塩気を感じた。金属を思わせる血の味もする。いや。こんなの気持ちが悪い。でも、ああ……ものすごくエロチック。

「きみの口をファックしたいよ、アナスタシア。近いうちに犯そう」彼の声はかすれ、うなるようだった。息遣いもいっそう乱れている。

口をファックする――わたしはうめき、彼の親指に歯を食いこませた。彼が驚いて息を呑み、わたしの髪を痛いほど引っ張った。わたしは彼の親指を離した。

「いけない子だな」彼はささやき、ベッドサイドテーブルに手を伸ばして銀色の小袋を取った。

「じっとしていろ。動くんじゃないぞ」彼はそう命じておいて、わたしの髪を離した。

彼が小袋を破る。わたしは息を弾ませていた。体じゅうの血管から悦びの歌が聞こえている。期待に胸が躍っていた。彼がふたたび前かがみになって体を重ねた。わたしの髪をつかみ、頭を押さえつける。動けない。彼のなすがままだと思うと、ぞくぞくする。彼が姿勢を変えた。もう一度わたしを犯そうとしている。

「今度はじっくり時間をかけよう、アナスタシア」彼が言った。

それから、ゆっくりと入ってきた。そろそろと。じりじりと。根もとが完全にわたしに埋まるところまで。彼は容赦なくわたしを押し広げて満たしていく。わたしは大きなあえぎ声をあげた。今度のほうが奥まで感じる。さっきよりずっといい。わたしはまたうめいた。彼はゆっくりと腰を回しながら引き抜いた。一瞬の間があったあと、またゆっくりと入ってくる。その動きを果てしなく繰り返す。どうかしてしまいそうだった。彼は焦《じ》らしている。わざとゆっくり突いている。断続的に満たされるもどかしさがたまらない。

「ああ、きみはすばらしい」彼がうめく。わたしの内側が震えはじめた。彼は腰を引いて待った。

「まだだよ、ベイビー。まだいかせない」震えがおさまったところを見計らって、またあのめくるめくプロセスを再開した。

「お願い」わたしは懇願した。これ以上我慢できそうにない。全身がぴんと張って、解き放たれる瞬間を待ち焦がれている。

「ここが痛くなるほど犯したいんだ、ベイビー」彼はそう言って甘くゆっくりとした拷問を繰り返した。後ろへ。前へ。「明日、身動きをするたびに、私がここにいたことを思い出さずにはいられないくらいに。私のことしか考えられないように。きみは私のものだから」

うめき声が漏れた。「お願い、クリスチャン」かすれた声で訴える。

「何が欲しい、アナスタシア？　言ってみろ」

わたしはまたうめいた。彼が出ていき、ふたたびゆっくりと入ってきた。またしても回転を加える。

「言ってみろ」

「あなたが欲しい。お願い」

彼のリズムがごくわずかに速くなった。息遣いも不規則になる。わたしの内側がまた震えはじめ、クリスチャンのスピードが上がった。

「きみは……とても……すばらしい」彼はひと突きするごとに言葉を切ってそうささやいた。

「きみが……欲しい。たまらない……ほど」

わたしはあえいだ。

「きみは……私の……ものだ。さあ……いけ、ベイビー」彼がうなるように命じた。

彼の言葉はわたしの破滅だ。わたしを崖から突き落とす。わたしは痙攣して彼を締め上げ、オーガズムに達した。マットレスに顔をうずめ、彼の名をくぐもった声で叫びながら、いった。クリスチャンもすばやく二度腰を突き出したあと、凍りついたように動きを止め、わたしのなかで果てた。それからわたしの上に崩れ落ち、わたしの髪に顔をうずめた。

「ああ、アナ」彼はすぐに抜いてベッドの上にあおむけに倒れこんだ。わたしは両膝を胸に引き寄せた。疲れきっていた。まもなくわたしは眠りに落ちていた。あるいは、失神して、そのまま眠りこんでいた。

目を覚ましたとき、部屋はまだ暗かった。どのくらいの時間、眠っていたのだろう。毛布の下で伸びをした。痛い。あそこに心地よい痛みが鈍く残っていた。クリスチャンはどこにもいない。わたしは起き上がり、すぐそこに広がっている街をながめた。高層ビルの明かりの数は減っている。東の空はわずかに白《しら》みはじめていた。そのとき、音楽が聞こえた。かすかなピアノの音。優しく悲しげな曲。たぶんバッハだ。自信はないけれど。

毛布を体に巻きつけ、忍び足で廊下を歩いて、いちばん広い部屋に向かった。クリスチャンがピアノの前に座っていた。メロディを奏《かな》でることに完全に没頭している。曲と同じように悲しく孤独な表情をしていた。彼の演奏はすばらしかった。入ってすぐの壁にもたれて、わたしはうっとりと聴き入った。プロ顔負けの腕前だった。裸のまま弾いている。ピアノの傍らにぽつんと置かれたフロアスタンドの温かな光が、その体を柔らかく照らしていた。大きな部屋の残りの部分は闇に沈んでいて、彼はまるで彼のためだけに存在する小さな光のプールに浮かんでいるようだった。触れてはいけないように思えた。クリスチャンは孤独の泡に守られていた。

荘厳でもの悲しい音楽に導かれるように、わたしは静かに彼に近づいた。魔法によって引き寄せられたかのように、巧みに動き回る指に見入った。正しいキーを探し当てては優しく叩く指。その指がわたしの体を同じように巧みに愛撫したことを思い出す。それだけで頬が火照り、息が止まりかけた。ももともももを強く押しつける。彼がふと目を上げた。どこまでも深い灰色の瞳は明るい輝きを帯びていた。表情を読むことはできない。

「ごめんなさい」わたしは小さな声で言った。「邪魔するつもりはなかったんだけど」

苦い表情が彼の顔を通りすぎた。

「いや、それは私のせりふだ」彼はつぶやくように言い、ピアノを弾くのをやめて、膝の上に手を置いた。

こうして近づいてみると、彼はパジャマのパンツを穿いていた。髪をかき上げて立ち上がる。パンツは……いつものように腰ばきにしていた。ああ、だめ、それには弱いの。彼がさりげない足取りでピアノのこちら側に回って近づいてきた。ふいに口のなかが砂漠になった。たくましい肩、引き締まった腰。歩くと、腹筋が波打った。この人はどこまでも美しい。

「寝ていなくてはだめだろう」彼が叱るように言った。

「いまの曲、すごくすてき。バッハ?」

「バッハ編曲だが、もとはアレッサンドロ・マルチェッロ作のオーボエ協奏曲だ」

「きれいな曲だけど、とても悲しい感じ。メランコリックな旋律《せんりつ》」

彼の唇がかすかな笑みを描いた。

「ベッドに戻れ」彼が命令する。「朝、起きられなくなるぞ」

「でも、目が覚めたら、いなかったから」

「眠れなかった。他人と一緒に寝るのに慣れていない」彼がつぶやくような声で言った。彼がどんな精神状態でいるのか、まるでわからない。少し気落ちしているようにも見える。でも、こう暗くてはなんとも言えなかった。もしかしたら、いま弾いていた曲のせいかもしれない。彼はわたしの肩を抱いて、優しくベッドルームに連れ戻した。

「いつからピアノを弾いてるの？　すごく上手よね」

「六歳のころからだ」

「ふうん」六歳のクリスチャン……赤銅色の髪と灰色の瞳をした美少年を想像して、わたしの心はとろけた。人形みたいな髪をした、子供には不似合いな悲しい曲を好む少年。

「気分はどうだ？」ベッドルームに入ったところでそう訊かれた。彼がサイドライトのスイッチを入れる。

「ばつぐんってとこ」

ふたり同時にベッドを見下ろした。シーツに血の染みがある。わたしが処女を喪失したあかし。思わず顔を赤らめた。恥ずかしい。毛布をいっそうきつく体に巻きつけた。

「ふむ、明日の朝、ミセス・ジョーンズの頭にクエスチョンマークがひとつ、浮かぶことになりそうだな」クリスチャンはそう言ってわたしと向かい合った。わたしの顎を持ち上げ、じっと見下ろす。わたしの顔を観察する彼の目は、真剣そのものだ。そのとき気づいた。彼の裸の胸を見るのはこれが初めてかも。反射的に手を伸ばして、濃い色をしたまばらな胸毛の感触を確かめようとした。すると彼は、わたしの手の届かないところにすばやくあとずさった。

「ベッドに戻れ」鋭い声だった。すぐに穏やかな声で付け加えた。「私も一緒に寝るから」わたしは伸ばした手を下ろし、眉間に皺を寄せた。彼の上半身にはまだ一度も触れたことがないような気がする。彼はチェストからTシャツを取り出して手早く着た。

「ベッドに戻れ」また命令する。血の染みのことは考えないようにしながら、わたしはベッドにもぐりこんだ。彼が隣に横たわり、わたしに腕を回した。背中から彼に抱き寄せられる格好になった。彼はわたしの髪にそっとキスをし、大きく息を吸いこんだ。

「眠りなさい、美しいアナスタシア」彼がささやく。わたしは目を閉じた。でも、あの曲のものなのか、彼の態度から来たものなのか、メランコリーの名残を完全に追い払うことはできなかった。クリスチャン・グレイには、悲しい一面が隠されている。

9

部屋にあふれた光が、深い眠りの底にいたわたしをそっと揺り起こす。ひとつ伸びをしてまぶたを持ち上げた。よく晴れた五月の朝、わたしの足もとにシアトルの街が広がっていた。うわ、すごい景色。隣には、ぐっすり眠っているクリスチャン・グレイ。うわ。これもすごい眺め。彼がまだベッドにいるなんてびっくり。こちらを向いて眠っている。間近に彼をじっくり観察できる初めてのチャンス。熟睡中でリラックスした美しい顔は、ふだんよりも若く見えた。きれいな輪郭を描いた豊かな唇は、わずかに開いている。清潔感のある艶やかな髪はいい具合に乱れていた。こんなにセクシーでありながら、同時に清らかにも見えるなんて。そう思ったとき、上の階のあの部屋のことを思い出した。〝清らか〟は取り消したほうがいいかも。わたしは首を振った。考えなくちゃいけないことがありすぎる。手を伸ばして彼に触れてみたかった。でも、小さな子供みたいに、彼の寝顔はあどけない美しさをたたえている。そう、いまだけは彼にびくびくしなくてもいいんだ。何か言わなくてはと焦《あせ》る必要はない。彼に何を言われるか、彼が何を考えているか——わたしに何をしようと企んでいるのか、心配する必要だってない。

このまま日が暮れるまでだって彼を見つめていられそう——でも、自然の欲求と無縁ではいられない。トイレがわたしを呼んでいる。ベッドを抜け出し、床に落ちていた彼の白シャツを拾って拝借した。ドアを開けてみた。きっとバスルームだろうと思ったけれど、そこはわたしのベッドルームと同じくらいの面積のウォークインクローゼットだった。高価そうなスーツ、シャツ、靴、ネクタイの果てしない行列。こんなにたくさん服があっても、体はひとつでしょうに。わたしは服に向かって〝いけない子たち〟とでもいうみたいにちっちっと舌を鳴らした。とはいえ、ケイトのワードローブはこれに負けていないかも。あ——ケイト！　いけない。いまのいままで、ケイトのことをすっかり忘れていた。メールする約束だったのに。まずい。きっと叱られる。そうだ、エリオットとはどうしているだろう。

ベッドルームに戻ると、クリスチャンはまだ眠っていた。別のドアを開けた。今度こそバスルームだった。ただし、わたしのベッドルームより広い。ひとり暮らしなのに、どうしてこんなにスペースがいるの？　洗面台はボウルがふたつある。誰とも一緒に寝ないなら、片方は一度も使ってもらえないことになる。

洗面台の上の巨大な鏡に映った自分を観察した。昨日のわたしとどこか違ってる。体の内側は違う。あそこはちょっと痛かったし、恥ずかしい話だけれど、体のあちこちが筋肉痛だった。まるで生まれて初めて運動したみたいに。でも、ふだんはまったく運動してないわけじゃない？

——潜在意識も起き出してきていた。唇をとがらせ、爪先でいらいらと床を叩きながらわたしを見上げている。彼と寝て、処女を捧げた。あなたを愛してもいない相手に。愛してないどころか、あなたとものすごくヘンタイなことをしようと企んでる相手に。あなたをマゾな性の奴隷《どれい》にしてやろうと目論《もくろ》んでる相手に。

頭、どうかしちゃったんじゃない？——潜在意識はそう叫んでいる。

鏡に向かって顔をしかめた。落ち着いてじっくり考えなくては。美しいなんて言葉では足りないくらい美しくて、クロイソス王の上を行く大金持ちの、苦痛の赤い部屋をつねに用意している相手に恋をする——考えただけでぞっとした。わたしは当惑し、混乱していた。髪はふだんどおりの強情さを存分に発揮している。〝セックスして乱れたまま〟の髪はわたしにはどうにも似合わない。カオスに多少なりとも秩序を与えようと、指で髪をといてみたけれど、負けを認めて撤退するしかなかった。バッグにあるはずのヘアゴムで、また縛っちゃおう。

猛烈にお腹が空いていた。ベッドルームに戻る。眠れる美青年はまだ眠っていた。起こさないように足音を忍ばせて、ひとりでキッチンに向かった。

あっと、そうだった……ケイト。バッグはクリスチャンの書斎に置きっ放しだった。取りにいって戻り、携帯電話をチェックした。メールが三通。

〈無事なのアナ〉
〈いまどこアナ〉
〈もう知らないアナ〉

ケイトに電話をかけた。応答なし。土下座して謝るような声で、留守電にメッセージを残した――無事でいること、殺人鬼〝青ひげ〟の餌食《えじき》にはなっていないこと。少なくとも、わたしは殺されたりはしていない。ケイトはそう心配しているかもしれないけれど。とはいえ、別の意味で餌食になりかけているのかも。もう、頭がごちゃごちゃ。クリスチャン・グレイに対する気持ちをひとつずつ分類して、念入りに検討しないと。でも、そんなこと、できる？　無理と首を振った。ひとりきりで考える時間が必要だ。いったんここから離れなくちゃ、客観的に現実と向き合うのは不可能だろう。

バッグのなかを探すと、ヘアゴムが二本見つかった。手早く髪をふたつに分けて三つ編みにした。いいかも！　こうするとずっと子供っぽく見える。青ひげと一緒にいるあいだは、こうしておいたほうがきっと安全。バッグからｉＰｏｄを取り出してヘッドフォンを耳に入れた。料理の友には音楽がいちばんだ。ｉＰｏｄをクリスチャンのシャツの胸ポケットに入れ、ボリュームを大きめに設定すると、音楽に合わせて体を動かした。

お腹が減って死にそう。

彼のキッチンを借りようとして、ひるんだ。キッチンは洗練されていてモダンで、しかも戸棚の扉のどれにも取っ手がついていない。しばらくあれこれ試して、ようやく開けかたの謎を解いた。押せば開く。クリスチャンに朝食を作ろう。この前はオムレツを食べてた……この前って、つい昨日の朝か。ヒースマン・ホテルのスイート。びっくり。あれからあまりにもたくさんのことが起きた。冷蔵庫をのぞいてみる。卵はたっぷりあった。パンケーキとベーコンにしよう。キッチンじゅうを踊りまくりながら材料を混ぜ合わせ、生地を作った。

忙しくしているのはいい。考える時間はあっても、深く考えるまでの時間はない。耳のなかで大音量で鳴っている音楽が、真剣な思考を適度に妨《さまた》げてくれていた。わたしはクリスチャン・グレイのベッドで一夜を過ごすためにここに来た。彼は自分のベッドに他人を入れない主義なのに、わたしは目的を果たした。口もとがほころぶ。任務完了。それも成功裏に。わたしはにんまりと笑った。大・大・大成功。そこまで考えたとき、昨日の夜の記憶がよみがえって、そちらに気を取られた。彼の言葉、彼の体、彼とのセックス……目を閉じると、その記憶を楽しみはじめたのか、体じゅうがハミングし、お腹の奥底の筋肉が悩ましげに身をくねらせた。潜在意識がわたしをにらみつけ、がみがみと言った――あれはセックスじゃない、ファックよ！　わたしは聞こえなかったふりをした。それでも、心の奥深くでは、潜在意識の言うとおりだとわかっていた。ひとつ首を振って、目の前の作業に意識を集中した。

キッチンには最新式のコンロがついている。わたしにもどうにか使えそう。パンケーキが冷めないように置いておく場所もある。ベーコンを焼きはじめた。耳のなかでは、エイミー・スタッドがはみ出し者の歌を歌っていた。以前はこの曲を自分に置き換えて聴いていた。わたし自身がはみ出し者だから。どんな環境にもうまくなじめたためしがない。そしていまわたしは……〝はみ出し者の王〟から受けた、一般常識から盛大にはみ出したオファーを検討中だ。それにしても、どうしてあんな嗜好を持つことになったの？　もともとそういう素質があったってこと？　それとも、誰かに教えられた？　いずれにせよ、これまでのわたしにはまったく縁のない世界だ。

ベーコンを並べてグリルに入れた。焼けるのを待つあいだに、卵をかき混ぜた。何気なく振り返ると、いつのまにか朝食用カウンターのスツールにクリスチャンが座っていた。カウンターに肘をつき、両手に顎をのせている。寝る前に着たTシャツのままだ。〝セックスしたばかり〟の髪は、彼にはよく似合っている。一流ブランドのデザイナーがデザインしたかと思うような無精髭も、同じように似合っていた。そして、おもしろがっているような、当惑しているような顔をしていた。わたしはその場に凍りついて顔を赤らめた。はっと気づいてヘッドフォンをはずす。彼の姿を見ただけで、膝から力が抜けそうになった。

「おはよう、ミス・スティール。朝から元気がいいね」彼がにこりともせずに言った。

「よ……よく眠れたから」わたしは口ごもりながら答えた。彼の唇は笑みを隠しきれていない。

「それはどうしてだろうな」彼は眉をひそめた。「言われてみれば、明け方にベッドに戻ってからは、私もよく眠れた」

「お腹空《ハングリー》いてる?」

「ああ、ものすごく」熱を帯びた視線。十中八九、食べ物ではないものを指して〝ハングリー〟と申告している。

「パンケーキとベーコンと卵でいい?」

「文句なしだ」

「テーブルマットがどこにあるかわからなくて」わたしはどぎまぎしていることを必死に隠して肩をすくめた。

「食卓の用意は私が担当しよう。料理を頼む。音楽をかけようか? きみが……その……ダンス? を続けられるように」

自分の両手を見つめた。顔は赤を通り越して暗褐色に染まっていることだろう。

「私が来たからって、せっかくの楽しいショーを中断しないでいいんだよ」何食わぬ顔でわたしをからかっている。

わたしは唇を引き結んだ。〝楽しいショー〟だって――潜在意識はお腹を抱えて笑っている。わたしは向きを変え、卵を泡立てる作業を再開した。たぶん、必要以上に力が入って、泡立て器で叩くみたいにしていたと思う。次の瞬間、彼がすぐ隣に立っていた。わたしのお下げをそっと引っ張る。

「うーむ、そそられるな」そうささやく。「私から身を守るつもりでこうしたんだとしたら、逆効果らしい」うう、青ひげめ……

「卵の好みは？」わたしはそっけなく訊いた。彼が微笑む。

「鞭か杖で叩いているみたいなその勢いで徹底的に泡立ててくれないか」彼はそう言ってにやりとした。

笑みを噛み殺して泡立て作業に戻った。彼に腹が立つことがあっても、いつまでも腹を立てつづけることはできない。とくに、いまみたいに珍しくおふざけモードでいるときは。彼は抽斗を開け、紫がかった黒のテーブルマットを取り出し、朝食用のカウンターに並べた。わたしは泡立てた卵をフライパンに流し入れ、グリルからベーコンを引き出してひっくり返し、またグリルに戻した。

次に振り返ると、カウンターにはオレンジジュースが並んでいて、彼はコーヒーを淹れていた。

「きみには紅茶がいいかな」

「お願い。もしあれば」

皿を何枚か棚から下ろして、コンロについている皿を温めるトレーに並べた。クリスチャンが食料品棚からトワイニングのイングリッシュ・ブレックファスト・ティーを取り出している。わたしは唇をとがらせた。

「わたしは〝初めからわかってた結論〟だったってこと？　朝までいるだろうってとっくに確信してた？」

「どうかな。いまのところ、私たちはまだ何についても結論を出していないだろう、ミス・スティール」彼が言う。

なんのことを言ってるの？　例の交渉の話？　わたしたちの……交際……と呼んでいいのかわからないけど、とにかく、わたしたちの今後のこと？　ああ、もう、この人が言うことって、どれもこれも謎々みたい。わたしは温まった皿に料理を盛りつけ、テーブルマットに置いた。冷蔵庫をのぞいて、メープルシロップも出した。

クリスチャンを見上げる。わたしが先に座るのを待っていた。

「どうぞこちらのお席へ、ミス・スティール」スツールのひとつを指さす。

「ありがとう、ミスター・グレイ」わたしはそう応じると、軽く爪先立ちになってスツールにお尻をのせた。その瞬間、思わず顔をしかめた。

「痛むか。どのくらい？」彼が隣に腰を下ろしながら訊いた。わたしは赤面した。どうしてそんな立ち入ったことを訊くのよ？

「正直に言うと、比較対象がないから答えられない」嚙みつくように答えた。「お大事にとでも言ってくれるつもりだった？」わたしは甘ったるい声で付け加えた。彼は笑いを噛み殺しているようにも見えた。

「いや、基礎トレーニングを今朝も続行すべきかどうかを確かめたかっただけだ」

「え」わたしは驚いて彼を見つめた。息が急停止した。体の内側にあるすべてがきゅっと身をすくめた。ああ……いい。わたしはあえぎ声を呑みこんだ。

「食べなさい、アナスタシア」

食欲がまたじりじりと撤退していこうとしている……続き……セックスの続き……そっちのほうが魅力的だ。

「ところで、美味《うま》いよ」彼が微笑んだ。

わたしはオムレツをフォークですくった。味なんてほとんどわからない。基礎トレーニング！

〝きみの口をファックしたい〟――それも基礎トレーニングのカリキュラムに含まれてるの？

「唇を噛むのをやめてくれないか。気が散ってしかたがない。それに、私のそのシャツの下に何も着ていないこともたまたま知っている。おかげでよけいに気が散る」

クリスチャンが用意してくれた小さなポットのお湯に、ティーバッグをさっと浸した。頭のなかでは思考がごうごうと渦を巻いている。

「どんな基礎トレーニングを考えてるの？」全身を大量のホルモンが駆けめぐっていたけれど、できるだけ冷静な声、無関心そうな声で訊いたつもりだった。でも、声がほんの少しだけうわずっていた。

「痛みがあるようだから、口《オーラルスキル》でやるのをまず試してみようか」

わたしは紅茶にむせ、目と口を大きく開いて彼を見つめた。彼はわたしの背中をそっと叩きながら、オレンジジュースを差し出した。彼がいま何を考えているのかはわからない。

「きみがすぐには帰らないという前提での話だが」彼が付け加える。

わたしは平静を取り戻そうと奮闘しながら彼を見上げた。表情からは何も読み取れない。ああ、もどかしい。

「今日はここにいたい。迷惑じゃなければ。明日はアルバイトがあるから、帰らなくちゃいけないけど」

「何時から？」

「九時」

「明日朝九時までにはアルバイト先に送っていこう」

わたしは眉をひそめた。今夜も泊まっていけと言ってるの？

「今日の夜には帰りたいんだけど――服も着替えたいし」

「新しいものを買えばいい」

服を買う現金なんて持っていない。彼の手が伸びてきてわたしの顎を持ち上げ、指で顎の先を引っ張った。下唇が前歯から解放された。そうされて初めて、ずっと唇を嚙んでいたらしいと気がついた。

「どうした？」彼が訊く。

「今夜は家に帰る」

彼は唇をきつく結んだ。

「いいだろう。今日のうちに送っていこう」しぶしぶといった顔でうなずく。「さあ、食べなさい」

頭も胃袋もぐるぐるしていた。食欲は完全に失せている。朝食の残り半分を見つめた。だめ、食べる気になれない。

「食べなさい、アナスタシア。昨日の夜から何も食べていないだろう」

「ほんとに食欲がないの」わたしはかすれた声で言った。

彼が目を細めてにらむ。「本気だぞ。朝食を全部食べなさい」

「ねえ、どうしてそんなに食べ物にこだわるの?」わたしは挑むように言った。

彼の額に皺が刻まれた。「言っただろう。食べ物を無駄にするのはきらいなんだ。ほら、食べろ」ぴしゃりと言い返す。瞳に暗い色が差していた。苦しげにも見えた。

まったく。どうしてそんなにこだわるのよ? わたしはフォークを取り、ゆっくりと料理を口に運んだ。彼がこれからも食べ物にこだわるようなら、次からは自分のお皿にはあまりたくさん盛らないようにしよう。わたしが食べはじめたのを見て、険しかった彼の表情がやわらいだ。彼はもう食べ終わるところだった。わたしも終わるのを待って、お皿を回収した。

「きみは料理をした。私は片づけをする」

「それってすごく民主的」

「たしかに」彼は顔をしかめた。「ふだんはこうではないんだが。皿を片づけたら、一緒に風呂に入ろう」

「あ。はい」お風呂……シャワーのほうがいいな……そのとき、携帯電話が鳴りだして、わたしの白昼夢を断ち切った。ケイトからだった。

「もしもし」彼から離れ、バルコニーに面したガラス戸の前に移動した。

「アナ、どうしてメールくれなかったのよ、ゆうべ」怒っている。

「ごめん。いろいろばたばたしてて」

「無事なの？」

「うん、大丈夫」

「で、した？」朝っぱらからさっそく尋問？　ケイトの声は期待に充ち満ちていた。わたしはあきれて天井を見上げた。

「ケイト、そんな話、電話じゃできない」クリスチャンが顔を上げてこちらを見た。

「したのね……わかるわ」

どうしてわかるのよ？　そうか、かまをかけて聞き出そうって魂胆ね。でも、わたしは彼とのことはいっさい話せない。

「ケイト、お願いだからやめて」

「どうだった？　平気だった？」

「大丈夫だってさっき言ったよね」

「優しくしてくれた？」

「ケイト、やめてってば！」いらだちを隠しきれなかった。

「アナ、あたしに隠そうなんて考えないことよ。あたしはね、四年近くこの日を待ちつづけてきたんだから」

「今夜、帰る」わたしは電話を切った。

この先もはぐらかしつづけるのはまず不可能だろう。ケイトはいったん食らいついたが最後、絶対に離さないんだから。それに、あれは本気で知りたがっている。それも詳しく。でも、わたしは——なんだっけ？　秘密保持契約書？　あの書類にサインしているから、ひとことも話せない。ケイトは怒り狂うだろう。当然よね。あらかじめ対策を練っておかなくちゃ。わたしはキッチンに戻り、優雅に動き回るクリスチャンに見とれた。

「秘密保持契約書。あれには全部が含まれるの？」しばらくして、わたしはおずおずと尋ねた。

「なぜ訊く？」彼はティーバッグをごみ箱に放りこむと、振り返ってわたしを凝視した。

わたしは頬を赤らめた。「いくつか知りたいことがあるの。その、セックスのことで」自分の手を見つめた。「ケイトに訊いてみたいんだけど」

「私に訊けばいい」

「クリスチャン、そう言ってくれるのはありがたいけど、でも……」わたしの声は小さくなって消えた。あなたに訊いたってしかたないでしょ？　ものすごく偏《かたよ》っていて、ものすごく倒錯した、ものすごく歪《ゆが》んだセックス観が返ってくることはわかりきっている。わたしが求めているのは、もっと中立的なアドバイスだ。「しくみとかテクニックとか、そういうことを訊きたいだけ。苦痛の赤い部屋のことはひとこともしゃべらない」

彼が眉を吊り上げた。

「苦痛の赤い部屋？　いいか、アナスタシア、あの部屋の主役は苦痛ではなく快楽だよ。本当だ。それに」彼の声に棘が生えた。「きみのルームメイトは私の兄と寝ている。彼女とはできれば話をしてもらいたくない」

「家族の人たちは、あなたの、その……嗜好について知ってるの？」

「知らない。家族には関係のないことだ」彼はゆったりと歩いてくると、わたしの目の前に立った。

「何を知りたい？」

「いまはまだ具体的には」わたしはささやくように答えた。

「では、たとえばこんな質問から始めてみるというのはどうかな。昨夜はどうだった？」彼の目は好奇心をたたえ、熱を放っていた。わたしの感想を本気で知りたがってる――うわあ。

「よかった」わたしは小声で答えた。

彼は小さく笑みを作った。「私もよかったよ。バニラ・セックスは初めてだった。なかなか悪くない。相手がきみだったからかもしれないが」そう言って親指でわたしの下唇をなぞった。

わたしは息を呑んだ。バニラ・セックス？

「おいで、風呂に入ろう」彼がかがみこんでキスをする。

心臓が跳ね、体の奥のほうに……あそこに、泉から湧く水のように欲望があふれた。


バスタブは白い石でできていた。深くて、卵の形をしている。やっぱり一流のデザイナーがデザインしたのかと思うような代物だった。クリスチャンが身を乗り出し、タイル張りの壁から突き出した蛇口をひねった。お湯が溜まっていくにつれてバスジェルが泡立ち、甘く官能的なジャスミンの香りがバスルームに広がった。彼が体を起こしてわたしを見つめる。瞳は暗い色をしていた。それからTシャツを脱ぐと、床に放った。

「ミス・スティール」そう言ってわたしに手を差し伸べる。

わたしはバスルームの入口に突っ立ったまま、目を見開き、不安から身を守るように腕を組んでいた。彼の肉体美にひそかに見とれながら、バスルームに入る。彼の手を取ると、シャツを着たままバスタブに入るよう言われた。わたしは従った。もし――あくまでももしも――あの突拍子もないオファーに同意する気が少しでもあるなら、いまのうちから慣れておいたほうがいい。お湯はぞくぞくするくらい熱かった。

「こっちを向け」彼が優しい声で命じた。わたしはこれにも従った。彼は一心にわたしを見つめていた。

「その唇がどれだけ甘い味をしているかは知っている。誓ってもいい。ちゃんと知っている。しかし、頼むからそうやって噛むのはやめてくれないか」彼は歯を食いしばるようにして言った。「きみがそうやって唇を噛むのを見ているだけで、すぐにでもファックしたくてたまらなくなる。だが、いまのきみは痛くてファックには耐えられない。そうだろう?」

わたしはその言葉に息を呑み、反射的に唇を噛むのをやめていた。

「ようやく理解したらしいな」彼が挑むように言う。「理解できたんだろう?」わたしは猛烈な勢いで何度もうなずいた。知らなかった……わたしなんかにそんな力があったなんて。

「よし」彼は手を伸ばし、胸ポケットに入れてあったわたしのｉＰｏｄを取ると、洗面台の上に置いた。「水と電気製品――あまり利口な組み合わせではない」彼はそうつぶやき、今度は下に手を伸ばして白いシャツの裾をつかむと、裏返しながら脱がせ、それも床に放った。

彼は一歩下がってわたしをながめ回した。いやだ、わたし、素っ裸なのに。顔が真っ赤になった。うつむいて、下腹の前で組んだ両手を見つめる。このままお湯と泡の下に消えてしまいたい。でも、彼がそう望んでいないことはわかりきっている。

「いいか」彼の声が聞こえた。わたしは上目遣いに彼を見た。彼は首をかしげていた。「アナスタシア。きみはとても美しい。何もかもが美しいんだよ。まるで恥じているみたいにそうやってうつむくことはない。きみは恥じるようなところはひとつもないんだからね。それに、こうして間近にきみを見ているだけで、私にとっては喜びなんだ」わたしの顎を持ち上げて視線を合わせた。彼の目は優しかった。温かい。熱を持っていると言ってもいいくらい。彼はすぐそこにいる。ちょっと手を伸ばせば触れられる距離にいる。

「座れ」彼の言葉が、ちりぢりなって逃げていこうとしていたわたしの思考を引き止めた。わたしは急いで座った。熱いお湯に呑みこまれた。ああ……ちりちりと皮膚を焦がすような感覚が全身に一気に広がって、ぎくりとした。でも、うっとりするようないい香りもわたしを包みこんでいる。最初の焼けるような痛みはじきに遠ざかった。バスタブの縁に頭をもたせかけて目を閉じ、心地よい温もりに緊張がほぐれていく感覚をほんの一瞬だけ楽しんだ。目を開くと、彼がこちらを見下ろしていた。

「あなたも入ったら?」わたしはその視線にひるんでなんかいないつもりで誘った。声はかすれていた。

「入ろうか。前に寄れ」彼が命じた。

パジャマのパンツを脱ぎ、彼はわたしの後ろに入った。腰を下ろし、わたしを胸に抱き寄せる。

水面が上がった。彼の長い脚がわたしの脚に重なる。膝を曲げて、足首の位置をわたしと合わせた。それから踵で引くようにしてわたしの脚を開かせた。わたしは驚いて息を呑んだ。彼が鼻先をわたしの髪にうずめて大きく吸いこむ。

「とてもいい香りだ、アナスタシア」

全身に震えが走った。わたしは裸でクリスチャン・グレイとお風呂に入っている。彼も裸だ。昨日の朝、ホテルのスイートルームで目を覚ましたとき、きみは明日の朝、彼と一緒に風呂に入ることになるよと誰かにまじめな顔で予言されたとしても、きっとばかみたいと笑い飛ばしたことだろう。

バスタブのすぐそばにビルトインの棚があった。彼はそこからボディソープのボトルを取り、掌に少しだけ出した。両手をこすり合わせてふわふわの泡を作り、わたしの首や肩に伸ばすと、細くて力強い指でマッサージを始めた。わたしはうめき声を漏らした。そうやって触れられているだけでもう、とろけそうになった。

「気持ちがいいか」彼の顔が笑みを作る音まで聞こえてきそうだ。

「う……ん」

彼の手が腕に、次に腋の下に移動して、肌を洗う。ケイトがむだ毛を剃りなさいとうるさく言ってくれたことに感謝した。彼の手が乳首をかすめたかと思うと、乳房を掌で包み、容赦なく、それでも優しくもみしだきはじめた。わたしの息が止まりかけた。無意識のうちに背をそらし、乳房を彼の手に強く押しつけていた。ゆうべ彼から、お世辞にも丁重とは言えない扱いを受けたせいで、乳首の先は軽く触れられただけでもひりひりする。彼の手は長居はせず、すぐにお腹へと言うと、下腹に向けて移動していった。わたしの息遣いが乱れ、鼓動が速くなった。彼のものが硬くなって、わたしのお尻を下から押し上げてきている。彼を興奮させているのがわたしのこの体なのだと思うと、たまらなく興奮してしまう。そうよ……あなたの体よ。心じゃなくてね。潜在意識がそう言ってせせら笑う。わたしはそのあまりうれしくない考えを振り払った。

彼の手がいったん離れて、ボディタオルを取った。わたしは彼にもたれてあえいでいた。欲しい……我慢できない。わたしの手は、彼のたくましいももを握りしめるようにしていた。タオルにボディソープを取ると、彼はわたしの脚のあいだを洗いはじめた。ああ、息ができない。彼の指はタオル越しに巧みにわたしを刺激していた。天にも昇る快感だった。わたしの腰がひとりでに動きだし、あそこを彼の手に押しつけた。その感覚に全身を占領されて、わたしは首をのけぞらせた。目をむき、口を大きく開けて、あえぎ声を漏らす。快感はゆっくりと大きくふくらんで、わたしの体はいまにも破裂しそうになった……あああ。

「楽しめ、ベイビー」クリスチャンがささやき、耳たぶをそっと噛んだ。「感じろ、ベイビー」わたしの脚はバスタブの壁と彼の脚にはさまれて動けない。彼の手はわたしのいちばん大事な部分を自在にもてあそぶことができる。

「ああ……もうだめ」わたしはかすれた声で言った。体が張りつめる。脚を突っ張ろうとした。わたしはこの人の言うなりだ。そして彼はわたしが動くのを許さない。

「さあ、これだけ洗えば充分きれいになったろう」彼の声がして、手の動きが止まった。え、ちょっと！　どうして！　どうして！　わたしの呼吸はどうしようもないほど乱れていた。

「なんでやめるの？」わたしはあえいだ。

「きみにはほかのプランを用意しているからさ、アナスタシア」

え……そうなの？……でも……あと少しだったのに……ひどい。

「こっちを向け。私も洗ってもらいたい」

うわ！　向きを変えて驚いた。彼は屹立した自分のものをしっかりと握っていた。わたしはあんぐりと口を開けた。

「私の体のなかでもっとも愛すべきパーツと親しくなってもらいたい。そう、ファーストネームで呼び合うくらいに親しく。こいつをとてもひいきにしているんだ」

すごく大きい。しかもまだまだ大きくなろうとしている。彼のペニスは水面に突き出していた。小さな波が彼の腰に打ち寄せている。ちらりと見上げると、彼の顔はいたずらっぽい笑みを浮かべていた。わたしの驚いた表情をおもしろがっている。気づくとわたしは彼のものを食い入るように見つめていた。ごくりと喉が鳴る。これがわたしのなかに入ったのよ！　そんなこと、にわかには信じられない。彼は自分のものに触れてもらいたがっている。そう……わかった、挑戦を受けて立とうじゃないの。

わたしは彼に微笑みかけ、ボディソープのボトルを取って掌に中身を押し出した。それから彼の真似をして、両手をこすり合わせてたっぷりの泡を作った。そのあいだずっと彼の目を見つめていた。唇は、荒い息のせいで軽く開かれていた……わたしはものすごく時間をかけて唇を嚙み、前歯が触れたところを舌の先で舐めた。わたしをまっすぐに見つめている彼の目が暗い色を帯びる。わたしの舌が下唇をなぞった瞬間、その目がわずかに見開かれた。わたしは手を伸ばし、彼の手とは反対側から彼のものをつかんだ。彼が一瞬目を閉じた。すごい……想像していたよりずっと硬い。わたしは握る手に力を込めた。彼がその手に自分の手を重ねた。

「こうだ」彼はかすれた声で言い、わたしの手をしっかり握って上下に動かしはじめた。わたしはいっそう力を込めた。彼がまた目を閉じる。呼吸のリズムが乱れるのがわかった。次にまぶたを開いたとき、彼の灰色の目はぎらぎらと燃えていた。「その調子だ、ベイビー」

彼がわたしの手を離して目を閉じた。わたしはひとりでしごきつづけた。彼の腰が跳ねるように動いた。反射的に手に力を込めてしっかりと握った。彼の喉の奥から低いうめき声が漏れる。

〝きみの口をファックしたい〟……か。彼が親指をわたしの口に押しこみ、思いきりしゃぶれと言ったことを思い出した。彼の息遣いが荒くなり、口が大きく開く。身を乗り出し、彼が目を閉じている隙に彼のものをくわえて、先端を舌でなぞりながらそっと吸った。

「ああ……アナ」彼の目がぱっと開いた。わたしはいっそう強くしゃぶった。

う……ん。彼は硬いのに、柔らかい。鋼鉄をベルベットでくるんだみたいだ。それに驚くほど美味だった。塩気があって、なめらかで。

頭を低くして、彼をさらに奥までくわえこんだ。彼がまたうめき声を漏らす。やった！　内なる女神は歓喜に目を輝かせている。わたしにもできる。彼を口でファックできるのよ。また先端に舌をからませた。彼の腰が跳ねるように持ち上がる。いまは目を開いていた。目玉がぽんと弾けてしまいそうに熱を帯びている。また腰が跳ね、彼は歯を食いしばりながら息を弾ませた。わたしは彼のももに手をついて体を支え、さらに口の奥まで迎え入れた。彼の脚が突っ張るのがわかる。彼はふいに両手でわたしのお下げをぐいとつかむと、本格的に腰を動かしはじめた。

「ああ……ベイビー……いいよ、ものすごくいい」彼が言う。わたしはもっと強く吸った。吸い上げると同時に、大きなペニスの先端を舌で軽くなぞる。唇で歯をくるむようにして強くしごいた。彼は苦しげに歯を食いしばり、うめき声をあげた。

「すごい。どこまでいける？」彼がささやく。

どうかな……わたしは思いきりくわえこんだ——喉の奥に当たるまで。それからまた吸い上げて、舌で先端をなめ回した。わたし専用のクリスチャン・グレイ味の棒アイス。強く、さらに強くしゃぶる。奥へ、奥へと呑みこむ。舌を何度も何度もからみつかせる。ああ……誰かを気持ちよくさせるのがこんなに快感だなんて。わたしは肉欲に悶えて体をかすかにうごめかせている彼をながめた。内なる女神は、サルサ風の振り付けで軽快なメレンゲダンスを踊っている。

「アナスタシア、きみの口のなかでいってしまいそうだ」彼が警告するように言った。「いやなら、いまのうちにやめてくれ」彼がまた腰を突き上げる。目は怯《おび》えたように大きく見開かれていた。けれど同時に、みだらな欲望を涙のようにためていた——わたしを求めている。わたしの口を求めている……ああ。

彼の手はわたしの髪を痛いほど強く引っ張っていた。大丈夫、やれる。わたしはいっそう強くしゃぶった。やがてふいに、ふだんは感じたことのない自信が芽生え、無意識のうちに歯をむきだしにしていた。それが彼を限界に押し上げた。彼は叫ぶような声をあげて動きを止め、わたしの喉に温かくて塩気のある液体があふれた。急いで呑みこんだ。うわ……これはちょっと好きになれないかも。でも彼の表情が目に入ったとたん、不快感はきれいに消えた。彼はバスタブで絶頂に達した。わたしがいかせた。体を起こして彼を見つめた。勝ち誇ったようなひとりよがりな笑みがわたしの口角を引っ張ろうとしている。彼の息遣いはまだ乱れていた。やがて目を開けると、じっとわたしを見つめた。

「吐き気はないのか？」意外そうな声だった。「ああ、アナ……いまのは……すごかった。本当にすごかった。こんなにうまいとは思わなかったよ」彼は眉をひそめた。「きみには驚かされてばかりだな」

わたしは微笑み、わざと唇を噛んだ。彼は疑うような目でわたしを見ている。

「前にもやったことがあるのか」

「ない」きっぱりと否定できることにささやかな誇りを感じずにはいられなかった。

「そうか」彼は満足げに——ついでに安堵したように——うなずいた。「またひとつ〝初めて〟が増えたようだ、ミス・スティール」賞賛の目でわたしを見つめる。「オーラルスキルの成績はAだ。おいで、ベッドに行こう。オーガズムの借りができた」

オーガズム！　またオーガズムよ！

彼はすばやくバスタブから出た。アドニスばりの美しい全身像——神々しいまでに美しいクリスチャンの全身を目の当たりにするのは初めてだった。内なる女神も踊るのをやめて、見とれている。だらしなく口を開けて、いまにもよだれを垂らしそうな顔をしていた。ペニスはもう萎《な》えていたものの、その状態でも大きかった……すご。彼は小さなタオルを腰に巻いて大事な部分を覆うと、もっと大きくて柔らかな白いタオルを広げた。わたしはバスタブを出て、差し出された彼の手を取った。彼はタオルでわたしをくるみこんで胸に抱き寄せると、わたしの唇を激しく吸った。舌が押しこまれる。わたしは腕を伸ばして彼を抱きしめたかった。彼に触れたかった。でも、腕ごとタオルにくるまれていた。まもなく、わたしは彼のキスに我を忘れていた。彼はわたしの頭を抱くようにしながら、舌でわたしの口のなかを探検した。もしかしたら、彼なりの感謝の表現なのかも。わたしの初めてのフェラチオに対する感謝。きゃあ。

彼が離れた。両手で顔をはさみ、わたしの目をまっすぐにのぞきこむ。どこか途方に暮れたような表情をしていた。

「イエスと言ってくれ」熱のこもった声でささやく。

わたしは眉を寄せた。なんの話だろう。「何に？」

「契約にだ。私のものになることに。お願いだ、アナ」彼の声は哀願するようだった。〝お願いだ、アナ〟。そのふたことを強調した。またキスをする。甘くて情熱的なキス。まもなく顔を上げてわたしを見つめ、かすかにまばたきをした。それから、わたしの手を取ってベッドルームに向けて歩きだした。頭がくらくらして何も考えられず、おとなしくついていくしかなかった。まるで殴られたみたいな衝撃を受けていた。彼は本気であのオファーを受けてほしいと思っている。

ベッドルームに入ると、ベッドのそばで立ち止まってわたしを見つめた。「私を信用するか」唐突にそう訊く。

わたしは目を見開いてうなずいた。自分はこの人を信用しているとふいに悟って驚いていた。今度は何をしようというの。期待感が電気みたいにぶうんと低い音を立てながら全身を駆けめぐった。

「いい子だ」彼は親指でわたしの下唇を軽くなぞりながら言った。それからクローゼットに消え、網目模様のシルバーグレイのシルクのネクタイを持って戻ってきた。

「両手を出せ」彼はわたしのタオルをはぎ取って床に放った。

わたしは命令に従った。彼はネクタイでわたしの手首を縛り、きつい結び目を作った。目は興奮に輝いている。ほどけないか、ネクタイを軽く引っ張った。しっかり結ばれている。こんな結びかたを知ってるなんて、きっと熱心なボーイスカウトだったのね。さて、お次は？　わたしの心拍数は天井を突き抜けていた。心臓はめちゃくちゃなリズムで鼓動している。彼がわたしのおでこに指をすべらせた。

「この髪型だと、ずっと幼く見えるな」彼はそう言って近づいてきた。反射的にわたしは後ろに下がった。膝の裏がベッドにぶつかった。彼は腰に巻いていたタオルを取った。わたしは彼の顔から目を離せずにいた。彼の目はぎらぎらと輝いて欲望に燃えていた。

「さて、アナスタシア。きみをどうしようか」彼はわたしをベッドに横たえ、自分も隣に横たわると、わたしの手を頭の上に持ち上げた。

「手はここだ。ここから動かすな。いいね？」燃えるような視線が突きささる。その激しさに、わたしは息もできなくなった。この人に逆らってはいけない……絶対に。

「返事は？」彼が低い声で迫る。

「手は動かさない」わたしは声を絞り出すようにして答えた。

「いい子だ」彼はそう言うと、ゆっくりと自分の唇を舐めた。上唇を時間をかけてなぞる彼の舌。わたしは魅入られたように目で追った。彼はわたしの目を見つめている。値踏みするようにわたしを観察している。やがてこちらにかがみこむと、唇にすばやく控えめなキスをした。

「これからきみの全身にキスをするよ、ミス・スティール」彼は静かな声で言い、わたしの顎を持ち上げて喉を露出させた。彼の唇が喉を伝って鎖骨のきわまで下りていく。キスしながら。吸いながら。軽く歯ではさみながら。わたしの全身が、全細胞が覚醒した。さっきのバスタブでの行為が、わたしの肌を敏感すぎるほど敏感にしていた。沸騰しかけた血液が下腹部に、脚のあいだに……あそこに集まった。あえぎ声が漏れた。

彼に触れたい。手を持ち上げた。縛られているせいで、少々ぎこちなく彼の髪に触れた。その瞬間、彼はキスを中断して顔を上げ、わたしをにらみつけた。舌打ちをしながら首を振る。そしてわたしの手をつかんで頭の上に置き直した。

「手を動かすな。動かしたら、また最初からやり直しだ」そう優しく叱りつける。まったく、頑固な人。

「あなたに触れていたいのに」わたしの声はかすれて上ずっている。

「わかっている」彼は言った。「手を頭の上から動かすな」彼は強い調子で命じた。

それからまたわたしの顎を持ち上げると、さっきと同じようにキスを始めた。ああ……焦らさないで。唇が鎖骨にたどりつくと同時に彼の手がわたしの体を這い、胸に触れた。鼻先で鎖骨と鎖骨のあいだのくぼみに円を描いたあと、唇の旅を再開した。もどかしいほどゆっくりと南に向かう。唇が通過したあとを手がたどる。胸骨から乳房へ。片方ずつキスをし、そっと噛む。乳首は優しく吸われた。ああああ。腰が勝手に左右に揺れはじめた。わたしの肌を吸う彼の唇のリズムに合わせ、ゆっくりと円を描いている。懸命に意識していないと、手を頭の上から動かしてはいけないことをつい忘れてしまいそうになる。

「動くな」彼が警告するように言った。肌に温かな息が吹きかかる。まもなくおへそにたどりつくと、舌を差し入れた。それからお腹のあちこちをそっと歯で噛んだ。わたしの背が弓なりに反ってベッドから浮いた。

「きみはとても甘い味がするよ、ミス・スティール」彼の鼻の先がお腹と恥毛のあいだの線をたどった。歯で優しく噛み、舌で肌を愛撫する。やがてふいに起き上がると、わたしの足もとに膝をつき、両方の足首をつかんでわたしの脚を大きく開かせた。

ああ。彼はわたしの左足をつかみ、膝を曲げさせると、足に唇をつけた。わたしの反応をつぶさに観察して確かめながら、指に一本ずつキスをし、次に爪先の柔らかな部分に歯を軽く食いこませた。小指の番になると、ふいに強く噛んだ。わたしの全身がわななき、唇からすすり泣きのような声が漏れた。彼の舌が足の甲をなぞる。もう彼を見ていられなかった。エロチックすぎる。このままでは体が自然発火してしまいそう。目をきつく閉じて、彼が生み出す感覚を余すところなく吸収してさばくことに集中した。彼は足首にキスをしたあと、ふくらはぎを伝って膝のすぐ上まで来た。そこで今度は右足に切り替え、同じ魅惑的なプロセスを、頭の芯をとろかすようなプロセスを繰り返した。

「ああ、もうだめ、やめて」足の小指を噛まれた瞬間、痛みとも快感ともつかない感覚が下腹まで響き渡って、わたしはうめき声をあげた。

「楽しいことにはかならず終わりが来ると言うだろう、ミス・スティール」彼が言った。

今度は膝の上では止まらなかった。彼はわたしの脚をさらに大きく開かせながら、そのままもの内側へと進んだ。彼の最終目的地はもうわかっていた。心の片隅では、彼を押しのけたいと思った。恥ずかしくてたまらない。でも別の部分は、期待に浮き立っていた。彼は左の膝に移り、ももの内側をたどった。キスをし、舐め、吸いながら北へ向かい、ついに目的地にたどりついた。鼻先でその部分を上下になぞる。そっと。とても優しく。わたしは身をよじらせた……ああ、だめ。

彼が動きを止めた。わたしが落ち着くのを待っている。わたしは体をよじらせるのをやめ、頭を持ち上げると、唇を開いて彼を見つめた。激しく打っていた心臓は、どうにか平静を取り戻そうと悪戦苦闘している。

「自分がどれほどすばらしい香りをさせているか、知っているか、ミス・スティール？」彼はわたしの目から視線をそらさずに言い、鼻先をわたしの恥毛にうずめて大きく息を吸いこんだ。

わたしの全身が真っ赤に染まった。気が遠くなりそう。急いで目を閉じた。彼がそんなことをしているところなんて見ていられない！

彼はわたしの秘部に息を吹きかけた。ああ、ああ……だめ。

「これはなかなか気に入ったよ」彼がそっと恥毛を引っ張る。「ここは脱毛せずにおこうか」

「ああ……お願い」わたしは懇願した。

「きみが懇願する姿はたまらないね、アナスタシア」

わたしはうめいた。

「借りを返すという観念はふだんの私にはないんだ、ミス・スティール」彼はあそこに息を吹きかけながらささやいた。「しかし今日、きみは私を喜ばせた。褒美をやらなくてはいけないだろう」いたずらっぽく笑っているのがその声から聞き取れた。その言葉を聞いたわたしの体が歌いだすのと同時に、彼は両手でわたしのももをしっかりと押さえつけ、舌でクリトリスの周囲をゆっくりとなぞりはじめた。

「あああああああ」彼の舌が触れた瞬間、わたしの体は大きくのけぞってわなないた。

彼の舌は、まるで拷問のようにクリトリスを転がしつづけた。何度も。何度も。わたしの自意識は完全に失われようとしていた。わたしを形作る原子のすべてが、脚のあいだの頂点に屹立する、小さいくせに強力な発電所に集まっていた。両脚が硬直する。そのとき、彼が指を挿入した。彼の低いうめき声が聞こえた。

「ああ、ベイビー。うれしいよ。私のためにこんなに濡れて」

指は大きな円を描いて動きはじめた。わたしを押し広げ、かきまわす。彼の舌も同じ動きをしていた。何度も、果てしなく。わたしはあえいだ。もう耐えられない……体が早く楽にしてと哀願している。もう、その願いを拒絶することができない。ついに解き放った。何も考えられなくなっていた。オーガズムがわたしを征服し、わたしのなかで延々と身をくねらせた。ああ。わたしは叫び声をあげていた。強烈な絶頂感がすべてを無に変えた。世界が傾いて視界から消えた。

息を弾ませていると、アルミの袋が破ける音がぼんやりと聞こえた。彼がゆっくりと入ってきて前後に動きはじめる。ああ……ああ。痛み、快感、力強さ、優しさ。そのすべてがない交ぜになった感覚が突き上げてくる。

「大丈夫か?」彼が訊く。

「大丈夫。すごくいい」わたしは答えた。彼が腰を動かすスピードを少しずつ上げた。速く、強く、大きく、わたしを何度も何度も貫く。そうやって容赦なくわたしを突きつづけ、クライマックスの寸前まで押し上げた。わたしはかぼそい泣き声を漏らした。

「いまだ、いけ、ベイビー」彼の声は鋭く、険しく、荒々しく聞こえた。猛然と腰を振る彼の周囲で、わたしは爆発した。

「ああ、いくぞ」彼がかすれた声でささやき、もう一度だけ激しく腰を前後させたあと、うめき声をあげながらわたしのなかに深々と突き立て、凍りついたように全身をこわばらせた。

彼がわたしの上に倒れこむ。彼の重みを受け止めたわたしの体がマットレスに沈みこんだ。わたしは縛られたままの手を彼の首に回し、彼を思いきり引き寄せた。その瞬間、確信していた。わたしはこの人のためならどんなことだってするだろう。彼が教えてくれた奇跡は、わたしの予想をはるかに超えていた。しかも彼はもっと先へ、もっと遠くへ、連れていきたがっている。何も知らなかったころのわたしには想像できなかったはずの場所へ。ああ……わたしはどうしたらいい？

彼は肘をついて体を起こし、灰色の目でじっとわたしを見下ろした。

「きみと私はどれほど相性がいいか、わかっただろう？　きみが私のものになれば、いまよりもっとすばらしくなる。信じてくれ、アナスタシア。私なら、いまのきみが存在さえ知らずにいる場所に連れていくことができる」その言葉は、わたしが考えていたこととぴたりと一致していた。彼は鼻先でわたしの鼻をそっとなでた。わたしの頭は、自分の体の反応ぶりに驚いて愕然としたままだ。わたしはぼんやりと彼を見上げ、どうにか考えをまとめようとした。

そのときふいに、すぐ外の廊下から話し声が聞こえてきた。くぐもった声が言葉に変換されて脳に届くまでにちょっと時間がかかった。

「でも、いまもまだ寝てるとしたら、具合が悪いとしか考えられないわ。こんな時間まで寝てたことなんて一度もないもの。クリスチャンは絶対に寝坊をしないのよ」

「ミセス・グレイ、お待ちください」

「テイラー。自分の息子の様子を確かめたいだけ。止めても無駄ですよ」

「ミセス・グレイ、息子さんはおひとりではありません」

「どういう意味なの、ひとりじゃないって」

「女性がご一緒です」

「あら……」わたしにも、その人はびっくりして言葉を失っているのだとわかった。

クリスチャンがわたしを見下ろしたまま、猛スピードで目をしばたたかせた。怯えたように目を見開く。

「まずい！　うちの母だ」

10

ふいに彼がわたしのなかから消えた。わたしは思わず顔をしかめた。彼はベッドの上で体を起こすと、いま使ったコンドームをごみ箱に放りこんだ。

「急げ、服を着ろ――母に会ってみたいなら、だが」彼はにやりと笑い、ベッドから飛び降り、ジーンズを穿いた――下着なしで！　わたしはと言えば、体を起こすだけでひと苦労だ。まだ手を縛られたままだった。

「クリスチャン――これじゃ何もできない」

彼の笑みがいっそう大きくなった。こちらにかがんでネクタイをほどく。手首に布地の網目模様がくっきりと残っていた。これって……かなりセクシーかも。彼がわたしをしげしげと見ていた。おもしろがっているのか、目が笑っているみたいにきらきらしていた。わたしの額にすばやくキスをして微笑む。

「また新たな〝初めて〟だな」彼は言った。なんのことか、わたしにはわからない。

「この部屋にはきれいな服がない」ふいにパニックに呑みこまれた。その恐怖は、ほんの数分前にわたしを呑みこんだ感覚より、さらに圧倒的な力を持っていた。彼のお母さんが来てる！　うそだと言って！　わたしが着られる清潔な服は一枚もないのに、彼のお母さんがわたしたちの現場を押さえようとしている。「わたしはここに隠れてたほうがいいかも」

「それは許さない」クリスチャンが脅すように言った。「私の服を着ればいい」彼は白いTシャツを着ていた。〝セックスしたて〟の髪をかき上げる。恐怖に打ち震えているくせに、わたしの頭のなかはたちまち真っ白になった。彼の美しさに遭遇するたびに、思考は脱線事故を起こす。

「アナスタシア、きみはたとえボロを着ていたってきれいなんだ。心配するな。それに母に紹介したいんだよ。さあ、服を着なさい。先に行って母の機嫌を取っておく」ふいに険しい顔になって続けた。「五分以内にリビングルームに来い。遅れたら、どんな格好をしていようと、ここから引きずり出すからな。Tシャツはこの抽斗に入っている。シャツはそこのクローゼットだ。どれでも好きなのを着てかまわない」わかったなというようにわたしを少し見つめたあと、部屋を出ていった。

どうしよう。クリスチャンのお母さんだって。まるきり想定外の事態だ。でも、お母さんと話をしたら、ジグソーパズルのピースの一部だけでもうまく組み合わさるかもしれない。クリスチャンがどうしてああいう人なのか、少しは理解できるかも。そう考えたとたん、お母さんに会ってみたくなった。自分のシャツを拾い上げた。皺さえほとんどついていない。ひと晩じゅう床に放り出されていたのに、無事に生き延びているのを見て、ほっとした。ひとつだけ文句を言いたいことがあるとすれば、洗濯したてのパンティがないこと。クリスチャンの抽斗を上からのぞいていく。ボクサーブリーフがあった。カルバンクラインのタイトな灰色のブリーフを選んで穿いた。あとはジーンズとコンバースで完成だ。

ジャケットを取り、バスルームに駆けこんで、鏡を確かめた。不自然なくらいきらきら輝く瞳、紅潮した頰――それに、この髪！　救いようがない。〝セックスしたてのお下げ髪〟も、やはりわたしには似合わない。キャビネットを開け、ヘアブラシを探した。櫛しかなかった。これでどうにかするしかない。大急ぎで髪をひとつにまとめながら、自分の服をながめて絶望感に打ちのめされた。服を買ってくれるというクリスチャンの申し出をありがたく受け入れるべきなのかも。潜在意識が唇をとがらせ、声を出さずに口の形だけでこう言った――〝娼婦〟。わたしは聞こえないふりを決めこんだ。ジャケットを着た。何をしていたか丸わかりのネクタイの痕を、袖がちょうどよく隠してくれた。不安な気持ちのまま、鏡に映った自分を最後にもう一度だけ確かめた。これで乗り切るしかない。部屋を出て、メインのリビングルームに向かった。

「ああ、来た」クリスチャンが、くつろいだ姿勢で座っていたソファから立ち上がる。温かくて愛《いと》おしげな表情を浮かべている。隣に座っていた薄茶色の髪の女性が振り返り、にこやかな笑みを浮かべた。女性も立ち上がる。キャメル色の薄手のセータードレスに同じ色の靴を合わせていた。完璧な着こなしだ。身だしなみがよく、エレガントで、きれいな人。わたしの心がほんの少しだけ死んだ。わたしは救いようもなくみっともない女と映っているだろう。

「母さん、こちらはアナスタシア・スティール。アナスタシア、母のグレース・トレヴェリアン＝グレイだ」

ドクター・トレヴェリアン＝グレイが手を差し出す。彼のミドルイニシャルの〝T〟は……もしかしてトレヴェリアン？

「初めまして、よろしくね」お母さんが言った。わたしの気のせいでなければ、その声には、驚きと、衝撃まじりの安堵が聞き取れた。薄茶色の目は温かな表情を浮かべている。わたしは差し出された手を握った。優しげな表情を見て、こちらも笑みを返さずにはいられなかった。

「初めまして、ドクター・トレヴェリアン＝グレイ」

「グレースと呼んでちょうだい」お母さんが微笑む。クリスチャンは額に皺を寄せている。「ふだんはドクター・トレヴェリアンで通してるの。それに、ミセス・グレイは義母のことだし」そう言ってウィンクする。「ねえ、どこで知り合ったの？」グレースはクリスチャンを見やった。好奇心を隠しきれずにいる。

「アナスタシアがワシントン州立大学の学生新聞の取材で会いにきた。ほら、今週の卒業式で証書を授与することになっているから」

うわ。そのことは完全に忘れていた。

「あなたも今度卒業するの？」グレースが訊く。

「はい」

そのとき、わたしの携帯が鳴りだした。ケイトだ。賭けてもいい。

「ちょっと失礼します」電話はキッチンに置いたままだ。わたしは朝食用のカウンターに身を乗り出して電話を拾い上げると、ディスプレイに表示された番号を確認せずに応答した。

「ケイト？」

「あ　あ！《ディオス・ミオ》　アナ！」まずい、ホセだ。いまにも泣きだしそうな声だった。「いまどこ？　ずっと電話してたんだよ。会いたい。金曜のこと、謝りたいんだ。どうして連絡してくれなかった？」

「ねえ、ホセ、いまちょっと手が離せないの」わたしはクリスチャンのほうをちらりと見た。険しい目でわたしを見つめている。グレースと何か話しているけれど、表情からは内心は読み取れない。わたしは彼に背を向けた。

「どこにいるんだ？　ケイトに訊いても、はぐらかされてばかりで」ホセの情けない声。

「シアトル」

「シアトルで何してる？　あいつと一緒なの？」

「ホセ、あとでかけ直す。いまは話せない」わたしは電話を切った。

何気ないそぶりでクリスチャンとグレースのところに戻った。グレースが一方的にしゃべっている。

「……でね、エリオットから電話があって、あなたがシアトルに帰ってきてるって聞いたものだから。二週間も顔を出さないなんてひどいわ、クリスチャン」

「エリオットか」クリスチャンはわたしにじっと目を注いでいる。やはり表情からは何も読み取れない。

「それで、ランチでも一緒にと思いついたわけ。でも、先約がありそうね。せっかくの予定を邪魔したくないわ」グレースはクリーム色のロングコートを取ってクリスチャンに向き直り、頬を差し出した。クリスチャンがその頬に軽いキスをした。グレースはクリスチャンの体には触れなかった。

「アナスタシアをポートランドまで送っていかないと」

「だからいいのよ、気にしないでちょうだい、クリスチャン。アナスタシア、お話しできてよかったわ。またお会いしましょうね」グレースが目をきらきらさせて手を差し出す。わたしはその手を握った。

テイラーが現われた……いったいどこから？

「ミセス・グレイ、お送りいたします」

「ありがとう、テイラー」

テイラーはグレースに付き添って、玄関ロビーに通じる両開きのドアの向こうに消えた。テイラーはずっとここにいたってこと？　いつから？　どこに？

クリスチャンがわたしをにらみつけた。「さっきの電話はカメラマン氏からか」

やだ、こわ。

「そうだけど」

「用はなんだった?」

「謝りたいって——ほら、金曜の件」

クリスチャンは疑わしげに目を細めた。「なるほど」そっけなく言う。

テイラーが戻ってきた。「ミスター・グレイ。ダルフール行きの貨物にトラブルが」

クリスチャンはそっけなくうなずいた。「チャーリー・タンゴはボーイングフィールドに戻っているのか」

「はい」テイラーがそこでわたしのほうを向いた。「失礼します、ミス・スティール」

わたしはおずおずと笑みを返した。テイラーは向きを変えて行ってしまった。

「ここに住んでるの? テイラーのことだけど」

「そうだ」クリスチャンの声は冷ややかだ。ちょっと、何が気に入らないのよ?

クリスチャンはキッチンに行き、ブラックベリーを取った。見た感じでは、メールをスクロールしているらしい。唇をきつく結ぶ。それからどこかに電話をかけた。

「ロズ。どういうことだ?」厳しい口調だった。わたしに目を注いだまま——疑わしげな目を注いだまま、しばらく相手の話に耳を傾けていた。わたしは巨大な部屋の真ん中に立って、何をしたらいいのかわからずにそわそわしていた。どうしようもなく緊張して、どうしようもなく場違いな気がしていた。

「クルーを危険にさらすわけにはいかない。いや、キャンセルしてくれ……空中投下に切り替えろ……頼んだぞ」クリスチャンは電話を切った。さっきまで目に浮かべていた温かな表情は完全に消えて、近づきがたい雰囲気を漂わせている。わたしをちらりと見たあと、書斎に行き、またすぐに戻ってきた。

「これが契約書だ。目を通しておいてくれ。来週末、本格的に話し合おう。より深く理解するために、ざっとリサーチをすることをお勧めするよ」彼はそこで間を置いてから付け加えた。「きみが同意するなら、だがね。私としては、ぜひ同意してもらいたい」さっきまでより穏やかな口調、不安げな口調だった。

「リサーチって？」

「いまどき、ネットで調べられないことはない」

インターネットのこと！　わたしは自分のパソコンを持っていない。必要なときはケイトのノートパソコンを借りている。あとはクレイトンのものも使っていいことになっていた。でも、今回の〝リサーチ〟には使いたくない。

「どうかしたか」彼が首をかしげた。

「パソコンを持ってないから。ふだんは学校のを使ってて。ケイトのノートパソコンを借りられそうだったら、リサーチしてみる」

彼はマニラ封筒を差し出した。「そういうことなら私が一台、買……あー、貸し出そう。荷物を取っておいで。車でポートランドまで送っていく。途中でランチにしよう。着替えてくる」

「わたしは電話してくる」とにかくケイトの声を聞きたかった。彼が怖い顔をした。

「あのカメラマンか？」顎を食いしばっている。目は怒りに燃えるようだった。わたしは目をしばたたかせた。「私は共有はしない。よく覚えておくことだ、ミス・スティール」静かで冷ややかな口調は、警告だ。彼は凍りつきそうな視線をわたしにぎりぎりとねじこんだあと、ベッドルームに戻っていった。

気にしすぎよ。ケイトに電話するだけだってば。わたしは彼の後ろ姿にそう叫びたかった。でも、彼の突然のよそよそしい態度が衝撃で、ほとんど放心状態になっていた。ほんの三十分前までわたしの体にたっぷりの愛を注いでいた、寛大で、心身ともにリラックスした笑顔のすてきな人は、いったいどこに行ってしまったの？

「支度はいいか？」クリスチャンは玄関ロビーに出る両開きのドアの前で尋ねた。

わたしはためらいがちにうなずいた。よそよそしく他人行儀で堅苦しいクリスチャン・グレイに戻ってしまっている。仮面を取り替えたとでもいったふうだ。革のメッセンジャーバッグを持っていた。どうして。ポートランドに泊まる予定なのかも。そう考えた瞬間、卒業式のことを思い出した。そうだった……彼は木曜の卒業式に来るんだ。今日は黒いレザージャケットを着ていた。そういう服装をしていると、百万長者だか億万長者だかわからないけれど、とにかく超リッチな人には見えない。貧しい街出身の若者みたいだ。それか、素行不良のロックスターとか、ショーモデルとか、そんな感じに見える。わたしは内心でため息をついた。彼の威厳と自信。その十分の一でいいから分けて。彼はいつも冷静で落ち着き払っている。そこまで考えて、わたしは顔をしかめた。彼がホセのことで激高したことを思い出していた。でも、とにかくいまは落ち着いて見える。

テイラーがさりげなく距離を置いて待っていた。

「じゃ、明日」彼はテイラーに声をかけた。テイラーがうなずく。

「イエス・サー。どの車で行かれますか」

彼はちらりとわたしを見た。「R８で」

「お気をつけて、ミスター・グレイ。では、ミス・スティール」テイラーは優しい目でわたしを見た。ただ、その目の奥の奥には、小さな哀れみがひそんでいるようにも見えた。

わたしがミスター・グレイのいかがわしい性的嗜好に屈したと考えているのは間違いない。でも、実際にはいまのところはまだ、彼の非凡な性的能力に屈しただけ――もしかしたら、相手が誰でも、セックスはあのくらいすごいものなのかもしれないけれど。そう考えたところで、わたしは顔をしかめた。比較対象がないうえに、ケイトに相談することもできない。これに関してはクリスチャンと交渉しなくちゃ。誰かに相談するのはごく自然なことだ。それに、いつもいつもこんなふうなのだとしたら――心を開いてくれていたかと思うと、次の瞬間には豹変《ひょうへん》してよそよそしい態度を取るのだとしたら、クリスチャンとはまともに話ができそうにない。

テイラーがドアを開けて送り出してくれた。クリスチャンがエレベーターのボタンを押す。

「何を考えている、アナスタシア？」彼が訊く。どうして何か真剣に考えてたってわかるの？

彼の手がわたしの顎を持ち上げた。

「そうやって唇を噛むのをやめろ。やめないと、エレベーターのなかでファックするぞ。途中で誰が乗りこんでこようと関係ない」

わたしは頬を赤らめた。でも、彼の唇にはかすかな笑みが浮かんでいる。ようやく機嫌が直ってきたみたい。

「クリスチャン、ひとつ困ったことがあるんだけど」

「困ったこと？」彼が真剣な顔で訊き返す。

エレベーターが来て、わたしたちは乗りこんだ。クリスチャンは〈P〉のボタンを押した。

「その……」頬が熱くなる。どう説明したらいい？「やっぱりケイトに相談したいの。セックスのことで山ほど疑問があるんだけど、あなたは、その、当事者じゃない？書類に書いてあったみたいなことをするにしても、どうすれば――？」わたしはぴったりの言葉を必死で探した。

「関連用語さえひとつも知らない」

彼はあきれたように目をぎょろつかせた。

「どうしてもというなら相談してもいい」うんざりした声だった。「ただし、エリオットによけいなことをしゃべらないよう念を押せ」

そのいやみっぽい言いかたにむっとした。ケイトはそんな子じゃないわよ。

「ケイトは口が堅いから大丈夫。それに、わたしもエリオットに関して聞いたことをあなたにはしゃべらない――ケイトがエリオットとのことを何か話したとしてもね」わたしは急いでそう付け加えた。

「エリオットと私の違いは、私はあいつのセックスライフなど知りたくないという点だ」彼はそっけなく言った。「しかし、エリオットは何かと詮索したがる。相談してもいいのは、これまでにしたことに関してだけだぞ」警告めいた口調だった。「これからきみとどんなことをしたいと考えているか知ったら、きみのルームメイトはすっ飛んできて私のタマをちょん切るだろう」最後に低い声でそう付け加えた。でも、わたしの聞き違いかもしれない。

「わかった」わたしは即座にうなずき、ほっとして彼に微笑みかけた。クリスチャンのタマをちょん切っているケイトの姿は想像したくない。

彼はわたしを見下ろすと、片方の口角だけを持ち上げた。それから首を振った。

「きみが降伏するのが早ければ早いほどありがたい。こういう面倒が二度となくてすむ」

「面倒って？」

「きみさ。私を遠ざけようとするきみだ」彼はわたしの顎をそっと持ち上げると、唇に軽く甘いキスをした。

わたし？　彼を遠ざけようとするわたし？……そんなことした？

エレベーターを降りてすぐに、クリスチャンの黒い四駆のアウディが停まっていた。でも、彼のリモコンキーに反応してランプを点滅させ、ロックを自動解除したのは、流線型の美しい黒のスポーツカーだった。脚の長いブロンド美人が裸同然でボンネットに横たわってセクシーなポーズを取っているのが似合いそうな車。

「いい車ね」わたしは乾いた声で言った。

彼が顔を上げて微笑んだ。「だろう？」

その一瞬、彼は若々しくて屈託のない無邪気なクリスチャンに戻っていて、わたしの心がとろけそうになった。わくわくして楽しそうな彼。おもちゃを与えられた少年。わたしはあきれ顔で彼をじろりと見たけれど、どうしても口もとがほころんでしまう。彼は助手席のドアを開けてわたしを先に乗せた。うわ……車高が低い。彼は悠然と歩いて反対側に回り、長身の体を折りたたむようにして優雅に運転席に収まった。どうしていちいちそうエレガントなの？

「これ、なんて車?」

「アウディR8スパイダー。今日はいい天気だから、オープンにして走ろう。そこに野球帽が入っている。ふたつあるはずだ」グローブボックスを指さす。「よかったらサングラスも使ってくれ」

　イグニションに差したキーを回す。背後でエンジンが低いうなりをあげた。彼はメッセンジャーバッグをシートの後ろのスペースに置き、ボタンを押した。ルーフがゆっくりと開いた。スイッチを軽く弾《はじ》くと、ブルース・スプリングスティーンの歌声が四方から流れはじめた。

「ブルースは最高」彼はわたしに微笑むと、駐車スペースから車を出して急なスロープを上った。てっぺんで停まり、ゲートが開くのを待つ。

　次の瞬間、わたしたちはシアトルのまぶしい朝の光に包まれていた。わたしはグローブボックスを開けて野球帽をふたつ取り出した。マリナーズのロゴが入っている。え、野球好きなの?片方を彼に渡すと、さっそくかぶった。わたしは結んだ髪を帽子の後ろの穴に通し、目が隠れるくらいまでひさしを引き下ろした。

　街を走りだすと、通りがかりの人がみんなじろじろ見た。初めは彼を見ているのだろうと思った。わたしの被害妄想体質は次に、わたしがこの十二時間どんなことをしていたか知っていて見ているのだと思った。そこでようやく、みんなが見ているのは車だと悟った。クリスチャンは人目など気にしていないようだった。何か考えごとをしている。

　道路は空いていて、車はまもなく州間高速五号線の南行きに乗っていた。頭の上を風が吹き抜けていく。ブルースは〝火がついた〟とか〝欲望が〟とかと歌っていた。わたしのことを歌ってるみたいだ。歌を聴きながら赤面した。クリスチャンが一瞬こちらに顔を向ける。レイバンのサングラスが目の表情を隠している。でも、口角がかすかにひくついていた。彼が手を伸ばしてわたしの膝に置き、そっと力を込めた。息が止まりそうになった。

「腹は減《ハングリー》ったか？」

ハングリーだけど、欲しいのは食べ物じゃない。「ううん、あんまり」

彼はまた唇を引き結んだ。「きちんと食事をしなくてはいけないよ、アナスタシア」叱るように言う。「オリンピアにいい店がある。そこで休憩しよう」彼はもう一度だけわたしの膝をそっと握ってから、手をハンドルに戻し、アクセルペダルを踏みこんだ。背中がシートに押しつけられる。うわ。この車、すごいパワーだ。

レストランはこぢんまりとして居心地がよかった。森の奥にひっそりとある山小屋風の建物で、なかは素朴な雰囲気だ。椅子はおそろいではなくばらばらで、テーブルにはギンガムチェックのテーブルクロスがかかっていて、野花を生けた小さな花瓶が置いてある。〈自然派料理《キュイジーヌ・ソバージュ》〉――入口の上の看板はそう謳《うた》っている。

「私もここにはしばらくぶりだ。メニューは選べない。その日に獲《と》れた素材、採集できた素材を使った料理が勝手に出てくる」彼はそう言って恐怖に怯えたみたいな表情を作った。わたしは笑った。ウェイトレスが飲み物の注文を取りにきた。クリスチャンを見るなり、顔が赤くなる。金色の長い前髪の陰に隠れるようにしながら、決して目を合わせないようにしていた。彼にひと目惚れ？　やった、わたしには同志がいるみたい！

「ピノ・グリージョをグラスでふたつ」クリスチャンが威厳に満ちた声で勝手に注文した。

わたしはむっとして唇を結んだ。

「なんだ?」彼が噛みつく。

「わたしはダイエット・コークがよかったのに」わたしは小声で言った。

彼は腹立たしげに灰色の目を細め、首を振った。

「ここのピノ・クリージョはうまいんだ。料理とも合う。何が出てくるにしろ」彼は辛抱強く説明した。

「何が出てくるにしろ?」

「そうだ」彼は首をかしげて輝くような笑みを浮かべた。

その笑顔には弱い。わたしの胃袋は棒高跳びの要領で脾臓《ひぞう》を飛び越えた。輝くような笑みを返さずにはいられなかった。

「母はきみが気に入ったらしい」彼がそっけなく言う。

「ほんと?」うれしくて頬が熱くなった。

「ああ、ほんとさ。ずっと私をゲイだと思いこんでいたようだがね」

わたしはぽかんと口を開けた。あの魔の質問を思い出していた……インタビューのときの。ううう。

「どうしてゲイだと思っちゃったの?」小声で訊いた。

「異性を連れているところを一度も見たことがないから」

「え……十五人の誰も紹介しなかったってこと?」

彼はにやりとした。「記憶力がいいな。そうだ、十五人の誰も紹介しなかった」

「そう」

「なあ、アナスタシア。この週末は私にとっても〝初めて〟だらけだったんだよ」彼が静かに言った。

「ほんとに？」

「これまで誰とも一緒に寝たことがなかった。自分のベッドでセックスをしたこともない。チャーリー・タンゴに女性を乗せたのも、母に紹介したのも、初めてだ。きみは私にいったい何をした？」彼の目は熱を帯びている。その熱がわたしから息をする力を奪う。

ウェイトレスがワインのグラスを運んできた。わたしはすぐにひと口飲んだ。彼は本心を明かそうとしているのだろうか。それとも、とくに深い意味もなく事実を述べているだけ？

「この週末は本当に楽しかった」わたしは言った。彼はまた目を細めてわたしを見た。

「唇を嚙むな」うなるように言ったあと、付け加えた。「私も楽しかったよ」

「バニラ・セックスって何？」あの圧力と熱を持ったセクシーな視線から意識をそらしてくれるなら、何にだってしがみつきたい気分。彼が笑った。

「ノーマルなセックスのことさ、アナスタシア。小道具を使わないセックス」彼はそう言って肩をすくめた。「わかるだろう……いや、きみにはわからないか。ともかく、そういう意味だ」

「そうなの」わたしたちがしたのは、チョコレートファッジブラウニー・セックスではないかって気がする。てっぺんに真っ赤なチェリーがのった、濃厚なチョコレートブラウニー。でも、初心者のわたしにわかるわけがない。

ウェイトレスがスープを運んできた。わたしたちはそろって疑うような目でスープを見つめた。

「イラクサのスープです」ウェイトレスはそう説明すると、向きを変えて厨房《ちゅうぼう》に逃げ帰った。クリスチャンに無視されるのが耐えがたいのだろう。

わたしはおずおずとスープを口に運んだ。おいしい。顔を上げると、クリスチャンもほっとしたような顔でこちらを見ていた。わたしはくすくす笑った。彼は首をかしげた。

「すてきな笑い声だ」彼が言った。

「バニラ・セックスを一度もしたことがないのはなぜ？　初めからずっと、その……そういうふうにしてたの？」わたしは好奇心を抑えきれずに尋ねた。

彼はゆっくりとうなずいた。「そう言っていいだろうな」用心深い声だった。一瞬だけ顔をしかめる。何か葛藤《かっとう》しているように見えた。やがて顔を上げた。そして覚悟を決めたように言った。「十五歳のとき、母の友人に誘われた」

「え」うそ。そんな年齢《とし》で？

「特殊な嗜好の持ち主だった。私は六年間、彼女のサブミッシブだった」そう言って肩をすくめる。

「え」わたしの脳味噌は凍りついた。衝撃の告白を受け止めきれずに機能停止している。

「だから、アナスタシア、私はサブミッシブの立場も理解している」彼の目にはこちらを見抜くようにきらめいていた。

わたしは無言で見つめ返した。言葉はひとつも出てこない。さすがの潜在意識でさえ黙りこんでいた。

「一般的ではない入口からセックスの世界を知った」

好奇心が勢いよく再始動した。「じゃ、大学時代もガールフレンドはいなかったの？」

「ああ、ひとりも」彼はその言葉を強調するようにうなずいた。

ウェイトレスがスープのボウルを下げにきて、会話は一時中断した。

「どうして？」ウェイトレスが立ち去ると、わたしは訊いた。

彼は冷ややかに笑った。「本当に知りたいのか」

「知りたい」

「ガールフレンドなどほしくなかったからだ。彼女さえいれば満足だった。必要なのは彼女だけだった。それに、そうなったら彼女にこてんぱんにお仕置きされていただろうからね」彼は懐かしむように微笑んだ。

だめ、これ以上の新情報は処理しきれない――でも、まだ訊かずにはいられなかった。「お母さんのお友達ってことは、何歳だったの？」

彼はにやりとした。「常識は充分身についているはずの年齢だったよ」

「いまも会ったりするの？」

「ああ」

「いまも……その……？」顔が赤くなった。

「しない」彼は首を振り、甘い笑みを浮かべた。「とても親しい友人ではある」

「親しい友達――お母さんは知ってるの？」

彼は〝何をばかな〟というようにわたしを見つめた。「知っているわけがないだろう」

ウェイトレスがシカ肉の料理を運んできた。でも、わたしの食欲はきれいさっぱり失せていた。驚くべき新事実だ。サブミッシブのクリスチャン……信じられない。ワインをぐっとあおった。もちろん、彼が言ったとおり、ワインはおいしかった。でも、衝撃が大きすぎて、それについてきちんと考えることさえできない。頭を整理するには時間がいる。ひとりきりの時間が。彼と一緒にいるあいだは無理。彼の存在感は圧倒的だもの。まさしく支配者だった。その彼が、わたしの目の前に爆弾を投下した。彼はサブミッシブの立場も知っている。

「でもフルタイムの関係だったわけじゃないわよね」わたしは混乱していた。

「いや、フルタイムだった。ただし、毎日会っていたわけではない。それは……不可能だった。まだ高校生だったし、大学に入ってからは地元を離れていたからね。食べなさい、アナスタシア」

「ほんとにお腹空いてないの、クリスチャン」あなたが情報開示してくれたおかげで、頭がくらくらしてるから。

彼の表情が険しくなった。「食べるんだ」静かな声だった。静かすぎる声だった。

わたしは彼を見つめた。この人は——思春期に性的虐待を受けたこの人の口調は、ひどく威圧的だ。

「落ち着くまでちょっと待って」わたしはすばやく答えた。

彼は何度か目をしばたたかせた。「いいだろう」そう言って、食事を続けた。

契約書にサインしたら、いつもこうなのね。彼は命令し、わたしは従う。額に皺を寄せて自分に尋ねた。どうなの、そんな関係を本気で望んでる？　ナイフとフォークを取り、おそるおそるシカ肉を口に運んだ。とてもおいしかった。

「わたしたちの……その……関係は、こんな感じになるということ？」わたしは小声で言った。

「あなたがあれこれ指図して、わたしは従うの？」彼の顔をまともに見られない。

「そうだ」

「わかった」

「付け加えるなら、きみは私の命令を喜ぶようになる」彼がぼそりと言った。

うそよ、それはないでしょ。わたしはシカ肉を切り分け、フォークで持ち上げた。

「簡単ではない決断よね」わたしは言い、肉を口に運んだ。

「そのとおりだ」彼は一瞬だけ目を閉じた。次の瞬間、大きく目を見開いた。真剣な表情を浮かべていた。「アナスタシア。肝心なのは、心の声に従うことだ。リサーチをして、契約書をよく読みなさい。すべての項目について話し合いに応じる用意がある。金曜まではポートランドに滞在する予定だから、週末が来る前でもかまわない」彼の言葉は奔流のように押し寄せてきた。

「電話をくれないか——食事でもしよう。そうだな、水曜日あたりは？　ぜひこの関係を成立させたいんだ。何かをこれほど強く望んだことは過去に一度もない」

彼の瞳は、内心の燃えるような誠意、切望をそのまま映していた。わたしが決定的に理解できずにいるのはそこ。どうしてわたしなの？　どうして、十五人のうちの誰かではないの？　いやだ——わたしもそうなるということ？　いつか数字になるの？　大勢のなかの十六番に？

「十五番めの人とはどうして別れたの？」わたしは唐突に訊いた。

彼は驚いたように眉を吊り上げた。それから観念したような表情で首を振った。

「いろいろあってね。だが要約するなら……」彼は言いよどんだ。たぶん、妥当な言葉を探していたのだと思う。「相性が悪かった」最後にそう言って肩をすくめた。

「わたしとは相性がいいかもしれないと思ってる？」

「ああ」

「じゃあ、いまはもう十五人の誰とも関係はないのね？」

「ないよ、アナスタシア。私は一度にひとりとしか関係を持たない」

へえ……それは初耳。「そう」

「かならずリサーチをしてくれ、アナスタシア」

わたしはナイフとフォークを置いた。これ以上は食べられそうにない。

「それだけか？　それしか食べないのか？」

わたしはうなずいた。彼は苦い顔でわたしをにらみつけた。でも何も言わないことにしたらしい。わたしはそっと安堵のため息をついた。胃袋のなかで新しい情報が渦巻いている。ワインのせいか、軽いめまいを感じた。皿の上の料理をきれいに平らげる彼の様子をじっと見つめた。彼は馬みたいに大食いだ。あれだけ食べたら、ちゃんとエクササイズしなくてはあの体型は保てないだろう。腰ばきにしたパジャマのパンツ。そのイメージがふとよみがえる。やめて、気が散る。わたしは椅子の上でもぞもぞした。彼が目を上げ、わたしは赤面した。

「いまきみが何を考えているのか知ることができるなら、どんな犠牲《ぎせい》もいとわない」彼がぼそりと言った。わたしの頬がいっそう燃え上がった。

彼がからかうような笑みを浮かべた。「まあ、想像はつかなくもないが」

「わたしの心を読む力はないみたいで安心した」

「きみの心は読めないな、アナスタシア。しかし、きみの体は——昨日以来、かなり正確に読めるようになったよ」誘惑するような声だった。彼の気分は、まるでスイッチでもついているみたいにくるくる切り替わる。その頻度は半端じゃない……とてもついていけない。

彼が身ぶりでウェイトレスを呼び、精算を頼んだ。支払いを終えると立ち上がり、わたしに手を差し出した。

「おいで」わたしの手を引いて車に戻る。こういった接触——こういった肌と肌の触れ合いは、彼には全然似合わない。とてもノーマルで、親しげなふるまい。このごく平凡で優しい行動と、あの部屋、苦痛の赤い部屋で彼がしたがっている行為とを結びつけられない。

オリンピアからバンクーバーまでの車中では、ふたりともずっと黙っていた。それぞれ考えにふけっていた。アパートメントに帰り着いたときには、午後五時になっていた。室内には明かりが灯っている。ケイトが帰っているのだ。きっと荷造りを始めている。エリオットがまだいるのなら別だけど。クリスチャンがエンジンを切った。そこでようやく、彼とはここでいったんお別れなんだと思い出した。

「上がっていく?」わたしは訊いた。引き止めたかった。一緒に過ごす時間を少しでも引き延ばしたい。

「いや、仕事がある」彼はあっさりそう答えた。わたしをじっと見つめている。表情からは何を考えているのかわからない。

わたしは両手を組んでそれを見下ろした。急に心がぐらぐらと揺れはじめていた。彼が行ってしまう。彼の手が伸びてきてわたしの手を取り、ゆっくりと口もとに引き寄せると、手の甲に優しいキスをした。古風で優雅なしぐさ。わたしの心臓が口から飛び出しかけた。

「この週末は楽しかったよ、アナスタシア。これまでで……最高の週末だった。次は水曜日に。アルバイト先に迎えにいくのでいいね？」彼が穏やかに訊く。

「水曜日に」わたしは小さな声で応じた。

もう一度キスをしたあと、わたしの手を膝の上に返す。それから車を降りて助手席側に回り、ドアを開けた。ふいに湧き上がったこの寂しさは何？　喉もとに感情がせり上がる。こんなところは見られたくない。笑みを顔に貼りつけて、車高の低い車から這い出ると、玄関に通じる小道を歩きだした。ケイトが待っている。ケイトに会うのが怖い。途中で振り返って彼を見つめた。元気を出して、アナ・スティール。そう自分を叱りつけた。

「ああ……ところで、あなたの下着を借りちゃった」わたしは小さな笑みを作り、穿いているブリーフのウェストのゴムを引っ張って見せた。クリスチャンが驚いてぽかんと口を開けた。やった。即座に心が軽くなった。玄関まで勇ましく歩いた。飛び上がって拳《こぶし》を天に突き上げたい気分。その調子よ！　内なる女神が大喜びしている。

ケイトはリビングルームで本を箱に詰めていた。

「お帰り。クリスチャンは？　どう、大丈夫なの？」ケイトが心配した様子でひと息に言った。それから駆け寄るように近づいてきて両肩に手を置き、わたしの顔をまじまじと観察した。ただいまを言う暇さえなかった。

ふう……ケイトの執拗で厳しい尋問が始まろうとしている。そしてわたしは、何もしゃべってはいけないという契約書に署名した。心身の健康に悪影響を及ぼしそうな組み合わせだ。

「ねえ、どうだったの？　ずっとあなたのことばっかり考えてたわよ。エリオットが帰ってからは、だけど」ケイトはいたずらっぽく微笑んだ。

心配そうな顔とぎらつく好奇心を前にしたら、つられて微笑まずにはいられなかった。でも、急に恥ずかしくなった。頬がかっと熱くなる。あれはごくごくプライベートな出来事だった。週末に起きたすべてが。クリスチャンの秘密を目にしたこと、知ったことも含めて。とはいえ、何ひとつ話さないというわけにはいかない。何か聞き出すまで、ケイトは絶対にあきらめない。

「よかったわよ、ケイト。すごくよかったと思う」わたしは気恥ずかしげな、しかも何もかも一発で悟られてしまいそうな笑みを隠そうとしながら、小さく答えた。

「〝思う〟って何よ？」

「だって、比較対象がないわけだから」申し訳なさそうに肩をすくめた。

「そっか。じゃあ、彼、いかせてくれた？」

ちょっと待って。そこまで露骨に訊く？　頬がますます熱くなった。

「うん」わたしは憤慨しながら答えた。

ケイトはわたしをソファに引っ張っていき、座らせた。それから自分も隣に腰を下ろすと、わたしの両手を包みこむように握った。

「だったら、アナ、ちゃんと〝よかった〟ってことよ」ケイトは信じられないといった目でわたしを見つめていた。「初めてなのに。クリスチャン、すごくうまいのね」

ああ、ケイト。何もかも話してしまえたら。

「あたしの初めてのときなんて、ほんと悲惨だったんだから」ケイトはいかにも悲しげな表情を作った。

「そうなの？」わたしは好奇心をそそられた。初めて聞く話だ。

「そうよ。相手はスティーヴ・パトローン。高校のとき。あのへたくそ」ケイトは身震いをした。

「思いやりのかけらもなかった。あたしの準備ができるのも待てないのよ。ふたりとも酔っ払ってた。学年末のダンスパーティのあとにありがちな悲劇。トラウマよ。ようやく立ち直ってまたセックスできるようになるまで、何か月もかかった。もちろん、相手はあの腰抜けじゃなかったけどね。ちょっと早すぎたってことかな。この年齢《とし》まで待ったあなたは正解」

「悲惨な話ね」

ケイトは沈んだ顔をした。「挿入で初めてオーガズムに達したのは、初体験から一年くらいたってからよ。なのに、あなたは……一度めで？」

わたしは遠慮がちにうなずいた。内なる女神は蓮華座《れんげざ》を組んで瞑想にふけっている。ただし、口もとには得意げな笑みが浮かんでいた。

「あなたがついに捧げた相手が経験豊富な人で、ほんとよかった」ケイトはウィンクをした。

「で、次はいつ会うの？」

「水曜日。ディナーの約束」

「じゃ、まだ彼のこと好きなのね」

「うん。でも……いつまで続くかわからない」

「どうして？」

「すごくややこしい人だから。ほら——住む世界がまるきり違うっていうか」便利な言い訳だ。説得力だってある。〝あの人の家には苦痛の赤い部屋があって、わたしを性の奴隷にしようとしてるから〟よりずっといい。

「アナ、お金のことは気にしちゃだめ。エリオットから聞いたけど、クリスチャンが女の子とデートするなんて、すごく珍しいって」

「そうなの？」わたしの声はふだんより二オクターブくらい高かった。

この大根役者！　潜在意識がわたしをにらみつけ、細長い指を左右に振ったあと、正義の秤《はかり》に姿を変えた。よけいなことをしゃべると訴えられると言いたいのだろう。ふん……訴えてどうするの？　わたしの全財産を奪うとか？　そうだ、秘密保持契約に違反した場合の違約金の相場を忘れずにグーグルで調べておこう——ほかの〝リサーチ〟のついでに。まるで学校の宿題だ。成績表ももらえるかも。わたしは思わず赤面した。今朝のバスルームでの試験にAをもらったことを思い出していた。

「アナ、どうしたの？」

「クリスチャンに言われたことをちょっと思い出しただけ」

「いつもと違って見える」ケイトがうれしそうに言う。

「自分でもいつもと違う気がしてる。痛いし」わたしは打ち明けた。

「痛いの？」

「ちょっとね」わたしはまた赤面した。

「あたしもよ。男って」ケイトはわざとらしく顔をしかめた。「みんな野獣よね」わたしたちは笑った。

「ケイトも痛いの？」わたしは意外に思いながら訊いた。

「うん……あたしの場合は使いすぎ」

わたしは肩を震わせて笑った。

「エリオットのこと、話してよ。使いすぎた張本人のこと」笑いがおさまると、わたしは訊いた。

金曜の夜、バーのトイレの行列に並んでいたとき以来——すべてのきっかけになった電話をかける前のあのとき以来、初めて緊張が解けたような気がする。あのときはまだ、離れたところからミスター・グレイに憧《あこが》れの目を注いでいるだけだったのに。いまはもう遠いものになった、幸福で、単純な日々。

ケイトが頬を赤らめた。ひゅう……キャサリン・アグネス・キャヴァナーが赤くなってる！赤面するのはアナスタシア・ローズ・スティールの専売特許なのに！　ケイトが潤んだ目をこちらに向けた。男の人のことでケイトがこんな反応を示すのは初めて見た。わたしはあんぐり口を開けた。顎が床まで落ちるかと思った。もしもし、ケイト？　いったいどうしちゃったのよ？

「ああ、アナ」ケイトは大きく息を吐き出した。「彼は……彼はね……最高なの。それに……その……すごくいいし」あのケイトがまともにしゃべることもできないなんて。かなりの重症だ。

「彼のことが好きだって言いたいのね」

ケイトはゆるみきった笑みを浮かべてうなずいた。

「次は土曜日に会うの。あたしたちの引越を手伝ってくれるって」ケイトはうれしそうに手を叩き、跳ねるようにソファから立ち上がると、窓の前までバレエのピルエットみたいにくるくる回っていった。そうだった。引越。アパートじゅうが引越用の箱だらけなのに、すっかり忘れてた。

「それって助かる」手伝ってもらえるのはありがたい。それに、エリオットと知り合う機会にもなる。風変わりで危険なお兄さんに関する情報をさりげなく引き出すこともできるかも。

「昨日の夜は何したの?」わたしは訊いた。ケイトは首をかしげ、〝ほかに何してたと思うわけ?〟みたいに眉を吊り上げた。

「だいたいずっとあなたと同じことをしてたわよ。ただし、あたしたちはその前にディナーに出かけたけど」ケイトが微笑む。「ねえ、ほんとに大丈夫? 精根尽き果てたって感じ」

「実際そんな感じだから。クリスチャンはいろんな意味で激しい人なの」

「わかる。いかにもそんな感じよね。でも、優しくしてくれたんでしょ?」

「うん」わたしはうなずいた。「ところで、お腹空いちゃった。何か作ろうか」

ケイトはうなずき、本を二冊取って箱に詰めた。

「あの一万四千ドルの本はどうするつもり?」ケイトが訊いた。

「返す」

「本気?」

「だって、いくらなんでもやりすぎじゃない? とても受け取れない。それにタイミングも悪いでしょ?」わたしは意味ありげに微笑んだ。ケイトがうなずく。

「わかる。そういえばあなたに手紙が来てた。あと、ホセが一時間おきに電話してきてる。相当焦ってるわね、あれは」

「あとで電話しとく」わたしはそうはぐらかした。金曜のことを話したら、ケイトはホセを明日の朝食にするだろう。ダイニングテーブルから手紙を取って開封した。

「やった、面接に呼ばれた！　再来週、シアトルで。インターンの採用面接！」

「どっちの出版社？」

「両方！」

「やっぱりね。あなたの成績なら、どこの扉だって開くわよ、アナ」

ケイトは、言うまでもなく、すでに『シアトル・タイムズ』紙のインターンに内定していた。お父さんの知り合いの知り合いが『タイムズ』にいるおかげだ。

「旅行のこと、エリオットはなんて言ってる？」わたしは尋ねた。

ケイトがキッチンに来た。今度こそ本当に悲しそうな顔をしている。わたしが帰ってきて初めてだ。

「理解はしてくれてる。あたしも行きたくないって気持ちはあるけど、二週間、ビーチに寝そべって過ごせると思うと、やっぱり行きたい。それに、ママがすごくこだわってるの。家族そろって旅行に行ける最後のチャンスかもしれないって。ほら、イーサンもあたしも社会人になるわけだから」

わたしはアメリカ本土から一度も出たことがない。ケイトは、両親やお兄さんのイーサンと一緒に、まる二週間、バルバドスに行くことになっていた。そのあいだ、わたしは新居でケイトなしで過ごすことになる。きっと落ち着かないだろう。イーサンは去年、大学を卒業して以来、世界じゅうを旅して回っている。家族旅行に出かける前に、ちらりとでも会えるだろうか。イーサンはとても気持ちのいい人だ。そのとき電話が鳴りだして、白昼夢から現実に引き戻された。

「またホセじゃない?」

わたしはため息をついた。いつかは話をしなくてはならない。それはわかっている。受話器を持ち上げた。

「もしもし」

「アナ。帰ってきたんだね!」ホセが安心したように叫ぶ。

「帰ってないなら、この電話に出てないわよ」わたしはいやみたっぷりに答え、電話に向かって目をむいた。

ホセは一瞬黙りこんだ。「会えないかな。金曜のこと、本当に悪かった。酔っ払ってて……きみも……ともかく、アナ——許してくれ」

「もちろん許すわよ、ホセ。ただし、二度とあんなことしないで。わたしにそういう気持ちがないことはわかってるでしょう」

重く悲しげなため息が聞こえた。「わかってるよ、アナ。ただ、キスをしたら、何か変わるかもしれないって期待した」

「ホセ、あなたのことは大好きだし、大切な人だと思ってる。弟みたいな存在。その気持ちが変わることはない。わかってるでしょう」崖から突き落とすようなことはしたくない。でも、それが本心だった。

「あいつとつきあうことになったの?」ホセは吐き捨てるように言った。

「ホセ、わたしは誰ともつきあってない」

「だけど、昨日の夜、ずっと一緒にいたんだろう」

「あなたには関係ないことでしょ！」

「金持ちだから？」

「ホセ！　それ、ひどすぎない？」わたしは叫んだ。ホセの無遠慮な態度にたじろいでいた。

「アナ」ホセはめそめそと泣き言を並べながら謝った。つまらない焼きもちにつきあう気にはなれない。傷ついているのはわかる。でも、わたしのお皿にはもう、クリスチャン・グレイ問題が山と盛られてあふれかけていた。

「明日、コーヒーくらいならつきあうから。また電話するね」わたしはなだめるように言った。ホセは友達だ。大事な友達だ。でも、いまは勘弁してほしい。

「わかった、明日。かならず電話してくれるね？」希望にすがるような声を聞いて、わたしの心は身悶えした。

「電話するから……おやすみ、ホセ」わたしはホセの返事を待たずに電話を切った。

「いったいなんの話？」さっそくケイトに訊かれた。腰に手を当てている。ここは正直に話したほうがいいみたい。聞き出すまでは絶対に引かないという決意はふだん以上に固そうだった。

「金曜の夜、口説かれかけた」

「ホセに？　そのうえあのクリスチャン・グレイからも口説かれたってわけ？　アナ、あなたのフェロモンはきっと、残業してまでがんばってるのね。それにしても、あのおばかさんはいったい何考えてそんなことしたわけ？」ケイトはあきれたように首を振ると、荷造りに戻っていった。

四十五分後、わたしたちは荷造りを中断して、この家の〝看板メニュー〟、わたしのお手製ラザニアを食べていた。ケイトがワインを開け、わたしたちは積み上げた箱に囲まれて腰を下ろし、安物のワインをがぶ飲みし、くだらないテレビ番組をながめながら食事をした。ふだんどおりの生活。波乱の四十八時間のあとでは、地に足の着いた日常がありがたく思えた。四十八時間ぶりに、せかされることなく、〝残すな〟とうるさく言われることもなく、平和に食事ができた。それにしても、クリスチャンはどうしてあんなに食べ物にこだわるの。食後の片づけはケイトにまかせ、わたしはリビングルームの荷造りの続きを終えた。箱に詰められていないのは、ソファとテレビとダイニングテーブルだけだった。でも、それだけあれば充分、生活できる。あとはキッチンとそれぞれの部屋の荷物を今週いっぱいかけてまとめれば完了。

また電話が鳴った。エリオットからだった。ケイトはわたしにウィンクをしたあと、子機を持ってスキップしながらベッドルームに消えた。中学生みたい。卒業生総代のスピーチの原稿だって書かなくちゃいけないはずなのに、いまはエリオットのほうが大事らしい。やれやれ、グレイ兄弟には魔法の力でも備わっているのかも。彼らの何が女をこれほど狂わせ、夢中にさせるの？わたしはまたワインを飲んだ。

テレビのチャンネルを次々かえてみる。ぐずぐず時間稼ぎをしているだけだってことは自分でもわかっていた。バッグには例の契約書が入っていて、バッグの脇腹をちりちりと焼き焦がしている。今夜、目を通すだけの体力気力は残ってる？

両手で顔を覆った。ホセとクリスチャン。それぞれがわたしに何かを求めている。ホセをあしらうのは簡単。でもクリスチャンは……クリスチャンには、まるきり違う種類の対処と理解が必要だ。いっそ逃げてしまいたい、隠れてしまいたい――心の片隅ではそう思っている。もう、どうしたらいい？　彼の熱を帯びた灰色の目、欲望を隠して燃えている視線。思い出しただけで、全身が張りつめた。息が乱れた。彼が一緒にいるわけでもないのに、むらむらしている。彼の体だけに惹かれているわけではないと思いたい。朝食のときの楽しげな軽口、ヘリに乗ってはしゃいでいるわたしを見てうれしそうにしていた目を思い出す。それに、ピアノを弾いていた彼——優しく心を込めて奏でられる、悲しい旋律。

彼はとんでもなく複雑な人だ。その理由がなんとなくわかったような気がする。『卒業』のミセス・ロビンソンみたいな年上の女に思春期を奪われ、性的虐待を受けた……年齢のわりに年寄りじみているのも無理はない。どんな経験をしてきたんだろうと考えただけで、胸が悲しみでふさがった。世間知らずのわたしには、具体的には想像さえつかない。リサーチをすれば、いくらかは理解できるかな。でも、本当に知りたい？　いまは何も知らないその世界を探索してみたい？　決して簡単ではない決断だ。

彼と出会っていなければ、わたしはいまも無知という繭《まゆ》に包まれて心地よく幸せに暮らしていたはず。わたしの思考は、昨夜のこと、今朝のことに漂った。初めて経験した、すばらしい、そして官能的なセクシュアリティ。それにバイバイと手を振りたい？　いやよ！——潜在意識が叫ぶ……内なる女神も蓮華座のまま静かにそれに同意した。

ケイトがリビングルームに戻ってきた。耳から耳まで届きそうな大きな笑みを顔に貼りつけている。完全に恋しちゃってる——わたしはなかばあきれてケイトを見つめた。こんなケイト、見たことない。

「アナ。あたし、もう寝るから。疲れちゃった」

「わたしも疲れた」

ケイトがわたしを抱きしめた。

「無事に帰ってきてくれて、ほんとに安心した。クリスチャンって、どこかふつうじゃない気がして」ケイトは申し訳なさそうに小声でそう付け加えた。わたしはいいのよというように小さく微笑んだ。内心ではこう考えていた――ねえ、どうしてわかるの？　ケイトはかならず豪腕ジャーナリストになる。あの確かすぎる直感を武器にして。

バッグを取り、足を引きずるようにして自分のベッドルームに向かった。昨日から今日にかけての激しい〝エクササイズ〟と、目の前に突きつけられた究極のジレンマのせいで、心身ともに疲れきっていた。ベッドに腰を下ろし、バッグからマニラ封筒をこわごわ引き出す。そのましばらく、表にしたり、裏にしたりしながら考えていた――クリスチャンがどこまで堕落しているか、本当に知りたい？　怖かった。口から心臓が飛び出しかけている。ひとつ深呼吸をしたあと、封を切った。

11

封筒には数枚の紙が入っていた。わたしは心臓をどきどきさせながら取り出し、ゆったりと座り直して読みはじめた。

契約日　二〇一一年　　月　　日（〝契約開始日〟）
契約者　ミスター・クリスチャン・グレイ（以下〝ドミナント〟と呼ぶ）
　　　　ワシントン州シアトル市エスカーラ301
　　　　ミス・アナスタシア・スティール（以下〝サブミッシブ〟と呼ぶ）
　　　　ワシントン州バンクーバー市ヘイブンハイツ区グリーン・ストリートSW1114
　　　　番地　7号室

第1条　両者は以下の法的拘束力を有する項目について同意する。

基本的条項
第2条　この契約の主要目的は、サブミッシブの欲求、限界《リミット》、安全を尊重しつつ、サブミッシブの官能性と限界を安全に探ることである。
第3条　ドミナントとサブミッシブは、本契約のもとで行なわれる行為はすべて合意によるものであり、秘密保持契約で守られ、契約内で定めるリミットおよび安全対策の対象となることに同意する。リミットおよび安全対策を追加する際は覚書を別途作成する。
第4条　ドミナントとサブミッシブは現在、性病、重篤《じゅうとく》な病、感染病、生命を脅かす病に罹《り》患《かん》していないことを相互に保証する。これらの疾病には、HIV、ヘルペス、肝炎そのほかを含む。以下で定める契約期間中または契約延長期間中に診断または自覚症状によって罹患が確認された場合は、すみやかに、また形式にかかわらず肉体的な接触を行なう前に、申告するものとする。

第5条　上記の契約事項、合意事項、条件（および本契約第3条に基づき合意によって定められた追加のリミットおよび安全対策）の遵守《じゅんしゅ》を本契約の基本的条項とする。ドミナントまたはサブミッシブのいずれかが本契約の条項に違反したときは本契約は即座に無効となり、また違反の結果について相手に対し全責任を負うことに合意する。

第6条　ドミナントとサブミッシブは本契約の全条項を読み、また全条項を主要目的および上記第2条から第5条に定められた基本的条項に照らし合わせて解釈するものとする。

役割

第7条　ドミナントは、サブミッシブの心身の健康および適切な教育、指導、調教に責任を負う。教育、指導、調教の内容および実施の時刻と場所はドミナントが決定する。またそれらは本契約または本契約第三条に基づいて定めた合意事項、リミット、安全対策の対象となる。

第8条　ドミナントが本契約または本契約第3条に基づいて定めた合意事項、リミット、安全対策に違反した場合、サブミッシブは即座に本契約を解除し、ドミナントとの主従関係を予告なく解消することができる。

第9条　サブミッシブは、上記規定と上記第2条から第5条を条件として、すべての事項においてドミナントに仕え、服従するものとする。本契約および本契約第3条に基づいて定めた合意事項、リミット、安全対策を条件として、サブミッシブは理由を質《ただ》すことなく、またためらうことなくドミナントが求める快楽を提供し、理由を質すことなく、またためらうことなく、ドミナントが選択する形式による教育、指導、調教を受け入れる。

契約期間
第10条　ドミナントとサブミッシブは、本契約の内容を完全に理解し、定められた条件にいかなる例外もなく遵守することを保証したうえで、契約開始日に本契約を締結するものとする。
第11条　本契約の有効期間は、契約開始日から3か月とする（〝契約期間〟）。期間満了時に、本契約および本契約に基づく取り決めを評価し、それぞれの要求が満たされたか否かを検討する。ドミナントまたはサブミッシブは本契約の延長を申し入れることができる。その際、本契約の条項に基づく取り決めの修正を求めることができる。延長の合意がない場合、本契約は無効となり、ドミナントとサブミッシブはそれぞれの生活に自由に戻ることができる。

拘束時間
第12条　サブミッシブは、契約期間中、毎週金曜夜のドミナントが指定する時刻から日曜午後のドミナントが指定する時刻まで（〝拘束時間〟）、ドミナントの要求に即座に応じられるよう待機する。拘束時間は、双方の合意に基づいて臨時に延長することができる。

第13条　ドミナントは理由を明示することなく、いつでもサブミッシブを拘束から解くことができる。サブミッシブは拘束の免除を申し入れることができる。ドミナントは、上記第2条から第5条および第8条に定められたサブミッシブの権利のみを条件として、この要請を自由裁量によって認容する。

場所

第14条　サブミッシブは拘束時間内および合意した延長時間内は、ドミナントの指定する場所でいつでも要求に応じられるよう待機するものとする。その際にサブミッシブが負担した交通費は、ドミナントが弁済することとする。

サービス規定

第15条　以下のサービス規定は検討のうえ合意されたものとする。ドミナントとサブミッシブは、契約期間中、これを遵守する。本契約で定められた条項およびサービス規定が想定していない事態の発生を予期し、発生した場合にはその都度、再交渉するものとする。その場合、本契約に修正条項として追加することができる。修正条項は合意の上で文書化し、双方が署名するものとする。また修正条項は、上記第2条から第5条で定められた基本的条項に反しないものとする。

ドミナント

第15条第1項　ドミナントは、いかなる場面においても、サブミッシブの健康と安全を最優先する。ドミナントは、いかなる場合でも、補遺2で定められた行為または二人のいずれかが安全でないと判断した行為への参加をサブミッシブに命じ、要求し、許可し、あるいは強要してはならない。ドミナントは、サブミッシブに重傷を負わせかねない行為あるいはサブミッシブの生命に危険を及ぼしかねない行為を行なってはならず、サブミッシブに行なわせてはならない。以下の本条の副条項は、すべてこの規定と本契約第2条から第5条に定められた基本条項に従うものとする。

第15条第2項　ドミナントは、契約期間中、サブミッシブを自身の所有物として受け入れ、支配し、服従させ、訓練する。ドミナントは、拘束時間中および合意した延長時間中、性的に、またはそのほかの形式で、随意にサブミッシブの体を利用することができる。

第15条第3項　ドミナントは、サブミッシブがドミナントに適切に仕えるために必要な訓練と指導を行なう。

第15条第4項　ドミナントは、サブミッシブが務めを果たす場を不変かつ安全に維持する。

第15条第5項　ドミナントは、サブミッシブが従属的な役割を完全に理解し、容認しがたい行動を自制するよう訓練することができる。ドミナントは、フロッガー、パドル、鞭、あるいはドミナント自身の体を使い、調教のため、自身の満足のため、あるいはそのほかの事項を理由に、サブミッシブに罰を与えることができる。懲罰の理由を明示する必要はない。

第15条第6項　訓練および調教において、ドミナントは、サブミッシブの体に永久に残る傷痕や医療機関での治療が必要な怪我を負わせないことを保証する。

第15条第7項　訓練および調教において、ドミナントは、調教および調教の目的で使用する器具の安全を保証する。また重傷の原因になりかねない使用、本契約で定められたリミットを逸脱した使用を行なわないことを保証する。

第15条第8項　サブミッシブが病気にかかった場合、または負傷した場合、ドミナントは放置せず、サブミッシブの健康と安全に責任を持ち、ドミナントが必要と判断した場合、医療機関で治療を受けさせる。

第15条第9項　ドミナントは自身の健康に留意し、リスクのない環境を保つために必要であれば、医療機関での治療を受ける。

第15条第10項　ドミナントはサブミッシブを別のドミナントに貸し出さない。

第15条第11項　ドミナントは、拘束時間中および合意した延長時間中、サブミッシブの健康と安全を尊重したうえで、理由にかかわらず、また時間の制限なく、サブミッシブの動作を抑制し、手錠をかけ、ロープなどで縛ることができる。

第15条第12項　ドミナントは、訓練および調教の目的に使用するすべての器具の清潔と衛生を保ち、安全な状態に維持する。

サブミッシブ

第15条第13項　サブミッシブは、ドミナントの所有物となったこと、また契約期間中、とくに拘束時間中および合意した延長時間中、ドミナントの随意に扱われることを理解したうえで、ドミナントを自身の主人として受け入れる。

第15条第14項　サブミッシブは、本契約の補遺1に定める規則（〝ルール〟）に従う。

第15条第15項　サブミッシブは、ドミナントが適切と判断した方法でドミナントに仕え、いかなる場合でも能力の限界までドミナントを満足させる努力をする。

第15条第16項　サブミッシブは、自身の健康を維持するために最善を尽くし、必要な場合には医療機関で治療を受けるものとする。体調に変化があれば、いかなる場合でもドミナントに報告する。

第15条第17項　サブミッシブは、経口避妊薬の処方を受け、避妊のため処方どおりのスケジュールで服用するものとする。

第15条第18項　サブミッシブは、ドミナントが必要と判断した調教行為を無条件に受け入れ、ドミナントに対する自身の地位と役割をつねに自覚する。

第15条第19項　サブミッシブは、ドミナントが許可した場合を除き、いっさいの自慰行為をしない。

第15条第20項　サブミッシブは、ドミナントの要求する性行為を、内容のいかんにかかわらず実行する。その際はためらうことなく、また反論することなく行なう。

第15条第21項　サブミッシブは、鞭、フロッガー、平手、杖、パドルなどを使った懲罰、あるいはドミナントが選択した懲罰を、ためらうことなく、理由を問うことなく、また不平を口にすることなく受け入れる。
第15条第22項　サブミッシブは、ドミナントからそのように命じられた場合を除き、ドミナントと視線を合わせない。サブミッシブは、ドミナントの前ではつねに目を伏せ、静かで礼儀をわきまえた態度を保つ。
第15条第23項　サブミッシブは、ドミナントに対し、つねに敬意を持ってふるまい、呼びかける際にはサー、ミスター・グレイ、あるいはドミナントが指示する呼称を使う。
第15条第24項　サブミッシブは、ドミナントが許可した場合を除き、ドミナントの体に触れない。

行動の制限

第16条　サブミッシブは、ドミナントあるいはサブミッシブが危険と判断した活動や性行為、あるいは補遺2に定める行為を行なわない。
第17条　ドミナントとサブミッシブは、補遺3に定める行為について話し合い、合意事項を補遺3に書面で記録する。

セーフワード

第18条　ドミナントとサブミッシブは、サブミッシブが従った場合、肉体的、心理的、精神的、あるいは宗教上の害をこうむるおそれがある行為をドミナントが要求する可能性があることを認識する。そのような場合、サブミッシブはセーフワード（〝セーフワード〟）を使うことができる。要求の過酷さの程度に応じ、二種類のセーフワードをあらかじめ定める。

第19条　セーフワード〝イエロー〟は、サブミッシブが忍耐の限界に近づいていることをドミナントに知らせるために使う。

第20条　セーフワード〝レッド〟は、サブミッシブがそれ以上の要求に耐えられないことをドミナントに知らせるために使う。このセーフワードが使用された場合、ドミナントは即座に当該行為を完全に中止する。

契約の締結

第21条　ドミナントとサブミッシブは、本契約のすべての条項を読んで理解したうえで以下に署名する。本契約の条項を自由意思によって了解したことをこの署名によって承認する。

ドミナント：　クリスチャン・グレイ

日付

サブミッシブ：　アナスタシア・スティール

日付

補遺1

ルール

服従

サブミッシブは、ドミナントから与えられた指示に、躊躇《ちゅうちょ》したり迷ったりせず、即座に従うこと。別に定めるハードリミット（補遺2参照）を除き、ドミナントが適切と判断したうえで快楽のために行なう性的行為に応じること。その際は、積極的に、またためらわずに受け入れること。

睡眠

サブミッシブは、ドミナントと行動を共にしない日は最低7時間の睡眠を取ること。

食事

サブミッシブは、心身の健康を維持するため、あらかじめ定める食品（補遺4参照）を規則正しく摂取すること。フルーツ以外の間食はしないこと。

衣服

契約期間中、サブミッシブはドミナントが許可した服のみを着用すること。購入費はドミナントが負担し、サブミッシブはその予算を使って衣服を購入する。ドミナントが希望すれば、衣服購入に同行することができる。契約期間中、ドミナントから要請があれば、ドミナントと行動をともにする場面、またドミナントが適切と判断した場面で、サブミッシブはドミナントが指定した衣服を着用すること。

エクササイズ

ドミナントは週4回、1時間ずつのパーソナルトレーニングの費用を負担する。トレーニングのスケジュールは、サブミッシブとパーソナルトレーナーの話し合いで決定する。パーソナルトレーナーはサブミッシブの進捗をドミナントに適宜報告すること。

衛生／美容

サブミッシブは、つねに清潔を保ち、シェーバー／ワックスを使用した無駄毛処理を怠らないこと。ドミナントが指定するタイミングでドミナントが指定する美容室に行き、ドミナントが適切と判断した施術を受けること。

安全

サブミッシブは、過量の飲酒、喫煙、医薬品を除く薬物の摂取、不必要な危険行為を避けること。

行動

　サブミッシブは、ドミナント以外の人物と性的関係を持たないこと。常識的な行動を心がけ、自身のふるまいのすべてがドミナントに影響を及ぼすことを意識すること。ドミナント不在時に犯した悪事、不正行為、不作法の責任はサブミッシブにある。右に掲げるルールに違反した場合、即座に懲罰が与えられる。懲罰の種類はドミナントが決定する。

補遺2

ハードリミット

・火を使う行為はしない
・放尿、脱糞、および排泄物を使う行為はしない
・針、刃物、ピアス、血を使う行為はしない
・婦人科用医療器具を使う行為はしない
・子供や動物を使う行為はしない

・皮膚に永久に消えない痕を残す行為はしない
・呼吸を抑制する行為はしない
・電流（交流、直流の両方を含む）、火、火炎状のものを体にじかに接触させる行為はしない

補遺3

ソフトリミット

以下の事項について、話し合いのうえで合意することとする。

サブミッシブは以下の行為に同意するか
・マスターベーション
・クンニリングス
・フェラチオ
・精液の嚥下
・膣性交
・膣フィスティング
・肛門性交

・肛門フィスティング

サブミッシブは以下の器具の使用に同意するか
・バイブレーター
・バットプラグ
・人工ペニス
・膣／肛門に使用するそのほかの器具

サブミッシブは以下の行為に同意するか
・ロープによる緊縛
・革手錠による緊縛
・手錠／足鎖／足枷による緊縛
・テープによる緊縛
・そのほかの緊縛

サブミッシブは以下の形式の緊縛に同意するか
・体の前で両手を縛る
・足首を縛る
・肘を縛る

・背中で両手を縛る
・膝を縛る
・手首を足首に縛りつける
・固定された物品、家具などに縛りつける
・スプレッダーバーに縛りつける
・ボディサスペンション

サブミッシブは目隠しされることに同意するか

サブミッシブは猿ぐつわを噛まされることに同意するか

サブミッシブはどのレベルの痛みまで進んで受け入れるか
　1を最高、5として最低として——
　1-2-3-4-5

サブミッシブは以下の形態の苦痛／体罰／調教を受け入れることに同意するか
・スパンキング
・鞭打ち
・バイティング

・膣クランプ
・熱蠟
・パドリング
・杖で打つ
・ニップルクランプ
・氷
・そのほかの形式／方法による苦痛

何これ。食品リストには目を通す気さえしなかった。ごくりと喉が鳴る。口がからからに渇いていた。もう一度、はじめから読み返した。

頭の芯がぶうんと低い音を立てている。こんなものに同意できるわけがない。これのどこがわたしのためのものなの！　〝わたしの官能性と限界を探る〟、それも〝安全に〟だって――どこがよ！　鼻で笑うしかない。〝すべての事項においてドミナントに仕え、服従するものとする〟。すべての事項において！　信じがたい思いで首を振った。だって、結婚の誓いにだってこんな言葉は出てこない。〝服従〟？　びっくりだ。いまどき、そんなことを誓うカップルがいるわけない。契約期間はたった三か月――過去に十何人もいるのは、だからということ？　彼のほうが三か月で契約を切るということ？　それとも、三か月でうんざりするのは女性のほう？　それに、毎週末？　多すぎる。ケイトにもろくに会えないだろうし、就職先でせっかく友達ができても――就職先を見つけるのが先決だけど――その人たちとつきあう暇もない。せめてひと月に一度くらいは週末を自由に使いたい。そうよ、生理のときとか――それなら……現実的だろう。彼がわたしのご主人さま！　彼の随意に扱われる！　冗談じゃない。

フロッガーや鞭で打たれることを考えただけで身震いが出る。平手打ちはさほど痛くはないだろうけど、屈辱的だ。緊縛？　今朝、手は縛られた。あれは……まあ、よかったかも。なかなか刺激的だった。緊縛はそんなにきらいじゃないかもしれない。別のドミナントにわたしを貸し出さない――当たり前でしょ。貸し借りされるなんて、絶対にお断り。こんなこと、まじめに検討するまでもない。

目を合わせてはいけない？　理解不能。だって、目を見られなかったら、彼が何を考えているか知る手がかりはいっさいなくなる。ううん、何を言っているの。彼が何を考えているか、わかったためしがないのに。ただ、彼の目は見ていたい。あの美しい目――魅惑的で、知的で、相手の心を見通すような、そして大きな秘密を隠した暗い暗い瞳。煙を噴きながら激しく燃えているような彼の目を思い出して、わたしはももとももをぎゅっと合わせ、身をよじらせた。

彼の体に触れてはいけない。これはまあ、いままでと変わらない。でも、このばかげたルール……無理。わたしにはとても無理。両手で顔を覆った。こんなの、まともな人間関係とは思えない。眠りたかった。疲労の限界だった。この二十四時間、酷使されつづけた体は疲れきっている。それに精神的にも……だめ、わたしの手には負えない。ホセなら、正真正銘の洗脳《マインド・ファック》と言うだろう。明日の朝には、それもきっと悪い冗談とは思えなくなっている。

よろめくように立ち上がり、手早く着替えをすませた。ケイトのピンク色のフランネルのパジャマを借りたほうがいいかも。優しく寄り添ってくれるもの、安心させてくれるものにくっついていたかった。パジャマ代わりのTシャツと短パンでバスルームに行き、歯を磨いた。

鏡に映る自分を見つめる。まさか、本気で迷ってたりしてないでしょうね……潜在意識の声が聞こえた。いつもの辛辣さはなく、冷静で理性的な声だった。内なる女神は五歳の子供みたいに手を叩きながら飛び跳ねている。お願い、その話に乗りましょうよ……これを逃したらきっと、たくさんの猫と古典文学しか話し相手のいない、わびしい老後を過ごすことになるわ。

わたしが生まれて初めて惹かれた男性。その人には、常軌を逸した契約書とフロッガーと地球一個分くらいの問題がおまけでついてくる。とりあえずこの週末は、わたしの意思が尊重された。内なる女神は飛び跳ねるのをやめて安らかな笑みを浮かべた。そうね……唇の動きだけでそう言い、満足げにうなずく。彼の手や唇がこの体のすみずみまで這い回り、彼の一部がわたしのなかに入ったことを思い出すと、頬が熱くなった。目を閉じる。お腹の奥底に、いまとなってはすっかりおなじみになった、あの筋肉が引きつるような甘い感覚が広がった。何度でもしたい。何度でも。セックスに限定して応じるという条件でサインすると言ったら……彼は納得する？　するとは思えない。

わたしは従順《サブミッシブ》な人間だろうか。きっとそういう印象を与えるのね。インタビューでのやりとりのなかで誤解を与えたのかも。内気なのは事実だ……でも、他人の言いなりになるかと言ったら——？　ケイトに威張り散らされてもどうとも思わない。それとこれとは同じことなの？　それに、あのソフトリミットのリスト。わたしの心はすでに逃げ腰になっている。ただ、ひとつずつ話し合ったうえで決めると書いてあったのは安心材料になる。

ベッドルームに戻る。頭がオーバーフローしかけていた。いったん頭を空っぽにしたほうがいい。朝、すっきりした気分でもう一度問題に向き合うほうがいい。いまいましい書類はバックパックに押しこんだ。明日……そう、明日は明日の風が吹く。ベッドにもぐりこみ、明かりを消して、天井を見つめた。ああ、彼と知り合いさえしなければ。内なる女神が首を振っていた。女神もわたしも、それはうそだとわかってる。わたしは生きているとこれほど強く実感したのは、二十一年で初めてだ。

目を閉じた。まもなく眠りに落ちていた。朝までのあいだに何度か、四柱式のベッドや拘束具や、射抜くような灰色の目の夢を見た。

翌朝、ケイトに起こされた。

「アナ。何度も呼んだんだけど。爆睡してたのね」

わたしのまぶたがいやいや持ち上がる。ケイトはただ起きていただけではなく、ジョギングに出かけて戻ってきたところらしい。目覚まし時計を見やった。八時。うそ！　九時間もぶっ通しで寝ていたことになる。

「どうしたの？」わたしは寝ぼけた声で訊いた。

「配達の人が来てる。何か届け物があって、あなた本人のサインがいるみたい」

「なんだろう？」

「起きて。大きな箱だった。なんなのか早く見たい」ケイトは興奮した様子で片足ずつ交互に飛び跳ねると、リビングルームに戻っていった。わたしはベッドから這い出し、ドアの裏にかけてあったローブを羽織った。長い髪をポニーテールに結ったおしゃれな若者がリビングルームに立っていた。大きな箱を抱えている。

「どうも」わたしはぼそぼそと言った。ケイトは小走りでキッチンに向かった。

「紅茶淹れてこようっと」

「ミス・スティールですね」

その瞬間、送り主が誰だか即座にぴんときた。

「そうですけど」わたしは用心深く答えた。

「お届け物です。セットアップと使いかたの説明もするように指示されています」

「え？　こんな時間に？」

「そういう依頼ですから、マダム」そう言って、チャーミングだけど、〝いいから黙って仕事をさせろ〟ふうの笑顔を作る。

いまこの人、わたしを〝マダム〟って呼んだ？　どういうこと、わたしはひと晩で十歳も老けたってこと？　もしそうだとしたら、あの契約書のせいね。むっとして唇をすぼめた。

「そう。で、中身は何？」

「ＭａｃＢｏｏｋ　Ｐｒｏです」

「あっそ、やっぱり」わたしはうんざりして天井を見上げた。

「発売前のモデルですよ、マダム。アップルの最新型ノートパソコンです」

そう聞いても驚かないのはなぜ？　わたしは盛大にため息をついた。

「そこのダイニングテーブルに置いてください」

キッチンに行った。

「何が届いたの？」ケイトがさっそく訊く。目はきらきらして、肌もつやつや。わたしに負けないくらいよく眠ったらしい。

「ノートパソコン。クリスチャンから」

「どうしてパソコン？　あたしのをいつでも使ってかまわないって言ってあるよね」ケイトは額に皺を寄せた。

それはわかってるけど、クリスチャンが考えてる用途には使えないの。

「貸してくれるだけ。試しに使ってみたらって」わたしの言い訳はあまりに説得力に乏《とぼ》しい。なのにケイトは、ぼんやりとうなずいた。うそでしょ……あっさりだまされるキャサリン・キャヴァナー。これも〝初めて〟だ。ケイトがわたしの分の紅茶を差し出した。

Ｍａｃのノートパソコンは、よけいなでっぱりがなくて、銀色に輝いていて、めちゃくちゃ格好いい。画面は巨大。クリスチャン・グレイは大きいものが好きだから。あの巨大なリビングルームを思い出した。ううん、彼のペントハウスそのものが巨大だ。

「最新のＯＳと、ひととおりのことはできるソフト一式が載ってて、ハードディスクは容量一・五テラだし、ＲＡＭは三十二ギガ――こんなすごいマシン、何に使うんですか」

「えっと……メール？」

「メール！」若者が絞り出すような声で言い、どこか具合が悪いみたいな顔で眉を吊り上げた。

「ネットの調べ物にも使うかも」わたしは申し訳なさそうに肩をすくめた。

若者がため息をつく。

「そうですか。ワイヤレス接続も設定ずみだし、ＭｏｂｉｌｅＭｅアカウントも設定しておきました。すぐにでも持って出かけられます。地球上のどこででも使える」若者は憧れのまなざしをＭａｃに注いだ。

「ＭｏｂｉｌｅＭｅアカウント?」

「専用のメールアドレスです」

え、わたし専用のメールアドレス?

若者が画面のアイコンのひとつを指さしながら説明を続けた。でもその声は、わたしの耳にはホワイトノイズも同然だった。何を言っているのかさっぱりわからないし、正直なところ、興味もなかった。細かいことはいいから、スイッチの入れかたと切りかただけ教えて。あとは使いながら覚えるから。ケイトのパソコンを四年も使っているんだから、どうにかなるでしょ。ケイトが来て、Ｍａｃを見るなり、感心したように口笛を吹いた。

「次世代のテクノロジー」わたしに向かって眉を吊り上げる。「ふつうなら花束が届くところよねえ。それか、ジュエリーとか」ケイトは笑いを嚙み殺しながら、意味ありげにそう言った。

わたしはケイトをにらんだ。でも、そのまま真顔でいるのは苦しかった。わたしたちは同時にくすくす笑い出して、止まらなくなった。若者が困惑顔でわたしたちを見ている。説明と設定を終えると、配達伝票を差し出してわたしにサインさせた。

ケイトが若者を見送りにいき、わたしは紅茶のカップをテーブルに置いてＭａｃの前に座ると、メールソフトを起ち上げた。さっそくクリスチャンからのメールが届いていた。心臓が喉もとまで跳ね上がった。クリスチャン・グレイからメール！　おそるおそる開封した。

差出人：　クリスチャン・グレイ
件名：　きみの新しいパソコン
日付：　２０１１年５月２２日　２３時１５分
宛先：　アナスタシア・スティール

親愛なるミス・スティール

ぐっすり眠れたことと思います。昨日打ち合わせたとおり、このノートパソコンを活用してください。

水曜のディナーを楽しみにしています。

その前に質問があれば喜んで答えます。メールでもけっこうです。

クリスチャン・グレイ
グレイ・エンタープライズ・ホールディングスＣＥＯ

わたしは〈返信〉をクリックした。

差出人：　アナスタシア・スティール
件名：　(貸与された) きみの新しいパソコン
日付：　２０１１年５月２３日　０８時２０分
宛先：　クリスチャン・グレイ

おかげさまでとてもよく眠れました、サー。どうしてだかはよくわかりませんが。
パソコンは貸与されたものと解釈しています。したがって、〝きみの〟パソコンではありません。

アナ

即座に返信があった。

差出人：　クリスチャン・グレイ
件名：　(貸与された) きみの新しいパソコン
日付：　２０１１年５月２３日　０８時２２分
宛先：　アナスタシア・スティール

いいでしょう、パソコンは貸与したものです――無期限で、ミス・スティール。

あなたの文章から、昨日渡した書類にすでに目を通されたことと察します。

現時点でご質問はありますか。

クリスチャン・グレイ
グレイ・エンタープライズ・ホールディングスCEO

口もとをゆるめずにはいられなかった。

差出人：　アナスタシア・スティール
件名：　知りたがり（お互いさま）
日付：　２０１１年５月２３日　０８時２５分
宛先：　クリスチャン・グレイ

質問は山ほどありますが、メールでお答えいただくのははばかられます。また、世の中には働かなくては食べていけない人間もいます。

無期限貸与のパソコンをほしいとは思いませんし、必要もありません。

ではまた。よい一日を、〝サー〟。

アナ

またすぐに返信があった。今度も微笑まずにはいられなかった。

差出人：　クリスチャン・グレイ
件名：　知りたがり（お互いさま）
日付：　２０１１年5月２３日　０８時２６分
宛先：　アナスタシア・スティール

またな、ベイビー。

PS：　私も生活のために働いているひとりです。

クリスチャン・グレイ
グレイ・エンタープライズ・ホールディングスCEO

ばかみたいににやにやしながらＭａｃをシャットダウンした。快活なクリスチャン。ついにやにやしちゃう。あっと、遅刻しそう。でも、アルバイトは今週いっぱいでおしまいの約束だ――クレイトン夫妻も少々の遅刻は大目に見てくれるはず。シャワーを浴びに走った。顔が溶け落ちそうなにやにや笑いはまだ引っこまない。彼からメールが来た。うれしくて、まるでくすくす笑いが止められない子供みたいだった。あの契約書に植えつけられた不安は消えていた。シャンプーしながら、メールで尋ねられそうな疑問なんてひとつでもあるだろうかと考えた。やっぱり、次に会ったときに話したほうがいい。だって、誰かが彼のアカウントに侵入したら？　考えただけで顔が熱くなった。手早く身支度をして、ケイトに行ってきますと叫び、クレイトンでの最後の一週間をこなすべく、玄関を飛び出した。

十一時にホセから電話があった。

「やあ、コーヒーの約束、大丈夫？」以前のホセに戻ったような声だった。親友のホセ。クリスチャンはなんて言ってたっけ？――求愛者？　求愛者のホセではなく。はあ。

「うん、大丈夫。いまクレイトンにいる。そうね――十二時ごろ来てもらえる？」

「わかった、行くよ」

電話を切り、クリスチャンと契約書のことを考えながら、刷毛を棚に補充する仕事を続けた。

ホセは時間どおりにやってきた。黒い目をした子犬みたいに、はしゃいだ足取りで店に入ってくる。

「アナ」いかにもヒスパニック系アメリカ人らしい真っ白な歯がきらりと輝く笑みを浮かべる。その笑顔を見たら、それまでの怒りはどこかへ吹き飛んでしまった。

「ホセ」わたしは彼を軽くハグした。「お腹空いて死にそう。ちょっと待ってて。ミセス・クレイトンに、お昼に行くって断ってくるから」

ホセと腕を組んで、近所のコーヒーショップまで歩く。ホセの……ふつうさがありがたかった。よく知っていて、ちゃんと理解できる相手。

「アナ」ホセが小声で言った。「ほんとに許してくれたの？」

「わかってるくせに、ホセ。あなたが相手じゃ、いつまでも怒ってるほうが難しい」

ホセが明るく微笑んだ。


早く家に帰りたかった。クリスチャンとのメールのやりとりにはまりかけている。それに、リサーチプロジェクトにも取りかかれるかもしれないし。ケイトは出かけていた。わたしはさっそく真新しいノートパソコンを起動して、メールソフトを開いた。ほら、やっぱり。クリスチャンからのメールが届いている。うれしくて、椅子の上で飛び跳ねた。

差出人：　クリスチャン・グレイ
件名：　生活のために働く人々
日付：　２０１１年５月２３日　１７時２４分
宛先：　アナスタシア・スティール

親愛なるミス・スティール

今日も楽しく仕事ができたことを祈っています。

クリスチャン・グレイ
グレイ・エンタープライズ・ホールディングスCEO

〈返信〉をクリックした。

差出人：　アナスタシア・スティール
件名：　生活のために働く人々
日付：　2011年5月23日　17時48分
宛先：　クリスチャン・グレイ

〝サー〟……仕事《ワーク》はとても楽しかったです。
お気遣いありがとう。

アナ

差出人：　クリスチャン・グレイ
件名：　宿題《ワーク》をしろ！

日付：　２０１１年５月２３日　１７時５０分
宛先：　アナスタシア・スティール

ミス・スティール
楽しかったとのこと、何よりです。
メールをしていることは、リサーチをしていないということだね。

クリスチャン・グレイ
グレイ・エンタープライズ・ホールディングスＣＥＯ

差出人：　アナスタシア・スティール
件名：　お節介
日付：　２０１１年５月２３日　１７時５３分
宛先：　クリスチャン・グレイ

ミスター・グレイ、メール攻撃を即時中止してください。宿題が始められません。
次もＡを狙っています。

アナ

わたしはいいぞと自分を抱きしめた。

差出人：　クリスチャン・グレイ
件名：　待ちきれない
日付：　２０１１年５月２３日　１７時５５分
宛先：　アナスタシア・スティール

ミス・スティール
そっちこそメール攻撃を即刻中止して、さっさと宿題を済ませること。

次もＡをつけたいね。

最初のＡは実力を正当に評価した結果です。
(^_-)

クリスチャン・グレイ
グレイ・エンタープライズ・ホールディングスＣＥＯ

クリスチャンがウィンクの絵文字を送ってきた……ひゅう。ウェブブラウザーを起ち上げてグーグルを開いた。

差出人：　アナスタシア・スティール
件名：　ネット検索
日付：　2011年5月23日　17時59分
宛先：　クリスチャン・グレイ

ミスター・グレイ
検索キーワードの提案はありますか。

アナ

差出人：　クリスチャン・グレイ
件名：　ネット検索
日付：　2011年5月23日　18時02分
宛先：　アナスタシア・スティール

ミス・スティール

調べ物はまずウィキペディアからだ。
質問がないかぎり、これ以上のメールは禁止する。
わかったか？

クリスチャン・グレイ
グレイ・エンタープライズ・ホールディングスCEO

差出人：　アナスタシア・スティール
件名：　威張りんぼ！
日付：　2011年5月23日　18時04分
宛先：　クリスチャン・グレイ

イエス……〝サー〟。
あなたってやっぱりすごい威張り屋。

アナ

差出人：　クリスチャン・グレイ
件名：　抑えて
日付：　2011年5月23日　18時06分
宛先：　アナスタシア・スティール

アナスタシア、きみはまだ現実を知らずにいる。
まあ、うすうす悟りはじめているころかもしれないが。

宿題を始めなさい。

クリスチャン・グレイ
グレイ・エンタープライズ・ホールディングスCEO

わたしはウィキペディアの検索窓に〝サブミッシブ〟とタイプした。

三十分後、軽い吐き気をもよおしていた。正直なところ、骨の髄まで衝撃に震えていた。こんないまわしい知識、本当にこのまま頭に入れておきたい？　もう。これがあの苦痛の赤い部屋で行なわれてることなの？　わたしは画面をぼんやりと見つめた。でも、わたしの一部――ごく最近、わたしがお近づきになった、たっぷりの湿り気を帯びた大事な部分は、どうしようもないほど興奮していた。すごい。これってかなり刺激的じゃない？　ただ、わたしにはどうなの？　だって……こんなことできる？　少し時間がほしい。よく考える時間が必要だ。

12

生まれて初めて、自発的にジョギングに出かけることにした。買ったきり一度も使っていない安物のランニングシューズとスウェットパンツとTシャツをやっとのことで発掘した。髪はふたつに分けて三つ編みにする。その髪型がよみがらせた記憶に顔を赤らめながら、ｉＰｏｄのヘッドフォンを耳に入れた。あの最新情報科学の驚異の前にじっとすわって、いかがわしい資料を読みつづけるのにはもううんざり。鬱積して心身を消耗しているエネルギーを別のところで発散したい。本心を言えば、いっそヒースマン・ホテルまで走って、あのコントロール・フリークにセックスを要求してやりたいところ。でも、ヒースマンまでは八キロある。一キロだって走れるかどうか怪しいのに、八キロなんて絶対に無理。それに、彼に断られでもしたら、屈辱から二度と立ち直れないかも。

玄関を下りると、ちょうどケイトが車から降りてきた。わたしを見るなり、買い物袋を取り落としそうになった。ランニングシューズを履いたアナ・スティール。わたしは挨拶《あいさつ》代わりに手を振っただけで立ち止まらず、尋問を回避した。どうしてもひとりきりになりたかった。耳のなかでスノウ・パトロールが大音量でかかっている。わたしはオパールとアクアマリンをちりばめたような夕暮れの空の下、出発した。

公園をのろのろと走る。自分ではどうしたい？　彼は欲しい。でも、彼の出している条件は？　わからない。徹底的に交渉するのが最善策なのかもしれない。あのばかげた契約書を一行ずつたどって、どれは容認できて、どれは受け容れられないか、ひとつずつ伝える。リサーチによれば、あれは法律的には〝強制不能契約〟だ。彼がそのことを知らないはずがない。あれはたぶん、わたしたちの関係を構成する要素を定めるだけのものということ。わたしが彼から何を得られるか、彼がわたしから何を得られるか——完全な服従——を定義している。完全に服従する覚悟はある？　そもそも、そんなことがわたしにできる？

ずっと心につきまとっている疑問がひとつある。彼はどうしてこうなったのか。十五歳という幼さでおとなにもてあそばれたから？　わからない。彼はいまだに謎だらけだ。

トウヒの大木のそばで立ち止まり、両手を膝に当てて肩で息をして、貴重な空気を肺に吸いこんだ。ああ、気持ちがいい。頭のなかがすっきりした。そこに芽生えた決意が固まっていくのが感じ取れるような気がする。そうだ、そうしよう。何は譲歩できるか、何はできないか、彼とひとつずつ話し合おう。まずはメールで伝えて、水曜日に会ったときに徹底的に話し合えばいい。深呼吸をして体のなかを換気したあと、また走ってアパートに戻った。

ケイトは盛大に買い物してきたらしかった。バルバドス旅行用の服だ。ほとんどがビキニとおそろいのパレオだった。どれもケイトが着たらものすごくきれいだろうな。そうわかりきっているのに、やっぱりわたしを座らせると、全部を試着して、全部について感想を言わせた。〝とってもきれいよ、ケイト〟の同義語はそうたくさんはない。ケイトは、細いのに出るところは出た、誰もがうらやむスタイルをしている。わざとやっていることではないってわかってはいる。でもわたしは、引越の荷造りをしなくちゃと言い訳をし、汗で湿ったスウェットパンツに包まれたみっともない体を引きずるようにして自分の部屋に逃げこんだ。自分がどうしようもなくつまらない存在に思えた。最新のテクノロジーの結晶、Ｍａｃをデスクに置いて、クリスチャンにメールした。

差出人：　アナスタシア・スティール
件名：　ショックで卒倒しそうな大学生
日付：　２０１１年５月２３日　２０時３３分
宛先：　クリスチャン・グレイ

もうお腹いっぱい。
お知り合いになれて楽しかったです。

アナ

〈送信〉をクリックし、胸を抱くようにして、自分の小さなジョークに笑った。彼にも通じるだろうか。あ――通じないかも。クリスチャン・グレイは、すばらしいユーモアのセンスの持ち主とは言えない。ただ、ユーモアのセンスをまるきり持ち合わせていないわけでもない。その証拠に、彼の冗談を何度も聞いている。でも、今回はちょっとやりすぎたかもしれない。わたしは返信を待った。

待った。待ちつづけた。目覚まし時計を確かめる。十分経過。

胸のなかでふくらみはじめた不安を忘れたくて、ケイトに宣言したとおりの作業に取りかかった——自分の部屋の荷造り。まずは本を箱に詰めた。九時になっても返事はなかった。外出でもしてるのかも。わたしは駄々っ子のように頬をふくらませ、iPodのヘッドフォンを耳に押しこんだ。スノウ・パトロールの続きを聞きながら小さなデスクに向かい、契約書を読み返し、気になる点をメモしていった。

何がきっかけで顔を上げたのかわからない。視界の隅に何か動くものがあるのを無意識に察知したのかも。とにかくふと顔を上げると、部屋の戸口に彼が立って、わたしをじっと見つめていた。灰色のフランネルのパンツと白い麻のシャツを着て、車のキーを静かに揺らしている。わたしはヘッドフォンを取って凍りついた。うっそ！

「こんばんは、アナスタシア」冷ややかな声。用心深く感情を隠した顔。わたしのしゃべる能力はそそくさと逃げていった。ケイトめ。断りなく彼を部屋に入れるなんて。自分がまだスウェットパンツとTシャツを着たままで、シャワーも浴びていなくて、汗まみれでいることをぼんやり思い出した。対照的に彼は、むしゃぶりつきたいくらいセクシーだ。いつものようにパンツを腰ばきに穿いていて、しかもわたしの部屋にいる。

「さっきのメールには、じかに会って返事をすべきだと思ったものでね」辛辣な声だった。

わたしは口を開き、閉じた。また開いて、また閉じた。悪ふざけが自分に返ってきた。まさか彼がやりかけのことを全部放り出して、押しかけてくるとは夢にも思っていなかった。

「座ってもいいかな」彼の目はいたずらっぽくきらめいている。よかった。もしかしたら、彼もこの滑稽さをわかってくれるかもしれない。

わたしはうなずいた。話す能力はあいかわらず姿が見当たらない。クリスチャン・グレイがわたしのベッドに座ってる！

「きみの部屋はどんな雰囲気なんだろうと思っていたよ」彼が言った。

わたしは室内に目を走らせて逃げ道を探した。だめ。あらためて探そうとしたところで、やっぱりドアと窓しか出口はない。わたしの部屋はどちらかといえば実用一点張りだけれど、居心地はいい。最低限の数の白い籐《とう》の家具、白い金属フレームのベッド、母が古き良きアメリカ風の小物に凝っていた時期に作ってくれたパッチワークのキルト。全体としては水色とオフホワイトで統一されている。

「ここはとても落ち着くな」彼が言う。

いまはその正反対よ……あなたがいるいまは。

わたしの延髄はようやく自分の存在意義を思い出したらしい。わたしは呼吸を再開した。「どうして……?」

彼が笑みを作る。「今日はまだヒースマンに泊まっているからね」

それは知ってるってば！

「飲み物は?」何を言おうか迷ったけれど、礼儀正しくもてなすのがいちばん無難だという判断に落ち着いた。

「いや、気を遣わないでくれ、アナスタシア」彼はそう言って、輝くばかりの、でもどこか意地の悪い笑みを浮かべた。首をわずかにかしげている。

あ、そう。わたしは景気づけに一杯やりたいところだけど。

「で、私と知り合えて楽しかった《ナイス》んだって？」

うわ。やっぱり気分を害しちゃったってこと？　わたしはうつむいて自分の手を見つめた。どうしたらこの危機から脱出できるだろう。ただのジョークでしたと説明したところで、彼がいまさら、なるほど笑えるジョークだなと感心するとは思えない。

「メールで返事が来ると思ってた」わたしの声は小さく、情けないほど弱々しい。

「そうやって下唇を噛んでいるのはわざとなのか？」彼が低い声で訊いた。

わたしははっと息を呑み、唇を噛むのをやめて、顔を上げて目をしばたたかせた。「無意識にやってたみたい」小声で答える。

心臓がばくばくいっている。いつもの引力を感じていた。電気に似た、あのぞくぞくするような感覚。それが彼とのあいだでふくらんで、静電気みたいにぱちぱち音を立てている。彼との距離はあまりにも近い。瞳は煙ったような暗い灰色をしていた。脚を開いて座り、肘を膝についている。ふと身を乗り出すと、三つ編みにしたわたしの髪を片方だけほどいた。呼吸が浅くなる。動くことができない。反対側の三つ編みに触れようとしている彼の手を、まるで催眠術にでもかかったみたいにぼんやりと見つめていた。彼の手がヘアゴムをそっと引っ張り、長くて器用な指が三つ編みをほぐす。

「エクササイズを思い立ったわけだ」彼の声は低く歌うようだった。指先でわたしの髪を耳のうしろに押しやる。「それはどうしてかな、アナスタシア？」彼の手はわたしの耳を一周するように動いて、最後に耳たぶを引っ張った——とても優しい手つきで、リズミカルに。ああ……ぞくぞくしちゃう。

「考える時間がほしかったから」わたしはかすれた声で答えた。ヘッドライトに照らされたシカ、炎に引き寄せられる蛾、蛇ににらまれた小鳥——彼は何もかもわかったうえでやっている。

「何を考える時間がほしかったんだ、アナスタシア？」

「あなたのこと」

「考えた結果、私と知り合えたのは楽しかったという結論に達したわけか。ちなみに、私を聖書的な意味で知ることができて——肉体的に知ることができてよかったという意味か？」

いや、その——わたしは赤面した。「あなたが聖書を読むなんて意外な感じ」

「日曜学校に通ったからね、アナスタシア。たくさんの知識を学んだよ」

「聖書にはたしか、ニップルクランプは出てこなかったと思うけど。あなたはきっと時代を先取りした翻訳で勉強したのね」

彼の唇が弧を描いて小さな笑みを作った。わたしの目はそこに吸い寄せられた。

「ともかく、じかに会って、わたしと知り合ってどれほど楽しかったかをきみに思い出してもらうべきだろうと考えた」

ええええ。わたしはぽかんと口を開けて彼を見つめた。彼の指が耳たぶから顎に移動する。

「さて、思い出してみての感想を聞かせてもらえるかな、ミス・スティール？」

彼の視線が突きささる。彼の目には挑むような色があった。彼の唇が軽く開く。待っているのだ。とぐろを巻いて鎌首《かまくび》を持ち上げ、攻撃するタイミングを計っている。わたしのお腹の底で情欲に――強烈で、どろどろしていて、熱をためるだけためた欲望に、火がついた。わたしは先制攻撃をしかけた。彼に飛びかかった。わたしが先に飛びかかったはずなのに、どういうわけか、次の瞬間にはベッドに転がされて組み敷かれていた。腕は頭の上で押さえつけられている。彼のもう一方の手がわたしの顎をつかみ、唇はわたしの唇を探し当てた。

舌が侵入して、わたしを占領し、所有権を主張した。その強引さがわたしを高揚させた。わたしは全身で彼の重みを受け止めている。彼はわたしを求めている――そう考えただけで、体の内側を奇妙な、でもすばらしく甘い感覚が駆けめぐった。ちっちゃなビキニを着たケイトではなく、十五人のうちの誰かではなく、邪悪なミセス・ロビンソンでもなく、彼はわたしを求めている。この美しい人がわたしを欲しがっている。内なる女神の顔は、ポートランド一帯を明るく照らせそうなくらい輝いていた。彼がキスを中断した。わたしは目を開けた。彼がじっとわたしを見下ろしていた。

「私を信じるか?」

目を見開いてうなずいた。心臓は胸のなかを跳ね回り、体じゅうの血管が雷鳴のように脈打っている。

彼が手をパンツのポケットから銀色がかった灰色のシルクのネクタイを取り出した……あのシルバーグレイのネクタイ、わたしの手首に細かい網目模様を残したあのネクタイだった。彼の動きはすばやかった。わたしにまたがるように座ると、手首を縛った。今回は、ネクタイのもう一方の端を白いスチール枠のベッドの頭の側のポールの一本に結びつけた。ネクタイを軽く引っ張って、ほどけないことを確かめる。もう逃げられない。文字どおりベッドに縛りつけられている。そして、ああ、どうしようもないほど興奮している。

彼がわたしの上から下りてベッドの脇に立った。わたしを見つめる瞳には、欲望が色濃く浮かんでいる。その目の奥に、征服感と安堵が見えた。

「これで安心だな」そう言って、どこかいたずらっぽい、意味ありげな笑みを浮かべた。それからかがみこんで、わたしのスニーカーの紐をほどきにかかった。だめ……だめだったら。足は……だめ。だって、ジョギングしたままなのに。

「いや」わたしは足をばたつかせて彼の手を振り払おうとした。

彼が動きを止める。

「抵抗するようなら、足も縛るぞ。大きな声を出したら、アナスタシア、猿ぐつわを嚙ませる。静かにしていろ。キャサリンはいまごろ、そこのドアに耳を当てているんじゃないか」

猿ぐつわ！　ケイト！　わたしは即座に口を閉じた。

彼は手際よくスニーカーとソックスを脱がせ、スウェットパンツもそろそろと脱がせた。うう、今日はどのパンティを穿いてたっけ？　彼がわたしを抱き上げ、キルトと毛布をどけたあと、またシーツの上に下ろした。

「さてと」彼は自分の下唇を舌でゆっくりとなぞった。「また唇を嚙んでいるぞ、アナスタシア。それをすると私がどうなるか、わかっているだろう」そう言って、警告するように人差し指をわたしの唇に押し当てた。

ああ。自分を抑えきれない。ベッドに縛りつけられたまま、わたしの部屋を優雅に動き回る彼を見ているのと、どうかしてしまいそう。ものすごくエロチック。彼はゆっくりと、わざとらしいくらいゆっくりと、靴とソックスを脱ぎ、パンツのボタンをはずし、シャツを脱いだ。

「きみは知りすぎたといったところかな」彼はそう言うと、肩を揺らしておかしそうに笑った。それからわたしにまたがると、Tシャツの裾を押し上げた。そのまま脱がせるのかと思ったら、顎の下まで押し上げたところで裏返しにして、さらに上に引っ張った。わたしの口と鼻は外に出ている。でも、目はTシャツで隠れていた。生地がくしゃくしゃと何重にもなっているせいで、生地を透かして向こうを見ることはできない。

「ふむ」彼の満足げな声。「いいね。どんどん私好みになっていく。ちょっと飲み物をもらってこよう」

わたしの唇に彼の唇が軽く重なったあと、彼の重みがベッドから消えた。部屋のドアが開く音。飲み物をもらってこようって——どこで？　この家で？　ポートランドで？　シアトルで？　わたしは耳をそばだてて彼の気配を探した。くぐもった話し声が聞こえる。ケイトと話をしている。うそ……裸も同然の格好で！　ケイトはなんて言うだろう。まもなく、ぽんというかすかな音が聞こえた。なんの音？　彼が戻ってきた。ドアがきしむ音がまた聞こえて、素足で歩く静かな足音が続き、次に液体に揺られた氷がグラスにぶつかる音が聞こえた。飲み物って何？　ドアが閉まる。彼がパンツを脱いでいる気配がした。パンツが床に落ちる。今度こそ全裸だ。彼がまたわたしにまたがった。

「喉は渇いたか、アナスタシア？」焦らすような声。

「渇いた」わたしは答えた。ふいに口のなかが渇ききっていた。氷がグラスにぶつかる音がした。

彼がかがみこんでキスをし、きんと冷えた甘い液体をわたしの口に流しこんだ。白ワインだ。思いがけないことだった。ワインは冷えていて、クリスチャンの唇も冷たいけれど、ものすごくセクシー《ホット》だ。

「もっと？」彼がささやく。

わたしはうなずいた。ワインはたまらなく美味だった。彼の口から移されたものだったから、よけいに。彼がかがみこむ。わたしはまた彼の唇からワインを飲んだ……ああ。

「このくらいにしておこうか。きみのアルコール許容限度がかなり低いことは、私もきみもよく知っているからね、アナスタシア」

真顔ではいられない。わたしはにやりとした。すると彼がかがみこんで、またひと口分流しこんだ。彼の重みが消え、隣に横たわる。腰に勃起したものが押しつけられた。欲しい。早く欲しい。

「これはいいか《ナイス》？」彼が訊く。辛辣な響きがあった。

わたしは身をこわばらせた。また氷が揺れる音がした。彼がかがみこみ、キスをしながら、少量のワインと一緒に小さな氷のかけらをわたしの口に滑りこませた。それから、冷えきった唇をわたしの体の中心に這わせはじめた。鎖骨のあいだ、乳房のあいだ。上から下へ。途中でおへそに冷たいワインの池を作り、そこに氷の小さな塊を浮かべた。その冷たさが燃えるような感覚に変わって下腹の底へと伝った。すごい。

「じっとしていたほうが無難だぞ」彼のささやき声。「動くと、アナスタシア、ベッドがワインでびしょびしょになる」

反射的に腰がぴくりと動いた。

「おっと、いけない子だ。ワインをこぼしたらお仕置きだぞ、ミス・スティール」

わたしは低くうめき、腰を持ち上げたい衝動と懸命に闘った。両手を縛っているネクタイがぴんと張った。いや……お願い、お仕置きはやめて。

ところが彼は、代わりに指でブラのカップを引き下ろした。むきだしの無防備な乳房が押し上げられる。彼が身動きをした。と、冷たい唇が左右の乳首を順番にくわえ、軽く引っ張った。わたしの体が弓なりにのけぞりそうになる。必死に押さえつけた。

「これもいいか《ナイス》」彼の息が乳首に吹きかかる。

また氷がぶつかる音がした。氷が右の乳首の周囲をなぞりはじめ、同時に、彼の唇が左の乳首をもてあそぶ。わたしはあえいだ。動かないようにするだけでせいいっぱいだ。気持ちのよすぎる拷問だった。

「ワインをこぼしてみろ、いかせないぞ」

「いや……お願い……クリスチャン……サー……お願い」もうどうかしてしまいそう。彼の顔が笑みを作る音が聞こえたような気がした。

おへそに浮かんだ氷が溶けはじめている。わたしの体は火照っているだけじゃない——熱を持ち、冷やされて、そのうえ求めている。彼を求めている。ファックしてほしい。いますぐ。

冷えきった彼の指がそろそろとわたしのお腹を横切る。肌は過敏になっていた。反射的に腰が持ち上がり、さっきより温かくなった液体がおへそからあふれてお腹に広がった。クリスチャンがすばやくかがんで舐め取った。キスをし、軽く嚙み、吸いながら。

「アナスタシア。ついに動いてしまったね。さて、きみをどうしたものかな」

わたしは激しくあえいでいた。意識にはもう、彼の声と彼の感触しか存在していない。それ以外のすべては現実とは思えなかった。それ以外のものは存在しない。わたしのレーダーにとらえられていない。彼の手がパンティの奥にすべりこむ。彼が不意打ちを食らったようにはっとしたのがわかった。その音はわたしの耳に、拷問に耐えたことへのご褒美のように聞こえた。

「ああ、ベイビー」彼はそうささやく。同時に、指が二本、するりと忍びこんだ。

息が止まりかけた。

「あっというまに私を受け入れる準備ができるらしいな」彼はそう言うと、焦らすようにゆっくりと指を出し入れしはじめた。わたしは彼の手に押しつけるように腰を持ち上げた。

「欲張りな子だ」優しく叱るような声だった。親指がクリトリスの周囲に円を描いたあと、中心をそっと押した。

わたしは大きなうめき声を漏らした。彼の熟練した指に反応して体が跳ね上がる。彼が手を伸ばしてTシャツを完全に脱がせた。ようやく彼が見えるようになった。ベッドサイドテーブルのほのかな明かりがまぶしくて、思わず目をしばたたかせた。彼に触れたくてたまらなかった。

「あなたに触れたい」わたしは言った。

「わかっている」彼はそう言ってかがみこむと、キスをした。そのあいだも指はわたしのなかで規則的に前後し、親指は転がしたり押したりを繰り返している。彼はもう一方の手でわたしの髪をつかんで頭が動かないようにした。彼の舌は指と同じ動きを繰り返している。脚が強《こわ》ばるのを感じて、わたしは腰を突き出して彼の手に押しつけた。すると彼は手の力をゆるめ、わたしは瀬戸際からいきなり引き戻された。同じことが延々と繰り返された。ああ、もどかしい……お願い、クリスチャン——わたしは心のなかで叫んだ。

「これが罰だよ。いきそうなのに、いけない。どうだ、これもいいか《ナイス》?」彼が耳もとでささやく。わたしは泣き声を漏らし、手を縛っているネクタイを引っ張った。わたしは無力だった。エロチックな拷問にただただ夢中になっていた。

「お願い」彼に懇願した。するとようやく哀れに思ってくれたらしい。

「どうやってファックしたらいいだろうね、アナスタシア?」

ああ……体がわななきはじめた。彼の手がまた動きを止める。

「お願い」

「何が欲しい、アナスタシア?」

「あなた……いますぐ」わたしは泣き声で答えた。

「どう欲しい? こうか? ああか? 選択肢は無限だ」彼の息が唇に吹きかかる。指がわたしのなかから消え、彼はベッドサイドテーブルに置いてあったアルミの小袋を取った。わたしの脚のあいだに膝立ちになり、ぎらついた目でわたしをじっと見下ろしながら、パンティをゆっくりと引き下ろした。それからコンドームを着けた。わたしは魅入られたように陶然とその様子を見つめた。

「これはいいながめか《ナイス》?」彼が自分のものをさすりながら訊く。

「ジョークのつもりだった」わたしはみじめな声で言った。お願いだからファックして、クリスチャン。

驚くほど長いペニスをさすりながら、彼は眉を吊り上げた。

「ジョークだって？」その声の優しさが、かえって凄《すご》みを感じさせた。

「そう、ジョーク。お願い、クリスチャン」わたしは哀願した。

「いまもそのジョークとやらで笑っているのか」

「笑ってない」わたしは弱々しく訴えた。

わたしは破裂しそうな性欲の塊でしかなかった。彼は一瞬、わたしをじっと見つめた。わたしの欲望の深さを測っているかのように。それからふいにわたしの体をつかむと、うつぶせにひっくり返した。わたしは驚いた。両手は縛られたままだから、肘をついて体重を支えるしかない。彼が後ろから両膝を押し上げ、わたしはお尻を高々と突き出した格好になった。次の瞬間、彼が平手でお尻を叩いた――思いきり。それに反応する間もなく、今度はわたしのなかに押し入ってきた。わたしは叫び声をあげた。平手打ちと、唐突な挿入に驚いて。そして即座にオーガズムを迎えた。何度も、何度も。繰り返しわたしのなかに突き立てる彼の体重の下で、何度も崩壊した。彼はまだやめない。わたしはもう疲れ果てていた。もう続けられない……彼はかまわず激しく腰を振っている……やがてまたあの感覚がお腹の奥からふくらんで……うそよ……こんなことって……

「いけ、アナ。もう一度いけ」彼が歯を食いしばりながらうなるように言った。すると信じられないことに、わたしの体はその言葉に従順に反応し、わたしは彼の名前を叫びながらまたしても絶頂にのぼりつめて、彼のものを包んだまま痙攣した。体が破裂して小さな破片になった。クリスチャンも動きを止め、無言でようやく放出した。そして息を弾ませながらわたしの上に倒れこんだ。

「これはどうだ、よかった《ナイス》か？」顎を食いしばって訊く。

ああ。ああ……

わたしは荒い息をしながらぐったりとベッドに横たわった。目を閉じる。彼はゆっくりとわたしのなかから出ていくと、すぐに立ち上がって服を着た。服を着終えると、ベッドに戻ってきて、優しくネクタイをほどき、Ｔシャツから抜き取った。わたしは指を曲げ伸ばしして手首をさすった。ネクタイの網目模様が手首に刻まれているのを見て、思わず微笑んだ。引き下ろされていたブラを元どおりにすると、彼が羽毛布団とキルトをかけてくれた。わたしは放心したように彼を見上げた。彼は皮肉な笑みを浮かべてわたしを見下ろしている。

「いまのはほんとにすごかった《ナイス》」わたしは遠慮がちに言った。

「またその言葉か」

「きらい？」

「いや。ただ、私にはあまり魅力的には聞こえない」

「あ――そう？……あなたに対しては有効みたいなのは、わたしの気のせい？」

「私に有効だって、え？　まだ私の自尊心を傷つけたいか、ミス・スティール？」

「あなたの自尊心にはいまのところ傷ひとつついてなさそうだけど」そう言いながらも、本当にそうだろうかという疑念を感じた――何かがわたしの頭をすっとよぎった。その考えは、手を伸ばしてつかまえようとした瞬間にするりと逃げて、一瞬で消えてしまった。

「そうか？」彼の声は穏やかだった。服を着たままわたしの隣に横たわり、肘をついて頭を支えている。キルトの下のわたしは、ブラしか着けていない。

「どうして体に触られるのがいやなの？」

「とにかくいやなだけだ」彼は身をかがめてわたしの額に軽くキスをした。「あれはきみなりのユーモアだったわけか」

わたしはおずおずと笑みを浮かべて肩をすくめた。

「なるほど。では、私の提案を却下したわけではないということか」

「あなたのみだらな提案のことなら……まだ検討中。ただし、いくつか話し合いたい問題はある」

彼は安心したように微笑んだ。「話し合いたい問題があるだけよかったよ」

「箇条書きにしてメールで送ろうとしてた。そこに、その、あなたっていう邪魔《インタラプト》が入ったっていうか」

「コイトゥス・インテルプトゥス（ラテン語。本来は「膣外射精」を指すが、ここでは「セックスという邪魔」といった意味合いで使っている）」

「ほらね、やっぱり。あなたにもちゃんとユーモアのセンスはあると思った」

「私のユーモアの守備範囲はごくせまいんだ、アナスタシア。きみに断られたと思った。話し合いに応じる気はないと通告されたとね」彼の声はふいに小さくなった。

「わからない。まだ決めてないの。わたしに首輪を着けたりする？」

彼は驚いたように眉を吊り上げた。「きちんと宿題をすませたらしいな。それはわからないよ、アナスタシア。過去の相手には首輪を着けたことはない」

へえ……意外に思うべきなのだろうか。その世界のことはほとんど何も知らない……どう反応すべきかわからない。

「あなたは着けられた？」わたしはささやくような声で尋ねた。

「ああ」

「ミセス・ロビンソンから？」

「ミセス・ロビンソン！」彼は頭をのけぞらせて大きな声で楽しげに笑った。ふいに若々しくて屈託がない人のように見えた。その笑い声は伝染力を持っていた。

つられてわたしも口もとをゆるめた。

「きみがそう呼んでいたと本人に話そう。きっとおもしろがるぞ」

「いまもよく会うの？」内心の驚きを隠せなかった。

「ああ」彼は真顔に戻っていた。

そうなんだ……心の片隅で嫉妬の炎が勢いよく燃え上がった。自分の想いの深さにたじろいだ。

「そう」つい硬い声になった。「つまり、あなたには裏の生活について相談する相手がいるけど、わたしは誰にも話しちゃいけないってこと」

彼が顔をしかめた。「そういうふうに考えたことはなかったな。ミセス・ロビンソンは、その裏の生活の一部だったから。前にも話したろう。いまはいい友人なんだ。きみさえよければ、過去のサブミッシブを紹介する。相談相手になってもらうといい」

え？　ねえ、わざとわたしの神経を逆なでしてるの？

「それはあなたなりのユーモア？」

「いや、本気で言ってるんだが、アナスタシア」彼は困惑顔で首を振った。

「紹介はけっこうよ――自分で解決します。お気遣いありがとう」わたしはぴしゃりと言い、毛布を顎まで引っ張り上げた。

彼は途方に暮れたような顔、驚いた顔でわたしを見つめている。

「アナスタシア……」彼が言葉に詰まった。ん？　これも〝初めて〟かも。「きみを怒らせようと思って言ったことではない」

「怒ってなんていない。唖然《あぜん》としてるだけ」

「唖然としている？」

「だって、あなたの元恋人……元奴隷……元サブミッシブ……とにかく、その人たちとは会いたくない」

「アナスタシア・スティール――ひょっとして、焼きもちを焼いているのか」

わたしの頬が赤くなった。真っ赤に。

「今日は泊まっていくの？」

「明日、ヒースマンでブレックファストミーティングがある。それに前にも話したね。私は恋人とも、奴隷とも、サブミッシブとも、とにかく誰とも一緒には眠らない。金曜と土曜のことは例外だ。きみと一緒に寝ることも二度とない」彼の低くかすれた声の裏に、硬い決意が聞き取れた。

わたしは唇をとがらせてみせた。「疲れちゃった」

「私を追い払おうとしているのか」彼はおもしろがっているように、そして少し動揺しているように眉を吊り上げた。

「そうよ」

「それもまた〝初めて〟だな」彼は探るような目でわたしを見つめた。「いまは話し合いたくないわけだ。契約について」

「そうよ」わたしは不機嫌に答えた。

「ふむ。お仕置きに尻を叩きたいところだな。きみもすっきりするだろうし、私の気も晴れる」

「そういうことは言えないはずよね……わたしはまだなんの契約書にもサインしてないんだから」

「誰にでも夢を見る権利はあるよ、アナスタシア」彼はかがみこんでわたしの顎を持ち上げた。

「水曜日に。いいね？」そう言って唇に優しいキスをした。

「水曜日に」わたしはうなずいた。「玄関まで送る。ちょっとだけ待って」彼を押しのけ、起き上がってTシャツを拾った。彼はしぶしぶといったふうにベッドから立ち上がった。

「スウェットパンツ、取ってもらえる？」

彼が床から拾って差し出した。「どうぞ、マダム」笑いを噛み殺そうとしているのが丸わかりだ。

わたしは目を細めて彼をにらみつけたあと、スウェットパンツを穿いた。髪はぼさぼさだ。彼が帰ったあとには、キャサリン・キャヴァナー式尋問が待っているだろう。ヘアゴムを取って、ドアを開け、ケイトの居場所をうかがった。リビングルームにはいない。部屋から電話で話しているらしい声がかすかに聞こえている。部屋を出ると、クリスチャンもついてきた。玄関までの短い道のりを歩くあいだ、いろんな考えや感情が波のように押し寄せてきては、別のものに姿を変えて引いていった。クリスチャンにはもう怒りを感じていない。それよりも、どうしようもないほど気恥ずかしかった。帰ってほしくない。初めて、彼が〝ノーマル〟だったらよかったのにと思った。十ページの契約書も、フロッガーも、プレイルームの天井のカラビナも必要ない、ふつうの関係だったらよかったのに。

玄関を開け、自分の両手を見つめた。自分の部屋でセックスをしたのは初めてだ。セックス自体はすごくよかった。でもいまは、自分がただの容れ物――彼が気まぐれに入ってくるだけの空っぽの容器に思えた。潜在意識が首を振っている。セックスのためにヒースマン・ホテルまでジョギングしようと思ったくせに。望みのものは速達便で届いたじゃないの。潜在意識はそう言うと腕を組み、〝なんの不満があるの〟という顔をして爪先で床を叩いた。クリスチャンが玄関口でいったん足を止め、わたしの顎をそっと持ち上げて、目をのぞきこんだ。彼の眉間に皺が寄る。

「大丈夫か？」穏やかな声で尋ね、親指で軽く下唇をなぞった。

「大丈夫」わたしは答えた。本当は、大丈夫とは思えなかったけれど。自分が大きな変化を経験しようとしているのがわかる。彼との関係を続ければ、わたしは傷つくことになるだろう。彼にはセックス以上のものを与えることができない。関心もなければ、その気もない。わたしは……それ以上を望んでいるのに。はるかに多くを望んでいる。ついさっき感じた嫉妬は、彼への想いが深まっているあかしだ――これまでは気づかないふりをしていたけれど。

「じゃ、水曜日に」彼が念を押すように言い、身を乗り出して優しくキスをした。キスのあいだに、何かが変わった。わたしの唇に触れたとたん、彼の唇は貪欲《どんよく》になり、顎を持ち上げていた手はわたしの頭の横に動いて、もう片方の手と一緒にわたしの顔をはさみこんだ。彼の息遣いが加速する。キスは熱を帯び、彼がのしかかってきた。わたしは彼の両腕に手を置いた。彼の髪をかき上げたかったけれど、その誘惑に抵抗した。彼がいやがるとわかっているからだ。やがて彼は額をわたしの額に押し当てて目を閉じた。そして張りつめた声でささやいた。

「アナスタシア。きみは私にいったい何をした？」

「そっちこそ」わたしはささやき返した。

ひとつ深呼吸をしたあと、わたしの額にキスを残して、彼は帰っていった。髪をかき上げながら、しっかりした足取りで玄関前の小道をたどって自分の車に向かう。車のドアを開ける前に振り返って、あの息が止まりそうに美しい笑みを浮かべた。わたしは弱々しい笑みを返した。彼の笑顔はまばゆすぎる。そしてまた思い出した。太陽に近づきすぎて墜死したイカロス。彼がスポーツカーに乗りこむのを見届けて、玄関を閉めた。ふいに泣きたくなった。悲しくて孤独なメランコリーに心をわしづかみにされていた。まっすぐ自分の部屋に戻り、ドアを閉めて、そこにもたれると、自分の感情を合理的に説明しようとしてみた。できない。ドアにもたれたまま床にすべり下り、両手で顔を覆った。涙があふれだした。

ケイトが来て、静かにドアをノックした。

「アナ？」そう小さくささやく。わたしはドアを開けた。泣き顔をひと目見るなり、ケイトはわたしを抱き寄せた。「どうしたの？　あの顔だけはきれいなヘンタイ野郎にいったい何されたの？」

「ケイト。いやなことは何もされてない」

ケイトに手を引かれ、ふたり並んでベッドに腰を下ろした。

「あなたの髪、セックスのあとはひどいことになるのね」

悲しみに胸を締めつけられているはずなのに、わたしは思わず笑っていた。

「セックスはよかった。この髪とは全然違って」

ケイトが微笑む。「よかった、冗談を言う余裕が出てきたみたいで。ねえ、どうして泣いてるの？　泣いてるところ初めて見た」サイドテーブルからヘアブラシを取り、わたしの後ろに座り直して、もつれた髪を慎重にほぐしはじめた。

「彼とはうまくいかないと思う」わたしは顔を伏せて自分の両手を見つめた。

「次は水曜に会うんじゃなかったの？」

「その予定だった。いまもそう」

「なのに彼、どうして今日来たわけ？」

「メールを送ったから」

「寄ってくれってメール？」

「違う。もう会いたくないってメール」

「そしたらすぐ来たってこと？　アナ、それって天才的な策略」

「ほんとはただのジョークだったんだけど」

「え？　ちょっと待って、話についていけない」

いらだちをこらえ、具体的なことは何も話さずに、メールの内容だけを要約した。

「で、あなたとしては、メールで返事が返ってくると思ってた」

「そう」

「なのに、いきなり来ちゃった」

「そう」

「彼、あなたにべた惚れってことよ」

わたしは眉をひそめた。クリスチャンがわたしにべた惚れ？　ありえない。新しいおもちゃを探しているだけのこと。セックスだけじゃなく、口に出すのがはばかられるようなこともさせてくれる、便利なおもちゃ。胸が締めつけられた。そう、それが現実だ。

「セックスしにきただけ。それだけのこと」

「ロマンスはいまの時代でもまだ生きてるはず」ケイトは怯えたみたいな顔でそう言った。ショックを与えてしまったらしい。ケイトがショックを受けるなんて。わたしは申し訳なく思いながら肩をすくめた。

「彼はセックスを武器に使うの」

「あなたを服従させる武器として？」ケイトは納得できないという顔で首を振った。わたしは驚いて目をしばたたかせた。頬が赤くなるのがわかる。はい……ずばりそのとおりです、キャサリン・キャヴァナー女史。ピューリッツァー賞はあなたに差し上げます。

「アナ、やっぱりよくわからない。彼の言うなりに愛を交わすってこと？」

「ううん、ケイト。彼とわたしは愛を交わしたりしない。あれはファック。クリスチャンの言いかたを借りればね。恋愛には興味がないんだって」

「あの人、絶対どこかヘンだと思った。他人との距離感がおかしいっていうか」

わたしは同意するふりをしてうなずいた。内心では陰鬱に考えた——ああ、ケイト、いっそ全部打ち明けてしまえたらいいのに。あの奇妙で、悲しくて、倒錯した人のことを全部話せたらいいのに。そうしたらあなたは、そんなやつのことは忘れなさいって言ってくれる。わたしが愚かなことをするのを止めてくれるはず。

「ちょっと手に負えそうにないかも」わたしは言った。これも〈今年いちばんの過小申告で賞〉の候補になりそうだ。

クリスチャンの話はもうしたくない。そこでエリオットのことを尋ねた。エリオットの名前が出たとたん、ケイトは別人に変身した。内側から光を放ちながら、うっとりと微笑む。

「土曜の朝早く来て、荷物を積みこむのを手伝ってくれるって」そう言ってわたしのブラシを抱きしめる。やれやれ、かなりの重症。すっかりおなじみになった嫉妬が胸をちくりと刺す。ケイトはふつうの恋人を見つけた。そしてとても幸せそうにしている。

わたしは向きを変えてケイトをハグした。

「そうだ、忘れるところだった。あなたが、えっと……忙しくしてたあいだに、お父さんから電話があった。ボブの怪我がまだ治らなくて、お母さんとボブは卒業式に来られそうにないとかって。木曜は、お父さんが代わりに来てくれるそうよ。また電話するって言ってた」

「え……怪我したなんて聞いてなかった。ボブは大丈夫なの？」

「心配いらないみたいよ。明日の朝、お母さんに電話してみたら。今日はもう遅いから」

「ありがとう、ケイト。わたしはもう平気だし。朝になったら、レイにも電話する。もう寝るね」

ケイトは微笑んだ。でも、目尻には心配そうな皺が浮かんでいた。

部屋にひとりきりになると、また契約書を読み返しながら、メモを取った。それからクリスチヤンにメールを送ろうとMａｃを起ち上げた。
クリスチャンのメールが先に届いていた。

差出人：　クリスチャン・グレイ
件名：　今夜のこと
日付：　2011年5月23日　23時16分
宛先：　アナスタシア・スティール

ミス・スティール
契約書に関するきみの意見を楽しみに待っている。

よく眠れよ、ベイビー。

クリスチャン・グレイ
グレイ・エンタープライズ・ホールディングスCEO

差出人：　アナスタシア・スティール
件名：　交渉したい点
日付：　2011年5月24日　00時02分

宛先：　クリスチャン・グレイ

親愛なるミスター・グレイ

話し合いたい点を箇条書きにします。水曜のディナーできちんと話し合えたらと思います。

数字は、契約書の条項に対応しています。

2　「わたし」だけの利益とされてる理由がよくわからない——「わたしの」官能性や限界を探る？　そんなこと、10ページの契約書なんかなくたってできるはず！　主要目的は「あなたの」利益じゃない？

4　あなたも知ってるとおり、わたしのセックスの相手はあなたひとりだけ。ドラッグはやらないし、過去に輸血を受けたこともない。十中八九、病気は持ってない。あなたはどう？

8　話し合いを経て定めたリミットにあなたが違反してると感じたら、わたしは即座に契約を解除できる。この条項は好き。

9　すべての事項についてあなたに服従する？　お仕置きをためらうことなく受け入れる？

これについては話し合いが必要。

11　お試し期間は、３か月じゃなく、１か月を希望。

12　毎週末は負担が大きすぎ。わたしにも生活があるから。または、これからあるようになるはず。週末４回のうち３回じゃだめ？

15‐2　〝性的に、またはそのほかの形式で、随意にサブミッシブの身体を利用することができる〟――〝そのほかの形式〟を定義してください。

15‐5　このお仕置き条項全体について。鞭やフロッガーや平手で打たれたいとは思えない。これって間違いなく第２条から第５条に違反してると思う。それから、〝そのほかの事項を理由に〟。これって――あなたはサディストじゃないって言ってたはずよね？

15‐10　わたしを他人に貸し出す選択肢も存在するらしいことに驚き。でも、貸し出さないってここで明言されてるのは安心。

15‐14　ルール。これについてはまたあとで。

15‐19　〝ドミナントが許可した場合を除き、いっさいの自慰行為をしない〟。どうしていけないの？　そもそも、わたしは自慰行為をしないってことは知ってるはず。

15‐21　懲罰――上記15‐5参照。

15‐22　あなたの目を見ちゃだめなの？　どうして？

15‐24　どうしてあなたに触れちゃいけないの？

ルール

睡眠――6時間なら同意してもいい。

食事――食品リストに従って食べるなんていや。食品リストをあきらめるか、わたしをあきらめるかの二択。交渉決裂のダークホース。

衣服――あなたが指定する服を着なくちゃいけないのが、あなたと一緒にいるときに限られるなら……同意してもいい。

エクササイズ――週3時間で合意したはずなのに、4時間のままになってる。

ソフトリミット
ここにある全項目を交渉の対象にしていい？　フィスティングはいっさいなし。〝ボディサスペンション〟って何？　膣クランプ――冗談よね？
水曜はどうしたらいいか教えていただけますか。その日のアルバイトは午後5時までです。
おやすみなさい。

アナ

差出人：　クリスチャン・グレイ
件名：　交渉したい点
日付：　2011年5月24日　00時07分
宛先：　アナスタシア・スティール

ミス・スティール
ずいぶんとまた長いリストだな。だいたい、どうしてまだ起きている？

クリスチャン・グレイ
グレイ・エンタープライズ・ホールディングスCEO

差出人：　アナスタシア・スティール
件名：　寝る間も惜しんで予習中
日付：　２０１１年５月２４日　００時１０分
宛先：　クリスチャン・グレイ

サー
ご記憶かと思いますが、このリストを作成中に、通りすがりのコントロール・フリークに邪魔をされ、ベッドに連れこまれました。

おやすみなさい。
アナ

差出人：　クリスチャン・グレイ
件名：　寝る間は惜しむな

日付：　２０１１年５月２４日　００時１２分
宛先：　アナスタシア・スティール

いいからベッドに入れ、アナスタシア。

クリスチャン・グレイ
グレイ・エンタープライズ・ホールディングスCEO兼コントロール・フリーク

うわ……太字で怒鳴ってる。わたしはＭａｃをシャットダウンした。十キロ近くも離れているのに、まだこんなふうにわたしをすくみ上がらせることができるなんて。わたしは首を振った。心はいまも重く沈んでいた。ベッドに潜りこむ。まもなくわたしは深くて不安いっぱいの眠りに落ちていた。

13

翌日、アルバイトを終えて帰宅してから母に電話した。お店が暇だったおかげで、考える時間はたっぷりあった。どうにも落ち着かない。ミスター・コントロール・フリークとの対決を明日に控えて、緊張していた。それに、あの契約にあまりに否定的なコメントを返しちゃったかもと心配だった。今回の話は白紙に戻そうと言われたら――

母はすごく残念そうにしていた。卒業式に来られなくなったことをしきりに謝った。ボブはどこかの靭帯《じんたい》を痛めたらしく、ふつうに歩くこともできないらしい。ボブはわたし以上に事故に遭いやすい人だ。後遺症の不安はないけれど、いまは安静にしていなくちゃいけない。すなわち、母が付き添ってボブの手足に――手と痛めた足の代わりになって世話を焼かなくちゃならない。

「アナ、ほんとにごめんね」母はいまにも泣きだしそうな声で言った。

「気にないで。レイが来てくれるから」

「ねえ、悩みごとでもありそうな声ね――どうかしたの、アナ?」

「ううん、大丈夫」もう。全部話してしまえたらいいのに。いやになるほど大金持ちの男性と出会ったのはいいけど、その男性は奇妙でヘンタイじみた肉体関係を望んでいて、わたしは何をされても〝いや〟のひとことさえ口にする権利がないって。

「誰かいい人が見つかったとか?」

「そんなんじゃない」いまはその話だけはしたくない。

「まあいいわ、アナ。木曜はあなたのことをずっと考えてるから。愛してる……ママはいつだってあなたの味方よ、アナ」

わたしは目を閉じた。母の愛おしい言葉が怯えた心を温めてくれた。「わたしも愛してる、ママ。ボブによろしくね。すぐ元気になるように祈ってるって」

「伝えておく。じゃあね」

「またね」
わたしは子機を持ったまま自分の部屋に戻った。何気なく最先端テクノロジーの結晶を起動し、メールソフトを開いた。クリスチャンからメールが届いている。昨日の夜遅く――または生活感覚の違いによっては今朝早く――送られてきたものだった。心拍数が急上昇し、耳の奥で脈がどくん、どくんと大きな音を立てはじめた。どうしよう……きっと断りのメール。絶対にそうだ。明日のディナーの約束はなかったことにしようというメールに決まっている。そう考えただけで胸が苦しくなった。即座にその考えを払いのけて、メールを開封した。

差出人：　クリスチャン・グレイ
件名：　きみの懸案事項
日付：　2011年5月24日　01時27分
宛先：　アナスタシア・スティール

親愛なるミス・スティール
あれからきみの〝懸案事項〟を子細に検討した。サブミッシブの定義を改めて提示させてくれ。

submissive [suhb-mis-iv] 形容詞

1　（人が）服従する：素直に、あるいは謙虚に従う。（例）従順な召使い。
2　（行為などが）服従的な、素直な。（例）従順な返答。
語源：1580‐1590　submiss + ive

水曜の話し合いには、この語義を心に留めて臨《のぞ》んでもらいたい。

クリスチャン・グレイ
グレイ・エンタープライズ・ホールディングスCEO

最初に感じたのは安堵だった。少なくとも、わたしが抵抗を感じている点について話し合う姿勢は示してくれている。それに、明日の約束はキャンセルしていない。少し考えてから、わたしは返事を書いた。

差出人：　アナスタシア・スティール
件名：　わたしの懸案事項……あなたの懸案事項はどうなの？
日付：　2011年5月24日　18時29分
宛先：　クリスチャン・グレイ

サー
初出年代にご注目を。1580年代から90年代です。お忘れかもしれませんので、サー、おそれながら念のため。いまは2011年です。その間《かん》に人類は大きな進歩を遂げました。

明日の話し合いに際して、ぜひ心に留めておいていただきたい言葉をひとつ挙げてもよろしいでしょうか。

アナ

compromise [kom-pruh-mahyz] 名詞：妥協
1　双方が歩み寄ることによって意見をまとめること：互いの主張を少しずつ譲り合うことによって、意見や信念の対立を解消し、ひとつの取り決めを導き出すこと。
2　1の結果。
3　異なった物事の中間。（例）中二階のある家屋は、平屋建てと複層階建ての家屋の妥協である。
4　（名誉・信用・利益などを）危うくすること：危険や疑惑などにさらすこと。（例）尊厳を危うくする。

差出人：　クリスチャン・グレイ
件名：　私の懸案事項がどうかしたか？
日付：　２０１１年５月２４日　１８時３２分
宛先：　アナスタシア・スティール

いつものように、実に理にかなった指摘だ、ミス・スティール。
明日は７時にアパートメントに迎えにいく。

クリスチャン・グレイ
グレイ・エンタープライズ・ホールディングスCEO

差出人：　アナスタシア・スティール
件名：　２０１１年——女も車に乗る時代
日付：　２０１１年５月２４日　１８時４０分
宛先：　クリスチャン・グレイ

サー
車は持っています。運転もできます。

どこかで待ち合わせしませんか。

ご都合のよい場所をお知らせください。
たとえば7時にヒースマン・ホテルではいかがでしょう?

アナ

差出人：　クリスチャン・グレイ
件名：　頑固な現代女性たち
日付：　２０１１年５月２４日　１８時４３分
宛先：　アナスタシア・スティール

親愛なるミス・スティール
２０１１年５月２４日午前１時２７分送信のメールと、そこに示された語義を参照されたし。
いつか言われたことにおとなしく従うことができる日は来そうか?

クリスチャン・グレイ
グレイ・エンタープライズ・ホールディングスCEO

差出人：　アナスタシア・スティール
件名：　歩み寄ることを知らない男たち
日付：　２０１１年５月２４日　１８時４９分
宛先：　クリスチャン・グレイ

ミスター・グレイ
自分の車で行きたいです。

ご理解のほどを。

アナ

差出人：　クリスチャン・グレイ
件名：　立腹する男たち
日付：　２０１１年５月２４日　１８時５２分
宛先：　アナスタシア・スティール

けっこう。

私のホテルで7時に。
〈マーブル・バー〉で待っている。

クリスチャン・グレイ
グレイ・エンタープライズ・ホールディングスCEO

差出人：　アナスタシア・スティール
件名：　歩み寄ることを少し覚えた男たち
日付：　２０１１年５月２４日　１８時５５分
宛先：　クリスチャン・グレイ

ありがとう。

アナ（💋）

差出人：　クリスチャン・グレイ
件名：　腹立たしい女たち
日付：　２０１１年５月２４日　１８時５９分

宛先：　アナスタシア・スティール

どういたしまして。

クリスチャン・グレイ
グレイ・エンタープライズ・ホールディングスCEO

わたしはレイに電話した。サッカーの〈シアトル・サウンダーズ〉とソルトレークシティのチームの試合がちょうど始まるところだった。おかげで会話は短くてすんだ。木曜の卒業式には来てくれるという。そのあと、どこかでお祝いの食事をしようと誘ってくれた。早くレイと会いたくてたまらない。胸がいっぱいになって、苦しいくらいだった。母はロマンスの大海原でもまれてばかりだけれど、レイはずっとわたしの錨《いかり》でいてくれている。血はつながっていなくても、いつも実の娘のように扱ってくれる。いますぐにでも会いたかった。もうずいぶん会っていない。いまのわたしに必要なのは、そしてとても恋しいのは、養父のあの静かな強さだった。明日のクリスチャンとの対決には、心の周波数をレイに合わせて臨むといいかも。

ケイトとわたしは、安物のワインを飲みながら荷造りにはげんだ。自分の部屋がだいたい片づいて、ようやくベッドに入るころには、かなり落ち着きを取り戻していた。持ち物すべてを箱に詰めるという肉体労働が、ちょうどいい気分転換になったみたい。すっかり疲れきってもいた。ひと晩ゆっくり体を休めたい。ベッドにもぐりこむなり、わたしは深い眠りに落ちていた。

ポールがまたプリンストンから帰ってきていた。ニューヨークの金融関係の会社でインターンとして働きはじめる前の、最後の帰省らしい。一日じゅう、わたしにつきまとってデートに誘ってきた。まったくうっとうしい。

「ポール、もう百回めくらいだと思うけど、また言うわよ。今日は他の人と約束があるの」

「いや、それはうそだ。ぼくの誘いを断る口実だろう。きみは昔からぼくを避けてるからね」

そのとおり……そろそろ懲《こ》りてくれてもいいんじゃない？

「自分の雇い主の弟とデートするのは、あまり賢いことだとは思えない」

「でも、ここは金曜までだろう。それに明日はきみは休みだ」

「そして土曜日にはわたしはシアトルに引っ越すし、あなたももうじきニューヨークに行く。そうしたら、会いたくたってそうそう会えなくなる。それにね、今日はほんとにデートの約束があるの」

「ホセと？」

「違う」

「じゃ、誰だよ？」

「ポール……あのね……」わたしはうんざりしてため息をついた。相手を聞き出すまで、ポールは絶対にあきらめないだろう。「クリスチャン・グレイ」内心のいらだちを隠しきれなかった。でも、そのひとことはものすごい威力を発揮した。ポールはぽかんと口を開けてわたしを見つめた。声さえ出ないらしい。へえ——本人がいなくても、名前を出すだけで、クリスチャンは他人からしゃべる力を奪うらしい。

「クリスチャン・グレイとデートの約束があるの？」長い間があって、ようやく衝撃から立ち直ったらしい。ポールの口調は、いかにも疑わしげだった。

「そうよ」

「そうか」ポールは見るからにしょげていた。茫然としているといってもいいような顔つきだ。そこまで驚かれたことに、わたしは心の片隅で憤慨した。内なる女神も腹を立てているらしい。ポールに向かって中指を立てている。

そのあと、ポールはわたしなどいないふりを続けた。五時ちょうどに店を出た。

今夜のディナーと明日の卒業式のために、ケイトからワンピースと靴を二セット借りていた。おしゃれをして出かけることにもっとわくわくしたり、いろんな努力をしたりできればいいのだけれど、わたしはもともとファッションに興味がない。〝では、何がお好きなのかな、アナスタシア？〟そう尋ねるクリスチャンの低い声を思い出した。首を振って気持ちを落ち着かせようとしながら、今日は濃いプラム色のシンプルでタイトなワンピースで行こうと決めた。地味めで、どことなくビジネスっぽい雰囲気がある。今夜の最大の目的は契約の交渉なんだから、ぴったりといえばぴったりよね。

シャワーを浴び、脚と腋を剃った。シャンプーした髪は、たっぷり三十分かけてドライヤーで乾かし、柔らかなカールが胸や背中にふわりと落ちるようにした。片側をコームで留め、マスカラをつけてリップグロスを塗った。ふだんはほとんどメイクをしないから、やりすぎにならないかとこわい。わたしが愛する小説のヒロインたちが生きた時代には、お化粧は必要なかった。もしメイクする場面があれば、わたしだってもう少しコツを心得ていたかも。最後にワンピースとおそろいのプラム色のピンヒールを履いて、六時半には身支度が完了した。

「どう?」ケイトに確かめた。

ケイトが輝くような笑みを浮かべた。「すごく決まってる」満足げにうなずく。「すっごくセクシー」

「セクシー?〝控えめでビジネスライク〟を狙ったんだけど」

「そう見えなくもないけど、どっちかっていうとセクシーよ。そのワンピース、ほんとに似合ってるし、髪や肌の色ともばっちり。そのぴったり具合もね」ケイトはにんまりとした。

「ケイト!」わたしは叫んだ。

「素直に認めなさいって、アナ。とにかく、全体として――すごくいい感じ。そのワンピース、あげる。彼もきっとあなたの前にひざまずくわよ」

わたしは唇を固く結んだ。ケイト、いまの比喩は完全にあべこべだから。

「幸運を祈って」

「デートに運が必要なの?」ケイトは困ったような顔をした。

「必要」

「わかった。じゃ――幸運を祈ってる」ケイトはそう言ってわたしを抱きしめた。

さあ、行くわよ。

裸足で運転するしかなかった。海の色をしたわたしのビートル、愛称〝ワンダ〟は、ピンヒールを履いて運転する前提で設計されてはいない。ヒースマン・ホテルのエントランス前に六時五十八分に車を停め、ホテルの駐車係にキーを預けた。駐車係は珍しいものでも見るようにビートルをながめまわした。わたしは知らぬ顔を決めこんだ。それからひとつ深呼吸をし、気合いを入れ直して、ロビーに入っていった。

クリスチャンは慣れた様子でバーカウンターにもたれていた。白ワインのグラスを傾けている。いつものように、白い麻のシャツに黒いジーンズを穿き、黒いネクタイをして黒いジャケットを着ていた。髪はいつも以上にくしゃくしゃに乱れている。わたしはため息をつき、バーの入口で一瞬足を止めて彼をうっとりと見つめた。彼が入口を——ちょっと不安げに——見やった。そしてわたしに気づいた瞬間、動きを止めた。二度ほど目をしばたたかせたあと、ゆっくりと微笑む。物憂げでセクシーな笑み。わたしのしゃべる力はたちまち失われ、体の内側が煮え立った。唇を噛まないよう全身全霊で注意しながら足を踏み出した。ブキヨウ村のアナスタシア・スティールは、今夜、ピンヒールを履いている——そのことを一瞬でも忘れちゃだめ。彼が優雅に歩いてきて、わたしを出迎えた。

「きれいだよ」かがみこんでわたしの頰に軽いキスをしながら彼がささやいた。「ワンピース姿を見られるとは、ミス・スティール。すばらしい」わたしの腕を取り、奥まったボックス席に案内すると、ウェイターに合図した。「何がいい？」

ボックス席にすべりこみながら、わたしはこっそり小さな笑みを作った。少なくとも、いまのところはわたしの希望を尋ねてくれている。

「あなたと同じものでいいわ」どうよ！　わたしだってお行儀よくできるんだから。彼はおもしろがっているような顔をして、わたしにもサンセールワインをグラスで注文し、テーブルをはさんだ向かいに腰を下ろした。

「ここのワインセラーはなかなか充実しているんだ」彼はテーブルに両肘をつき、唇の前で指先を合わせた。瞳は生き生きと輝いている。でも、その裏にどんな感情が隠されているのかは読みとれない。それに……いつものあの引力がさっそく働きはじめていた。その力は、わたしのお腹の奥底のどこかに届いた。彼にじっと見つめられて、わたしはもぞもぞと体を動かした。鼓動が速くなる。自制心、自制心。

「緊張してるのか」彼が静かな声で尋ねた。

「してる」

彼がテーブルに身を乗り出す。

「私もだ」共謀者めいた声だった。

わたしははっとして目を上げた。彼が？　緊張してる？　ありえない。目をしばたたかせた。彼は唇の片側だけを持ち上げて、あのほれぼれするような歪んだ笑みを浮かべた。ウェイターがわたしのワインを運んできて、ミックスナッツの小皿とオリーブの小皿をテーブルに並べた。

「で、手順は？」わたしは訊いた。「わたしのリストをひとつずつ検討していく？」

「あいかわらずせっかちだね、ミス・スティール」

「今日の天気の話から始めたほうがよかった？」

彼は微笑み、細長い指でオリーブをひとつ取ると、口に放りこんだ。わたしの目はその唇に吸い寄せられたまま動けなくなった。あの唇。あれがわたしの体を……全身を這い回ったのよ。そう考えて赤面した。

「今日は実に気持ちのいい天気だったね」彼がにやにやしながら言った。

「わたしを笑ってるの、ミスター・グレイ?」

「そのとおりだ、ミス・スティール」

「あの契約は、法律上の強制力は持たない」

「そのことはよく承知しているよ、ミス・スティール」

「わたしにもちゃんと話すつもりでいた?」

彼は眉間に皺を寄せた。「きみが望んでいない行為を強要しておいて、契約を交わした以上、私にはきみを好きにする法律上の権利があるといってごまかすかもしれないと思っているのかな」

「それは……ええ、思ってる」

「私をあまり高く評価してくれていないらしい」

「質問の答えになってない」

「アナスタシア、いいか、法的強制力の有無は関係ない。あれは、あらかじめ取り決めておきたい事項を文書にしたものにすぎないんだ。私がきみに何を望むか、きみが私にどんなことを期待できるか。気が進まなければ、サインしなくてかまわない。いったんサインして、あとで撤回したくなったとしても、山ほど盛りこまれた免責条項に基づいて、自由に関係を解消することができる。たとえ法的強制力を備えていたとしてもだ、きみが逃げようとしたからといって、きみを法廷に引きずり出すと思うか?」

ワインをゆっくりと喉に流しこんだ。潜在意識がわたしの肩を力いっぱい叩いている——頭をはっきりさせておくのよ。飲みすぎちゃだめ！

「こういった関係は、誠意と信頼があって初めて成立する」彼が続けた。「私を信用できないなら——私がきみのなかにどんな感情をかき立てているか、きみと私はどれだけ相性がいいか、私ならきみをどこまで連れていけるか、私が理解していないと思うなら——きみが正直になれないなら、そもそもこの関係をスタートさせるべきではない」

うわ、いきなり核心に触れてしまった。〝私ならきみをどこまで連れていけるか〟。それって……それっていったいどういう意味？

「というわけで、アナスタシア、話はきわめて単純だ。どうだ、私を信頼しているか？」

「過去の……十五人とも、こういう話し合いを持った？」

「いや」

「どうして？」

「みな、その時点で一人前のサブミッシブだったからだ。私との関係に自分が何を求めているか、私が大ざっぱにどのようなことを望んでいるか、あらためて話し合うまでもなく理解していた。過去の十五人とのあいだでは、ソフトリミットなどのディテールに微調整を施すだけですんだ」

「いつもそういう店にショッピングに行くってこと？　サブミッシブ専門店？」

彼は笑った。「それはちょっと違うかな」

「じゃ、どうやって相手を見つけるの？」

「きみはその件を議論したいのか？　それとも肝心な話をするか？　きみの〝懸案事項〟は話し合わなくていいのか？」

わたしはごくりと喉を鳴らした。わたしはこの人を信じている？　結局はそれ——信頼できるかどうかの問題だというのは本当なの？　信頼は一方通行じゃないはず。わたしがホセと電話で話しているときの、彼の不機嫌な顔を思い出した。

「腹は減ってるか」彼がふいに訊いて、わたしの思考を中断した。

またなの？……また食べ物？

「お腹は空いてない」

「今日は何を食べた？」

彼を見つめた。誠意……わたしの正直な答えはきっと彼の気に入らないだろう。「何も食べてない」消え入りそうな声で言った。

彼が目を細めてにらみつける。「きちんと食事をしなくてはだめだ、アナスタシア。ここで食べてもいいいし、部屋に何か持ってきてもらってもいい。きみの希望は？」

「他人《ひと》の目がある場所で話し合うべきだと思う。中立地帯で」

彼があざけるような笑みを作った。「その程度のことで私を止められると思うか」低い声だった。みだらな脅し。

わたしは思わず目を見開いた。また唾を飲みこむ。「止められると思いたい」

「おいで、個室を予約してある。他人の目はないよ」彼は謎めいた笑みをわたしに向け、ボックス席から出て手を差しのべた。「ワインのグラスを忘れずに」

彼の手を取り、彼の隣に立った。彼は手を離し、代わりにわたしの肘のあたりにそっと手を添えた。バーを出てロビーの大階段から中二階へ上った。ホテルの制服を着た青年が近づいてきた。

「ミスター・グレイ。ご案内いたします」

青年の案内で、豪華な造りの待合エリアを抜けて個室に向かった。人目から隔離されたテーブルがひとつ。こぢんまりとしてはいるけれど、贅沢な部屋だった。きらめくシャンデリアの下によく糊《のり》の利いたクロスがかかったテーブルがあり、そこにクリスタルガラスのグラスや銀のナイフやフォークが並び、白い薔薇《ばら》のブーケが飾られている。鏡板の壁に囲まれた、古風で洗練された美しい世界。クリスチャンは正面の席に座った。わたしはそこに座った。ナプキンが膝に置かれる。ウェイターが椅子を引いてくれて、わたしは上目遣いに彼をうかがった。

「唇を噛むのをやめろ」彼がささやく。

わたしは顔をしかめた。いけない。無意識のうちにやっていた。

「注文はもうすませておいた。よかったかな？」

正直なところ、ほっとした。決めなくてはならないことをこれ以上増やしたくない。「いいわよ」わたしはうなずいた。

「きみがそうやって従順にもなれるとわかってうれしいよ。さてと、どこまで話した？」

「〝肝心な話〟」わたしはまたワインを飲んだ。これ、ほんとにおいしい。クリスチャン・グレイのワイン選びの目は確かだ。この前、彼とワインを飲んだときのこと——わたしのベッドで飲んだときのことを思い出した。またしても顔が火照った。

「そうだった。きみの〝懸案事項〟だ」彼はジャケットの内ポケットから紙を取り出した。わたしのメールを印刷したらしい。

「まず、第2条。きみの指摘が正しい。この契約は双方の利益のためにある。ここは書き換えよう」

　わたしは目をしばたたかせた。まさか……ほんとにひとつずつ確認していくつもり？　こうして面と向かっていると、メールを書いたときほど勇ましくはなれそうになかった。でも、彼の顔は真剣そのものだ。わたしは景気づけにまたワインをひと口飲んだ。クリスチャンが先を続ける。

「私の性的健康状態について。過去のパートナーは全員、血液検査を受けていたし、私もきみがここに挙げた健康上のリスクについて半年ごとに検査を受けている。これまでの検査結果はすべて陰性だ。ドラッグはやったことがない。付け加えれば、熱心なアンチ・ドラッグ派だ。会社では、薬物使用イコール即時解雇という方針を全従業員に徹底しているし、無作為の検査も実施している」

　へえ……コントロール・フリーク、ここにきわまれりって感じ？　わたしはあっけにとられて目をしばたたかせた。

「過去に輸血を受けたことはない。さて、これできみの質問に対する答えになったかな」

　わたしは真顔に戻ってうなずいた。

「次。これにはもう答えたね。いつでも関係を解消できる。無理に引き止めることはない。ただ、いったん解消したら、それまでだ。念のために言い添えておく」

「わかった」静かに答えた。いったん別れを決めたら、二度と彼と会うことはない。そう考えると、意外なほど胸が痛くなった。

　ウェイターが最初の料理を運んできた。こんなときに食事なんて――うわ。クリスチャンがオードブルに選んでいたのは、生牡蠣《なまがき》だった。氷の上に並んでいる。

「好みに合えばいいが」彼が甘い声で言う。

「牡蠣は初めて」一度も食べたことがない。

「本当に？」彼はひとつを手に取った。「殻を傾けながら丸呑みする。それだけだ。きみには簡単なことだろう？」そう言ってわたしを見つめる。暗に何を言っているのか、すぐにぴんときて、わたしの頬が火を噴いた。彼がにやりとする。牡蠣にレモンをしぼり、殻を傾けて身を口に流しこんだ。

「うまい。海の味がする」そう言ってまたにやりとする。「遠慮なくどうぞ」

「噛まないってこと？」

「そうだ、アナスタシア。歯で噛むのはいただけない」彼の目はいたずらっぽく輝いていた。こういうときの彼は、本当に少年みたいに見える。

わたしは唇を噛んだ。たちまち彼の表情が変わった。険しい目でわたしを見る。わたしはお皿に手を伸ばし、生まれて初めての牡蠣を取った。ふう……ダメもとで試してみよう。レモンをしぼり、殻に口をつけておいてかたむけた。身はするりと喉をすべり落ちた。海水、塩、レモンの強い酸味、生々しい感触……おえ。わたしは唇を舐めた。彼はまぶたをなかば閉じて、じっと見守っている。

「ご感想は？」

「もうひとついただくわ」わたしは乾ききった声で答えた。

「いい子だ」彼が誇らしげに言う。

「ねえ、わざと選んだの？　牡蠣には催淫《さいいん》作用があるとかって聞いたような」

「いや、単にメニューのいちばん上にあったというだけのことだよ。相手はきみだ。わざわざ牡蠣に促してもらう必要はない。わかっているだろう？　それに、きみも私の前では同じ反応をするように思うがね」彼が平然と言う。「さて、どこまで話した？」わたしのメールに目を落とす。

わたしは次の牡蠣を取った。

　同じ反応だって。わたしといるとむらむらするってこと？……ひゅう。

「全面的に私に服従する、か。これについては同意してもらいたいな。この点は譲れない。一種のロールプレイだと思えばいいんだよ、アナスタシア」

「でも、傷が残ったらって不安なの」

「傷？　どんな？」

「身体的な」それに、精神的な。

「本気で心配しているのか？　私がきみを傷つけると思うのか？　きみの限界を超えて何かすると？」

「だって、過去の誰かに怪我させたって言ってたじゃない？」

「それは事実だ。しかし、遠い昔の話だよ」

「何をして怪我をさせたの？」

「プレイルームの天井から吊り下げた。ああ、きみの懸念事項にも入っていたね。ボディサスペンション。天井のカラビナを見たろう。あれはそのためのものだ。緊縛プレイ。そのときは、ロープの一本をきつく締めすぎた」

　わたしはそこまでと手を挙げた。「その先はもう知りたくない。じゃ、ボディサスペンションとやらはしないってことね？」

「本当に気が乗らないなら。ハードリミットに加えてもかまわない」

「わかった」

「というわけで、服従については同意してくれるね？」

彼の熱を帯びた視線がねじこまれる。一秒、また一秒と時間が過ぎていく。

「試しに、なら」わたしは小さな声で答えた。

「よし」彼が微笑む。「次は契約期間か。三か月ではなくひと月。ひと月では何もできない。しかも月に一度、〝休暇〟がほしいわけだろう。そんなに長くきみから離れていられるとは思えない。いまとなっては、とうてい耐えられない」彼はそこで間を置いた。

え？　わたしと離れていられない？　ほんと？

「ひと月に一度、土日のうちどちらかをきみに譲って――代わりにその週の平日のひと晩をもらうというのではどうだ？」

「わかった」

「契約期間は三か月のままにしてくれないか。もし自分には合わないと思えば、いつでも解除できるわけだから」

「三か月？」なんかちょっと強引じゃない？　またワインをがぶりとあおって、次の牡蠣を取った。数をこなせば好きになれるかもしれない。

「所有物うんぬんだが、これはあくまでも言葉のうえだけのことだし、絶対服従の原則からの帰結だ。与えられた役になりきってもらうためのもの、私が何を求めているかを理解してもらうためのものにすぎない。サブミッシブとして私の家に一歩足を踏み入れた瞬間から、きみは私の言うなりになる。その現実を受け容れてもらわなくてはならない。しかも進んで受け容れてもらう必要がある。信頼が前提だというのは、だからだよ。私は、気が向いたとき、気が向いた方法で、きみを犯す。気が向いた場所でね。お仕置きもする。きみはかならず何かへまをするからだ。お仕置きを通じて、どうすれば私を喜ばせられるか学ばせる。

とはいえ、きみはまったくの初心者だ。初めはゆっくり進めよう。私も手を貸す。さまざまなシナリオをふたりで作っていく。私を信頼してほしい。引き替えに、私のほうも信頼を勝ちとる努力をする。だが、かならず勝ちとるよ。それから、〝そのほかの形式〟についてだが――これもやはり、役になりきってもらうためのものだ。定義としては、〝なんでもあり〟だね」

彼は熱を帯びた口調で話しつづけている。わたしもつい誘いこまれていた。これが彼にとって生きていくうえで欠かせないものであることは、その様子を見ていればわかる。これは彼そのものなのだ……わたしは彼から視線を引きはがせなくなっていた。この人は本気でこの契約を成立させたいと思っている。と、彼がふと口をつぐんでわたしを見つめた。

「話についてきてるか?」ささやくような、でも強くて温かくて、魅惑的な声だった。彼はわたしにじっと目を注いだまま、ワインをひと口飲んだ。

ウェイターが入ってきた。クリスチャンがかすかにうなずき、ウェイターは皿を集めた。

「ワインのお代わりは?」

「帰りも車だから」

「では、ミネラルウォーターをもらうか?」

わたしはうなずいた。

「炭酸入り？　なし？」

「炭酸入りで」

ウェイターが立ち去った。

「ずいぶん無口だな」クリスチャンがまたささやくように言った。

「あなたはずいぶんとおしゃべり」

彼が微笑む。

「懲罰。快楽と苦痛は紙一重なんだ、アナスタシア。一枚のコインの表と裏だ。どちらかが欠ければ成り立たない。苦痛がどれほどの快楽になりうるかを教えよう。いまは信じられないかもしれない。しかし、だからこそ私を信頼してもらいたいんだ。きみは苦痛を味わうことになる。ただし、きみの限界を超えた苦痛は与えない。最後にはやはり信頼の問題に戻る。きみは私を信じているか、アナ？」

〝アナ〟だって！

「信じてる」わたしは反射的に答えていた――考える前に答えていた……事実だから。わたしはこの人を信じている。

「そうか、では」彼はほっとしたように言った。「あとは細部の微調整だけだな」

「重要な細部」

「よし、残りを見ていこう」

頭が彼の言葉で超満員になっていた。ケイトのＩＣレコーダーを借りてくればよかった。そうしたらあとで復習できたのに。情報が多すぎる。処理しなくてはならないことが多すぎる。ウェイターが前菜を運んできた。銀ダラとアスパラガスとマッシュポテトにオランデーズソースがかかっている。ここまで食欲がわかないのは初めてだ。

「魚が苦手でなければいいが」クリスチャンが穏やかに言った。

わたしは料理を少しだけつついたあと、炭酸入りのミネラルウォーターをたっぷり飲んだ。ああ、ワインだったら景気づけになるのに。

「ルール。ルールの話をしよう。食品リストは交渉決裂のダークホース？」

「そう」

「では、〝最低でも日に三度食事をとる〟に変更したら？」

「だめ」これに関して譲る気はまったくない。何を食べるか、他人に指図されるなんてかんべんして。セックスはいいけれど、食べるものにまで口出しされるのは……いやだ。絶対にいや。

彼が唇を引き結ぶ。「きみが空腹ではないと確実に知っていたいんだ」

わたしは眉をひそめた。いったいどうして？「わたしを信頼してもらうしかない」

「一本取られたな、ミス・スティール」彼は静かに言った。「食事と睡眠については譲歩しよう」

「あなたの目を見ちゃいけないのはどうして？」

「ドミナントとサブミッシブの関係はそういうものなんだよ。すぐに慣れる」

そうは思えない。

「体に触っちゃいけないのはどうして？」

「触ってはいけないからだ」彼の唇は頑固な線を描いた。

「ミセス・ロビンソンのせい？」

彼はいぶかしげにわたしを見やった。「どうしてそう思う？」次の瞬間、ぴんときたらしい。

「彼女に怪我を負わされたと疑っているんだな」

わたしはうなずいた。

「違うよ、アナスタシア。理由は彼女ではない。それに、触らないでくれと頼んでも、ミセス・ロビンソンはかまわず触った」

あ、そう……でも、わたしは触っちゃいけないわけ？　わたしは口をとがらせた。

「じゃ、ミセス・ロビンソンとは関係ないのね」

「関係ない。それから、きみもきみに触ってはいけない」

はい？　ああ、〝自慰行為は禁止〟の項目。

「ちなみに……どうして？」

「私以外の人間がきみを喜ばせるのは我慢ならないからだ」

ひゅう……それには何も言い返せない。〝きみのその唇を噛みたい〟と似たことにも聞こえる。その反面、ものすごく身勝手な言い分にも思えた。わたしはしかめ面をして銀ダラをひと口だけ食べた。頭のなかで、これまでのところどれだけの譲歩を引き出せたか整理してみる。食事、睡眠。彼はいきなり過激なことはしないと約束したけれど、ソフトリミットについてはまだ話し合っていない。とはいえ、食事と同時進行でそんな議論はできそうになかった。

「考えなくてはならないことがありすぎて、混乱してきたんじゃないか」

「そんなとこ」

「ソフトリミットはどうする？　このまま続けるか？」

「食事中はいや」

彼はにやりとした。「吐き気がしそうか」

「まあね」

「ほとんど食べてないじゃないか」

「もうお腹いっぱい」

「牡蠣三つ、銀ダラ四口、アスパラガス一本。ポテトとナッツとオリーブには手をつけていない。しかも今日は朝から何も食べていないんだろう。きみを信頼していいんじゃなかったのか？」

冗談でしょ。いちいちカウントしてたってこと？

「クリスチャン、こんな会話には慣れてないの」

彼はわたしを見つめた。やがて目に見えてリラックスした。

「健康な体を維持してもらう必要があるんだ、アナスタシア」

「それはわかってる」

「ついでに、そのワンピースをいますぐひんむきたくてしかたがない」

わたしは息を呑んだ。ケイトのワンピースをひんむきたい？　下腹の奥底で何かがうごめいた。いまとなってはすっかりおなじみになった、彼の言葉につかまれると身をよじらせる筋肉たち。でも、この誘惑に負けるわけにはいかない。彼はもっとも強力な武器をまたしても使おうとしている。彼はセックスがものすごくうまい——さすがのわたしでもそれだけはもう断言できる。

「いまそんなこと考えるのはどうかと思う」わたしは小さな声で言った。「まだデザートを食べてないし」

「デザートなら食べるのか」彼が鼻を鳴らす。

「食べる」

「きみをデザートに食べてもいい」彼が挑発するようにささやく。

「甘くておいしいって保証はできない」

「アナスタシア、きみはこのうえなく美味《うま》い。経験から知っている」

「クリスチャン。あなたはセックスを武器に利用する。それってすごくずるいことだと思うの」

わたしは小声で言い、自分の両手を見下ろした。それから顔を上げて彼をまっすぐに見た。彼は驚いた顔をしていた。わたしがいま言ったことを頭のなかで反芻《はんすう》している。考えこむような表情で顎をなでていた。

「たしかにそうだ。私はセックスを武器に使う。しかし、人は誰しも武器になるものを利用するのではないかな、アナスタシア。だからといって、きみが欲しくてたまらないという事実は変わらない。ここで。いますぐ」

どうして声だけでその気にさせられるのよ？　わたしの呼吸は早くも乱れはじめていた。血液が熱を持ちながら血管を駆けめぐり、体じゅうの神経という神経がざわついている。

「ちょっと試してみたいことがあるんだよ」彼が言った。

わたしは眉を寄せた。たったいま、考えなくてはならないことをわたしの頭に山ほど注ぎこんでおいて、今度はそれ？

「私のサブミッシブになれば、迷う必要はなくなる。楽になる」彼は低い魅惑的な声で続けた。「そういった決断は――決断を下すための退屈な思考プロセスも――しごくシンプルになる。〝こんなことをしていいのか、ここですべきなのか、いましてかまわないのか〟と悩まずにすむ。きみはそういう細かなことを心配しなくていいんだ。それはドミナントである私の役割だからね。いま私がきみを欲しがっていることはもう知っているはずだ、アナスタシア」

眉間の皺がいっそう深くなった。どうしてわかるの？

「なぜわかるかと言えば――」

やだ、口に出してないのに、わたしの質問に答えてる！　どうして？　超能力者なの？

「――きみの体は裏切り者だからだ。きみはいま、もも同士を押しつけている。顔が赤い。呼吸のリズムも変わった」

まったくもう。降参だ。

「もものことなんて、どうしてわかるの？」わたしは低い疑わしげな声で訊いた。だって、テーブルの下に隠れて見えないはずでしょ。

「テーブルクロスが動くのを感じた。当てずっぽうではなく、長年の経験に基づく推測だ。当たっているだろう？」

わたしは顔を赤らめ、自分の手を見つめた。誘惑ゲームでわたしが圧倒的に不利な理由はそれ。ゲームのルールを知っていて理解しているのは彼だけだってこと。世間知らずで経験の浅いわたしには太刀打《たち》ちできない。唯一、お手本になりそうなのはケイトで、ケイトならこんなことはそもそも言わせない。ほかのお手本は、架空の人物ばかりだ。『高慢と偏見』のエリザベス・ベネットなら憤慨する。ジェーン・エアは怯え、テスはわたしと同じように屈する。

「まだ魚料理を食べ終わってない」

「冷えきった銀ダラのほうが、私より魅力的か」

わたしは顔を上げて彼をにらみつけた。彼の目は、激しい欲望に燃えて銀色に輝いていた。

「食べ物を無駄にするのはきらいなんじゃなかったの」

「いまにかぎっては、ミス・スティール、食べ物のことなどどうでもいい」

「クリスチャン。あなたのやりかたはずるすぎる」

「認めるよ。正々堂々と戦ったことはこれまで一度もない」

内なる女神が苦い顔をしてわたしを見上げた。ここで負けちゃだめ——そうたきつける。このセックス王の得意分野で逆襲してやるのよ。そんなことできる？　わかった。やってみる。どうすればいいだろう。経験不足が邪魔をしている。わたしは少し考えてから、アスパラガスをフォークで刺して持ち上げ、彼の目を見つめて唇を噛んだ。そして冷えたアスパラガスの穂先をものすごくゆっくりとくわえて口をすぼめた。

クリスチャンの目が見開かれた。ふつうに見ていたら気づかないくらい、本当に少しだけ。でも、わたしにはわかった。

「アナスタシア。何をしている？」

わたしは穂先を噛み切った。「アスパラガスを食べてる」

クリスチャンが椅子の上で微妙に姿勢を変えた。「私をもてあそんでいるように思えるが、ミス・スティール」

わたしは無邪気を装った。「食べ物を無駄にしないようにしてるだけよ、ミスター・グレイ」

ウェイターがよりによってこのタイミングを選んでドアをノックし、返事を待たずに入ってきた。クリスチャンをちらりと見やる。クリスチャンは顔をしかめたものの、すぐにうなずいた。ウェイターが皿を下げた。それをきっかけに魔法が解けた。わたしは一瞬だけはっきりした頭で考えた。帰ったほうがいい。このままここにいれば、行き着く先はひとつだけ。でも、あれだけ密度の濃い会話を交わした直後だもの、一線を引く必要がある。わたしの肉体は彼の愛撫を切ないほど求め、わたしの心はそれに負けないくらい激しく抵抗していた。今夜、彼から聞いたことをきちんと考えるには、彼と距離を置かなくちゃ。わたしはまだなんの決断も下していない。彼の性的魅力や能力がすぐ目の前にあると、考えをまとめるのがますます難しくなる。

「デザートはどうする？」クリスチャンはいつもの紳士的な態度で尋ねた。でも、瞳はまだ欲望に燃えていた。

「いえ、けっこうです。もう失礼しようかと」わたしはうつむいて自分の手を見つめた。

「帰る？」驚きを隠せずにいる。

ウェイターがあわてたように出ていく。

「帰ります」それが正しい判断だ。いつまでもここにいたら、彼と一緒にこの部屋にいたら、彼はわたしをファックするだろう。わたしは決然と席を立った。「あなたもわたしも明日は卒業式に出なくちゃいけないし」

クリスチャンも、反射的にだろう、立ち上がった。長い年月をかけて礼儀作法を叩きこまれたあかしだ。

「帰らせたくない」

「お願い、帰らないと」

「なぜだ？」

「考えることがたくさんできちゃったし……それに、距離が必要だから」

「本気になれば、簡単に引き止められるぞ」脅すような口調だった。

「そうね、簡単に引き止められるのはわかってる。でも、引き止めないで」

彼は髪をかき上げた。わたしの表情をじっとうかがっている。

「きみがオフィスに倒れこんできたあの日、きみはおもしろいくらい私に翻弄《ほんろう》されていた。生まれつきのサブミッシブだと思ったよ。しかし、いまは、正直言って、その魅力的な体にサブミッシブの素質がわずかでも備わっているかどうか、自信がなくなった」彼は張りつめたような声で話しながら、じりじりと近づいてきていた。

「まったくないのかも」わたしは答えた。

「あるほうの可能性を探るチャンスがほしい」彼はわたしをまっすぐ見つめて言った。わたしの頬をそっとなで、親指で下唇をなぞる。「これしか知らないんだ、アナスタシア。こういう人間なんだよ」

「わかってる」

彼はかがみこんでキスしようとした。でも、唇が触れ合う寸前で動きを止め、許可を求めるようにわたしの目をのぞきこんだ。わたしは唇を差し出すようにして受けいれた。二度と彼とキスを交わすことはないかもしれない。そう思って、キスに身をゆだねた。両手が自然に持ち上がって彼の髪にもぐりこみ、彼を引き寄せる。唇は開いて、舌は彼の舌を愛撫した。彼はわたしのうなじに手を当て、わたしの熱意に応えるようにいっそう深くキスをした。もう一方の手はわたしの背中をすべり下り、腰で止まると、わたしの体を引き寄せた。

「どうしても帰るのか」キスの合間に彼が訊く。

「帰る」

「今夜は一緒に過ごしたい」

「一緒にいても、あなたには触っちゃいけないんでしょ？　そんなのいや」

彼がうめいた。「手に負えない子だな」彼は体を離し、わたしを見つめた。「きみにさよならを言われているような気がするのはなぜだ？」

「帰ろうとしてるから」

「そういう意味ではない。わかっているくせに」

「クリスチャン、よく考えたいの。あなたが望んでるようなつきあいかたができるかどうか、自分でもわからない」

彼は目を閉じ、わたしの額に自分の額を押し当てた。その一瞬の休息が、ふたりともに呼吸を落ち着かせる時間を与えた。少しすると、彼はわたしの額にキスをし、鼻をわたしの髪に押し当てるようにして深く息を吸いこんだ。そしてわたしから離れて一歩下がった。

「お好きなように、ミス・スティール」冷たいくらいのそっけない声だった。「ロビーまで送ろう」そう言って手を差し出す。

わたしはバッグを拾い上げて彼の手を取った。ああ、これで本当におしまいなのかもしれない。

彼に手を引かれるまま大階段を下りてロビーに向かった。鳥肌が立った。全身の血管が激しく脈打っている。もし契約を断れば、これが最後のお別れになる。心臓がすくみ上がって、痛いほどだった。こんな急展開になるなんて。一瞬の頭の冴えが、女心をこうまで劇的に変えるなんて。

「駐車チケットは?」

わたしは小さなバッグから取り出して彼に預けた。彼がドアマンに渡す。待っているあいだ、わたしは横目で彼をちらりと見上げた。

「どういたしまして、ミス・スティール」そう礼儀正しく応じたものの、彼はじっと考えこんでいるように見えた。完全に上の空といった様子だった。

横目で盗み見ながら、彼の美しい横顔を記憶に刻みつけた。二度と会えないかもしれない――そんな考えが心の近くをうろついているのがわかる。でも、そんなふうには考えたくない。あまりにもつらくて、考えたくない。ふいに彼がこちらを向き、真剣な顔でわたしを見つめた。

「この週末にシアトルに引っ越すんだったね。もし契約に同意してくれたら、さっそく日曜に会えるかな」遠慮がちな口調だった。

「わからない。考えておく」そう答えた。

安心したような表情が彼の顔をよぎった。次の瞬間、彼は眉をひそめた。

「だいぶ冷えてきた。ジャケットは着てこなかったのか?」

「ええ」

彼はいらだたしげに首を振り、ジャケットを脱いだ。「着なさい。風邪をひいたらたいへんだ」

わたしは目をしばたたかせ、ジャケットを広げている彼を見上げた。それから腕を後ろに差し出した。それと同時に、思い出した。初めて会ったあの日、彼のオフィスを出るとき、同じようにコートを着せてくれた。ぞくぞくするような感覚が全身を駆け抜けたことも思い出した。いまもあのときと何も変わっていなかった。変わっていないどころか、あの感覚はもっともっと強くなっている。彼のジャケットは温かく、わたしには大きすぎて、そして彼の香りをさせていた……うっとりするような香り。

わたしの車がエントランス前に停まった。クリスチャンがあんぐりと口を開けた。

「あんなものに乗っているのか？」愕然としている。わたしの手を取り、外に出た。駐車係が飛び降りてキーを差し出す。クリスチャンはさりげなく駐車係にチップを握らせた。

「このポンコツはちゃんと走るのか？」今度はわたしをにらみつけている。

「走るわよ」

「こんなものでシアトルまで行かれるのか？」

「大丈夫。ちゃんと行ける」

「安全に？」

「安全に」わたしはぴしゃりと答えた。腹が立ちはじめていた。「たしかに、ワンダはおんぼろよ。でもわたしの車だし、ちゃんと走れる。継父が買ってくれたものなの」

「アナスタシア。もう少しましな車にしよう」

「どういう意味？」そう訊くと同時に思い当たった。「まさか、車を買ってやるとか言いださないでよね」

彼はわたしをにらみつけた。顎を食いしばっている。

「それも選択肢のひとつだな」硬い声で言う。

彼が苦い顔で運転席側のドアを開け、わたしを乗せた。わたしは靴を脱ぎ、ウィンドウを巻き下ろした。彼はわたしを見つめている。何を考えているのか、表情からはわからない。瞳は暗い色を浮かべていた。

「気をつけて運転するんだぞ」静かな声だった。

「さよなら、クリスチャン」ひとりでに涙があふれかけて、わたしの声はかすれた。いやよ、泣いたりなんかしないんだから。わたしは彼に弱々しい笑みを向けた。

走りだすなり、胸が詰まって、涙があふれた。懸命に泣くまいとした。それでも涙がぽろぽろと頬を伝い落ちた。どうして泣くの？　わたしは誘惑に屈せずに持ちこたえた。彼は何もかも説明した。疑問にきちんと答えてくれた。彼はわたしを求めている。でも、本当のことを言えば、わたしはそれ以上のものを求めている。わたしが彼を求め、必要としているのと同じように、わたしを求めてもらいたかった。でも、心の奥底ではもうわかっていた。その望みがかなえられることはない。どうしたらいいのか、見当もつかなかった。

彼にどんなラベルを貼ればいいのかさえわからない。仮に契約に応じたとして……彼はわたしの恋人だということになるの？　友達に紹介できるの？　一緒にバーに出かけたり、映画を観たり、たとえばボウリングをしたりできるの？　でも、わたしはきっと契約に応じない。彼は体に触れさせてくれないし、一緒に朝まで眠らせてもくれない。そういった経験が過去にひとつもないのは事実だけれど、これからはそういうことがしたい。ただ、彼が心に描いている未来は、それとはまったく違っている。

　もしわたしがイエスと答えたら、そして三か月後に彼のほうがノーと言ったら――わたしを別人に作り替えるのは無理だ、あきらめると言ったら？　わたしは〝三か月分の心〟を投資しただけのことになる。本当にしたいのかどうかさえわからないことをするだけで終わる。そのあとで彼にノーと言われたら、契約は更新しないと言われたら……そんな決定的な拒絶を突きつけられて、わたしは立ち直れる？　いまのうちに、そう、わたしのなけなしの自尊心がそこそこ無事なうちに、退却するのがいちばんじゃない？

　それでも、彼と二度と会えないと思うと、胸が苦しくなった。出会ってまもないというのに、どうしてこれほど夢中になってしまったの？　セックスだけが理由じゃないはず……それとも、セックスがいいからというだけ？　わたしは涙をぬぐった。彼に対する気持ちを分析したくない。どんなものが見つかってしまうか、それがこわかった。ああ、いったいどうしたらいいの？

　車を停めた。部屋に明かりはついていない。ケイトは出かけているのだろう。ほっとした。泣いているところをまた見られるのはいやだ。服を脱ぎながら、Ｍａｃを起ち上げた。受信ボックスでクリスチャンからのメールが待っていた。

差出人：　クリスチャン・グレイ
件名：　今夜のこと
日付：　２０１１年５月２５日　２２時０１分
宛先：　アナスタシア・スティール

きみが逃げ帰った理由がわからずにいる。きみの疑問にきちんと答えられたかどうか不安だ。たしかに、考えなくてはならないことを山ほど押しつけてしまったね。しかし、お願いだ。私の提案をぜひ真剣に考慮してくれないか。この交渉をぜひ成立させたいと心から願っている。時間をかけて進めていこう。
私を信じてくれ。

クリスチャン・グレイ
グレイ・エンタープライズ・ホールディングスCEO

彼のメールを読んで、また泣いてしまった。わたしは買収されようとしてる会社じゃないのよ。これは買収交渉じゃないの。でも、このメールを読むと、そうとしか思えない。返信はしなかった。なんて答えればいいかわからない。頼りない手でパジャマに着替え、彼のジャケットをその上から着て、ベッドに入った。暗闇を見上げながら、近づくなと何度も警告されたことを思い出した。

アナスタシア。私に近づいてはいけない。きみにふさわしい男ではないんだ。
恋愛に興味はありません。
私は女性に花束を贈るような種類の男ではない。

私は愛を交わしたりはしない。

これしか知らないんだ。

枕に顔をうずめて静かに泣きながら、抱きしめていたのは最後のひとことだった。わたしもこれしか知らない。彼となら、もしかしたら新しい地図を描くこともできるかもしれない。

14

クリスチャンがわたしを見下ろしている。手には革を編んだ乗馬鞭を握っていた。古くて色褪《いろあ》せた、裂け目がいくつもあるリーバイスのジーンズを穿いている。身につけているのはそれだけ。わたしをじっと見下ろしたまま、鞭を自分の掌に軽く打ちつけた。顔には勝ち誇ったような笑みを浮かべている。わたしは動けない。全裸で大きな四柱式のベッドに横たわり、広げた手足は手錠と足鎖で柱に固定されていた。彼は腕を伸ばし、鞭の先端をわたしの額にそっと当てると、鼻先までなぞった。革の匂いがした。鞭はそのまま進み、軽く開いた唇を乗り越えた。わたしの息は荒れている。彼が鞭の先端をわたしの口に差し入れた。なめらかで贅沢な革の味がした。

「しゃぶれ」彼が低い声で命じた。

わたしは命令に従い、先端をくわえた。

「もういい」彼がそっけなく言う。

彼がわたしの口から鞭を抜き取り、わたしはまた激しくあえいだ。先端は顎を越えて喉を下り、鎖骨のあいだのくぼみで止まった。そこでゆっくりと円を描いたあと、ふたたび動きはじめた。胸骨、乳房のあいだを通って、おへそまで。わたしはあえぎ、身をよじらせ、手や足を引っ張った。手首と足首に拘束具が容赦なく食いこむ。鞭の先端はおへそのまわりをなぞったあと、さらに南下し、恥毛をかき分けてクリトリスにたどりついた。ふいに彼が鞭を振り上げ、わたしの敏感なところをぴしゃりと叩いた。その瞬間、わたしは絶頂に達し、猛烈な快感に叫び声をあげた。

そこで目が覚めた。息が乱れ、全身に汗をかいていた。そして、オーガズムの余韻《よいん》を感じていた。うそ！　一瞬、自分がどこにいるのか思い出せなかった。たったいま、いったい何が起きたの？　わたしは自分の部屋でひとりきりだった。どうやって？　どうして？　わたしは愕然として跳ね起きた……うわ。もう朝だった。目覚まし時計を見る。八時。両手で顔を覆った。夢のなかでセックスできるなんて、知らなかった。何か変なもの食べたっけ？　あ、牡蠣？　きっとネットで調べたことがそのまま夢のなかで再現されたんだ。信じられない。寝ているあいだにオーガズムに達することがあるなんて、思いもよらなかった。

わたしがよれよれとキッチンに入っていくと、ケイトは元気に跳ね回っていた。

「アナ。どうかした？　なんかいつもと違う。それってクリスチャンのジャケット？」

「どうもしない」うう、先に鏡を確かめるんだった。わたしはケイトの鋭い緑色の目を避けた。さっきの夢のせいで、まだ頭がふらふらしていた。「そう、これはクリスチャンのジャケット」

ケイトが額に皺を寄せた。「ちゃんと眠れたの？」

「あんまり」

わたしは電気ポットを取った。まずはお茶だ。

「で、食事はどうだった？」

さあ、始まった。

「生牡蠣を食べた。その次は銀ダラ。全体的に冴えない食事《フィッシー》だった」

「おえ……牡蠣は苦手、受けつけない。だいたい、あたしが訊いてるのは料理のことじゃないわよ。クリスチャンはどうだった？　どんな話をしたの？」

「クリスチャンは……いつもどおり紳士だった」わたしはそこで言葉に詰まった。ほかに何を言えばいい？　ＨＩＶ検査は陰性で、ロールプレイに完全にはまっちゃってて、彼の命令にわたしを従わせたいと思ってて、プレイルームの天井から誰かを吊り下げて怪我させたことがあって、しかも、レストランの個室でわたしをファックしたがったとでも？　そう言えば勘弁してもらえる？　ゆうべの記憶をたどり、ケイトに話せそうなディテールを必死に探した。

「ワンダは気に入らなかったみたい」

「そりゃそうでしょ。いまさら誰も驚かない。ねえ、何をそんなに恥ずかしそうにしてるわけ？いいから全部話しなさいって」

「だって、ケイト――ものすごくいろんな話をしたから。彼は食べ物にやけにうるさいし。でも、貸してもらったワンピースはすごく気に入ったみたい」お湯が沸いて、わたしは紅茶を淹れた。

「紅茶、飲む？　今日のスピーチのリハーサルしておきたいなら観衆役を引き受けるけど？」

「あ、ほんと？　昨日の夜、ベッカの家で書いたの。ちょっと待って、取ってくるから。紅茶もお願い」ケイトは急ぎ足でキッチンを出ていった。

珍しい――取材を途中で放り出したキャサリン・キャヴァナー。わたしはベーグルを半分に切ってトースターに入れた。さっきの生々しい夢を思い出して、顔を赤らめた。あれはいったいなんだったの？

ゆうべはなかなか寝つけなかった。いろんな選択肢が頭のなかをぐるぐる回っていた。まだ混乱している。クリスチャンが考える男女関係は、まるで雇用契約みたいだ。拘束時間と職務内容がきっちり定められていて、相当に厳しい懲罰規定までそろっている。わたしが思い描いていた初恋とは天と地ほども違う。とはいっても、クリスチャンは恋愛には初めから関心がない。わたしがセックス以上のものを望んだとしても、ノーと言われるだけだろう。それだけですめばいいけど、いまの提案まで撤回されてしまうかもしれない。わたしが何より不安に感じているのはそれ――彼を失いたくない。一方で、彼のサブミッシブになりたいかどうか、自分でもわからずにいた。心のどこかで、杖や鞭に怖《お》じ気《け》づいている。わたしは痛みに臆病だ。痛いことを避けるための努力は惜しまない。さっき見た夢を思い返す。あんな感じってこと？　内なる女神は、チアリーダーのポンポンを持って飛び跳ねながら、そうよと叫んでいた。

ケイトがノートパソコンを持って戻ってきた。わたしは黙々とベーグルを食べながら、ケイトの卒業生総代のスピーチに熱心に耳を傾けた。

レイが来たときには、身支度は万全に調《ととの》っていた。玄関を開けると、体に合わないスーツを着たレイがポーチに立っていた。このややこしいところなどひとつもない人に対する温かな感謝と愛がふいに炸裂《さくれつ》して、めったにそんなわかりやすい愛情表現はしないのに、わたしはレイに思いきり抱きついていた。驚いたレイが一瞬固まった。

「やあ、アナ。私も会えてうれしいよ」わたしの抱擁《ほうよう》に応えながら、レイがぼそぼそと言った。それから両肩に手を置いて、わたしの全身をながめ回して額に皺を寄せた。「大丈夫か、アナ？」

「大丈夫に決まってるでしょ、パパ。久しぶりにパパに会って喜んじゃいけないの？」

レイが微笑んだ。黒っぽい瞳をした目尻に皺ができた。わたしはレイをリビングルームに案内した。

「ケイトのを借りたの」わたしは灰色のシフォンのホルターネックワンピースをちらりと見下ろした。

「すてきだよ」レイが言った。

レイが眉を寄せた。「ケイトは？」

「もう学校に行ってる。ほら、スピーチがあるから、早めに呼ばれてて」

「私たちも出発したほうがよくはないか？」

「パパ。あと三十分は大丈夫。お茶、淹れようか。モンテサーノの人たちの噂話をゆっくり聞かせてよ。ところで、ドライブは快適だった？」

レイは車を大学の駐車場に停めた。わたしたちは、黒や赤のガウンだらけの人波に乗って体育館に向かった。

「しっかりな、アナ。やけに緊張してるみたいだな。スピーチか何かすることになってるのか?」

うう……レイ、どうして今日にかぎっていつになく観察眼が冴えてるの?

「とくに何も。大事な日だから」そのうえ彼と顔を合わせることになるから。

「パパのちっちゃなアナが学士様になるんだものな。自慢の娘だよ、アナ」

「あ……ありがとう、パパ」レイ――わたしはこの人が本当に大好きだ。

体育館は人でいっぱいだった。レイは卒業生の家族やお祝いに駆けつけた人たちに混じって観覧席に座り、わたしは自分の席に向かった。黒いガウンを着て角帽をかぶっていると、それだけで安心だった。ほかの卒業生たちにまぎれこむことができる。演壇はまだ空っぽ。それでもどうにも落ち着かない。心臓はばくばくしているし、息遣いもふだんより浅くなっていた。彼が来ている。このなかのどこかにいる。いまごろケイトと話をしていたりして。もしかしたらケイトから質問責めにされているかも。姓がSで始まるほかの卒業生たちと一緒に席につく。二列めを選んだ。これでますます目立たずにすむはず。振り返ってレイを探した。観覧席のずっと上のほうにいた。わたしは手を振った。レイは照れくさそうな顔で、手を振るのと敬礼の中間みたいな身ぶりを返してきた。わたしは椅子に座って式の開始を待った。

体育館はまもなく満席になり、ざわめき声がどんどん大きくなっていった。最前列の席も埋まった。わたしの両側には、違う学部の知らない女の子たちが座った。仲のいい友達同士らしく、わたしをあいだにはさんでもまだ興奮した調子でおしゃべりを続けている。

十一時ちょうどに学長が演壇に現われ、副学長三人や教授たちが続いた。みな黒や赤のガウンで盛装している。わたしたちは立ち上がって恩師たちを拍手で出迎えた。うなずいたり、手を振ったりしている教授もいれば、退屈顔の教授もいる。わたしの担当教官で、いちばんのお気に入りの先生でもあるコリンズ教授は、あいかわらず朝起きてそのまま大学に来たみたいに見える。最後にケイトとクリスチャンが姿を現わした。オーダーメイドの灰色のスーツに身を包んだクリスチャンは、ただ立っているだけでも目立った。体育館の強烈なライトに照らされて、髪のところどころがまぶしい銅色にきらめいている。落ち着き払った彼は、自制心の塊のように見えた。用意された椅子に座るとき、シングルのジャケットのボタンをはずした。その拍子にネクタイがちらりと見えた。うそ！……あのネクタイ！　無意識のうちに手首をさすっていた。彼から目をそらせなくなった。あのネクタイをしている。わざとだ。絶対にわざと。わたしは唇を固く結んだ。全員が着席して拍手がやんだ。

「ねえ、見てよ、あのイケメン」片側の女の子がはずんだ声でもうひとりに言った。「すごくない？」

わたしは硬直した。コリンズ教授のことを言っているのではないことは間違いない。

「きっとあれがクリスチャン・グレイよ」

「独身？」

わたしは不機嫌な声でつぶやいた。「独身じゃないと思う」

「え」ふたりが驚いたようにわたしを見ている。

「それにあの人、たしかゲイ」

「うっそ、残念」ひとりがうめくように言った。

学長が立ち上がり、開式のスピーチを始めた。クリスチャンはさりげなく会場に視線をめぐらせている。わたしはできるだけ目立たないよう、椅子に沈みこんで背中を丸めた。その試みは無残に失敗した。何秒とかからずに彼のレーダーに捕捉されていた。彼は表情ひとつ変えずにわたしを見つめた。その目の奥で何を考えているのかはまったくわからない。わたしは椅子に座ったまま身をくねらせた。彼の視線は催眠術のようだった。頰がじわじわ赤くなっていくのがわかる。ふと今朝見た夢の記憶がよみがえり、下腹の筋肉が硬直して、いつものあの甘美な感覚が広がった。思わず息を吞んだ。彼の唇を笑みがよぎったように見えた。でも、ほんの一瞬のことだった。彼は軽く目を閉じた。次に目を開いたときには、もとの冷たい表情が戻っていた。学長をちらりと見上げたあと、まっすぐ前に向き直って、体育館の入口の上に掲げられたワシントン州立大学の校章を凝視した。それきり二度とわたしのほうは見なかった。学長の単調なスピーチは延々と続いた。クリスチャンはやはりわたしを見ようとせず、ひたすらまっすぐ前をにらみつけていた。

どうしてわたしを見ないの？　あれから気が変わったの？　不安の波に襲われた。ゆうべ、わたしは彼の誘いを振り切って帰った。彼にとっても我慢の限界だったのかもしれない。わたしの結論を待つことにうんざりしたのかも。どうしよう……もう完全にだめなのかもしれない。ゆうべの彼のメールを思い出す。返事をしなかったことに怒っているの？

そのとき突然、会場が拍手喝采《かっさい》に包まれた。ミス・キャサリン・キャヴァナーが紹介されたのだ。学長は自分の席に戻って座った。ケイトはきれいな長い髪を後ろに払いのけて演台に原稿を置いた。焦る様子はない。一千組の目が自分に注がれていても、落ち着き払っている。準備ができたところで微笑み、陶然と自分に見とれている観衆をひとわたりながめたあと、表情豊かに話しはじめた。穏やかな声で、ユーモアを交えながらスピーチを進めていく。ケイトが最初のジョークを口にした瞬間、わたしの両隣の女の子たちが爆笑した。ああ、キャサリン・キャヴァナー、あなたってほんと話し上手よね。わたしは親友を心の底から誇りに思った。そのときだけは、クリスチャンをめぐる不道徳な悩みは頭の隅っこに追いやられていた。一度聴いたスピーチなのに、今回もまたケイトの一言ひとことを丁寧に追いかけた。ケイトは観衆を魅了し、完全に味方につけていた。

スピーチのテーマは『大学生活の先にあるのは？』だった。本当に、この先にはいったい何が待っているのだろう。クリスチャンは眉を吊り上げてケイトを見つめていた——あれはきっと驚いているのね。そう、あの日、インタビューに行っていたのは、ケイトだったかもしれないんだ。そして、彼がいま異様なオファーを出している相手は、ケイトだったかもしれない。美しいケイトと美しいクリスチャンの組み合わせ。わたしはいま両隣に座っている女の子たちと同じだったかもしれない。遠くから彼をうっとり見つめるだけだったかも。ケイトなら、クリスチャンを初めから相手にしなかっただろう。この前、彼のことをなんて呼んでたっけ？　そうだ、〝ヘンタイ野郎〟だ。ケイトとクリスチャンが対決しているところを想像しただけで落ち着かない気持ちになった。どっちが勝つか、まるで予想がつかないと正直に認めるしかない。

ケイトが大げさなくらいの美辞でスピーチを締めくくった。会場の全員が誰からともなく立ち上がり、拍手喝采を送った。ケイトの初めてのスタンディングオベーションだ。わたしも拍手しながらケイトに微笑んだ。ケイトがわたしに笑みを返す。よくやったわ、ケイト！　ケイトが椅子に腰を下ろす。観衆も座った。入れ違いに学長が立ち上がり、クリスチャンの人物紹介を始めた。え？　クリスチャンもスピーチするの？　学長はクリスチャンの業績に短く触れた。目覚ましい成功を収めた大企業のＣＥＯであること、独力で頂点にのぼりつめた人物であること。

「……付け加えれば、我が大学の多額寄付者のひとりでもあります。では、みなさん、拍手でお迎えください。ミスター・クリスチャン・グレイです」

学長はクリスチャンと握手を交わした。会場からお義理とはいえ盛大な拍手が湧き起こる。わたしの心臓はいまにも口から飛び出そうとしていた。クリスチャンが演台に立ち、会場を見回した。ケイトと同じように、これだけ大勢の前に出ても、自信に満ちあふれているように見えた。両隣のふたりが魅入られたように体を乗り出した。たぶん、会場にいる女性の大部分が身を乗り出しているだろう。ひょっとしたら、男性の一部も、かもしれない。彼が口を開いた。穏やかで、控えめで、魅惑的な声だった。

「ワシントン州立大学のお招きを受け、今日、こうしてここに立っていることを心からありがたく、また光栄に感じています。せっかくいただいたこの機会に、環境科学部の素晴らしい研究について紹介させてください。私たちのプロジェクトが目指しているのは、環境破壊をせずに継続できる農法を開発し、第三世界諸国に提供することです。さらに言えば、この地球から飢えと貧困を根絶させる一助となることを最終目標に掲げています。おもにサハラ以南のアフリカ、東南アジア、南アメリカで、十億人以上が、人間らしい生活さえ送ることのできない貧困にあえいでいます。そういった地域では、農業の機能不全という問題が広がりを見せており、その結果として、環境と社会が破壊されているのです。私は飢えがどのようなものか、身をもって知っています。このプロジェクトは、個人的にも深い意味を持つもので……」

わたしは愕然とした。え？　飢えに苦しんだ経験があるってこと？　クリスチャンが？　うそよね？　ああ、でも、それでいろんなことに説明がつく。インタビューで彼が話していたことも思い出した。彼は世界中の人に食べるものを届けたいと本気で考えている。ケイトは記事になんて書いてたっけ？　たしか、四歳で養子になった。グレースがクリスチャンに満足な食べ物を与えなかったとは考えにくい。とすると、養子になる以前の話だろう。わたしは唾をごくりと飲み下した。お腹を空かせた、灰色の瞳のよちよち歩きの子供。想像しただけで胸が締めつけられた。かわいそうに。グレイ夫妻に引き取られて救われるまで、彼はどんな生活をしていたの？

ふいに怒りが燃え上がってわたしを呑みこんだ。永久に消えない傷を負った、ヘンタイで博愛主義者のクリスチャン。かわいそうに。でも、彼は自分をそういうふうには見ていないはずだ。他人の同情や哀れみを不快にさえ感じるだろう。ふいに全員が拍手をしながら立ち上がった。彼のスピーチを半分も聴いていなかったくせに、わたしも一緒に立ち上がった。彼は慈善活動と大企業の経営を両立させているうえに、同時進行でわたしを追いかけまわしている。わたしには考えられない。ダルフールがどうとかというやりとりを断片的に聞いたことを思い出した。ああ、そういうことか。あれは食糧支援の手配だったんだ。

クリスチャンは盛大な拍手に小さく微笑んで応えた。見ると、ケイトまで拍手していた。それから彼は自分の席に戻った。わたしのほうは一度も見なかった。わたしはたったいま得たばかりの情報を吸収しきれずにくらくらしていた。

副学長のひとりが立ち上がった。学位授与の長くて退屈な儀式が始まった。卒業生は四百人以上いる。ようやくわたしの名前が呼ばれたときには、開始から一時間以上が過ぎていた。わたしは両隣の女の子に前後をはさまれて演壇に登った。ふたりは中学生みたいにくすくす笑っている。クリスチャンがわたしをじっと見下ろした。優しいけれど、どこか警戒しているような表情を浮かべていた。

「おめでとう、ミス・スティール」わたしの手をそっと握りながら言う。掌が静電気を持ったみたいにちりちりした。「Ｍａｃの調子が悪いのか」

わたしは学位証明書を受け取りながら眉をひそめた。「快調だけど」

「では、私のメールを無視しつづけているのはなぜだろうな」

「企業買収のメールしか見てない」

彼はいぶかしげな目をわたしに向けた。「この続きはまたあとで」

いつまでも立ち止まっているわけにいかなかった。わたしを先頭にして渋滞が起きている。

自分の席に戻った。〝無視しつづけている〟？　あのあともまたメールを送ってたってこと？どんな内容だったの？

一時間後、ようやく卒業式が終わった。あのまま永遠に続くかと思った。満場の拍手に送られ、まずクリスチャンとケイトが、次に学長が教授団とともに演壇から姿を消した。わたしはお願い、こっちを向いてと念じつづけたけれど、クリスチャンは最後までこちらを一度も見なかった。内なる女神は不服そうだ。

立ち上がり、わたしの列が退出する順番が来るのを待っていると、ケイトがわたしを呼ぶ声がした。演台の奥から出てこちらに近づいてくる。

「クリスチャンが話したいって」大きな声で言った。いまはわたしの隣に立っているふたり組が、びっくりした顔でこちらを振り返った。

「呼んできてって頼まれた」ケイトが続ける。

　えええ……

「スピーチ最高だったね、ケイト」

「ほんと？　ありがとと」ケイトは輝くばかりの笑顔を作った。「いっしょに来てよ。あの人、本気になると、ものすごくしつこいのね」そう付け加えてあきれたように目をむいた。

　わたしは苦笑いをして言った。「そのくらい、まだまだ序の口。あんまり長くレイを放っておけないな」わたしは観覧席を見上げ、指を広げて五分だけ待ってと身ぶりで伝えた。レイがうなずき、了解のサインを作った。わたしはケイトに引き立てられて演壇の裏の通路を奥へ進んだ。

クリスチャンは学長と教授ふたりと話していた。わたしに気づいて顔を上げる。

「ちょっと失礼します」彼がほかの三人にそう断る声が聞こえた。こちらに来て、ケイトに軽く微笑む。

「ありがとう」ケイトが答える前に、彼はわたしの肘のあたりをつかんで、男子更衣室らしき部屋に引っ張っていった。誰もいないことを確認して、ドアに鍵をかける。

　ちょっと待ってよ、いったいなんのつもり？　わたしは目をしばたたかせ、こちらに向き直った彼を見上げた。

「どうしてメールの返事をよこさない？　携帯メールくらい返せるだろう」彼が目を吊り上げてにらみつけた。わたしはまごついた。

「今日はまだパソコンを一度も起ち上げてないし、携帯もチェックしてない」まさか、電話もかけてきたりした？　ケイトには効果抜群の作戦――話題を変える――を試すことにした。「感動的なスピーチだった」

「それはどうも」

「食べ物問題に少し納得がいったような気がする」

彼はうんざりしたように髪をかき上げた。「アナスタシア。いまはその話はしたくない」苦しげな顔をして、一瞬目を閉じた。「心配していたんだぞ」

「わたしを？　どうして？」

「きみが〝車〟と呼んでいる、あの死の箱に乗って帰ったからに決まっているだろう」

「え？　あれは死の箱なんかじゃない。ちゃんと走るの。ホセが定期的に整備してくれてるし」

「カメラマンのホセか」クリスチャンは険しい表情をして目を細めた。顔が霜《しも》で覆われていくのが見えるようだった。しまった。

「そうよ。あのビートルは、もともとはホセのお母さんが乗ってたものだから」

「そうだろう、そうだろう、その前は母親の母親が乗っていたんだろうよ。あれは危険だ」

「もう三年以上乗ってるの。心配かけたんなら謝る。でも、だったら電話一本くれればすんだことじゃない？」この騒ぎようはさすがに大げさだ。

彼はひとつ深呼吸をした。「アナスタシア、私はきみの返事を待っている。こうやっていつまでも待たされていると、頭がどうかしそうになる」

「クリスチャン、だけど……ねえ、父をひとりで置いてきちゃってるの」

「明日。明日までに返事をしてくれ」

「わかった。明日、かならず返事する」

彼は一歩下がり、冷ややかな目でわたしを見つめた。まもなく、張りつめていた肩から力が抜けるのがわかった。「このあとのパーティには出るのか？」

「わからない。レイしだいかな」

「きみの義理のお父さんか？　ぜひ会ってみたいな」

冗談でしょ……だって、どうして？

「あまり気が進まないんだけど」

クリスチャンはドアの鍵をはずした。唇を固く結んでいる。「私を紹介するのは恥ずかしいか」

「そんなんじゃないってば！」今度はわたしがうんざりする番だった。「父になんて紹介するの？　〝こちらはわたしの処女を奪った人です。いまは緊縛プレイだの、調教プレイだの、ＳＭプレイだのに誘ってくれてます〟とでも？　それがご希望なら、走りやすい靴を履いてるときにしたほうがいいんじゃない？　ダッシュで逃げられるように」

クリスチャンはわたしをねめつけた。やがて唇がひくつきながら笑みを作った。彼に怒っているはずだったわたしまで、つられて微笑んでいた。

「参考までに言っておくが、私は足が速いぞ。今回は友人として紹介してくれればいい」

彼がドアを開け、わたしは更衣室を出た。頭がくらくらしている。学長と三人の副学長、教授四人、それにケイトの脇を通りすぎた。全員の目がわたしを追っているのがわかる。やめて。クリスチャンをその場に残して、わたしはレイを探しにいった。

友人として紹介してくれればいい……

要はセックスフレンドね――潜在意識がしかめ面をする。わかってるって。うるさいな。わたしは不愉快な考えを追い払った。レイになんて紹介したらいい？　体育館にはまだ半分以上の人が残っていて、レイはさっきと同じところにまだ座っていた。わたしに気づいて手を振り、階段を下りてきた。

「アナ。卒業おめでとう」そう言ってわたしを抱きしめる。

「外のテントにお酒と軽食の用意があるらしいの。どう？」

「いいよ。今日の主役はおまえだからね。案内してくれ」

「いやだったらそう言って」お願い、いやだって言って……

「アナ、二時間半もつまらないおしゃべりを聞かされたんだぞ。一杯やりたい気分だ」

わたしはレイと腕を組み、ほかの人たちと一緒にのんびりと歩いて出口に向かった。昼下がりの外は暑いくらいだった。記念写真の撮影待ちの列をやり過ごす。

「いけない、忘れるところだった」レイがポケットからデジタルカメラを取り出した。「記念に撮っておこう、アナ」わたしはうんざり顔を作った。レイがわたしのスナップ写真を撮った。

「帽子とガウン、もう脱いでもいい？　なんかむさ苦しくて」

事実、あなたはむさ苦しいわよ……潜在意識の毒舌は絶好調だ。で、セックスフレンドをパパに紹介するってわけ？　吊り目の眼鏡の縁越しにわたしをにらみつけている。レイはさぞ誇りに思うでしょうねえ。ああ、うるさい。いっそ殺してやりたいくらいの憎悪を感じることがある。

テントは巨大で、その下の仮設パーティ会場は込み合っていた。学生、保護者、先生方、卒業生の友人。みな楽しそうにおしゃべりしている。レイがシャンパン——というより、たぶん安物のスパークリングワイン——のグラスを取って渡してくれた。ぬるい。それに甘すぎる。無意識にクリスチャンのことを考えていた……彼ならひと口試してグラスを返すだろう。

「アナ！」その声に振り返るなり、イーサン・キャヴァナーに抱きしめられていた。イーサンはそのままわたしをぐるぐる振り回した。スパークリングワインは奇跡的に一滴もこぼれなかった。大した芸当だ。

「おめでとう！」イーサンは緑色の目をきらきらさせて微笑んだ。

びっくりした。くすんだ色をした金髪は乱れてセクシーだ。ケイトに負けないくらいきれいな顔立ち。さすが兄妹と言いたくなるくらいそっくりだった。

「イーサン！　まさか会えると思わなかった。パパ、こちらはイーサン。ケイトのお兄さんよ。イーサン、こちらは父のレイ・スティール」ふたりが握手を交わした。レイは冷静な目でミスター・キャヴァナーを品定めしている。

「ヨーロッパに行ってたんでしょ？　いつ帰ったの？」わたしは訊いた。

「一週間くらい前かな。だけど、かわいい妹を驚かせてやろうと思って黙ってた」イーサンは共犯者に計画を打ち明けるみたいに言った。

「それってすごくすてきなサプライズプレゼント」わたしは笑みを浮かべた。

「卒業生代表だろ、見逃すわけにはいかないよな」妹をものすごく自慢に思っているのがわかる。

「いいスピーチだった」

「ああ、あれはよかったよ」レイもうなずいた。

イーサンはわたしの腰に腕を回していた。ふと顔を上げると、クリスチャン・グレイの氷のような灰色の目がこちらを見つめていた。ケイトが一緒だった。

「お久しぶり、レイ」ケイトがレイの両方の頬にキスをした。レイが顔を赤らめた。「アナのボーイフレンドにはもうお会いになりましたか。クリスチャン・グレイです」

ちょ……ちょっとケイト！　なんてことするのよ！　顔から血の気が引くのがわかった。

「ミスター・スティール。お目にかかれて光栄です」クリスチャンは熱意のこもった声で愛想よく言った。ケイトにいきなりあんなふうに紹介されたのに、これっぽっちも動じていない。レイに手を差し出す。レイは、きっと卒倒しそうなくらい驚いているだろうに、あっぱれにも、そんなことはおくびにも出さずにクリスチャンの手を握った。

覚えてなさいよ、キャサリン・キャヴァナー——わたしは胸のなかで息巻いた。潜在意識は失神したらしい。

「よろしく、ミスター・グレイ」レイの表情からは本心は読み取れない。ただ、茶色い目がそれとわからない程度に見開かれているような気がした。その目がゆっくりとわたしの顔に移動する。

〝こんな話、私は聞いていないぞ〟——その目はそう警告していた。わたしは唇を噛んだ。

「兄のイーサン・キャヴァナーです」ケイトがクリスチャンに紹介した。

クリスチャンは北極なみに冷たい視線をイーサンに向けた。イーサンはまだわたしに腕を回していた。

「初めまして、ミスター・キャヴァナー」

ふたりが握手を交わす。そのあと、クリスチャンはわたしに手を差し出した。

「アナ、ベイビー」ささやくような声。その甘い声を聞いて、わたしは卒倒しかけた。

イーサンの腕から逃れてクリスチャンの隣に立つ。クリスチャンは凍った笑みをイーサンに向けている。ケイトがわたしに微笑んでみせた。その顔を見て、わざとやったのだとわかった。よくも、よくも！

「イーサン、ママとパパが何か話があるって」ケイトはイーサンの腕を引いて行ってしまった。

「で——いつごろからのつきあいなのかな」レイがクリスチャンとわたしを交互に見た。

しゃべる力はわたしを見捨てて逃亡中だった。ああ、もう、このまま大地に呑みこまれてしまいたい。クリスチャンの腕が伸びてきて、親指でむきだしの背中をすっとなでたあと、わたしの肩に手を置いた。

「二週間ほど前からです」クリスチャンが平然と答える。「アナスタシアが学生新聞のインタビューに来たのがきっかけで」

「へえ、学生新聞の記者をしてたなんて初耳だね、アナ」レイの声には非難めいた響きが隠れていた。むっとしている。まずい。

「ケイトが風邪ひいて、その代理で」わたしは消え入るような声で答えた。それがせいいっぱい。

「すばらしいスピーチでしたよ、ミスター・グレイ」

「ありがとうございます、ミスター・スティール。釣りがご趣味とうかがいましたが」

レイが不意を突かれたように眉を吊り上げた。それからうれしそうに笑った。珍しい。正真正銘のレイ・スティール・スマイル。そこからいきなりふたりは打ち解けた。釣り話でやたらに盛り上がっている。わたしはいてもいなくても同じなんじゃないかと思いたくなるくらいだった。

レイはクリスチャンの魅力に完全にやられてしまっている。あなたもそうだったわよねえ――潜在意識が辛辣に言った。クリスチャンにできないことはない。わたしはちょっと失礼とふたりに声をかけ、ケイトを探しにいった。

ケイトは両親と一緒だった。わたしを見るなり、ふたりは顔を輝かせ、温かな言葉をかけてくれた。それからしばらく、間近に迫ったバルバドス旅行やわたしたちの引越の話をした。

「ケイト、よくもレイにばらしてくれたわね」わたしはご両親に聞かれずにすむチャンスを待って、ケイトに小声で言った。

「だって、あなた、自分じゃいつまでたっても紹介できないんじゃないかと思ったから。クリスチャンの他人との距離感の狂いを修正するきっかけにもなるかもしれないし」ケイトはそう言ってにこやかな笑みを浮かべた。

ケイトをにらみつけた。あのね、彼との距離の取りかたがわからなくて困ってるのは、わたしのほうなの！

「それに、クリスチャンは冷静に対応してたじゃない、アナ。心配することないって。ほら、見なさいよ――クリスチャンったら、片時もあなたから目を離せないって感じ」

わたしは振り返った。レイとクリスチャンがそろってわたしを見ていた。

「ああやってずっとタカみたいにあなたを目で追ってる」

「レイを救出に行ったほうがよさそう。クリスチャンを、かも。どっちだかわかんない。この話はまだ終わってないからね、キャサリン・キャヴァナー！」わたしはケイトをねめつけた。

「アナ、感謝してくれてもいいのよ」ケイトの声が追いかけてきた。

「どう?」わたしはクリスチャンとレイに微笑みかけた。

ふたりとも無事らしい。クリスチャンはひとりで何かおもしろがっているみたいな顔をしているし、レイのほうは、こういう社交の場が苦手なはずなのに、意外なほどリラックスしている。釣り以外にいったいなんの話をしてたのよ?

「アナ、トイレはどこだ?」

「さっきテントに入ってきたところを出て、すぐ左」

「ちょっと失礼するよ。ふたりで話しててくれ」

レイが行ってしまうと、わたしはおずおずとクリスチャンを見上げた。カメラマンが近づいてきて、わたしたちは撮影に応じた。

「ありがとうございます、ミスター・グレイ」カメラマンは逃げるように立ち去った。わたしはフラッシュのまばゆさに目をしばたたかせていた。

「父も骨抜きにしたみたいね」

「お父さん*も*?」クリスチャンの目がぎらりと光を放ち、眉がもの問いたげな弧を描いた。わたしは頬を赤らめた。彼は指先でわたしの頬の輪郭をそっとなぞった。

「きみの心が読めたら――きみが何を考えているか知ることができたら、どんなにいいだろうな、アナスタシア」彼が低くささやいた。それからわたしの顎を持ち上げた。わたしたちの視線がからみ合った。

呼吸が急停止した。どうして彼に触れられるだけでこうなってしまうの? まわりにこんなにたくさんの人がいるのに? 「いまは、〝すてきなネクタイ〟って考えてる」わたしは言った。

彼は肩を震わせて笑った。「このところこいつに急に愛着がわいてね」

　わたしの頬がますます熱くなる。

「すてきだよ、アナスタシア。そのワンピースは本当に似合っている。しかも、ホルターネックだから、きみの背中の美しい肌をなでられるという私向けの特典までついている」

　ふいに、周囲に誰もいなくなったような錯覚に襲われた。ここにはわたしたちふたりしかいない。全身が生命に満ちあふれていた。神経の先端が甘い合唱を始めた。あの電流が力を増して、わたしを彼に引き寄せようとしていた。

「私たちはうまくやっていけそうだとは思わないか、ベイビー？」彼がささやいた。わたしは目を閉じた。体の内側がほどけ、溶けていく。

「でも、それじゃ足りないの。わたしはそれ以上のものを望んでる」

「それ以上のもの《モア》？」彼はいぶかしげな目でわたしを見つめた。瞳に暗い光が射す。わたしはうなずいて、ごくりと喉を鳴らした。ああ、言ってしまった。

「それ以上のもの、か」彼が低い声でそう繰り返した。その言葉の感触を舌で試しているかのように。ちっぽけで単純な言葉。でも、希望がいっぱい詰まった言葉。彼の親指がわたしの下唇をなぞった。「きみはロマンスを求めている」

　わたしはうなずいた。彼は目をしばたたかせた。わたしはその目に映し出された、彼の内心の葛藤を見守った。

「アナスタシア」彼の声は優しかった。「私は恋愛というものを知らないんだ」

「わたしも知らない」

彼がかすかに微笑んだ。

「きみはものを知らなすぎるね」

「あなたは間違ったことばかり知りすぎてる」

「間違っている？　私にとっては間違ったことではない」彼はそう言って首を振った。表情は誠意にあふれていた。「本当に間違っているかどうか、自分で確かめてみる気はないか」そうささやく。挑んでいる。挑戦状を叩きつけている。首を軽くかしげ、あの憎らしいくらい魅惑的な笑みを作った。

わたしは息ができなくなった。わたしはエデンの園のイヴだ。彼は誘惑するヘビだ。抵抗はできない。

「わかった」わたしは小さな声で答えた。

「え？」彼の全神経がわたしに集中したのがわかった。

わたしはごくりと喉を鳴らした。「わかった。やってみる」

「契約に同意するということか」にわかには信じられないといった声だった。

「ソフトリミットの内容にもよるけど、同意する。とりあえず試してみる」わたしの声は自分でも聞き取れないくらい小さかった。クリスチャンは目を閉じると、わたしを抱き寄せた。

「ああ、アナ。きみには驚かされてばかりだ。息をする暇もないくらいだよ」

それからふいに体を離した。いつのまにかレイが戻ってきていて、周囲の物音のボリュームが少しずつ上がっていき、わたしの聴覚を占領した。わたしたちはふたりきりではない。どうしよう、彼のサブミッシブになるって言っちゃった。クリスチャンがレイに微笑みかける。目は喜びに輝いていた。

「アナ、そろそろ昼飯にしないか」

「わかった」わたしはまばたきをして平静を取り戻そうとしながら、レイに答えた。なんてことするのよ――潜在意識がわめいている。内なる女神はバック転を繰り返していた。あの調子なら、体操のロシア代表としてオリンピックにも出られそう。

「クリスチャン、一緒にどうかな?」レイが尋ねた。

クリスチャン! わたしは彼を見上げ、お願いだから断ってと念じた。落ち着いて考える時間がほしい……わたしはいったい何をしてしまったの?

「ありがとうございます、ミスター・スティール。あいにく先約がありまして。でも、お会いできて本当によかった」

「こちらこそ」レイが答える。「うちの娘をよろしく頼みますよ」

「ええ、大切にお預かりします」

ふたりは握手を交わした。

うう、めまいがする。レイは何も疑っていない――クリスチャンがわたしを大切に預かっておいてどうしようとしているのか、まるで察していない。クリスチャンはわたしの手を取ると、燃えるような目でわたしを見つめたまま、そっとキスをした。「では、またのちほど、ミス・スティール」希望に満ちあふれた声だった。

また会えると考えただけで、胃がよじれそうになった。え、でも、ちょっと待って……〝のちほど〟って何?

レイがわたしの腕を取って、テントの出口に向かった。「しっかりした若者だ。そのうえ財力もしっかりしているようだ。いい人を見つけたな、アナ。しかし、おまえからではなくキャサリンから聞かされるというのは……」そう言って苦い顔をする。

わたしは言い訳の代わりに肩をすくめた。

「しかしまあ、フライフィッシング好きに悪い人間はいないからな」

ひゅう――レイが彼を認めた。でも、本当のことを知ったら、即刻取り消すだろうな。

日が暮れるころ、レイは車でアパートメントまで送ってくれた。

「お母さんに電話するんだぞ」

「わかってる。来てくれてありがとう、パパ」

「来るなと言われたって来てたさ、アナ。おまえは自慢の娘だ」

いや、だめ。泣いたりなんかしないんだから。感情が喉もとにせり上がってきた。わたしはレイをきつく抱きしめた。レイは困惑気味にわたしの抱擁に応えた。もうこらえきれない――涙があふれかけた。

「おい、アナ、どうした？」レイが優しくささやく。「緊張の糸が切れたかな。ちょっと上がって、お茶を淹れてやろうか」

わたしは泣きながら笑った。レイによれば、お茶はすべてを解決する。母の愚痴《ぐち》を思い出した。お茶か慰めかの二択になると、レイはかならずお茶を選ぶ。レイに同情は期待できない。

「いいの、パパ。大丈夫。久しぶりに会えて、ほんとにうれしかった。引越先で落ち着いたら、すぐ遊びに行くから」

「就職面接、がんばれよ。結果を知らせてくれ」

「約束する」

「愛してるよ、アナ」

「わたしもよ、パパ」

レイが微笑んだ。茶色の瞳は温かな光をたたえていた。それから、車に戻っていった。わたしは車が見えなくなるまで手を振った。それから足を引きずるようにして部屋に入った。

まず携帯電話をチェックした。電池が切れていた。充電器を探し出して接続して、ようやく履歴を確認できた。不在着信が四件、留守電に録音が一件、メールが二件。不在着信のうち三つはクリスチャンからだった。留守電には何も残していない。残りの一件はホセからで、卒業祝いのメッセージが録音されていた。

メールを開いた。


〈無事に家に着いたか〉

〈電話をくれ〉


二件ともクリスチャンからだった。どうして固定電話にかけてこないんだろう。わたしは自分の部屋に戻ってＭａｃを起ち上げた。

差出人：　クリスチャン・グレイ
件名：　今夜のこと
日付：　２０１１年５月２５日　２３時５８分
宛先：　アナスタシア・スティール

きみが車と呼ぶあの代物で無事に家に帰れたことを祈っている。
無事なら知らせてくれ。

クリスチャン・グレイ
グレイ・エンタープライズ・ホールディングスCEO

うーん……わたしのビートルがそんなに心配？　どうして？　三年間、忠実に働いてくれているし、何かあればホセがすぐに整備してくれている。クリスチャンの次のメールは、今日届いたものだった。

差出人：　クリスチャン・グレイ
件名：　ソフトリミット
日付：　２０１１年５月２６日　１７時２２分
宛先：　アナスタシア・スティール

もう何も言うことはない。
標題の件について、いつでも喜んで話し合いに応じる。
今日のきみは本当に美しかったよ。

クリスチャン・グレイ
グレイ・エンタープライズ・ホールディングスCEO

会いたい。わたしは〈返信〉をクリックした。

差出人：　アナスタシア・スティール
件名：　ソフトリミット
日付：　２０１１年５月２６日　１９時２３分
宛先：　クリスチャン・グレイ

よかったら、今夜にでもそちらにうかがいます。

アナ

差出人：　クリスチャン・グレイ
件名：　ソフトリミット
日付：　2011年5月26日　19時27分
宛先：　アナスタシア・スティール

私がそちらに行く。あの車を運転させたくない。本気だ。
これからすぐに出る。

クリスチャン・グレイ
グレイ・エンタープライズ・ホールディングスCEO

え、ほんとに？……いまから彼が来る。その前に用意しておかなくてはならないものがあった。トマス・ハーディの初版本は、まだリビングルームの棚に置いてある。あれは受け取れない。茶色い包装紙で包み、『テス』からの引用を書きつけた。

結構ですわ、エンジェル。あたしがどんな罰を受けなくちゃならないか、あなたがいちばんよくご存じなんですもの。ただ――ただ――あたしに我慢できないようなことは、なさらないでね！

15

「こんばんは」自分がいやになるくらいびくびくしながら玄関を開けた。クリスチャンがポーチに立っている。ジーンズにレザージャケットという出で立ちだ。

「やあ」まばゆい笑顔が彼の顔を輝かせた。わたしは一瞬、その美しさに見とれた。レザーの服を着た彼は、どうしようもないほどセクシーだった。

「どうぞ」

「お邪魔するよ」彼は楽しげに応じ、部屋に入ってくると、シャンパンのボトルを持ち上げた。

「きみの卒業をお祝いしようと思ってね。ボランジェに勝るものはない」

「興味深い言葉の選択ですこと」わたしはそっけなく言った（ボランジェ〔Bollinger〕はシャンパンの銘柄のひとつ。英語のスラングbollingerは「男性の股間の盛り上がり」を指す）

彼がにやりとした。「きみの当意即妙の切り返しにはいつも感心させられるよ、アナスタシア」

「ティーカップしかないんだけど。グラス類は全部もう箱に詰めちゃって」

「ティーカップ？　かまわないよ」

わたしはキッチンに行った。緊張していた。ちょうちょがまた異常発生して、胃袋からあふれかけている。ピューマとかクーガー――どうやって襲ってくるかまるで予想もつかない大型肉食動物が一頭、リビングルームにいるようなものだ。

「ソーサーもいる?」

「ティーカップだけでいいよ、アナスタシア」リビングルームからクリスチャンの返事が聞こえた。何かほかのことに気を取られているみたいな声だった。

キッチンから戻ると、彼は茶色い包装紙に包まれた本をにらみつけていた。わたしはテーブルにカップを置いた。

「それはあなたに返そうと思って」わたしはおずおずと言った。

どうしよう……もしかしたら喧嘩になるかも。

「きっと私宛だろうと思ったよ。じつに気のきいた引用だ」長い人差し指がわたしの手書きの文字をたどる。「自分ではエンジェルではなく、ダーバヴィルのつもりでいたんだがね。きみは私を貶《おとし》めてくれたらしい」そう言って、牙をむくような笑みを浮かべた。「今後は、人の心に響く引用を選ぶ係はきみに一任しよう」

「それは哀願でもある」わたしは小さな声で言った。どうしてこんなに緊張しているのだろう。口のなかがからからだった。

「哀願? 私に手加減してくれと言いたいのか?」

わたしはうなずいた。

「これはきみのために買ったものだ」彼は静かに言い、冷ややかにわたしを見つめた。「これを受け取ってくれたら、手加減しよう」

わたしは痙攣でも起こしたみたいに何度も唾を飲み下した。「クリスチャン、これは受け取れない。こんな高価なものは受け取れない」

「いいか、昨夜、指摘したのはそれだよ――そうやって抵抗することだ。私はきみに本を受け取ってもらいたい。それでこの話は終わりだ。ごく単純なことさ。きみはこれについて考える必要はない。サブミッシブとして、感謝するだけでいいんだよ。私がきみに何か買ったら、黙って受け取る。それが私の喜びだからだ」

「でも、この本を買った時点では、サブミッシブじゃなかったでしょ」わたしは弱々しい声で反論した。

「そうだな……だが、いまはそうだろう、アナスタシア」彼の目に警戒するような表情が浮かんだ。

わたしはため息をついた。この戦略では勝てそうにない。プランBに作戦変更だ。「じゃ、この本はわたしの好きなようにしていいのね？」

彼は怪しむようにわたしを見た。それでもうなずいた。「かまわない」

「それなら、慈善団体に寄付する。ダルフールで活動してる団体に。あなたはダルフールのことを気にかけてるみたいだから。オークションにでもかければ、活動資金になる」

「きみがそうしたいなら」彼は唇を引き結んだ。失望している。

わたしの頬が熱くなった。「よく考えてみる」彼をがっかりさせたくない。それに、彼が言っていたことを思い出していた――〝きみには私を喜ばせたいと思ってもらいたい〟

「考えるな、アナスタシア。これについては考えるな」彼が静かで真剣な口調で言った。

そんなの無理。考えずにはいられない。自分のことを車だと思えば楽なんじゃない？　彼の所有物のひとつにすぎないって思えば——潜在意識が、戻ってこなくていいのに、毒舌とともに復活していた。わたしは聞こえないふりをした。ああ、テープを巻き戻すみたいに、最初からやり直せたらいいのに。わたしたちのあいだの空気は張りつめていた。どうしたらいいかわからなかった。自分の手を見つめた。いったいどうしたらこの状況から抜け出せる？

彼はシャンパンのボトルをテーブルに置き、わたしの目の前に立った。顎に手を添えて持ち上げ、厳めしい顔でわたしを見下ろした。

「きみに山ほどいろんなものを買うよ、アナスタシア。早く慣れることだな。私にはなんでもないことだ。私には使いきれないほど金がある」そう言ってかがみこむと、唇にすばやくキスをした。「いいね？」そう言ってわたしを離した。

娼婦——潜在意識が口の動きだけでそう叫んだ。

「自分が安っぽい女になったみたいに感じるの」

クリスチャンは髪をかき上げた。いらだっている。

「どうしてそんなふうに考えるのかな。きみは考えすぎだ、アナスタシア。他人からどう思われるかなどというくだらない価値観を基準に自分を評価しようとするな。単なるエネルギーの無駄遣いだ。安っぽく感じるのは、契約に抵抗を感じているせいだろう。当然のことだよ。自分が何をしようとしているのか、想像できないわけだから」

わたしは額に皺を寄せて彼の言葉を消化しようとした。

「それはよせ」彼は穏やかに命じると、またわたしの顎を持ち上げて顎の先をそっと引っ張り、唇を噛むのをやめさせた。「きみには安っぽいところなど何ひとつない。そんなふうに考えるのはやめてくれ。私はただ、きみが好きそうな古本を買った、それだけのことだ。さて、シャンパンでお祝いしようか」彼は優しい目をしてそう言った。わたしはおずおずと微笑んだ。「いいぞ、その調子だ」彼はボトルを取り、キャップシールをはがして針金をほどくと、コルクではなくボトルのほうを回した。ぽんと音を立ててコルク栓が抜けた。開けかたが手慣れているからだろう、中身が噴き出したりはしなかった。シャンパンをカップに注ぐ。

「ピンク色」わたしは驚いて言った。

「ボランジェ・ラ・グランダネ・ロゼ。一九九九年。当たり年だ」彼はうれしそうに言った。

「それをティーカップで飲むのね」

彼がにやりとした。「そう、ティーカップで。卒業おめでとう、アナスタシア」カップを軽く打ち合わせて乾杯したあと、彼はひと口飲んだ。これはわたしを降伏させる戦略のうちなんじゃないかと考えずにはいられなかった。

「ありがとう」そう応じてひと口飲む。言うまでもなく、おいしかった。「いざ、ソフトリミットの話し合い?」

彼が微笑み、わたしは赤面した。

「あいかわらずせっかちだな」クリスチャンはわたしの手を取ってソファに連れていった。先に腰を下ろし、わたしの手を引いて隣に座らせる。「お父さんは、たしかに寡黙な人だった」

そう……ソフトリミットはお預けってわけね。わたしとしては、さっさと片づけてしまいたいのに。そうしないと、この不安がいつまでも晴れてくれないから。

「まんまとレイを手なずけた」わたしは唇をとがらせた。

クリスチャンは低い声で笑った。「それは、たまたま私も釣り好きだからだよ」

「どうしてレイが釣りをするって知ってたの？」

「きみが教えてくれたんだろう。コーヒーを飲みにいったときに」

「え……そうだった？」わたしはまたシャンパンを飲んだ。すごい記憶力。うーん……このシャンパン、ほんとにおいしい。「パーティのワイン、味見した？」

クリスチャンは顔をしかめた。「した。飲めた代物ではなかった」

「飲んでみて、すぐにあなたの顔が思い浮かんだ。ねえ、どうしてワインにそんなに詳しいの？」

「詳しいわけではないさ、アナスタシア。自分の好みをよく知っているというだけのことだ」彼の目がぎらりと銀色に輝いた。

わたしは頬を赤らめた。

「お代わりは？」シャンパンのことだ。

「いただきます」

クリスチャンは優雅に立ち上がり、ボトルを取って戻ってくると、わたしのカップにお代わりを注いだ。酔わせるのが狙いなの？　わたしは疑いの目で彼を観察した。

「がらんとして見えるな。引越の準備はすんだのか」

「だいたい終わってる」

「明日もアルバイト？」

「そう。クレイトンでの最後の日」

「引越を手伝いたいところだが、空港に迎えにいくと妹に約束してしまった」

そうなの……知らなかった。

「土曜の朝早く、ミアがパリから帰ってくる。私は明日シアトルに戻るが、エリオットが手伝う約束をしていると聞いた」

「ケイトはすごく喜んでる」

クリスチャンは顔をしかめた。「ケイトとエリオット。誰がそんな組み合わせを想像できた？」なぜなのか、あまり快く思っていないらしい。「シアトルでの就職活動はどんな調子だ？」

ねえ、いつになったらリミットのことを話し合うの？　いったい何を企んでるの？

「インターンの面接をいくつか控えてる」

「いつ私に話してくれるつもりだった？」彼は片方の眉を吊り上げた。

「えっと……いま？」

彼は不機嫌そうに目を細めた。「どの会社だ？」

なぜか――おそらく、話せば彼が裏で手を回すかもしれないから――彼には教えたくなかった。

「出版社。ふたつ」

「出版業界を志望してるのか」

わたしは用心深くうなずいた。

「で？」忍耐強くわたしを見つめる。詳しく話せと言いたいのだろう。

「で、何？」

「鈍いふりをするな、アナスタシア。どの出版社だ？」

「小さいところ」

「どうして隠す？」

「影響力を変に発揮されたらいやだから」

彼が眉をひそめる。

「あなたこそ鈍いふりしてるじゃない」

彼は笑った。「鈍い？　私が？　きみはまったく手ごわいな。さあ、飲め。リミットを話し合うぞ」わたしのメールのプリントアウトとソフトリミットのリストを取り出す。そんなものをポケットに入れたままそのへんをうろうろしてるってこと？　たしか、いま借りているジャケットのポケットにも同じリストが入っていた。いやだ、忘れずに回収しなくちゃ。わたしはカップに残っていたシャンパンを飲み干した。

彼がちらりとわたしを見た。「お代わりは？」

「お願い」

彼は自分にしかわからないジョークをおもしろがっているみたいないつもの笑みを浮かべ、シャンパンのボトルを持ち上げたところで、ふと手を止めた。「今日は何か食べたか」

出た。得意のせりふ。

「食べた。レイと一緒に、三皿のコース」わたしはうんざりした顔で目をぎょろりと回した。シャンパンの酔いがわたしを大胆にさせている。

彼は手を伸ばしてわたしの顎をつかみ、目をまっすぐにのぞきこんだ。「今度そうやって目をぎょろぎょろさせたら、尻を叩くぞ」

え？

「失礼」わたしは言った。彼の目に興奮したようなきらめきが見えた。

「失礼」彼はわたしの口真似をした。「さて、始めようか、アナスタシア」

心臓が胸のなかで飛び跳ねている。胃袋から逃げ出したちょうちょの大群が喉に詰まって息ができない。どうしてそんなことで興奮するの？

彼がわたしのカップにシャンパンを注いだ。わたしはほとんどを一気飲みした。それからしおらしく彼を見上げた。

「話に集中できそうか」

わたしはうなずいた。

「きちんと答えろ」

「はい……集中できそうです」

「よし」彼は意味ありげに微笑んだ。「さまざまな性行為。かなりの部分はすでに話し合いずみだな」

わたしは彼のそばに座り直し、リストをのぞきこんだ。

補遺3

ソフトリミット

以下の事項について、話し合いのうえで合意することとする。

サブミッシブは以下の行為に同意するか
・マスターベーション
・クンニリングス
・フェラチオ
・精液の嚥下
・膣性交
・膣フィスティング
・肛門性交
・肛門フィスティング

「フィスティングはいやだと言っていたね。ほかには?」彼が穏やかに訊く。わたしの喉がごくりと鳴った。

「肛門性交にはあんまりそそられない」

「フィスティングは却下してもかまわないが、きみの尻はぜひものにしたいな、アナスタシア。しかしまあ、様子を見ながらということにしようか。それに、すぐに始められることではない」

彼はにやりとした。「きみの尻には訓練が必要だからね」

「訓練？」わたしはかすれた声で訊き返した。

「そうだ。時間をかけて準備しなくてはならない。肛門性交はなかなかいいものだよ。本当だ。試してみてやっぱりいやだということになれば、二度としないと約束する」彼はそう言って微笑んだ。

わたしは目をしばたたかせた。わたしが気に入るだろうと思ってるの？　どうしていいものだって知ってるの？

「したこと、あるの？」わたしは小さな声で訊いた。

「ある」

ええ。わたしは愕然とした。

「男の人と？」

「いや。これまで男とセックスしたことはない。そっちの趣味はない」

「じゃ、ミセス・ロビンソン？」

「そうだ」

えええええ。だって、どうやって？　わたしは額に皺を寄せた。彼はリストの先に進んだ。

「精液の嚥下。これにはもうAをやったな」

わたしは赤面した。内なる女神が誇らしげな顔で舌なめずりをしている。

「というわけで」彼が微笑む。「精液を飲むのは大丈夫だね？」

わたしはうなずいた。彼と目を合わせられない。カップに残ったシャンパンをまた飲み干した。

「お代わり《モア》は？」彼が訊く。

「飲む」シャンパンを注ぐ彼を見ていて、今日の午後、彼と交わした会話をふと思い出した。あのことを言っているのだろうか。それとも、単にシャンパンのお代わりのこと？　シャンパンで祝杯を挙げること自体が〝それ以上のもの《モア》〟なの？

「大人のおもちゃは？」彼が尋ねる。

わたしは肩をすくめ、リストに目を通した。


サブミッシブは以下の器具の使用に同意するか

・バイブレーター
・バットプラグ
・人工ペニス
・膣／肛門に使用するそのほかの器具

「バットプラグ？　肛門プラグってこと？　パッケージにそう書いてあるの？」わたしは嫌悪を感じて鼻に皺を寄せた。

「そうだよ」彼がにやりとする。「さっき話し合った肛門性交にも通じる。慣らすのに使う」

「ふうん……　〝そのほかの器具〟には何が含まれるの？」

「ビーズ、エッグ……そういった類《たぐい》のものだ」

「卵？」わたしはびっくりして言った。

「本物の卵じゃないさ」彼は大笑いしながら首を振った。

わたしは唇をとがらせた。「楽しんでいただけたようでよかったわ」気分を害していることを隠しきれなかった。

彼が笑うのをやめた。「すまない。ミス・スティール、失礼なことをして申し訳なかった」彼は反省を示そうとしている。でも目はまだおかしそうにきらめいていた。「おもちゃ類に関して問題は？」

「ない」わたしはそっけなく答えた。

「アナスタシア」彼は猫なで声を出した。「悪かった。本当に悪かったよ。笑うつもりはなかった。ここまで細かく検討したことがないから、つい笑ってしまった。きみはそれだけ経験が浅いということだ。悪かった」彼の目は大きく、灰色をして、そして真摯《しんし》な表情を浮かべていた。

わたしは少し態度を軟化させ、またシャンパンをひと口飲んだ。

「よし。次は緊縛だ」彼はリストに戻っていった。わたしは項目をひとつずつたどった。内なる女神は、アイスクリームをもらえるのを待っている子供みたいに飛び跳ねている。

サブミッシブは以下の行為に同意するか

・ロープによる緊縛

・革手錠による緊縛

・手錠／足鎖／足枷による緊縛

・テープによる緊縛

・そのほかの緊縛

クリスチャンが眉を吊り上げる。「どうだ？」
「問題なし」わたしはささやくように答え、すぐにリストに目を戻した。

サブミッシブは以下の形式の緊縛に同意するか
・体の前で両手を縛る
・足首を縛る
・肘を縛る
・背中で両手を縛る
・膝を縛る
・手首を足首に縛りつける
・固定された物品、家具などに縛りつける
・スプレッダーバーに縛りつける
・ボディサスペンション

サブミッシブは目隠しされることに同意するか

サブミッシブは猿ぐつわを嚙まされることに同意するか

「サスペンションについてはもう話した。ハードリミットに加えたければ、かまわない。時間がかかるプレイだし、きみの拘束時間は短い。ほかには？」

「笑わないでね。スプレッダーバーって何？」

「笑わないと約束しただろう。それに、もう二度も謝った」彼はわたしをにらみつけた。「これ以上は謝らせるな」警告のように言う。わたしはたぶん、見てわかるほど身をすくませていたと思う……ふう、どうしてこう威圧的なの？「スプレッダーバーというのは、手首と足首、または手首だけ、足首だけを拘束する器具がついたバーだ。楽しいぞ」

「そう……あ、猿ぐつわ。息ができなくなるんじゃないかって不安になりそう」

「きみが息ができなくなって不安になるのは私のほうだよ。きみを窒息させたくない」

「猿ぐつわを嚙まされて、どうやってセーフワードを言うの？」

彼が動きを止めた。「あらかじめ断っておくが、セーフワードを使う必要が生じないことを願っている。猿ぐつわを嚙んでいるあいだはハンドシグナルを使う」彼はさらりと言った。

わたしは驚いて目をしばたたかせた。でも、縛られていたら、ハンドシグナルだって使えないんじゃ？　脳味噌に霧がかかりはじめていた……アルコールのせいだ。

「猿ぐつわは遠慮したい感じ」

「わかった。覚えておく」

わたしは彼を見上げた。ようやくわかったような気がした。「サブミッシブを縛るのが好きなのは、縛っておけばあなたには触れないから？」

彼が目を見開いてわたしを見つめた。「それも理由のひとつだ」静かに答える。

「だから手を縛ったの？」

「そうだ」

「この話はしたくないみたいね」

「ああ、したくない。お代わりはどうだ？　酔うときみは大胆になる。これから苦痛の許容範囲について、正直に答えてもらわなくてはならない」

どうやら……ここからが肝心なところらしい。彼はシャンパンのお代わりを注ぎ、わたしはまたひと口飲んだ。

「一般的な話として、きみはどの程度の苦痛に耐えられる？」クリスチャンは期待に満ちた目でわたしを見つめた。「おい、また唇を噛んでるぞ」脅すような声だった。

わたしはあわてて唇を離した。でも、なんと答えていいかわからない。赤面して自分の手を見つめた。

「子供のころ、体罰を受けたことは？」

「ない」

「とすると、基準がまるでないということか」

「そうね」

「きみが恐れているほどのことではないよ。これに関しては、想像力が最大の敵だ」彼はささやくように言った。

「どうしてもしなくちゃいけないの？」

「ああ」

「どうして?」

「ドミナントの役割のうちだからだよ、アナスタシア。私の役割だ。不安なんだろう。ひとつずつ見ていこう」

彼がリストをこちらに向ける。潜在意識は悲鳴をあげて逃げていき、ソファの陰に隠れた。


サブミッシブは以下の形態の苦痛/体罰/調教を受け入れることに同意するか
・スパンキング
・鞭打ち
・バイティング
・膣クランプ
・熱蠟
・パドリング
・杖で打つ
・ニップルクランプ
・氷
・そのほかの形式/方法による苦痛

「膣クランプはいやだと言っていたね。かまわない。このなかでいちばん痛いのはおそらく杖だな」

　わたしの顔から血の気が引いた。

「少しずつ慣らしていこう」

「または、まったくやらないっていう選択肢もある」わたしはささやいた。

「これは契約の一部ではある。しかし、全部を少しずつ試していくことにしないか。アナスタシア、決して無茶はしないから」

「いちばん不安なのは、この懲罰なの」わたしは消え入りそうな声で言った。

「正直に話してくれてうれしいよ。わかった。さしあたっては杖をリストから除外する。ほかのものに慣れてきたころ、強度を上げよう。焦らずゆっくり進めていく」

　わたしの喉がごくりと鳴った。彼がかがみこんで唇にキスをした。

「終わった。な、大したことではなかっただろう?」

　わたしは肩をすくめた。心臓がまた口から飛び出しかけていた。

「もうひとつ、話しておきたいことがある。そのあと、ベッドに連れていく」

「ベッド?」わたしはせわしなく目をしばたたかせた。全身の血管が脈を打ちはじめ、つい最近まで存在さえ知らなかった部分が熱を持った。

「アナスタシア、こんな話をしたあとだ。いますぐにでもきみを気のすむまでファックしたい。きみだって少なからずそういう気分になっているはずだ」

　わたしは身をよじらせた。内なる女神はあえいでいる。

「ほらな?　それに、試してみたいことがある」

「痛いの?」

「いや――なんでもかんでも痛いんじゃないかと疑うのはやめてくれないか。主役は快楽なんだから。私が痛い思いをさせたことが一度でもあるか?」

頬が熱くなった。「ない」

「そうだろう? 今日、きみはそれ以上のものを望んでいると話していたね」そこまで言って、彼はふいに不安げに口ごもった。

どうしよう……この話はどこに向かってるの?

彼がわたしの手をぎゅっと握った。

「サブミッシブとしての拘束時間内は別として、何かしらの努力はできるのではないかと考えている。うまくいくかはわからない。完全に区別できるかどうか。ひょっとしたら、うまくいかないかもしれないよ。しかし、努力してみようという気持ちはある。たとえば、週に一度、夜に外出するとか。そんなようなことだ」

驚いた……わたしはぽかんと口を開けて彼を見つめた。潜在意識も茫然としていた。クリスチャン・グレイがロマンスに乗り気になってる! やってみたい気持ちはあるんだって! 潜在意識がソファの陰からおずおずと顔をのぞかせた。意地の悪そうな顔にはまだショックの名残が見て取れた。

「ただし、ひとつ条件がある」彼は警戒するような目で、茫然としたままのわたしの顔をうかがった。

「何?」どんなことでもする。あなたのためならなんだってする。

「卒業祝いのプレゼントを素直に受け取ることだ」

「ああ」プレゼントがなんなのか、なんとなく見当がついた。不安が胸に広がった。

彼はわたしの反応をじっと観察している。

「おいで」そう言って立ち上がると、手を引いてわたしのことも立ち上がらせた。ジャケットを脱いでわたしの肩にかけ、玄関に向かう。

前の通りに、ハッチバックの赤い車が停まっていた。2ドアの小型のアウディだ。

「私からのプレゼントだ。卒業おめでとう」彼はわたしを抱き寄せ、髪にキスをした。

車を買ったの？　わたしのために？　見るかぎりでは新車だった。信じられない。本だけでも頭が痛いのに。わたしはぼんやりと車を見つめながら、自分の反応を必死に分析した。まず、びっくりしている。感謝の念もある。彼が本当に車を買ったことに衝撃を受けている。でも、そういったすべての上に君臨しているのは、怒りだった。そう、わたしは怒っている。本のことをあれだけ説明したのに……でも、彼はもうこの車を買ってしまった。彼はわたしの手を取り、玄関前の小道を歩いて、最新の戦利品のところへ連れていった。

「アナスタシア、あのビートルはおんぼろだし、はっきり言って危険だ。その危険を簡単に排除することができるのに、きみに万が一のことがあったら、決して自分を許せなくなるだろう」

彼の視線を感じる。でもいまは、彼の目を見ることができない。無言で突っ立ったまま、鮮やかな赤に輝く新車を凝視した。

「お父さんにはあらかじめ話しておいた。全面的に賛成してくれたよ」

驚愕と嫌悪に口を開けたまま、わたしは顔を上げて彼をにらみつけた。

「レイに話したの？　いったいどうして？」それだけ言うのがやっとだった。よくもそんなことを話せたものだ。かわいそうなレイ。吐き気がした。父の気持ちを思うと、腹が立った。

「これはプレゼントだ、アナスタシア。ただありがとうと言うことはできないのか？」

「こんな高価なもの、とてもじゃないけど受け取れない。わかってるくせに」

「私にとっては大した金額ではない。これで心の平和を買えると思えば安いものだよ」

返す言葉が見つからない。わたしは眉をひそめて彼を見つめた。この人にはわかりっこない。生まれたときからお金に恵まれていたのだ。いや、違う。生まれたときからじゃない――幼い子供のころは違った。そう考えた瞬間、わたしの世界観に変化が訪れた。冷静になれた。車に対する抵抗感もやわらいだ。癇癪を起こした自分が恥ずかしい。よかれと思ってしたことなのだ。見当違いの善意ではあるけれど、悪意からしたことではない。

「ありがとう、車を貸してくれて。パソコンと一緒ね」

彼は大きなため息をついた。「わかったよ。貸与ということにしよう。無期限の貸与」うんざりした目をわたしに向ける。

「無期限はだめ。しばらくのあいだだけ。ありがとう」

彼は顔をしかめた。わたしは背伸びをして彼の頬にキスをした。「車をありがとう、サー」わたしはできるかぎり甘い声でそう言った。

次の瞬間、ふいにわたしは彼の腕のなかにいた。彼の片手はわたしの背中を強く引き寄せ、もう一方は髪を握りしめている。

「きみはまったく手ごわい女だ、ミス・スティール」そうささやいて情熱的なキスをした。舌でわたしの唇をこじ開け、容赦なく侵入してくる。

全身の血液が一瞬にして沸き立った。わたしも情熱的に彼のキスに応えた。彼が欲しい——車、本、ソフトリミット……杖……それでも彼が欲しい。

「自制心という邪魔ものさえなければ、いますぐこの車のボンネットに押し倒してファックしているところだよ。きみは私のものだと示したい。車を買ってやりたくなったら、きみがなんと言おうと私は車を買う」彼はうなるように言った。「おいで、部屋に戻ってきみを裸にむこう」そう宣言して、すばやく荒っぽいキスをした。

よほど頭に来ているらしい。わたしの手をつかんでなかに戻ると、まっすぐわたしの部屋に突進した……脇目もふらず。潜在意識はまたソファの陰にうずくまって頭を抱えていた。彼はベッドサイドテーブルの明かりをつけて立ち止まると、わたしを見つめた。

「お願い、怒らないで」わたしはかすれた声で言った。

彼の視線は冷ややかだ。瞳は灰色のガラスの冷たい破片のようだった。

「車と本のこと、ごめんなさい……」わたしの声はだんだん小さくなって消えた。彼はあいかわらず無言で何か考えている。「そうやって怒ってるあなたは、本当にこわい」わたしは彼を見つめた。

彼は目を閉じて首を振った。次に目を開いたとき、表情は穏やかになっていた。ひとつ深々と息をし、唾を飲みこむ。

「後ろを向け」ささやくように言う。「そのワンピースを脱がせたい」

またた。唐突に気分が変わる。とてもついていけない。わたしはおとなしく向きを変えた。心臓は早鐘のように打ちはじめ、不安は一瞬にして消えて欲望に置き換わっていた。その欲望は血液に運ばれてお腹の奥底に直行すると、そこでじりじりしながら満たされるのを待った。彼は背中に垂れていたわたしの髪を持ち上げて右側に寄せた。髪は波打ちながら乳房の上に落ちた。うなじに彼の人差し指がそっと置かれたのがわかった。その指は、爪の先だけで軽く肌に触れながら、もどかしいほどゆっくりと背筋を伝い下りた。

「このワンピースはいい」彼がささやく。「きみのこの美しい肌を見ていられるから」

彼の指は、背筋を半分ほど下ったところでワンピースの生地にぶつかった。彼は縁に指をかけてぐいと引いた。わたしは一歩後ろに下がった。彼の熱が背中に伝わってくる。彼がかがみこみ、わたしの髪に鼻先をうずめて深く息を吸いこんだ。

「いい香りだ、アナスタシア。すばらしく甘い香りがする」彼の鼻先が耳をかすめて首に下りた。次に唇がわたしの肩に触れた。肩の輪郭に沿って羽毛のように軽いキスをする。

わたしの呼吸のリズムが変わった。浅く、速く、期待に満ちたリズム。彼の手がワンピースのジッパーを探り当てた。叫びだしたくなるほどゆっくりとジッパーを下ろしていく。それと同時に、唇も移動を始めた。舌を這わせ、キスをし、軽く吸ったりしながら、うなじをかすめ、そろそろと反対の肩に移っていく。彼の熟練した指と唇は、わたしを焦らして欲望をあおり立てる。欲望は全身に響き渡り、わたしは彼の愛撫に屈して物憂げに身悶えした。

「きみは……じっと……していることを……学ばなくては……ならない」彼はキスの合間にそうささやいた。

彼はホルターネックの金具をはずした。ワンピースがすべり落ちて、わたしの足もとで輪を作った。

「ノーブラか、ミス・スティール。いいね」

彼の両手が伸びてきて乳房を包みこむ。触れられた瞬間、乳首が硬くそそり立った。

「腕を持ち上げて、私の頭を両手でつかめ」彼がうなじにキスをしながら言った。

わたしは即座に従った。乳房が持ち上がって、彼の掌にいっそう強く押し当てられた。乳首はますます硬くなった。わたしは彼の髪に指をもぐりこませ、柔らかくてセクシーな髪をそっと引っ張った。首を一方に傾けて、彼にうなじを差し出す。

「ああ……」耳の後ろに彼の息が吹きかかった。長い指は、彼の髪を引くわたしの動きに合わせるように、乳首を引っ張った。

快感が体を貫いてわたしの中心に突き刺さった。わたしはうめき声を漏らした。

「このままいきたいか」彼がささやく。

わたしは背を反らして彼の巧みな掌に胸を押し当てた。

「気持ちがいいか、ミス・スティール？」

「ん……ん」

「答えろ」彼の指は私の乳首をつまみ、ゆっくりとした甘い拷問を続けている。

「はい」

「〝はい〟だけか？」

「はい……サー」

「いい子だ」彼の指が乳首を強くはさむ。わたしの体は痙攣でも起こしたように激しくもだえた。

強烈な快感と痛み。息が止まりかけた。彼の熱い体が背中に押しつけられる。わたしはうめきながら彼の髪をさらに強く引いた。

「いく準備はまだできていないようだな」彼はそうささやいて手の動きをとめ、わたしの耳たぶをそっと嚙んだ。「それに、きみは私を怒らせた」

え……どういう意味？　貪欲な欲望の霧に包まれた脳には、そう考えるだけでせいいっぱいだった。わたしはうめき声を漏らした。

「もしかしたら、このままいかせずに終わるかもしれない」彼はまた乳首を責めはじめた。引っ張り、ひねり、こねるように動かす。わたしはお尻を彼にすりつけた……左右に振るようにしてすりつけた。

彼の手が乳首を離れて腰に移ってゆく。首筋に押し当てられた唇が笑みを作るのがわかった。彼は指先をパンティの背中側にひっかけて強く引くと、親指で生地を裂き、そのままわたしの体からはがして、わたしにも見えるように足もとに放った……信じられない。彼の手が脚のあいだにすべりこむ。そして後ろから指をゆっくりと差し入れた。

「いい子だな。しっかり準備ができている」そう言うと、わたしの腰をつかんで向きを変えさせた。彼の息遣いは荒くなっていた。指を口にくわえている。「きみはじつに美味《うま》いよ、ミス・スティール」彼はため息をついた。

恥ずかしい……彼の指は塩の味がするはずだ……わたしのあそこの味が。

「私の服を脱がせろ」彼が静かに命じた。まぶたをなかば閉じてわたしを見つめている。

わたしは靴以外――ケイトのハイヒール以外、何も身につけていない。戸惑った。男の人の服を脱がせたことなんかない。

「やればできる」彼が甘い声で言った。

せわしくまばたきをした。どこから始めればいい？　わたしは彼のTシャツに手を伸ばしかけた。すると彼にその手をつかまれた。彼の顔にはいたずらっぽい笑みを浮かべていた。

「それはだめだ」彼が首を振る。「Tシャツはそのままにしよう。今夜の計画を実現するには、体に触れなくてはならないかもしれないからね」彼の目は期待にきらめいていた。

そうなの？……初耳だ。いまの言葉は、服の上からなら体に触れてもいいとも解釈できる。彼はわたしの手の片方を勃起したものの上に置いた。

「きみがこうしたんだよ、ミス・スティール」

わたしは息を呑み、指を曲げ伸ばししながら彼の下腹部をまさぐった。彼がにやりとする。

「早くきみのなかに入りたい。ジーンズを脱がせてくれ。きみに主導権を譲る」

ほんとに？　わたしが主導権を握るの？　意外ななりゆきに、わたしは驚いていた。

「さあ、私をどうする、ミス・スティール？」彼はからかうように言った。

選択肢は無限よ――内なる女神が歌うように叫んだ。次の瞬間、もどかしさと、欲望、そしてアナ・スティール印の大胆さから、わたしはいきなり彼をベッドに押し倒した。彼は楽しげに笑いながらあおむけになった。わたしは征服感を味わいながら彼を見下ろした。内なる女神はいまにも爆発しそうになっている。不器用な手で彼の靴を脱がせ、ソックスも脱がせた。彼はわたしをじっと見上げている。欲望をたたえた目は愉快そうにきらめいていた。彼は……美しい……わたしのものだ。ベッドに這いのぼって彼にまたがり、ジーンズを脱がせようと、指をウェストバンドの下にもぐりこませた。指先に彼の恥毛が触れた。彼が目を閉じて腰を動かした。

「あなたはじっとしていることを学ばなくちゃ」わたしは叱りつけるように言い、ウェストバンドの下の毛を引っ張った。

彼の呼吸のリズムが狂った。にやりと笑う。

「わかりました、ミス・スティール」彼の目はぎらぎらと燃えていた。「ポケットにコンドームがある」

彼の表情をうかがいながら、ポケットのなかをゆっくりと探った。彼の唇が軽く開いた。わたしは小袋をふたつとも取り出し、ベッドの彼の腰の横に置いた。ふたつ！　わたしの気の早い指が彼のジーンズのボタンに飛びつき、少し手間取りながらもどうにかはずした。わたしはもう興奮しきっていた。

「あいかわらずせっかちだな、ミス・スティール」彼の声はどこか楽しげだった。わたしはジッパーを下ろした。そこでジーンズを脱がせるという難問に直面した……どうする？　ベッドから下りて引く。びくともしない。わたしは眉を寄せた。どうしてこんなに難しいの？

「いいか、唇を噛むなよ、じっとしていられなくなるから」彼はそう警告するように言うと、お尻をベッドから持ち上げた。わたしはジーンズとボクサーブリーフを同時に引き下ろした。ひゅう……できた。彼は足をばたつかせるようにしてジーンズとブリーフを床に脱ぎ捨てた。

ああ、この人を好きにもてあそんでいいんだ――そう考えると、クリスマスの朝のように心が浮き立った。

「さて、次はどうする？」楽しげな気配は消えていた。

わたしは彼の反応を観察しながら彼に触れた。彼が深々と息を吸いこみ、口が大きく開いてOの字を作った。ペニスの表面はなめらかなベルベットのようだ……それに硬い……うっとりする組み合わせだ。わたしはかがみこんだ。髪が顔のまわりにふわりと落ちた。そして次の瞬間、彼をくわえていた。強く吸い上げる。彼が目を閉じた。腰がぴくりと動いた。

「ああ、アナ、だめだ、ゆっくり」彼はうめいた。

ものすごく大きな力を与えられたような気がした。口と舌で彼を責め立てていると、高揚感に包まれた。彼の体がこわばる。わたしは口を上下させ、喉の奥まで彼を押しこみ、舌を強くからみつかせた……何度も、何度も。

「やめろ、アナ、やめろ。これでいきたくない」

わたしは体を起こし、目をしばたたかせた。彼と同じように息を弾ませていた。ただ、困惑していた。わたしに主導権を譲るんじゃなかったの？　内なる女神は、せっかくのアイスクリームを誰かに引ったくられたような顔をしている。

「きみの無邪気さと熱意につい油断してしまう」彼はあえいだ。「アナ、上になれ……今日はそれを試したい」

ああ。

「ほら、これを着けて」アルミの小袋を差し出す。

わたしが？　どうやって？　小袋を破る。ゴムのコンドームはべたべたしていた。

「先端をつまんで、ゆっくり伸ばす。そいつの先端に空気が残らないように気をつけろ」彼があえぎながら言う。

時間をかけ、全神経を集中して、言われたとおりにした。

「ああ、たまらないよ、アナスタシア」彼がうめく。

わたしは出来映え——と彼——をほれぼれとながめた。彼はまさに人間の美の見本だ。そうやって見ているだけで、むらむらしてくる。

「早く。きみのなかに入りたい」彼が言う。わたしは怖じ気づいて彼を見下ろした。するとふいに彼が起き上がった。顔と顔がくっつきそうになる。

「こうだ」彼は片手をわたしの腰に這わせて抱え上げ、もう一方の手でペニスを支えた。それからゆっくりとわたしを下ろした。

彼のものが押し入ってきて、わたしはうめき声を漏らした。深く分け入ってくる。その甘く、天にも昇るような、拷問にも似た感覚に、思わず口を大きく開けた。ああ……すごい。

「そうだ、ベイビー。私を感じろ。私のすべてを感じろ」彼がうなるように言い、一瞬、目を閉じた。

彼がわたしのなかにいる——根もとまで、深々と。彼はわたしの体を支えていた。数秒のことなのか、数分のことなのか、もうわからない。そのあいだずっと、彼の目はまっすぐにわたしの目をのぞきこんでいた。

「きみが上になったほうが深く入るだろう」彼が背をそらすようにしながら腰を回転させた。わたしはうめいた。ああ——快感が下腹に広がって……体のすみずみまで届いた。ああ！

「もう一度」わたしはささやいた。彼は物憂げに微笑み、従った。

わたしはうめき声を漏らし、首をのけぞらせた。髪が背中に流れ落ちる。彼がゆっくりとベッドに横たわった。

「きみが動け、アナスタシア。上下に。好きなように。私の手を握って」彼の声はかすれ、低くて、たまらないほどセクシーだった。

わたしは彼の両手を握った。命綱にすがるようにしっかりと。それから慎重に腰を持ち上げて、下ろした。彼の瞳は欲望に燃えている。呼吸は乱れていた。わたしのものだ。わたしが腰を下ろすのに合わせ、股間を突き上げて跳ね返す。まもなくわたしたちはリズムをつかんでいた……上へ、下へ、上へ、下へ……何度も……とても……すごくよかった。弾む呼吸と、はち切れそうな下腹部のあいだから……熱を帯びた快感が急速にわき上がって、脈打ちながら全身に広がっていく。わたしは彼を見つめていた。ふたつの視線が強くからみ合っている。彼の瞳に、わたしに対する驚きが、感嘆の念が、映し出されていた。

わたしは彼をファックしている。わたしが彼を支配している。彼はわたしのものだ。わたしは彼のもの。そう思った瞬間、コンクリートを足にくくりつけられて崖から放り出されるみたいにして、一線を越えた……意味をなさない叫びをあげながら、絶頂を迎えていた。彼はわたしの腰をつかみ、目を閉じて頭をのけぞらせ、歯を食いしばると、声を立てずにいった。わたしは彼の胸に倒れこんだ。溺《おぼ》れかけていた。幻想と現実のあいだのどこか、ハードリミットもソフトリミットもない場所で。

（下巻につづく）

著者紹介

© Michael Lionstar
© Hayakawa Publishing Corporation

E L ジェイムズ (E L James)

ウェスト・ロンドン在住の作家。夫と二人の息子がいる。元テレビ局役員。幼少のころより、小説家になり、読者を魅了する物語を生み出すのが夢だったという。ネットで発表した趣味の小説をベースに書き上げた〈フィフティ・シェイズ〉三部作は、2012年4月にアメリカの大手出版社から刊行されるや記録的ベストセラーとなった。37カ国以上で出版され、全世界で6300万部超を売り上げた。ユニバーサル・ピクチャーズによる映画化が決まっている。著者は2012年に《タイム》誌の「もっとも影響ある100人」に選ばれている。

訳者略歴

池田真紀子 (いけだ　まきこ)

英米文学翻訳家。上智大学法学部国際関係法学科卒。主な訳書に、パラニューク『ファイト・クラブ』、ネス『怪物はささやく』、ディーヴァー『バーニング・ワイヤー』、コーンウェル『変死体』など、他多数。

RIVIERA

フィフティ・シェイズ・オブ・グレイ
〔上〕

2012年11月5日　初版印刷
2012年11月10日　初版発行

著者　ELジェイムズ
訳者　池田真紀子《いけだまきこ》
発行者　早川　浩
発行所　株式会社早川書房
東京都千代田区神田多町2－2
電話　03－3252－3111（大代表）
振替　00160－3－47799
http://www.hayakawa-online.co.jp

印刷所　三松堂株式会社
製本所　三松堂株式会社

Printed and bound in Japan

ISBN978-4-15-209330-1 C0097

乱丁・落丁本は小社制作部宛お送り下さい。
送料小社負担にてお取りかえいたします。

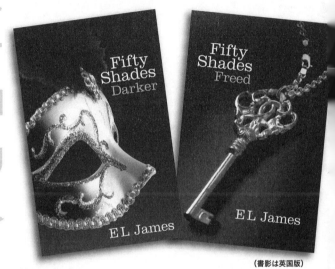